CAROL O'CONNELL

Née en 1947, Carol O'Connell a étudié l'art en Californie et en Arizona avant de s'installer à New York. Après *Meurtres à Gramercy Park* (1995), et *L'homme qui mentait aux femmes* (1996), son troisième roman, *L'assassin n'aime pas la critique* (1998), a fait de Kathy Mallory, cette si étrange héroïne, une incontournable personnalité de la littérature policière. *Les larmes de l'ange* (1999), *L'appât invisible* (2000), et *L'école du crime* (inédit, 2003) ont déjà rencontré un succès considérable aux États-Unis.

MEURTRES
À GRAMERCY PARK

DU MÊME AUTEUR
CHEZ POCKET

L'ASSASSIN N'AIME PAS LA CRITIQUE
L'HOMME QUI MENTAIT AUX FEMMES
LES LARMES DE L'ANGE
L'APPÂT INVISIBLE
L'ÉCOLE DU CRIME

CAROL O'CONNELL

MEURTRES À GRAMERCY PARK

ROBERT LAFFONT

Titre original :
MALLORY'S ORACLE
Traduit de l'anglais par
Yolande du Luart

ISBN 2-266-14891-5

A Paul Sidey,
avec mes remerciements.

PROLOGUE

Le chien se leva à son appel. Un long frisson fit se dresser son pelage sombre. Il s'étira avec grâce et arriva sans se presser, effleurant à peine le sol de ses pattes fines de doberman. La voix de sa maîtresse, à l'autre bout de l'appartement, l'avait attiré. Il passa devant l'enfilade des chambres et entra, par la porte ouverte du vestibule, dans la cuisine où il retrouva sa maîtresse, égratignant le linoléum de ses griffes avec un léger crissement. A sa vue, il se figea, à l'arrêt, tous les muscles tendus. C'était sa manière de chien de se mettre au garde-à-vous, attentif.

La douceur triste des yeux bruns aux reflets ambrés surprenait dans cette gueule noire, puissante et lisse, zébrée de cicatrices blanches sous le poil sombre, qui témoignaient de bagarres acharnées. Il avait survécu grâce à sa jeunesse et à sa capacité de récupération. Aujourd'hui, il était adulte.

La femme était affalée sur sa chaise. Le chien sut immédiatement qu'elle était incapable de bouger, reconnaissant l'odeur qu'elle dégageait quand elle était dans cet état, avant même que ses yeux agrandis ne deviennent fixes.

Un petit gémissement plaintif monta de la gorge du chien. Il allait et venait devant la chaise, sentant sa maîtresse absente, aveugle et sourde à sa peur.

Le temps. Combien de temps avant que la femme ne reprenne connaissance ? Ses yeux se révulsaient dans leurs orbites. Elle était en transe. Elle n'allait plus tarder à se réveiller. Le chien se mit à aboyer. Rien. Pas la moindre réaction, pas le moindre battement de paupières. L'animal fit le tour de la chaise. La frayeur l'envahit au point qu'il geignait comme un humain. Il souleva avec son nez la main de la femme. Rien. La main retomba inerte sur ses genoux.

Le chien hurla à la mort.

L'attente.

Le cerveau du chien commença à flancher. Le dur dressage inculqué par la douleur s'effritait. Il rompit avec le rituel et quitta la cuisine à reculons, ses yeux terrifiés fixés sur la femme jusqu'à ce qu'il fût hors de la cuisine. A peine sorti, il fit volte-face et, bondissant sans bruit sur le tapis de la pièce voisine, il franchit la porte ouverte et s'élança dans le long corridor, de sa fière allure de pur-sang, développant harmonieusement ses muscles à chaque enjambée, les yeux brillants de détermination. D'un bond aérien, il s'envola et traversa la baie vitrée du cinquième étage, la brisant en mille éclats.

Saisi par l'effroi de cet envol sans ailes, le cœur du chien avait cessé de battre avant même que son corps disloqué, les os brisés, ne s'écrase sur le trottoir.

1

Une mèche de cheveux emmêlés du garçon lui tombait sur l'œil, tandis que l'autre brillait de fièvre. Sur son tee-shirt sale, des auréoles de sueur s'étaient formées sous les bras. Il s'approcha de nouveau du guichet du prêteur sur gages. Les trous dans son jean délavé, usé jusqu'à la corde, laissaient voir ses genoux cagneux.

A l'abri dans sa cabine de verre, le vieil homme baissa les yeux encore une fois pour examiner ce que l'adolescent lui avait apporté. En fait, il ne voulait pas laisser voir les larmes qui noyaient ses yeux fatigués.

Combien de temps s'était-il écoulé depuis qu'il avait appelé Kathy au téléphone ? Le commissariat n'était qu'à quelques minutes. Avait-il eu raison de le faire ? Où était donc Kathy ? Les mains du vieil homme tremblaient en essuyant son visage. Que devait penser le garçon de ces tremblements et de ces larmes ?

– Pourquoi c'est si long, mon vieux ? demanda le jeune garçon. L'or, c'est l'or !

Eh bien, non, ce n'était pas si simple.

Sur la montre de gousset était gravé le nom de l'arrière-grand-père de Louis Markowitz. Et, à l'intérieur de la lourde alliance en or, les initiales d'Helen et de Louis. Le vieil homme avait assisté à ce mariage. Vingt ans plus tard, à la mort d'Helen, il s'était recueilli devant sa tombe, aux côtés de Louis et de Kathy. Il savait que la montre et la bague représentaient bien plus que de l'or pour Louis Markowitz. Vivant, il ne s'en serait jamais séparé.

Le garçon ne tenait pas en place. Il virevoltait, marchait de long en large. Une énergie survoltée animait son corps émacié. Il transpirait abondamment, attendant avec impatience que coule dans ses veines le fluide magique qui calmerait le feu qui le dévorait.

On frappa à la fenêtre. Kathy Mallory était arrivée. Le vieux prêteur actionna sur le bouton qui verrouillait la porte. Elle entra lentement, vêtue d'un pantalon étroit qui accentuait la longueur de ses jambes. Un blazer noir sur son tee-shirt blanc dissimulait son revolver. Le vieil homme ne voyait que ce qui était précieux en elle : ses yeux d'émeraude sertis dans l'ivoire d'un visage auréolé d'une chevelure d'or.

A travers ses yeux mi-clos, le vieil homme la vit soudain disparaître du rayon de lumière près de la fenêtre puis réapparaître derrière le garçon à l'autre extrémité de la pièce. Les lèvres de la jeune femme s'entrouvrirent et il vit le bout de sa langue entre ses dents. Ça devait être ses yeux fatigués ou son imagination – il lui semblait qu'elle jouissait du moment. Ses mains se levèrent, prêtes à frapper, en position de combat.

Au moment où le garçon allait se retourner, elle saisit son bras et le tordit haut, derrière son dos. Il hurla de douleur. La jeune femme le plaqua contre le mur. Subitement, l'adolescent parut encore plus jeune. Un gosse terrorisé, entre les griffes d'un monstre sorti de son placard à jouets. Ce n'est pas possible, criaient les yeux du jeune garçon.

– Où as-tu trouvé la montre ? (Elle le projeta de nouveau contre le mur). Où ?

Elle n'éleva pas la voix, mais, à la seconde demande, il lui resta une touffe de cheveux dans la main.

Ces nuits sans sommeil brouillaient l'esprit de Jack Coffey. Une seule question revenait, obsédante : pourquoi Markowitz y était-il allé tout seul ? Pourquoi ?

Ça n'avait pas de sens. Pas pour un policier chevronné avec trente ans d'expérience. Même une jeune recrue sans expérience aurait fait preuve d'un instinct de conservation plus développé.

Le lieutenant Jack Coffey portait sa veste sur son bras. Sur sa chemise rayée, mouillée de sueur, il y avait une tache sombre à l'endroit où il portait son étui à revolver. Dans son visage bronzé aux pommettes saillantes, les yeux étaient fendus en lames de rasoir.

Ne s'était-il pas conduit lui-même comme un bleu tout à l'heure, en s'écroulant sur le trottoir pour vomir son déjeuner ? Et, maintenant, il devait s'appuyer contre l'une des voitures de police pour maîtriser le tremblement de ses genoux.

La rue grouillait de flics en uniforme et en civil. Le panier à salade attendait, portes grandes ouvertes. Deux collaborateurs du médecin légiste écrasèrent leurs mégots sur le trottoir et rentrèrent dans la maison. Pour rien au monde Jack Coffey n'y remettrait les pieds – sauf, peut-être, pour ne pas perdre la face devant Kathy Mallory.

Une sirène aiguë transperça l'air humide. Un imbécile avait appelé l'ambulance, comme s'il restait encore du temps pour Louis Markowitz, comme si l'homme n'était pas mort depuis deux jours.

C'était un sale endroit pour mourir. Pas une vitre intacte aux fenêtres de l'immeuble de six étages. Sur le trottoir, des pans entiers de béton s'étaient écrasés, restes d'une façade encore respectable quelques mois auparavant. Depuis un certain temps, ce bâtiment abandonné du quartier d'East Village servait de repaire aux revendeurs de crack. On pouvait suivre les toxicomanes à la trace, depuis la rue jusqu'à la porte d'entrée de l'immeuble.

Le pare-chocs où le lieutenant Coffey était assis ploya brusquement sous le poids du chef de la brigade criminelle, Harry Blakeley. Celui-ci, avec ses vingt kilos en trop et son visage blafard ravagé par l'alcool, n'avait pas l'attrait de son subordonné.

– Bonjour, Coffey !

– Bonjour patron, dit Coffey. Riker vous a mis au courant ?

– Autant qu'il a pu. C'est encore le même dingue ? Tu en es certain ?

– Les blessures sont identiques.

– Oh ! mon Dieu ! s'exclama Blakeley, comme si Dieu pouvait l'entendre dans ce quartier pourri de Manhattan.

Il y avait peu de chances. Il leva néanmoins les yeux au ciel en s'épongeant le visage avec son mouchoir.

– Tu as eu le rapport préliminaire ?

– Ouais, mais il est plus que sommaire. Le médecin légiste n'est pas encore arrivé. Les hommes du labo pensent que les victimes sont mortes depuis au moins quarante-huit heures. Ils ont trouvé des traces de plastique dans les blessures de la femme.

– Tu as relevé son identité ?

– Miss Pearl Whitman, soixante-quinze ans. Comme les deux autres victimes. Elle habitait à Gramercy Park.

– Pas possible. Sais-tu qui c'est ? Pearl Whitman, de la société Whitman Chemicals. Je suis sûr que tu n'as pas la moindre idée de ce qu'elle vaut !

Le lieutenant reconnaissait bien là son chef. C'était typique de son sens des réalités que d'évaluer la fortune d'un cadavre.

– Regarde qui arrive là-bas !

Blakeley désigna de la tête une camionnette avec le logo de la télévision locale, qui freina brusquement devant le policier de la garde. Celui-ci la dirigea vers une rue perpendiculaire. Les membres de l'équipe de télévision arrivèrent en courant.

– Bande de tarés. Ils peuvent sentir l'odeur du sang avant les chacals !

Jack Coffey ferma les yeux, mais cela n'atténua pas son désarroi. Il voyait s'afficher la une du *Post* : « Troisième meurtre de l'homme invisible ». Un journal concurrent avait nommé l'assassin, le « tueur des dames à cheveux blancs », mais l'aspect surnaturel du premier meurtre avait la faveur du public.

La première vieille dame avait été tuée en plein jour, dans le jardin public situé au centre de Gramercy Square. Anne Cathery était morte sous les fenêtres qui donnaient sur le square, pratiquement sous les yeux des promeneurs, des gens assis sur les bancs. Et, pourtant, personne n'avait rien remarqué d'anormal. Anonyme, le cadavre gisait sous un buisson, ignoré des New-Yorkais, passants aussi pressés que blasés. Une nuée de mouches, le lendemain matin, attira l'attention d'un résident.

La deuxième victime, Estelle Gaynor, avait été également trouvée dans le square. Aujourd'hui, le crime n'était plus conforme au modèle, car Pearl Whitman avait été assassinée dans un quartier sordide de Manhattan, à une vingtaine de rues au sud de Gramercy Square. En outre, on avait tué aussi un policier, pas moins que le chef de la section criminelle spéciale.

Harry Blakeley alluma un cigare bon marché et Coffey mordit sa lèvre inférieure pour enrayer une nouvelle vague de nausée et le début d'un hoquet. Il espérait seulement garder un peu de sa dignité, car il ne restait plus rien de son déjeuner à donner au trottoir.

– Comment l'assassin s'y est-il pris pour attirer la vieille dame jusqu'ici ? T'as une idée, Coffey ?

– Il devait avoir une voiture, dit Coffey.

Son cerveau était branché sur pilote automatique, car il ne pouvait se concentrer que sur les spasmes de son estomac.

– Il l'a sans doute kidnappée dans le secteur de Gramercy Square, continua-t-il. Une vieille dame friquée n'oserait pas se balader par ici.

– Donc, il a une voiture, dit Blakeley en souriant. Nous avançons. La mort de Markowitz n'aura pas été en pure perte.

Coffey se demanda ce qui lui tomberait dessus s'il envoyait son poing dans la figure du chef de brigade. Il boirait sa bière à l'œil pendant le restant de ses jours, mais on lui retirerait sa pension.

– C'est toi le plus ancien de cette section, Coffey. Si tu réussis à dénouer cette affaire, tu seras promu capitaine avant la fin de l'année. A toi de jouer, maintenant.

Ouais, d'accord. Mais qui allait expliquer ça à Mallory ?

Coffey observa du coin de l'œil la longue limousine qui se rangeait lentement le long du trottoir, sans vraiment enregistrer qu'il s'agissait de la voiture officielle du chef de la police, Beale.

– Quant à Markowitz, disait Blakeley en se parlant à lui-même autant qu'à Coffey, il s'est vraiment planté, cette fois-ci. Il y a longtemps qu'il aurait dû rendre sa plaque.

Coffey chiffonna rageusement sa veste de sa main crispée. Alors toutes les fois que Markowitz avait fait honneur au département, ça ne comptait plus ? On ne se souviendrait que de sa dernière bévue ? Le criminel était sans doute encore plus malin que Markowitz. Blakeley dirait la même chose du lieutenant Jack Coffey, quand il serait tué à son tour.

– A-t-on prévenu Mallory ? demanda le chef de brigade.

– Elle est dans la maison, avec l'équipe technique.

– Bon Dieu !

– C'est elle qui est arrivée la première sur les lieux. Vous pensiez la mettre hors du coup ?

– Elle est là-dedans, auprès du corps de Markowitz ?

– Ouais... Et elle est folle de rage.

Coffey fut conscient d'une présence, tout près de lui. Il remarqua la main osseuse posée sur le pare-chocs. Il sursauta au son d'une voix tonitruante dans son oreille.

– Vous dites que le sergent Mallory est là-dedans ?

D'où était sorti Beale sur ses petites pattes de fouine ?

Encore sous le choc, Jack Coffey se retourna pour croiser le regard glauque des yeux gris pâle du petit homme. Il avait une bien grosse voix pour sa taille, cet idiot de Beale.

Le docteur Edward Slope arrivait tout droit de sa maison de Westchester, une banlieue chic de New York. Il avait planté là ses beaux-parents, autour d'un barbecue au bord de sa piscine, au milieu d'une bande bruyante et glapissante de voisins venus avec leur progéniture. Évitant de justesse les *Frisbees*, tournant le dos à la fumée s'élevant des hamburgers et des saucisses de Francfort sur le gril, il ne prit que le temps de saisir sa sacoche médicale avant de s'éclipser, tout en se confondant en excuses. Son dernier regard fut pour sa femme qui brandissait une longue broche en mimant une menace du genre : « Je te revaudrai ça ! »

D'ordinaire, le médecin légiste du comté de Manhattan se présentait sur la scène du crime, habillé sobrement. Cette fois, les couleurs vives de sa chemise hawaïenne s'accordaient mal au sang répandu. En outre, avec une maladresse inintentionnelle mais choquante, les fleurs exotiques de sa chemise étouffaient le bleu de la robe élégante de la femme, et rendaient terne le costume marron du mort.

Ça ne lui arrivait pas tous les jours de se pencher sur le cadavre d'un homme qu'il connaissait depuis vingt ans. Il examinait en général des inconnus. Se dirigeant rapidement vers la porte gardée par des policiers en uniforme, il était entré directement dans la pièce, où il avait trouvé son vieil ami sans que personne ait pris la peine de le prévenir qu'il s'agissait de Louis. Il s'effondra contre le mur en brique, la lumière des spots accentuant la profondeur de ses rides et ajoutant dix ans à ses soixante ans.

Slope se demandait ce qui ne collait pas dans la scène qu'il avait sous ses yeux. Oh, presque tout. C'était Louis qui aurait dû être là, à donner des instructions aux techniciens, aux collaborateurs du médecin légiste, au photographe, aux flics qui relèvent les empreintes. C'était Louis qui avait l'habitude de le harceler, lui, jusque dans les moindres détails, d'échafauder devant lui les hypothèses les plus vraisemblables. Dans aucun scénario Louis ne figurait comme victime.

Et que faisait là Kathy Mallory, à quatre pattes dans la poussière et le sang séché, avec des centaines de mouches qui voletaient autour de ses cheveux bouclés ? Elle aurait dû être sagement assise derrière son ordinateur, au commissariat.

L'équipe technique et le photographe, sur le pas de la porte, attendaient le signal de Mallory. A genoux par terre, elle remettait avec peine une alliance sur l'annulaire gauche, enflé, du cadavre qui avait été son père.

Le docteur Slope, détournant les yeux, remarqua ensuite le garçon avec des menottes aux poignets. Ce grand gaillard de flic qui le surveillait semblait dérisoire, en comparaison de l'aspect physique du gosse. Il tenait à peine sur ses jambes, et aurait été incapable d'échapper à un bébé. Il avait une blessure à la tête qui saignait encore et la moitié du visage tuméfié. Slope pensa un instant à pratiquer son art sur un vivant, pour changer, mais il réfléchit aussitôt que celui-ci ne tarderait pas à figurer parmi sa clientèle habituelle, tant ce jeune toxico squelettique était mal en point. Mallory était-elle responsable de ses blessures ? De toute évidence, il était hypnotisé, son regard vide fixé sur elle.

Mallory leva la tête et s'adressa au garçon.

– Tu as bougé le corps, n'est-ce pas ?

Apparemment elle avait bien dressé le gosse pendant le court moment qu'ils avaient passé ensemble – une demi-heure peut-être, à en juger par le sang encore frais. Il répondit sans hésiter, comme un rat de laboratoire, affamé :

– Oui, m'dame. Je l'ai roulé sur le dos.

– Préviens-moi quand la position où tu l'as trouvé sera correcte, dit-elle en retournant le corps lourd de Louis Markowitz, face contre terre.

Slope se demanda si elle avait déjà assisté, in situ, à une enquête sur un homicide. Probablement pas. Elle paraissait plus à l'aise devant les ordinateurs du département de la police de New York, la NYPD, qu'avec les gens, vivants ou morts. Un souvenir fugace traversa l'esprit de Slope, évoquant une belle journée de printemps pendant laquelle Louis avait appris à la petite Kathy les rudiments du base-ball.

Changeant de registre, le médecin légiste s'approcha du corps de Louis. Il s'accroupit à côté de la jeune femme et désigna les taches sombres qui marbraient le visage de Markowitz.

– Fais-les coïncider avec les taches sur le sol.

Kathy Mallory acquiesça de la tête. Se penchant tout près de la figure blême du cadavre, elle tritura la chair molle réchauffée par la canicule du mois d'août. Lorsqu'elle eut fini, elle se tourna vers l'adolescent, qui fit oui de la tête.

Slope fut surpris de ne pas trouver la moindre trace de choc ni de chagrin sur le joli visage de Mallory. Concentrée sur son travail, elle alignait maintenant les taches de sang de la main gauche sur celles du sol. Le garçon acquiesça de nouveau. Satisfaite, elle se redressa et s'approcha du corps de la vieille dame, à l'autre bout de la pièce.

La profonde entaille dans la gorge de la femme semblait former une deuxième bouche. Le haut de la robe ainsi que le soutien-gorge, maculés de sang, avaient été découpés, laissant voir un sein qui pendait sur la cage thoracique. L'autre, dépecé au couteau, était couvert de mouches. La vision de la figure boursouflée de la morte atteignait le comble de l'horreur avec ces insectes qui entraient et sortaient des blessures sur son visage et sa gorge.

Impassible, Mallory contemplait le corps avec autant de compassion que ci c'était un meuble. Elle se retourna vers le garçon.

– A son tour, maintenant. Quelle était sa position ?

– Je l'ai trouvée comme ça en arrivant.

– Rien d'autre ? As-tu touché à quelque chose ? Déplacé quelque chose ?

– Non. J'ai fouillé les poches du type et je me suis tiré en courant. J'ai jeté son portefeuille là-bas, dit-il en montrant du doigt un tas de briques et d'ordures, dans un coin de la pièce.

Le portefeuille se trouvait sur un sac-poubelle vert, déchiré.

Slope attira l'attention de l'un de ses collaborateurs en indiquant le sac-poubelle du regard. Il nota quelques lignes sur son carnet.

– Eh vous ! appela Mallory. Avez-vous pris les empreintes du garçon ?

Le technicien lui montra une carte où l'empreinte de chaque doigt avait été distinctement relevée.

Elle se tourna vers Martin, le policier en uniforme qui s'était attaché au bras squelettique du gosse.

– Je n'en ai plus besoin. Laissez-le partir.

Slope interrompit son examen médical pour observer l'expression de surprise sur le visage du jeune Martin, qui ne put s'empêcher de s'exclamer :

– Mallory, il a dévalisé un mort ! Le corps de Markowitz... Pour l'amour de Dieu ! Tu ne vas pas le laisser s'en tirer comme ça ?

– Un marché est un marché. Relâche-le immédiatement !

La voix basse et contrôlée de Mallory réprimait une violence à fleur de peau. Elle avait plutôt l'air de dire :

Ne me cherche pas, mec. Jamais.

S'avançant sur Martin, elle sembla grandir en taille et en autorité. C'était une transformation saisissante. Slope se demanda si elle en était consciente. Probablement.

Martin fit promptement apparaître la clé des menottes. Le rouge lui monta aux joues tandis qu'il s'efforçait de défaire les bracelets d'acier. Un instant plus tard, le jeune drogué avait filé.

Bien joué, Kathy ! Pourquoi perdre son temps en procédures contre un môme ?

Slope supposa qu'elle n'avait pas perdu beaucoup de temps à lui lire ses droits constitutionnels lui permettant de demeurer silencieux en dehors de la présence d'un avocat.

Mallory s'adressa au photographe.

– Tout est en place. Vous pouvez y aller.

Les flashes à répétition aveuglaient Slope pendant qu'il enveloppait les mains de la femme de sacs en plastique. Il leva les yeux sur Mallory.

– Je travaillerai dessus à la morgue dès que tu en auras fini ici.

– Les blessures de la femme correspondent à celles des deux autres victimes ?

– Exactement.

– Occupez-vous de Markowitz en premier. La femme ne m'apprendra rien de nouveau.

– Entendu.

– Que pouvez-vous me dire déjà ? A combien de temps remonte la mort ?

Tel père, telle fille. Il savait qu'ils n'étaient pas liés par le sang, mais il y avait beaucoup de Markowitz en elle.

– A deux jours environ. A cinq ou six heures près, en tenant compte de la chaleur et de la décomposition.

– Combien de temps Markowitz a-t-il survécu ?

– Une demi-heure. Une heure, peut-être..., d'après le sang qu'il a perdu. Je pense qu'il n'aurait pas survécu à sa blessure – sans secours médical d'urgence. Mais, à mon avis, il est mort d'un accident coronarien.

Markowitz avait déjà surmonté des attaques coronariennes légères. Celle-ci avait dû avoir la force et l'efficacité d'un lent déraillement.

– Alors, il savait qu'il était en train de mourir ?
– Oui.
Ça lui fit mal. Il le vit dans le voile léger qui obscurcit le regard de la jeune femme. Louis Markowitz avait passé sa dernière heure dans la souffrance et l'angoisse de la mort.
La vie est vraiment dégueulasse, n'est-ce pas, Kathy ?
– Le meurtrier ne s'est pas acharné sur lui, dit-il. Il était plus intéressé par la vieille dame. Les blessures sur le bras de Markowitz et les premières taches de sang indiquent qu'il s'est interposé entre l'assassin et la femme.
Pour la première fois, Slope détecta chez la jeune femme un symptôme de choc dans la façon dont ses yeux ne convergeaient plus sur leur objet.
– Puis-je faire quelque chose pour toi, Kathy ?
Sa première erreur fut de nommer le sergent Mallory par son prénom, la seconde, d'exprimer de la compassion dans ces circonstances. Il en fut récompensé par le mépris de tous ceux qui étaient présents dans ce lieu sordide. Il n'avait pas d'excuse, soulignait leur silence de glace.
– Vous en avez terminé avec le corps ? demanda-t-elle d'une voix froide, distante, officielle.
Il fit signe que oui.
– Bien, dit-elle en s'adressant aux hommes du médecin légiste. Vous pouvez l'emballer et l'emmener.
Kathy jeta un coup d'œil vers le coin opposé où gisait le corps de la vieille dame.
– Et celle-là ? Combien de temps ?
– Elle n'a survécu que quelques minutes.
– Emballez-la.
Cet ordre signifiait, à ceux qui n'avaient plus rien à faire là, de déguerpir, y compris les vieux amis de la famille. Le docteur Slope ne se le fit pas dire deux fois et partit en avant sans attendre son équipe. Le temps qu'il mit pour sortir de ce taudis jusqu'à la lumière de la rue lui parut beaucoup plus long que celui pour y entrer.

Le sergent Kathleen Mallory, assise sur l'unique chaise, surveillait avec attention les gestes précis de l'équipe médico-légale, qui recueillait à quatre pattes la moindre trace de cheveux et de fibres organiques. D'après les marques de sang, il était tombé là, près de la porte.

Comment peux-tu être mort ?

Il s'était levé et s'était traîné le long de ce mur maculé de sang jusqu'à la fenêtre.

As-tu appelé au secours dans ce quartier où personne n'a jamais rien vu, jamais rien entendu ?

Et là, devant la fenêtre, où son sang s'était répandu dans la poussière en une grosse tache, il s'était effondré avant de mourir. Cela avait pris un certain temps. Il avait eu le temps de réfléchir.

Qu'as-tu fait de ce temps ? Qu'as-tu laissé derrière toi ?... Rien ?

Levant la tête, elle suivit du regard le corps de Markowitz pendant qu'on l'emportait dans un sac en plastique.

Elle avait ouvert sur ses genoux un petit carnet noir. Elle barra rageusement les notes qu'elle avait prises ces deux derniers jours concernant la voiture de Markowitz. Volée sans doute et déjà repeinte, probablement passée dans l'État du New Jersey.

Pourquoi es-tu rentré là, tout seul ?

Kathy nota : « Blessures défensives » sur une page vierge de son carnet. Il aurait donc filé le suspect jusqu'au lieu du crime et serait entré seul dans l'immeuble, sans prévenir le département. Pourquoi ?

« Parce que la femme était sur le point de mourir », écrivit-elle de son écriture régulière. En supposant que Markowitz était à pied – sans voiture-radio, sinon, il aurait demandé des renforts –, on pouvait penser que le suspect était lui aussi à pied. C'était déjà quelque chose.

Sa plume gratta de nouveau le papier. « Pas un kidnapping sauvage. » De cela, au moins, elle était sûre. Le tueur avait arrangé un rendez-vous entre lui et la victime loin de Gramercy Park – une rupture avec la méthode des deux autres meurtres. On pourrait peut-être trouver quelque chose sur le carnet de route d'un taxi. Une vieille dame riche ne prend pas le métro ou le bus, à New York. En outre, elle ne serait jamais venue dans un endroit pareil pour rencontrer un inconnu. Donc, elle connaissait son assassin.

En conséquence, Kathy pouvait supposer que Markowitz savait comment le meurtre dans le parc avait été perpétré. Malin, le vieux. Mais, s'il était si malin, pourquoi garder l'information pour lui ? Et depuis quand un policier du rang de Markowitz faisait-il lui-même une filature ?

L'un des techniciens, assistant du médecin légiste, regarda dans la direction de Mallory, puis détourna les yeux, nerveux.

Espérait-il voir des larmes, des signes d'émotion ? Il pouvait toujours attendre. Pas de congé maladie pour dépression nerveuse pour le sergent Mallory. Mais le commissaire principal Beale était si con qu'il serait capable de l'ordonner. Alors quoi ?

L'odeur nauséabonde du cadavre de la vieille femme empoisonnait encore l'atmosphère. Le meurtre de Pearl Whitman n'avait pas été commis aussi proprement que celui de Markowitz. Le boucher lui avait perforé l'intestin. Ayant pratiquement épuisé son festin, la nuée de mouches tourbillonnait autour de la tête de Mallory dans un bourdonnement intense. Alourdies, gorgées de sang, elles s'envolèrent toutes enfin par les carreaux brisés. Le calme régnait à présent, interrompu seulement par le bruit léger de la brosse de l'homme qui ramassait les indices éventuels parmi la poussière et le sang séché.

– Je n'aurais pas dû vous appeler si tard.

– Non, non, monsieur Lugar, vous avez bien fait.

Le rabbin, encore à moitié endormi, était presque chauve et avait atteint la cinquantaine. Là s'arrêtaient ses points communs avec le gardien de nuit. Celui-ci avait une démarche furtive et une silhouette grotesque de baril de bière perché sur deux allumettes. Le rabbin, au contraire, grand et mince, se déplaçait avec l'aisance d'un homme bien dans sa peau. Son visage avait une tranquillité de chat, avec ses yeux mi-clos, encore pleins de sommeil.

Le gardien leva les yeux sur le rabbin.

– Attendez de la voir. On dirait une petite fille, assise là, sagement, dans le froid. Nous devons maintenir une basse température, vous comprenez ?

– Je comprends.

– C'est vraiment bizarre. Depuis deux ans que je travaille ici, personne n'a encore veillé un corps pendant toute une nuit. C'est vraiment bizarre. Je ne savais pas qui prévenir. Alors, j'ai vu votre nom sur le registre des pompes funèbres. J'ai donc pensé que vous connaissiez la famille, vous voyez ?

– Je vois.

Le gardien hocha la tête en ouvrant la porte. Il s'effaça pour laisser entrer le rabbin.

– N'est-ce pas qu'elle a l'air d'une enfant ? dit-il. Maintenant, rabbin, je dois continuer ma ronde, si vous voulez bien m'excuser.

– Merci pour votre peine, monsieur Lugar. C'est très gentil à vous.

Le petit bonhomme sourit en baissant la tête, peu habitué aux compliments. Il s'éloigna rapidement dans le couloir mal éclairé, d'un petit pas raide et désarticulé comme s'il avait emprunté ce corps encombrant pour la nuit et qu'il n'y était pas encore habitué.

Le rabbin se retrouva dans une salle froide et nue, peinte en vert hôpital. Elle était assise sur une chaise pliante, auprès des tiroirs en métal qui occupaient tout un pan de mur. Dans l'un de ces tiroirs reposait un corps qui comptait beaucoup pour Kathy Mallory. Le col de sa veste remonté, elle avait enfoui ses mains sous ses bras croisés pour avoir chaud, faute d'être entourée par des bras amis.

Le rabbin savait qu'elle avait vingt-cinq ans. Mais il reconnut l'enfant au regard plein de défi sur la vieille photo que Louis portait toujours sur lui. Elle n'avait pas tellement changé, en quatorze ans, depuis ce jour où il l'avait vue pour la première fois, entrant dans le salon des Markowitz, à la suite d'Helen. Elle n'était jamais loin d'Helen d'ailleurs. Elle avait grandi depuis, bien sûr.

– Kathy, que fais-tu ici ? M. Lugar était inquiet à ton sujet.

– Un parent est supposé veiller le mort.

– Non. Kathy ! Ce n'est pas nécessaire. Louis n'était pas un juif religieux. Il avait pour seul rituel nos pokers du jeudi soir. Il a d'ailleurs manqué la partie de jeudi dernier.

Le rabbin s'accroupit sur les talons jusqu'à ce que ses yeux soient à la hauteur de ceux de Kathy. C'était toujours à ce niveau-là qu'il parlait aux enfants.

– Louis était si peu orthodoxe que je l'ai surpris un jour en train d'acheter un arbre de Noël. Ça devait être la première année que tu habitais avec lui et Helen. Il a même essayé de le faire passer pour un buisson de Hannoukka.

– Vous l'avez réprimandé ?

– Bien sûr ! Sur tout le chemin du retour pendant que je l'aidais à porter l'arbre jusqu'à la maison. J'ai été sans pitié.

– Oui, je me souviens de cet arbre. Il avait au moins trois mètres de haut. Il montait jusqu'au plafond.

– Alors tu n'as pas besoin de veiller toute la nuit un juif orthodoxe qui achète des arbres de Noël pour la petite goy qu'il a adoptée !

– Helen aurait été contente que je le fasse.

– Là, j'abandonne, dit le rabbin en souriant. C'est vrai qu'Helen aurait été contente. Louis aussi.

Kathy Mallory baissa les yeux en fixant ses mains.

– Tu sais, Kathy, tu peux pleurer.

– Ne vous faites pas trop d'illusions, rabbin.

En se levant, le rabbin David Kaplan semblait devenir de plus en plus grand. Il s'approcha du mur du fond où se trouvaient trois autres chaises pliantes. Il en apporta une auprès de Kathy et la déplia avec le plus grand soin avant de s'asseoir confortablement.

– Je crois que je vais rester aussi, dit-il.

– Pour quoi faire ?

– Helen aurait été contente.

– Je vais bien.

– Moi aussi, Kathy, je vais bien. Ça fait combien de temps que je te connais ? Depuis que tu es petite fille.

– Je n'ai jamais été une petite fille. C'est ce que disait Markowitz.

– Disons, depuis que tu es petite par la taille. Ça fait longtemps. Je suis là, si tu as besoin de moi.

– Je ne suis pas juive.

– Tu m'en diras tant ! Mais Helen a beaucoup investi en toi. Je dois protéger son investissement, le faire vivre, tu comprends ? Levant les yeux vers les néons du plafond, il ajouta : Nous sommes jeudi. Quand j'ai appris que je ne jouerais plus jamais au poker avec Louis, j'ai pleuré.

– Pas moi.

– Je veux bien te croire. Louis me disait – quand tu n'étais pas grande – que tu avais des principes. D'après toi, seuls les imbéciles pleurent. Je suis un pauvre imbécile, Kathy. Tu peux me prendre tout ce que tu veux. Te faire inviter à déjeuner, et même, de temps en temps, me demander un conseil. Tu es très fâchée contre Louis ?

Cette question la prit par surprise. Oui, elle était très en colère.

– C'était un bon flic, dit-elle. Quand un bon flic se fait tuer, c'est par négligence. Comment a-t-il pu faire ça ?

– Comment a-t-il pu te faire ça, *à toi* ? Louis était inquiet que tu travailles avec lui à la section criminelle spéciale. Ah, tu ne savais pas ? Eh bien, il était si fier de toi. Tu passais plus de temps en compagnie des ordinateurs qu'avec les truands. Elle est si intelligente, disait-il. Mais il connaissait les risques qu'il y avait à s'attaquer à certains criminels. Je crois qu'il savait que ça finirait ainsi.

– Le salopard qui lui a fait ça, j'aurai sa peau.

– Kathy, tu es experte en informatique, mais pas sur le terrain. Laisse ça aux autres. Louis se préoccupait de ta sécurité. Il n'aurait pas voulu que tu sois mêlée à cette histoire. Promets-moi que tu vas laisser tomber. Fais cette promesse, pour Louis. Fais-lui au moins ce cadeau.

Kathy se cala contre le dossier de sa chaise, les bras croisés, l'air de dire : *Alors, nous y voilà.*

– Markowitz vous a donc raconté tout ça. Intéressant.

– Nous en avons parlé. Et alors ?

Il se sentit soudain mal à l'aise devant le sourire qui se dessinait lentement sur le visage de la jeune femme – son sourire diabolique, comme disait Louis.

– J'étais plus que son rabbin. J'étais son plus vieil ami.

– Vous voulez m'aider ? Je vous prends au mot, rabbin. Vous me donnez ce que je veux, sinon, vos beaux discours ne sont que du vent !

Il sentait l'air froid à travers le tissu léger de sa veste. Kathy fronçait les sourcils. Encore un mauvais signe. Il était troublé par l'étrangeté des yeux durs dans ce visage d'ange.

– Alors, que vous a dit le vieux au sujet des meurtres de Gramercy Park ?

– Louis reviendrait à la vie pour me couper la langue si je t'entraînais dans ce merdier.

Brusquement, elle se leva et se pencha sur lui. Il se rétracta instinctivement de tout son être. Il avait oublié qu'il était plus grand qu'elle.

– Bon ! Alors je saute en plein dedans, à pieds joints, sans défense, sans votre aide, malgré vos promesses bidon...

– Ça suffit... Un marché est un marché, comme dirait Louis. Il ne m'a jamais rien dit de concret. Il parlait d'une façon sibylline – il aurait dû faire mon métier... Il disait que les indices étaient faux et vrais en même temps. Il disait encore que l'affaire était complexe et aussi qu'elle était simple. Est-ce que ça peut t'aider, Kathy ?

– Vous ne me dites pas tout, dit-elle en se rasseyant. Il connaissait l'identité du criminel, n'est-ce pas ?

– Il ne me l'a jamais dit.

– Mais il savait.

– Il m'a dit que la seule manière de coincer ce malade, cette bête immonde, était de le prendre sur le fait. Ce monstre est trop intelligent, me disait-il, plus malin que lui, et même que toi.

– Pourquoi Markowitz vous a raconté tout ça à vous, et pas à moi ?

– Oh, tu sais bien comment sont les parents. Ils deviennent indépendants de leurs enfants. Ils croient tout savoir, ils n'ont pas besoin de conseils, ils n'appellent plus leurs enfants. Ça leur ferait trop mal de téléphoner. Et vous, les gosses, vous leur donnez les meilleures années de votre vie, les années les plus sympa. Et comment vous récompensent-ils ? En vous cachant toutes les horreurs de l'existence.

– Il y a autre chose, rabbin. Allez, dites-le-moi. Pourquoi faisait-il lui-même la filature ? Pourquoi ne pas faire surveiller le suspect par des policiers ?

– Ce type lui faisait peur, Kathy. On n'a pas affaire à un criminel ordinaire. C'est un pervers, un malade mental. Markowitz n'allait pas risquer inutilement la vie des garçons et des filles de son service.

– Ça ne me suffit pas, rabbin. Trouvez autre chose.

Il voyait son image déformée se refléter sur les casiers métalliques de la morgue. Il détourna son regard.

– Savais-tu que Louis était un fana de danse ?

– Rabbin !

– Ecoute-moi, Kathy. Il adorait danser. Mais les juifs de sa famille n'aimaient pas danser. Ils étaient très traditionalistes, très pieux. Pas très amusants. Alors, Louis sortait en douce avec des copains irlandais pour aller danser. Un soir, quand nous étions jeunes et beaux, tous les deux, Louis m'emmena dans une boîte de nuit. Je m'en souviens comme de la nuit où mon premier enfant est né.

« Si tu avais pu le voir danser, Kathy ! Tout le monde faisait cercle autour de lui et de sa partenaire, hurlant et applaudissant à tout rompre. Nous battions tous la mesure en chœur avec nos mains, avec nos pieds. Nous ne faisions qu'un seul corps immense, nous balançant au rythme lancinant, ensorcelés à l'unisson par la musique de l'orchestre. Tout l'immeuble bougeait avec nous, tandis que les musiciens se défonçaient de plus en plus... Quand enfin la musique s'arrêta, cette hydre monstrueuse aux deux cents bouches laissa échapper un long cri d'extase.

« Nous regagnâmes Brooklyn par le métro, au lever du soleil. J'en pleurais. Louis ne comprenait pas. Il avait tant voulu me faire plaisir !

A présent, Kathy l'écoutait attentivement, voulant en savoir plus.

– Louis a toujours été un peu gros. Mais d'une grâce et d'une agilité que beaucoup de femmes lui aurait enviées. Je me souviens surtout de sa légèreté. Les maigrelets tout en os faisaient plus de bruit que lui avec leurs pieds. C'était un danseur-né. On a dit aussi qu'il était fait pour être flic – il était capable de s'approcher furtivement derrière sa proie et...

– O.K., j'ai pigé. Un flic ordinaire aurait fait trop de bruit.

– Louis ne faisait pas de bruit. Pourtant, il est mort. Je t'en prie, Kathy, laisse à quelqu'un d'autre le soin de découvrir qui est ce fou dangereux.

– Je crois savoir qui c'est... Maintenant.

– Alors, dis-le au département, Kathy. Laisse-les faire leur travail.

– Markowitz pensait que le criminel était malin. Mais, cette fois-ci, cette ordure s'est plantée.

– Que comptes-tu faire, Kathy ?

– Je vais suivre la procédure réglementaire. Markowitz approuverait. Voilà mon cadeau.

Le rabbin Kaplan remonta le col de sa veste. Il n'avait jamais eu si froid de sa vie.

2

Son costume gris foncé tombait impeccablement sur son corps bien proportionné. Mais les ciseaux du coiffeur n'avaient pas touché depuis au moins trois mois à ses épais cheveux châtains. Il suivait avec les autres la procession qui traversait lentement la pelouse. Cependant, l'aspect comique de son visage contrastait avec l'humeur du jour. Charles Butler souffrait véritablement. Mais plus il éprouvait de peine, plus il avait un air cocasse. Ses yeux légèrement globuleux, larges comme des soucoupes blanches trouées de petites pierres bleues, accentuaient son expression un peu ahurie. Quant à son nez en trompette, il aurait pu servir de perchoir à un pigeon newyorkais. De sa haute taille, il dominait la foule d'une tête. Une caricature triste sous la pluie. Quelques gouttes coulèrent sur ses joues, se mêlant à ses larmes. Nulle part où se cacher. Il était le clown de l'enterrement.

Mallory marchait juste devant lui. Elle aurait aussi bien pu se trouver seule. Elle semblait s'être égarée par hasard au milieu de tous ces gens à la mine sombre. Butler ne fut pas surpris qu'aucun bras protecteur ne la soutînt.

Charles pressa le pas et la rattrapa. Elle leva son visage vers lui. Les yeux verts d'eau, légèrement troubles, ne livraient rien. Charles l'entoura de son bras. Les deux policiers en uniforme qui marchaient à sa hauteur s'étonnèrent qu'il risquât la chose sans provoquer de réaction irritée.

Dans leurs conversations privées, elle était Kathleen. Mais, pour la police de New York, elle s'appelait Mallory. Comment l'appeler à l'enterrement de Louis Markowitz ? Elle était son héritière, songeait Charles Butler en se demandant de quelle façon lui annoncer la nouvelle. La lettre dans sa poche l'aiderait sans doute.

Mallory posa sa tasse de café avant d'ouvrir la lettre. Cela commençait par l'énumération des regrets du défunt : Louis Markowitz regrettait que sa femme, Helen, fût morte avant d'avoir pu achever l'éducation de Kathy. Il regrettait d'être obligé de l'appeler par son nom de famille à son entrée dans la police. Il regrettait de n'avoir pu la convaincre que ce n'était pas bien de pirater les ordinateurs des autres. Il regrettait enfin d'avoir lui-même mis à profit – pour le besoin de ses enquêtes – les piratages informatiques de sa fille, lui donnant ainsi un bien mauvais exemple.

La liste, ensuite, de ce que Markowitz ne regrettait pas : l'avoir arrêtée à l'âge de dix, onze ou douze ans (on n'avait jamais pu déterminer son âge avec précision). Il ne regrettait pas d'avoir confié la petite fille qui se débattait à cor et à cri à la douce Helen Markowitz. Celle-ci l'avait immobilisée par surprise en l'embrassant tendrement. Petit à petit, l'amour inconditionnel et immérité d'Helen apprivoisa l'enfant sauvage. Il ne regrettait pas que Kathy eût grandi en beauté et en intelligence – une intelligence qui parfois lui faisait peur.

Elle avait comblé d'un bonheur sans limites les dernières années d'Helen. Ainsi pouvait-il vivre et mourir tout en sachant que Kathy avait toujours une âme de voleuse. Il était heureux aussi de son amitié envers Charles Butler, homme de bien et d'honneur. Plaise à Dieu que Kathy, n'abusant pas de sa bonté, s'adresse à lui lorsqu'elle aurait un problème ou simplement au cas improbable où elle aurait besoin d'un peu de chaleur humaine. Dans le post-scriptum, Markowitz ajoutait qu'il l'avait aimée.

Repliant la lettre, Kathy leva les yeux sur l'homme au sourire triste. Charles Butler, assis à l'autre bout de la pièce, contemplait en silence sa tasse de café.

Il attendait sans doute qu'elle fonde en larmes, se dit-elle.

Il pouvait toujours courir.

Le commissaire divisionnaire Beale était assis sur le canapé. Il en remarqua le style plutôt masculin qui allait bien avec celui des autres meubles, massifs et solides. La seule touche féminine du salon de Kathy Mallory était cet ordre parfait auquel les hommes ont tant de mal à se plier. Mais il ne vit pas le moindre objet qui pût révéler la personnalité de la jeune femme. On se serait cru dans une salle d'exposition de mobilier design – bien trop design au goût du commissaire. En outre, la superficie de l'appartement ne correspondait pas au salaire de Mallory. Ça le contrariait toujours de voir l'un de ses policiers vivre au-dessus de ses moyens, être mieux habillé que lui ou posséder une plus belle voiture. Le commissaire divisionnaire, qui avait une âme de comptable, en prit mentalement note.

Le sergent Mallory revint, portant sur un plateau – d'argent, certainement – une bonne bouteille de sherry accompagnée de verres en cristal. Beale rallongea d'autant sa note.

Elle souriait. Cela invalidait le commentaire de Harry Blakeley prétendant que seule l'explosion d'une bombe dans son bureau inciterait Mallory à prendre un congé pour raisons personnelles. Après tout, elle prenait plutôt bien la tragédie de la mort de Markowitz.

– Je pense que nous pourrions vous accorder un congé à durée indéterminée, sergent.

Beale suivait le conseil de Blakeley : la tenir à l'écart jusqu'à la conclusion de l'affaire qui ne saurait tarder – quelques semaines tout au plus. « Surtout, ne la braquez pas. Dites-lui que c'est la politique du département dans un pareil cas. »

C'était en effet la procédure habituelle. Les médecins n'exercent pas leur art sur leur famille. Mallory sembla comprendre la sagesse de cette politique. Elle s'en remettrait aux recommandations du commissaire Beale. Il appréciait son attitude. Énormément.

« Et n'oubliez pas de lui prendre sa plaque et son revolver, avait ajouté Blakeley. Il ne faudrait pas qu'elle s'emballe sur une piste, seule et armée. »

Le commissaire Beale avait mentionné la plaque et le revolver, mais Mallory ne paraissait pas avoir entendu. Son regard s'était fait doux et distant. Il se souvint alors qu'elle avait enterré son père adoptif quelques heures auparavant. Elle était si jolie, si vulnérable. Il laissa tomber le sujet de la plaque et du revolver. L'entretien se passait bien jusqu'à présent. Pourquoi tout gâcher ? Mallory était un policier de toute confiance.

Pas vrai ?

– Sergent, est-ce que le loyer de votre appartement fait partie des loyers contrôlés ? Cela ne vous ennuierait pas trop de me dire combien vous payez par mois ?

– Je ne paie pas de loyer. L'appartement est à moi. Markowitz a versé le premier acompte quand j'ai quitté Brooklyn. Il voulait que j'habite un bon immeuble gardé par un concierge.

Markowitz l'avait sans doute aidée à payer les mensualités et les charges. Depuis le temps qu'il était dans la police, il avait dû mettre de côté un confortable magot. Non, inutile de prendre sa plaque et son revolver à la fille de Markowitz. Elle avait été à bonne école, élevée dans la plus pure tradition de la police new-yorkaise.

Plus tard, dans la journée, quand le commissaire divisionnaire Beale expliquerait au chef de la police, Harry Blakeley, qu'il avait laissé son arme à Mallory, celui-ci lèverait les yeux au ciel sans rien dire.

Refermant la porte du bureau, le lieutenant Jack Coffey s'enfonça lentement dans le fauteuil rembourré de Markowitz. Le cercle formé par sa calvitie naissante se reflétait dans la fenêtre derrière lui. La vitre qui occupait la partie supérieure du mur donnait sur la section criminelle spéciale où s'affairaient policiers et employés.

Les deux murs adjacents étaient du Markowitz tout craché, à l'instar du fouillis de papiers sur son bureau. Sur des panneaux en liège collés du sol au plafond, il avait épinglé des pochettes d'allumettes avec des notes écrites au dos, des pense-bêtes griffonnés sur des tableaux de service, des photos de toutes sortes, des notes prises au dos de listings informatiques... Bref, un immense collage à la mesure de son poste à la tête d'un service en pleine expansion. Ce fatras d'informations étalées sur les murs reflétait la mentalité de l'homme : un amoureux du détail, un amateur d'images, un collectionneur de petits fragments de faits.

Cependant, c'était la nudité du mur du fond qui attirait l'attention de Coffey. Avant l'enterrement, ce tableau de liège était entièrement recouvert de photos, de notes manuscrites, de coupures de presse, de copies des déclarations de témoins au sujet des meurtres de Gramercy Park, de milliers de détails concernant cette affaire prioritaire.

Coffey songeait pour se consoler qu'il pourrait récupérer la plupart de ces informations dans le disque dur de l'ordinateur. De même, les pièces à conviction, soigneusement rangées et étiquetées, seraient à sa disposition dès qu'il en ferait la demande. Mais ce n'était pas pareil. Le mur du fond représentait la dernière manifestation tangible de l'esprit de Markowitz. Le moindre espace vide dans cet encombrement de paperasses aurait déjà paru incongru, mais un pan de mur entier ! Il ressentit cela comme une agression.

Le lieutenant Coffey se tourna vers le sergent Riker, qui regardait fixement ses chaussures poussiéreuses.

– Comment a-t-elle fait pour sortir ça d'ici, Riker ?

– Vous croyez vraiment que Mallory a pu faire ça ?

– Ça va. Arrête tes conneries.

Riker jura qu'il n'avait pas vu Mallory démonter le panneau de liège. C'était la stricte vérité. Mais le sergent omit de dire qu'il marchait sur les talons de Mallory quand, se dirigeant vers la sortie, elle avait croisé une douzaine d'inspecteurs et suivi le long couloir rempli de flics en uniforme, portant sous un bras le long rouleau de liège et sous l'autre un gros registre, plus un bloc-notes dans son sac avec Dieu sait quoi d'autre. Le sac était grand. Mais elle n'avait pu prendre en même temps la photocopieuse. Pour lui éviter de faire deux fois le même trajet, Riker l'avait emportée.

Mallory n'avait volé qu'un panneau sur trois. Le lieutenant devrait lui être reconnaissant d'avoir laissé le fauteuil et le bureau. C'est ainsi que le sergent Riker voyait la chose.

Mallory se dirigea vers une pièce de son appartement que le commissaire divisionnaire Beale n'avait pas vue. Son bureau. Il ne contenait qu'un ordinateur, une table, une chaise et une étagère sur laquelle trônaient des manuels d'informatique et les disquettes témoignant de ses innombrables piratages. C'était un lieu d'un dénuement et d'une propreté spartiates. Pas la moindre poussière ne troublait la transparence de la fenêtre d'où l'on voyait la circulation dense sur l'avenue longeant l'Hudson en arrière-plan.

Assise en tailleur sur le tapis, Kathy se mit à dérouler les méandres du cerveau de Louis Markowitz. Il fallait respecter minutieusement l'ordre des documents épinglés les uns sur les autres, car il témoignait du processus de pensée du policier.

Parmi les strates inférieures, elle découvrit le rapport du FBI décrivant le profil du tueur : un homme entre vingt et trente-cinq ans, abandonné par son père avant l'âge de treize ans et élevé par une femme – la mère ou la grand-mère. Au-dessus, les inventaires des portefeuilles boursiers des deux premières victimes. Markowitz avait toujours privilégié les mobiles financiers. L'ordre des surfaces successives indiquait qu'il avait écarté l'hypothèse du malade mental. Chaque jour, assis à son bureau, il contemplait les derniers documents qu'il avait choisi de voir. Peu à peu, les pièces du puzzle s'étaient mises en place. Tout était là, devant lui.

Kathy avait effectué pour Markowitz les enquêtes de personnalité à la suite du second meurtre. Le listage concernant son suspect favori tenait une place d'honneur sur le panneau de liège. Jonathan Gaynor ne collait pas exactement avec le profil du FBI mais, en tant que seul héritier de sa tante Estelle Gaynor, il avait le mobile de l'argent. Âgé de trente-six ans, il devait être brillant, car son nom était suivi d'au moins autant d'initiales de diplômes que celui de Charles Butler. Gaynor avait peut-être eu l'intelligence de tuer sa tante après avoir commis le premier meurtre pour brouiller les pistes.

Henry Cathery, l'héritier de la première victime, figurait sur le tableau grâce aux piratages de Mallory sur l'ordinateur d'une banque. Markowitz s'était désintéressé de lui lorsqu'elle lui avait démontré que le jeune Cathery avait une fortune personnelle plus importante que celle de sa grand-mère assassinée.

Kathy mit deux heures à photocopier chaque bout de papier, le découpant à sa dimension originale et le replaçant exactement à la même place sur le panneau de liège. Elle avait installé sur un trépied un appareil de photo pour bancs-titres, volé au laboratoire de la police. Après avoir aligné les reproductions sur papier brillant des lieux des deux crimes, elle les photographia avec une pellicule diapositives. Elle en fit de même avec les objets en trois dimensions : des boîtes d'allumettes griffonnées, un sac en plastique vert et un sac transparent rempli de milliers de petites perles blanches trouvées sur la scène du premier crime à Gramercy Park. Les perles avaient appartenu à Anne Cathery.

Le technicien du labo, qui avait mis six heures à les récupérer toutes dans la poussière et l'herbe jaunie du square, s'était plaint amèrement. Ensuite, il avait fallu retrouver un collier identique qui corresponde au nombre de perles ramassées, ce qui avait pris encore une journée. Tout cela parce que Markowitz tenait beaucoup à la précision de ces petits détails.

La sonnette de la porte d'entrée retentit.

Un voisin, peut-être ? Le concierge aurait annoncé par le téléphone intérieur la visite d'un étranger. Le jour de l'arrivée de Kathy dans l'immeuble, Markowitz avait fichu une peur bleue au portier à propos de la sécurité – soulignée par un pourboire de cent dollars. Ensuite il avait regagné seul la maison de Brooklyn aux fenêtres obscures où ils avaient vécu comme une petite famille, lui, sa femme et l'enfant voleuse.

Le carillon résonna à nouveau tandis qu'elle traversait le salon. Son sac à main, posé sur la petite table dans l'entrée, contenait sa plaque et son revolver. Il était encore trop tôt pour qu'elle ait eu le temps ou l'occasion de laisser des traces. Mais, en ouvrant la porte, elle tenait le revolver dans sa main droite cachée derrière son dos.

Le géant hirsute au costume élimé qui se tenait sur le pas de la porte était Riker. Il n'avait pas dû se raser depuis la mort de Markowitz. Un hommage de rustre, se dit-elle. Riker fixait des yeux la main qu'il ne pouvait voir. Un large sourire creusa ses rides.

– Tu ne voudrais pas me faire du mal, n'est-ce pas, Kathy ?

Il prenait ses précautions. Si elle le laissait l'appeler Kathy, elle ne tirerait pas. Elle lui sourit. Un étranger n'aurait jamais pu deviner combien cette expression lui était peu familière.

Ouvrant grande la porte, elle lui fit signe d'entrer. Pendant qu'elle rangeait son arme dans son sac, Riker se mit à fourrager dans le frigidaire à la recherche d'une bière. Il en trouva une, bien froide, et l'ouvrit. La capsule en métal vola à travers la cuisine et tomba sur le carrelage. Kathy la ramassa et la jeta dans la poubelle. Elle détestait le désordre. La maison d'Helen Markowitz avait toujours été bien tenue.

Le lendemain de la mort d'Helen, Kathy avait nettoyé la maison de Brooklyn de fond en comble, cette maison où ils avaient vécu tous les trois jusqu'à ce que la main du chirurgien lui enlève Helen. Kathleen astiqua si bien la vieille baraque qu'aucune maison dans tout Brooklyn ne pouvait soutenir la comparaison. Mais quand Kathy se mit à frotter l'intérieur de la cheminée, déversant une montagne de suie et de cendres sur la moquette, Markowitz l'attrapa à bras le corps et la serra contre lui. De rage, elle se débattit comme un beau diable. Elle hurlait en lui frappant la poitrine de ses poings. Il la laissa faire, faisant semblant de ne pas s'en apercevoir, et la serra plus fort. Finalement, elle éclata en sanglots. Elle pleura des journées entières. Quand les larmes se tarirent, elle ne pleura plus jamais. C'était comme si la mort d'Helen avait tari définitivement toutes les larmes de son corps.

Riker s'installa confortablement sur le canapé.

– Coffey m'a donné l'ordre de reprendre tout ce que tu as piqué, sauf la photocopieuse. Il ne s'en est pas encore aperçu.

Il allait mettre une jambe sur l'accoudoir du canapé, mais il se retint, sachant à qui il avait affaire.

– Tu peux emporter la photocopieuse aussi, dit Mallory. Je n'en ai plus besoin.

– Non. Je suis un type sentimental. C'était la photocopieuse de Markowitz. Tu peux la garder.

Tirant une cigarette de la poche de sa chemise, il la tint entre ses doigts d'un air interrogateur.

Elle acquiesça d'un signe de tête et fit glisser vers lui le cendrier sur la table basse.

Il reposa le briquet en argent couvert des empreintes de ses grosses pattes.

– Alors, comment ça va, toi ? On n'a pas eu le temps de se parler pendant le cambriolage du siècle, au commissariat. Bon Dieu ! si tu avais vu la gueule de Coffey ! J'ai bien cru que le pauvre type allait chialer... Bon, comment vas-tu, Kathy ?

– Ça va.

– Je ne peux rien faire pour toi ?

– Si.

Une heure plus tard, le panneau de liège tapissait le mur du fond du bureau. Il n'en recouvrait que la moitié ; sur l'autre, ils avaient installé un deuxième panneau de liège vierge. Kathy examina soigneusement la ligne où se rejoignaient l'ancien et le nouveau avec la précision d'un fil à plomb de menuisier. Elle approuva le résultat. Riker enfonça le dernier clou. Des morceaux de papier découpés, des boîtes de films vides jonchaient le sol. Deux bouteilles de bière avaient roulé dans un coin et Riker était en train de renverser une partie de la troisième sur le parquet ciré.

Pour tous ceux qui n'avaient pas connu Markowitz, ce collage sur le mur n'eût représenté qu'un amas chaotique de documents en pagaille. La pièce ne reflétait plus le perfectionnisme ordonné de Kathy Mallory. Cela ressemblait à Markowitz, maintenant, comme s'il habitait là.

Elle tenait une copie de l'agenda de Markowitz quand Riker s'approcha, renversant de la bière à ses pieds.

– T'as une idée au sujet de ses rendez-vous du mardi soir ? demanda-t-il en lisant par-dessus l'épaule de Kathy. Coffey, ça le rend fou.

L'inscription des initiales BDA à l'encre noire sur chaque page du mardi, à neuf heures du soir, avait commencé depuis environ un an, après que Kathy eut quitté la maison de Brooklyn.

– J'ai déjà demandé à ses partenaires de poker et aux voisins. Personne ne sait où il allait le mardi soir. Peux-tu m'obtenir une liste des pistes que vous avez éliminées ?

– D'accord, mon petit. Suffit de rayer dans l'annuaire toutes les entreprises avec ces initiales. Nous ne les avons pas trouvées non plus au casier judiciaire.

Quand Riker fut parti, emportant un sac rempli des papiers volés, Kathy retourna dans son bureau pour contempler le liège intact à côté de la collection de Markowitz. Cette moitié vide du panneau représentait pour elle quelque chose d'aussi émouvant que la toile vierge du peintre avant le premier coup de pinceau. Elle se mit à épingler les rapports et les photos concernant le double meurtre à East Village. Pour ces homicides, elle disposait de ses propres épreuves de la scène du crime.

En plus de l'intervalle rectiligne entre le panneau de Markowitz et celui de Kathy, il y avait une différence qui sautait tout de suite aux yeux : autant les documents de Markowitz étaient fixés de travers, avec des punaises dans tous les sens, autant ceux de Kathy étaient soigneusement alignés avec la précision d'un ordinateur. Elle avait conservé rigoureusement le même espace entre le rapport préliminaire du médecin légiste, les photos des deux victimes, les déclarations des témoins et les empreintes digitales du jeune voleur.

Sous les dix photos des corps de Markowitz et de Pearl Whitman, comme s'ils avaient été tués dix fois sous ses yeux, elle épingla le dernier rapport sur la Whitman Chemicals Corporation, courtoisement fourni par l'ordinateur central du bureau du procureur général de Manhattan – à son insu. Miss Edith Candle, l'une des personnes mentionnées dans l'enquête de la SEC (Securities and Exchange Commission [1]), résidait dans le même immeuble de Soho que Charles Butler. L'enquêteur de la SEC la décrivait comme un conseiller financier

1. Équivalent américain de la Commission des opérations de Bourse. *(N.d.T.)*

qui exploiterait ses dons de médium au service du marché boursier.

Cette corrélation ténue avec Charles n'aurait pas surpris Markowitz outre mesure. Ne disait-il pas toujours que le monde était petit et que le propre d'un bon travail de policier était justement de découvrir ces multiples connexions ?

– Il n'y a pas d'impasse, ma petite. Il y a toujours quelqu'un qui connaît quelqu'un qui sait quelque chose.

– Ne m'appelez pas votre petite, lui avait-elle répondu cette fois-là.

Kathy ne disposait que d'un feuillet contenant des informations rudimentaires sur Edith Candle. Utilisant la dernière punaise, elle la fixa au centre de la feuille, en haut du tableau, afin qu'elle soit bien droite. Comme elle s'éloignait du mur de liège, la page sur Edith Candle, défiant les lois de la pesanteur, pencha dangereusement. Ce qui fut encore plus étrange, c'est qu'en lançant un dernier regard sur le mur Kathy ne s'en aperçut même pas. Refermant la porte de son bureau, elle fit tinter résolument ses clés de voiture en les sortant de la poche de son jean.

Il était environ cinq heures de l'après-midi. Mallory tourna à gauche sur la 20e Rue. Au bout de quelques minutes, sa voiture marron quittait le brouhaha des encombrements pour rouler doucement dans un autre siècle.

Gramercy Park avait perdu ses pavés et ses réverbères au gaz, mais rien d'autre n'avait changé depuis le siècle dernier. Le square était bordé de solides maisons bourgeoises, en brique rouge foncé, où le marbre et le granit coexistaient avec l'acajou et le cuivre. Un îlot de tranquillité au cœur de Manhattan, malgré la circulation des gens et des voitures qui le traversaient. Les gratte-ciel imposants qui entouraient Gramercy Park semblaient y monter la garde et amortir la rumeur de la ville. Même la façon de marcher des piétons traversant le square manifestait une certaine déférence.

Le tracé du lieu avait été planifié de telle sorte que nul ne pouvait s'y attarder qui n'y résidait pas. Au centre du square, le jardin, entouré d'une grille en fer forgé, avait une porte dont seuls les résidents avaient la clé. Les New-Yorkais de passage étaient rapidement expulsés par les rues qui menaient inexorablement vers la périphérie. Pas de banc pour se reposer. Parfois, les promeneurs de chiens s'arrêtaient un moment. Les autres piétons passaient leur chemin sans laisser de traces.

Il restait à peine une heure de jour quand Mallory rangea sa voiture à une bonne distance derrière le taxi qui ramenait le suspect de l'université de Columbia après son dernier cours de la journée. Le calme régnait dans les rues avoisinant le jardin dont les barreaux surmontés d'une pointe acérée ne protégeaient que les habitants de Gramercy Park. Dans le square, des dames aux cheveux blancs, en robes d'été, bavardaient, assises sur les bancs en bois, ponctuant leurs discussions de gestes de la main. Une jeune femme promenait son enfant le long des allées en gravier. Un vieil homme, assis sur un banc, tenait compagnie aux pigeons. Des senteurs de chèvrefeuille en fleur pénétrèrent dans la voiture de Mallory par la vitre ouverte.

Pendant que le suspect payait le taxi, elle sortit de la boîte à gants le listage indiquant les horaires et les matières de ses cours – des données empruntées subrepticement à l'ordinateur de l'université – ainsi que le programme d'une pièce de théâtre montée par les étudiants, où Gaynor figurait comme acteur. Les meurtres avaient toujours lieu pendant la journée. Il y avait des temps morts entre ses cours et ses entretiens avec les étudiants. Avec une voiture rapide et un peu de chance aux feux, il lui était possible de faire un saut à Gramercy Park, de commettre le crime et de revenir sans que personne ne s'aperçoive de son absence. Le tout était de savoir à quel moment.

Le fait que le professeur Jonathan Gaynor ait un alibi pendant l'assassinat de sa tante ne posait pas de problème à Mallory. On pouvait supposer qu'un individu assez intelligent pour commettre ces trois crimes sans laisser d'indices avait eu le savoir-faire de persuader un groupe d'étudiants qu'il était présent quand il ne l'était pas. C'était l'essence de l'art du magicien – convaincre les spectateurs qu'ils avaient aperçu quelque chose qu'ils n'avaient en réalité pas vu. Ces meurtres en plein jour avaient un caractère magique, mais Kathy ne croyait pas à la magie. Il y avait eu un tour de passe-passe. Elle se jura de le découvrir.

Le regard de Kathy traversa les barreaux de la grille, survolant les massifs de fleurs et les buissons bien taillés pour s'arrêter à l'endroit où l'on avait trouvé la première victime, Mme Cathery, gisant à côté d'une petite cabane en bois qui servait de maison miniature pour les enfants, à l'autre bout du parc.

Dans sa simplicité brutale, ce meurtre présentait une rare complexité quant à son accomplissement. Vingt-huit résidents du square avaient admis être chez eux à divers moments de la journée le jour du crime. Pourtant, personne ne s'était souvenu d'avoir vu un inconnu entrer dans le jardin, attirer une vieille dame dans la cabane, l'égorger en éclaboussant la terre de son sang et en répandant dans la poussière du jardin les centaines de perles de son collier. Évidemment, personne n'avait rien entendu. Le docteur Slope avait affirmé que le premier coup de couteau à la gorge aurait étouffé le moindre cri. La vieille dame n'aurait pu émettre qu'un vague hoquet.

Mallory savait qu'une pièce du puzzle, qu'elle était bien incapable de voir à présent, lui échappait. Mais il devait y avoir une explication rationnelle. Ce maniaque avait beau être malin, il n'était ni invisible ni doué de pouvoirs surnaturels.

Le programme de la pièce de théâtre glissa de la chemise et tomba sur le plancher de la voiture. Pensive, elle examina la couverture imprimée en caractères gras. Des étudiants de Barnard College avaient intitulé la comédie : *Radio Days*. La seule partie qui l'intéressa fut le titre d'une émission de la vieille série radiophonique du *Shadow* [1]. Elle en connaissait tous les scénarios par cœur ; elle avait écouté les épisodes du *Shadow* dans le sous-sol de la maison de Brooklyn. Markowitz collectionnait les titres de musique rock, d'Artie Shaw à Elvis Presley. Il aimait tout particulièrement la musique du *Shadow*. Les samedis après-midi, Kathy, assise à ses

1. *The Shadow : L'Ombre. (N.d.T.)*

côtés, avait ainsi appris à aimer les tubes des années cinquante.

Dans le quartier, les hommes installaient fréquemment dans le sous-sol de leur maison un atelier où ils pouvaient bricoler sans gêner leur femme ou leurs voisins. Dans le sien, Markowitz avait construit un monde imaginaire pour une enfant qui avait été confrontée très tôt à la réalité de la rue, se nourrissant dans les poubelles et dormant sur des cartons dans les embrasures de portes.

Le Shadow, héros de la série, avait le pouvoir de se rendre invisible et d'obscurcir le cerveau des hommes.

A l'époque, l'enfant qu'elle était avait dit à Markowitz :

– C'est pas vrai ! Personne n'est capable de faire ça !

– Fais comme si tu le croyais, avait répondu Markowitz.

– Non. Il faut être con pour croire à une histoire pareille !

– On ne dit pas *con*, ma chérie, dit Helen, qui venait d'entrer.

Elle était descendue apporter un pull-over à l'enfant assise à un mètre du poêle.

– Elle n'a pas froid, voyons ! protesta Markowitz.

Et Kathy se mit à frissonner pour faire plaisir à Helen.

– Voilà. Tu vois comme c'est facile ! avait dit Markowitz.

Mallory s'était garée près du Player's Club. Soudain, elle aperçut le lieutenant Coffey qui parlait au concierge. Se tassant sur son siège, elle le vit entrer dans l'immeuble. C'était là que se plaçaient les policiers qui surveillaient les allées et venues dans le square. C'était aussi l'endroit où la deuxième victime avait été découverte. On avait trouvé la tante de Jonathan Gaynor à l'intérieur d'une voiture aux vitres teintées. Le deuxième assassinat avait été brutalement exécuté en plein jour. Mais sans la provocation du premier meurtre, sous le nez de tous les gens qui se trouvaient dans le square, ce jour-là.

Estelle Gaynor avait, elle aussi, appartenu à ce monde

fermé de la haute société new-yorkaise. Aujourd'hui, à Gramercy Park, les plus vieilles familles côtoyaient les nouveaux riches du show-business. La troisième victime, Pearl Whitman, avait rompu le rituel en se faisant égorger dans un quartier sordide. Pourquoi ? Et qu'avait vu Markowitz que Mallory ne voyait pas ? Le cas de Pearl Whitman était d'autant plus frustrant qu'elle ne laissait pas d'héritiers. Le rapport de la SEC sur Edith Candle la taraudait également à cause du peu d'informations fournies. Cette dame savait garder secrètes ses transactions.

Un second taxi se rangea devant l'immeuble du Players. Par les vitres arrière, on apercevait un tas de sacs remplis à craquer de tissus aux couleurs bigarrées, et par intervalles, apparaissaient un visage blanc et un visage brun. La porte arrière s'ouvrit pour laisser s'échapper sur le trottoir le flot de paquets, un petit garçon et un jeune doberman. Le chauffeur posa contre sa portière une table ronde aux pieds fragiles et empila des boîtes sur l'asphalte tandis que le jeune garçon essayait de porter à bout de bras un antique gramophone au cornet énorme.

Mallory se demandait comment le taxi avait pu contenir tout ce capharnaüm qui s'amoncelait sur le trottoir. Le spectacle insolite continuait. La porte du côté passager s'ouvrit. Une femme aux proportions gigantesques en sortit. Elle mesurait au moins un mètre quatre-vingt-dix, et la dimension de son tour de taille semblait incompatible avec celle de la portière.

Le chauffeur de taxi, un Arabe qui ne possédait pas encore la maîtrise de la langue anglaise et qui n'était pas habitué à la désinvolture des femmes américaines, entama une discussion animée avec sa passagère qui ne lui avait pas laissé un assez gros pourboire, semblait-il. Le ton s'envenima. Gesticulant, les poings serrés, sous le nez de sa cliente, il n'exprimait que des cris inarticulés où revenait l'exclamation :

– Tu vas pas me voler, moi, salope !

Du haut de sa stature majestueuse, la femme, qui sembla tout d'un coup moins grasse et plus imposante, se pencha vers le petit homme en lui murmurant des paroles que Mallory ne put distinguer.

Dans sa hâte de regagner sa place derrière le volant, le taxi arracha à moitié sa portière. Il démarra en trombe dans un crissement de pneus qui retentit dans tout le square.

Mallory approuva en hochant la tête la performance de la géante.

3

Trépignant intérieurement, Charles Butler s'efforçait de transmettre une accélération à l'ascenseur. Il dévisageait avec mauvaise humeur chaque passager qui en ralentissait la descente en appuyant sur un bouton. Avec un peu de chance, il n'aurait que dix minutes de retard – si l'ascenseur ne faisait plus d'arrêts après le quarantième étage. Mallory, songeait-il, ne serait certainement pas en retard pour leur rendez-vous à soixante rues de là, au sud de Manhattan. A l'heure pile, elle sonnerait à la porte du bureau vide. Sa manie de l'exactitude égalait son obsession de l'ordre et de la propreté.

Et Charles Butler se mit à s'angoisser sur autre chose encore. Il venait d'emménager son bureau dans l'appartement d'en face, sur son palier. Il n'avait pas eu le temps de mettre de l'ordre dans le capharnaüm de livres et de papiers qui s'entassaient en un labyrinthe inextricable où la poussière faisait bon ménage avec les toiles d'araignée.

L'ascenseur s'arrêta encore une fois. Butler fixa froidement l'intrus. A présent, il prenait chaque arrêt comme un outrage personnel. Ces gens avaient eu le loisir de monter et de descendre pendant toute la matinée. Ils le faisaient exprès ou quoi ? En revanche, se dit-il, si Mallory n'avait pas eu la patience d'attendre, ça lui donnerait le temps de ranger son bureau.

Ce matin, il avait bien essayé de classer sa correspondance qui traînait partout. Les feuilles d'impôt trimestrielles s'échappaient des cartons et des tiroirs ouverts ainsi que toutes les paperasses administratives afférentes à la propriété d'un immeuble de rapport, en attendant d'être triées et rangées. Enfin, une centaine de livres et une pile de vieux journaux s'entassaient au pied de la bibliothèque qu'il avait fait faire.

Comment réagirait-elle devant ce désordre ? Elle croirait peut-être que des vandales étaient passés par là. Il entrerait derrière elle et ferait semblant d'être atterré.

Ce matin, il avait entendu Mme Ortega, sa femme de ménage, arriver au moment précis où il tentait désespérément de dégager quelques centimètres carrés sur le tapis. Se précipitant sur le palier, il l'avait regardée avec des yeux pleins d'espoir tandis qu'elle ouvrait la porte d'entrée de son appartement privé dont elle avait les clés. Mme Ortega lui lança un coup d'œil offusqué en claquant derrière elle la porte du lieu qui était son domaine, placé sous sa responsabilité. Le regard signifiait : « Tu peux toujours attendre que je mette les pieds dans ce fouillis-là ! »

Il savait que Mme Ortega le considérait un peu comme un extraterrestre qui n'avait rien à voir avec son bout de terre à elle, un quadrilatère bien délimité dans le quartier latino de Brooklyn.

C'est vrai, je viens d'une autre planète, se dit Charles Butler en songeant à sa jeunesse studieuse à l'université, consacrée ensuite à la recherche scientifique, au sein d'une communauté protégée. Il n'avait rompu que récemment avec le passé en se confrontant avec la vie réelle. Mme Ortega n'avait pas fait de commentaires quand, l'année dernière, il lui avait communiqué sa nouvelle adresse. Se demandait-elle pourquoi il avait quitté les avenues luxueuses de l'Upper East Side pour les rues étroites et sales de Soho ? Elle savait que les gens d'*ailleurs* n'ont pas les mêmes valeurs que les habitants de Brooklyn.

Avant de quitter son bureau pour un rendez-vous en haut de Manhattan, au soixantième étage, Charles avait songé un instant à nettoyer les lieux au chalumeau.

Quand l'ascenseur s'arrêta encore pour laisser entrer une femme et un enfant, il vit, avec un haut-le-cœur, le gosse appuyer sur dix boutons pendant que la porte se refermait.

La mère de Mme Ortega était irlandaise. Elle avait les mêmes yeux verts et la même tignasse dorée aux reflets roux que cette inconnue debout sur le seuil de la porte. Mais sa mère n'était pas flic. Mme Ortega flaira la police quand la jeune femme lui intima l'ordre d'ouvrir la porte du bureau de M. Butler, en face.

Tournant la clé dans la serrure, elle ouvrit la porte sur la vision d'enfer pour toutes les femmes de ménage du monde. Elle n'aimait pas avoir la clé du bureau. M. Butler pourrait un jour avoir l'idée de lui demander d'y faire le ménage. Pas question ! Elle connaissait ses droits. Il ne pouvait l'obliger à nettoyer ce foutoir.

Pourtant, elle avait été contente, sur le moment, quand il avait pris l'appartement d'en face pour y déménager tout son désordre, bouquins et paperasses. De plus, ça lui donnait un peu d'air de ne pas avoir M. Butler dans les jambes pendant qu'elle nettoyait et qu'elle passait l'aspirateur. La seule chose qu'on pouvait apprécier dans le bureau d'en face, c'étaient les murs fraîchement repeints. Quand aux fenêtres... Il aurait fallu un litre d'ammoniaque par carreau pour voir à travers. Entre les monceaux de papiers accumulés, les araignées avaient tissé leurs toiles en toute impunité. Elle n'avait jamais eu le courage d'explorer les autres pièces. Mme Ortega avait le cœur fragile.

Oh ! là là ! elle n'en croyait pas ses yeux ! La femme flic souriait. Mais ce n'était pas un gentil sourire. C'était plutôt la grimace triomphante d'un chat qui tenait une souris vivante dans ses mâchoires.

Dans l'ascenseur en panne entre le seizième et le quinzième étage, plongés dans l'obscurité, les gens discutaient sur ce qu'il fallait faire si la cabine tombait en chute libre. L'un des passagers avait entendu dire que c'était une bonne idée de faire une série de sauts, ainsi, il y aurait cinquante chances sur cent d'être en l'air quand l'ascenseur s'écraserait.

– Et de se briser les jambes, ajouta Charles. Vous tomberez toujours à la même vitesse que la cabine.

Curieusement, c'était le garçon de onze ans qui comprenait le mieux le principe de gravitation. Les adultes, affolés, sautillaient dans le noir.

A travers les portes bloquées, la voix d'un pompier leur parvint, déformée par le haut-parleur :

– Arrêtez de déconner là-dedans, bande d'imbéciles !

Mme Ortega s'était reculée contre le mur. La femme flic lui avait coupé la route en bloquant la porte d'entrée.

– Moi, pas parler anglais ! cria-t-elle.

Mme Ortega ne parlait pas un mot d'espagnol. Américaine depuis la quatrième génération, elle ne parlait que le new-yorkais.

Après avoir énuméré un certain nombre de rues, Charles et le chauffeur de taxi, qui ne savait pas l'anglais, tombèrent enfin d'accord sur l'itinéraire. Malheureusement, le chauffeur se montrait très respectueux du code de la route, contrairement à ses collègues, ne changeant pas une seule fois de voie en quarante-trois blocs, ralentissant aux feux orange et regardant à droite et à gauche aux carrefours même quand le feu passait au vert.

Un comble.

Charles serrait fortement ses mains croisées sur ses genoux de peur qu'indépendamment de sa volonté elles ne flanquent une paire de gifles à cet imbécile. Pas la peine d'occire le chauffeur de taxi dès son premier jour de travail ; son prochain client le ferait certainement.

Charles rencontra Mme Ortega sur le palier. Elle le croisa sans le regarder, marchant d'un pas résolu vers l'ascenseur et la liberté.

– Au revoir, madame Ortega ! A la semaine prochaine.

– Sales flics ! marmonna-t-elle.

La porte du bureau était entrouverte. Traversant le

vestibule sur la pointe des pieds, il pénétra dans un univers où régnait un ordre parfait. Les vitres reluisaient, transparentes. Les feuilles de papier éparses ne jonchaient plus le tapis. Il admira le bois sombre du bureau qu'il avait acheté cinq semaines auparavant à une vente aux enchères chez Sotheby's. Les dossiers étaient soigneusement étiquetés et rangés dans le secrétaire en acajou. Il admira aussi les longs doigts aux ongles vernis rouges en train de classer d'autres dossiers dans des chemises et de les placer dans les tiroirs appropriés. Les étagères d'un pan de mur entier contenaient à présent douze années de revues, de journaux financiers et une petite bibliothèque de livres.

Mallory, refermant avec effort le secrétaire, se tourna vers Charles.

– C'est trop, Charles. Il faut absolument que vous vous reconvertissiez à l'informatique.

Avant de s'effondrer dans un fauteuil confortable dont il avait oublié l'existence, Charles l'embrassa sur la joue.

– Salut, Kathleen. Désolé. D'habitude, je n'ai pas une demi-journée de retard. C'est vraiment merveilleux, ajouta-t-il.

Il contempla le mobilier ancien, les lampes Tiffany. Il n'arrivait pas à imaginer un ordinateur ni même une machine à écrire électrique dans ce décor raffiné. Il répéta en éludant le sujet :

– Absolument merveilleux.

Ce n'était pas la première fois qu'ils avaient eu cette discussion depuis les deux années qu'ils se connaissaient. Kathy ne pouvait comprendre sa résistance à la technologie étant donné sa compétence en informatique. Il avait même publié un article remarquable sur les surdoués de l'ordinateur. Elle avait été l'inspiratrice de ce papier. En manipulant son clavier, elle était capable d'atteindre le cœur de n'importe quel logiciel et d'en transformer les fonctions à sa guise. Elle pouvait en faire une entité qui aboierait à la lune si elle le voulait.

– Nous pourrions installer ici un réseau d'ordinateurs dernier cri, dit-elle.

– Je préfère conserver mon organisation vieux jeu, répondit-il.

Il nota silencieusement son emploi du *nous* et se demanda ce qu'il fallait en penser.

La sonnerie de la porte retentit. En traversant la pièce, Charles se dit qu'il renonçait définitivement à utiliser la haute technologie à des fins personnelles. Pas d'ordinateurs. Ils n'iraient pas avec son mobilier et ses objets anciens superbement mis en valeur par son tapis persan. De son œil intérieur, le tisserand, mort depuis plus d'un siècle, avait dû visualiser l'espace où son œuvre prendrait place.

Le carillon de la sonnette continuait à résonner dans l'appartement. La plupart des gens ne sonnent qu'une fois. Cette insistance grossière ne pouvait venir que d'Herbert Mandrel, le locataire du 4A.

Charles Butler ouvrit grande la porte à un petit bonhomme râblé au regard furtif et inquiet dont la nervosité dégageait des vagues d'énergie contagieuse.

– Vous avez une minute ? demanda-t-il en s'avançant sans attendre d'être invité.

Herbert Mandrel s'immobilisa au milieu de l'entrée à la vue de Mallory qui sortait de la pièce principale sans manifester la moindre intention de lui laisser le passage.

Le petit homme, la tête penchée sur le côté, la regardait fixement d'un œil brillant, avec l'expression d'un exorciste prêt à enfoncer un pieu dans le cœur d'un vampire. Kathy, qui le dominait d'une tête, ne se laissa pas démonter. Elle dévisagea Herbert avec le même dégoût que lui aurait inspiré un animal écrabouillé sur la route.

– Désolé, je n'ai pas une minute à vous consacrer en ce moment, Herbert, dit Charles avec fermeté.

– Ça devient dangereux, insista Herbert. Ils sont tous armés.

– Tous ?

– Henrietta, au troisième. Elle a un revolver.

– Bon... D'après ce qu'elle m'a dit, ça fait au moins sept ans, je crois ?

– Je n'étais pas au courant. Si j'avais su, j'aurais agi plus tôt.

Bien que ses pieds fussent solidement plantés sur la moquette, le reste de sa personne était agité de mouvements sporadiques. Les sourcils froncés, un doigt pointé vers le ciel, Herbert continua :

– Savez-vous qu'une balle de revolver peut traverser quatre étages en tuant une innocente victime ? Vous devez vous saisir de cette arme, sinon, je prendrai les mesures qui s'imposent !

– Quel genre de mesures, s'il vous plaît ?

Question idiote. Herbert n'avait qu'une seule solution pour chaque problème : du robinet qui fuit à l'ampoule grillée du vestibule.

– Une grève des loyers ! Tous les locataires me soutiendront dans cette affaire. J'exige que ce revolver disparaisse de cet immeuble, immédiatement.

Le doigt menaçant de Mandrel touchait presque le visage de Charles.

Mallory s'avança d'un pas. Charles, de la main, lui fit signe de s'arrêter. Il ouvrit plus grand le battant de la porte en espérant qu'Herbert aurait la délicatesse de s'éclipser sans insister. En vain.

– Henrietta appartient à un club de tir, dit Charles d'une voix posée. Elle a une autorisation de port d'arme en règle. Nous n'y pouvons rien.

– Ouais ? Vous croyez ? Et si j'allais me procurer un revolver, hein ?

– Voyons si je suis bien votre raisonnement. Au cas où Henrietta déchargerait accidentellement son revolver, vous vous proposez de dévier la balle en tirant dessus pendant sa trajectoire à travers les parquets des quatre étages. C'est bien cela ?

– Je vais m'acheter un flingue, insista le petit homme.

Mallory lui donna une légère tape sur l'épaule. Herbert sursauta. Elle lui souriait en ouvrant sa veste pour lui montrer le .357 Smith & Wesson dans son étui sous l'aisselle gauche. Les yeux d'Herbert s'agrandirent à la vue du gros calibre.

– Ce n'est pas une bonne idée, mon vieux, dit Mallory en s'avançant lentement sur Mandrel, qui reculait à mesure vers la porte.

– Si je te vois avec une arme, si j'entends dire que tu en as une, tu feras bien d'être en règle avec la police au sujet du permis. Compris ?

Mallory accentua l'injonction en enfonçant un ongle rouge et effilé dans la poitrine d'Herbert.

Impressionné, Charles vit le petit homme pâlir, tourner les talons et filer sans demander son reste. Pour une fois, Herbert partait de lui-même, avec une telle hâte qu'il en oublia de refermer la porte.

Charles contempla l'espace vide (Dieu merci !) sur le tapis où Herbert se tenait.

– C'est mon cauchemar, ce type avec un revolver...

– Il n'obtiendra jamais le permis. Je vais lui coller un profil de psychopathe.

– Vous allez faire quoi ?

– Je me suis installé un code d'accès personnel sur l'ordinateur central de la police. Je peux y entrer comme je veux. C'est enfantin.

– Kathleen ! J'aimerais mieux que vous ne me parliez pas de ces choses-là.

– Vous commencez à réagir comme Markowitz, dit-elle en lui tournant le dos.

Mallory se dirigea vers le bureau de Charles, un beau meuble du XIXe. S'asseyant dans le fauteuil, elle passa la main sur la surface polie du bureau comme pour l'essayer.

– J'ai classé les dossiers des locataires et vos documents personnels dans la pièce à côté. Vous avez au moins six mètres cubes de paperasses, là-dedans. A l'aide d'un scanner, je peux tout mettre sur disquette. Ça n'occupera qu'une surface de dix centimètres.

Nous y voilà encore.

– Je préfère la sensation de la feuille de papier qu'on peut toucher, dit Charles. C'est plus réel.

– Vous ne pouvez plus continuer comme ça, Charles. Vous êtes submergé par la paperasse.

– Mon comptable vient en enlever un sac plein une fois par mois.

– Le mois prochain, envoyez-lui une disquette, dit Kathy sur un ton qui n'admettait pas la plaisanterie. Vous lui épargnerez le voyage et une hernie.

– Ah, voilà le problème avec les ordinateurs, Kathleen. Un jour, il n'y aura plus de communication entre les hommes. Nos relations sociales se réduiront à des échanges entre réseaux informatisés.

Le regard de Kathy semblait lui dire « bon essai ! ».

Elle avait raison. Il le savait. Il ne possédait pas le don de Louis Markowitz. Créer de l'ordre à partir du chaos. Plus Louis s'entourait de détails et de données hétéroclites, plus son cerveau fonctionnait avec efficacité. Le désordre de Charles n'était que fouillis. En contemplant l'ordre parfait qu'elle avait créé pour lui, il se demandait au bout de combien de temps le cumul des papiers encombrerait à nouveau son bureau.

Kathy surprit sur son visage une expression de découragement. Le sien s'épanouit lentement dans un large sourire.

– Vous avez besoin de moi. Je commence demain. J'installerai mon bureau dans l'une des pièces du fond.

– Comment ? Travailler ici ? Pourquoi travailleriez-vous pour moi, Kathleen ?

– *Avec* vous. Je parle d'une association.

Kathy se leva et tira de son sac un chèque qu'elle déposa sur la petite table en bois de cerisier à côté de la chaise où Charles était assis.

Le chèque était libellé au nom de Kathleen Mallory par une grosse compagnie d'assurances. L'indemnité de l'assurance-vie n'aurait dû être versée que plusieurs mois après la mort de Markowitz. Charles se demanda si la rapidité du règlement découlait des talents informatiques de Kathy ou de son revolver.

– Avec ça, nous pourrons acheter beaucoup de matériel informatique, dit Kathy. Marché conclu ?

Il était difficile de l'imaginer travaillant en équipe avec quiconque. Encore moins avec un associé. Elle admettait à peine l'existence d'un ou deux autres officiers de police dans son département.

Elle a toujours vécu en solitaire, disait Louis Markowitz dans la lettre que Charles avait lue le jour de sa mort. *Elle n'a jamais fréquenté les bars où vont les autres flics, elle n'a jamais connu la tristesse, la médiocrité des vies blasées. Ses seuls compagnons sont des machines.*

Quand Markowitz lui avait remis cette lettre à n'ouvrir qu'au jour funeste, Charles s'était senti flatté et curieux en même temps. Pourquoi lui ? Pourquoi pas le rabbin Kaplan ou quelqu'un qu'il connaissait depuis plus longtemps ?

Louis avait alors répondu :
– Kathy est un cas particulier. Les cas particuliers sont votre spécialité.

En effet. Le rabbin, ou n'importe quel homme de robe, aurait eu du mal à communiquer avec la jeune barbare amorale qu'il décrivait dans sa lettre.

A la mort d'Helen, il y a quelques années, Kathy voulait massacrer le monde entier. J'ai eu beaucoup de mal à la convaincre qu'il ne serait pas correct d'étriper le chirurgien qui avait raté l'opération d'Helen. A ma mort, le commissaire divisionnaire Beale la videra de la section criminelle spéciale pour lui donner un congé à durée indéterminée pour raisons familiales. Faites-lui comprendre que c'est l'usage dans la police. Faites en sorte qu'on ne retrouve pas Beale refroidi dans une impasse, suspendu par ses testicules...

Mallory avait accepté poliment son départ forcé de la section spéciale. Elle n'avait pas émis la moindre protestation. Rien que cela aurait dû lui mettre la puce à l'oreille. Il était vraiment idiot.

Charles Butler se demandait ce qui lui avait encore échappé. Cela ne servirait à rien de poser à cette jeune femme une question directe. Il avait l'impression qu'elle l'appréciait assez pour en faire son ami, lui faire des confidences de temps à autre, mais l'amitié avait des limites. Il lui fallait en accepter les risques.

Charles examina encore une fois son bureau si bien rangé. Il était évident pour tous les deux qu'il avait besoin d'elle, même si Kathy n'avait pas besoin de lui – ni de personne, d'ailleurs. N'empêche que sa proposition d'association lui coûterait de nombreuses heures d'insomnie. Songer à tout ce qu'elle pouvait faire avec les ordinateurs des autres, sans leur demander la permission et à leur insu !

A une époque antérieure au règne de l'informatique, le talent inné de Kathy serait passé inaperçu. Charles songea avec émerveillement à l'étendue du potentiel génétique. Chaque rencontre avec un être humain doué d'un talent spécifique lui ouvrait une porte sur l'évolution de l'humanité. Mais la porte ouverte sur Kathleen Mallory l'inquiétait plutôt. L'idée d'une association avec elle semblait aussi folle que celle de traverser un champ de mines ou de sauter d'un avion en plein vol. Louis aurait été le premier à le lui faire remarquer. Dans un coin éloigné de son cerveau à compartiments, il imaginait le fantôme de Markowitz lui disant d'un ton sarcastique :

– Ah, Charles ! Non, ce n'est pas une bonne idée. Pas bonne du tout.

– D'accord, Kathleen, dit Charles en lui tendant la main. A notre association !

Elle lui serra la main énergiquement.

– Appelez-moi Mallory, puisque maintenant nous travaillons ensemble.

– Vous m'appellerez Butler, sans doute ? Non, je ne crois pas que ce soit possible. Je vous connais trop bien pour cela. Ça ne semblerait pas naturel.

– Bon, d'accord. Je vous appelle « Charles ». Quand le matériel sera livré, vous n'aurez qu'à signer. Tenez, dit-elle en lui tendant une carte de visite. Ce n'est qu'un échantillon. Qu'est-ce que vous en pensez ?

Des cartes de visite ? Des échantillons imprimés sur du beau papier bicolore, gris et brun. Elle avait dû les commander depuis au moins trois semaines, peut-être le jour même de l'enterrement.

– Kathleen ?

– Mallory.

– Excusez-moi. Je me pose une question au sujet du texte de la carte de visite : *Enquêtes. Discrétion assurée.* Est-ce que ça veut dire « détective privé » ?

– Où est le problème, Charles ?

– Nous sommes un cabinet de consultants.

– En quoi consiste votre travail de consultant, Charles ?

– Eh bien, une personne qui a un problème vient me voir. J'examine son cas et j'essaie de trouver une solution.

Kathy lui donna un rapide baiser sur le front et se dirigea vers la porte comme si cette réponse correspondait à sa question. Elle avait sans doute raison sinon que son domaine à lui consistait à rechercher des champs d'application pratiques pour des formes d'intelligence nouvelles, et pour des individus possédant des dons particuliers. Et elle n'avait même pas mentionné que son nom précédait celui de Charles dans le sigle *Mallory and Butler, Ldt.*

– Attendez ! s'écria-t-il pendant qu'elle refermait la porte d'entrée. N'aurai-je pas besoin d'une licence spéciale pour ce genre de travail ?

– Vous en avez une, dit-elle.

– Comment... ?

Il refréna sa question stupide avant de la formuler. Évidemment, elle avait tout arrangé en piratant un ordinateur à minuit, comme un voleur. Qu'il le veuille ou non, il était maintenant officiellement répertorié dans le système de l'ordinateur central en tant qu'enquêteur privé... Parce que Kathy, conservant son statut de policier en congé à durée indéterminée, était soumise à certaines restrictions

Leur association était toute récente, quelques minutes à peine, et déjà, elle l'avait eu comme un enfant ! C'était certainement illégal. Il devait y avoir une réglementation...

Mallory lui sourit. Une demi-seconde plus tard, la porte se referma sur elle.

Il se sentit un peu perdu quelques instants après son départ. Elle avait cet effet-là sur lui. Quand elle quittait une pièce, elle laissait toujours un vide dans l'air légèrement parfumé de Chanel n° 5.

Dans ses rêveries solitaires, Charles avait parfois osé imaginer qu'ils pourraient devenir un jour plus que des amis. Mais elle était d'une beauté éblouissante, et lui, un homme avec un très grand nez. Quand il riait, il ressemblait à un clown heureux ; de plus, il possédait des facultés que d'aucuns qualifiaient de bizarres.

Sa mémoire eidétique évoqua la dernière page de la lettre de Markowitz. Il la projeta virtuellement sur l'un des murs vides du bureau. L'image mentale reproduisait parfaitement les plis du papier ainsi que les minuscules taches d'encre du stylo de Louis.

Elle n'a jamais travaillé sur le terrain depuis son apprentissage de jeune recrue dans le service et je ne veux pas qu'elle y retourne maintenant, à la recherche de mes

dernières traces. L'idée de ne pouvoir être toujours là pour veiller sur elle me rend fou.

Elle a passé son enfance dans la rue, à voler aussi bien sa nourriture que ses chaussures. Elle est téméraire. Elle est convaincue qu'elle peut impunément arnaquer n'importe qui et qu'elle tire mieux qu'un truand chevronné. Le malheur, c'est que c'est la stricte vérité. Elle possède toutes les qualités requises pour exécuter le crime parfait ou devenir un superflic. Ça fait peur, non ?

Louis lui manquait énormément. Son dernier souvenir de Markowitz remontait au jour où il lui avait remis la lettre. Il se rappelait avec quelle délicatesse Louis tenait son verre de xérès. Malgré son excès de poids, le moindre de ses mouvements était empreint d'une grâce naturelle. Mais, au repos, l'inspecteur faisait penser à un gros basset anglais. Quand il souriait, les nombreux plis du cou et du menton disparaissaient, ne laissant transparaître que le charme charismatique du personnage. Malgré soi, on était tenté de lui rendre son sourire, jusqu'aux suspects avec les menottes aux poignets.

Louis savait-il qui serait son assassin ? Le tueur des vieilles dames ? Il supposa qu'on pouvait présumer que c'était un homme. Ce n'était pas le genre de violence dont pourrait faire preuve une femme. Un homme dont le génie surpasserait les capacités mentales de Mallory...

Charles songea soudain qu'il se trompait de problème. Louis ne lui avait pas demandé de trouver l'identité de son meurtrier mais de veiller sur sa fille, ce qui posait un problème bien plus délicat.

Mallory coupa le moteur en observant Jonathan Gaynor payer le taxi et entrer dans son immeuble. Son horaire habituel du lundi au vendredi. Elle surveillerait l'immeuble jusqu'au soir. Les meurtres avaient toujours eu lieu pendant la journée.

Une brise légère de fin septembre lui apporta l'odeur de foin coupé du gazon fraîchement tondu. Kathy appréciait les jardins bien tenus, les rues propres de Gramercy Park. Il y régnait un calme si différent du reste de la ville qu'elle s'y abandonnait de tous ses sens – croyant entendre les fleurs pousser. Elle ressentait une atmosphère de paix qu'elle n'avait jamais connue dans le rythme fou de sa vie professionnelle. Son regard s'attarda sur l'appentis où l'on avait trouvé Anne Cathery sous un sac poubelle, gisant dans une mare de sang parmi les perles éparpillées sur le sol. Mallory aperçut son petit-fils, Henry Cathery, assis non loin de là sur un banc.

Il avait l'air plus jeune que ses vingt et un ans. Il ressemblait à un adolescent qui aurait poussé trop vite. Lui aussi avait ses habitudes quotidiennes. Cathery venait chaque jour s'asseoir sur ce banc, mais à des heures irrégulières. Le jour du meurtre, il avait dû être assis à cette même place, à quelques mètres de l'endroit où sa grand-mère avait été assassinée.

Aveugle et sourd à tout ce qui se passait autour de lui, Cathery jouait avec son échiquier électronique. La police s'était rendu compte à ses dépens, deux mois auparavant, au cours de son enquête, que l'absorption totale de Cathery dans son jeu agissait comme une arme à double tranchant. Il était devenu quasiment invisible aux portiers et aux résidents du square tant sa présence était habituelle. Personne n'avait pu jurer de l'horaire de ses allées et venues le jour du meurtre tout comme personne n'aurait pu affirmer avec certitude que les bouches d'incendie avaient été enlevées le matin et remises en place l'après-midi.

Pearl Whitman avait été la seule à lui fournir un alibi au moment de la mort de sa grand-mère. Mallory se demanda ce que Markowitz en aurait pensé, lui qui ne croyait pas aux coïncidences. Pearl Whitman aurait-elle pu se tromper dans sa déposition ? Où était-ce la malchance de Cathery que son alibi soit la dernière victime en date ?

Qui connaît le mal tapi dans le cœur de l'homme ?
Le Shadow sait.

Mallory sourit en évoquant les premières répliques de la vieille série radiophonique. Markowitz avait essayé de lui inculquer la pratique d'une vision créative du quotidien qui irait au-delà des paramètres normaux et traverserait les apparences. Son dernier exercice consistait à imaginer Henry Cathery en visiteur venu d'une autre planète. Ce n'était pas difficile, en voyant ses sourcils courbés en un arc d'étonnement perpétuel tandis que ses yeux léthargiques aux paupières lourdes vagabondaient distraitement dans toutes les directions. Sa bouche – petite – faisait la moue comme s'il venait de marcher sur une crotte de chien. Il vivait comme un reclus et n'avait pas d'amis, à part une relation étrange avec une jeune femme mal habillée qui venait parfois s'asseoir à côté de lui sur le banc. Elle lui tenait une conversation à sens unique, sans qu'il paraisse s'en émouvoir.

Mallory songea qu'elle non plus n'avait pas d'amis, maintenant qu'elle venait de faire de Charles son associé.

Markowitz avait donc provisoirement mis de côté Henry Cathery sur le panneau de liège malgré un profil correspondant à celui proposé par le FBI. A la différence de Gaynor, le mobile financier n'était pas aussi évident. Que sa grand-mère soit vivante ou morte, il hériterait une grosse fortune de la succession de ses parents.

Le sergent Mallory découvrit l'angle mort dans la surveillance de l'équipe de la NYPD et put se garer plus près de l'immeuble de Jonathan Gaynor. Un taxi s'arrêta devant la marquise. Il déposait la géante et son équipe. Mallory nota qu'elle était en avance d'une heure cette semaine. Le garçon sauta le premier sur le trottoir, suivi du jeune doberman, qui aboya rageusement quand un portier s'approcha pour aider le chauffeur à décharger les cartons, la table et le gramophone. Enfin, la géante s'extirpa du siège arrière. Mentalement, Mallory la compara au fichier d'identité qu'elle avait saisi la veille sur l'ordinateur. Elle correspondait en tout point à la description d'une arnaqueuse de haut vol, toujours accompagnée d'un petit garçon et d'un doberman. Mais le chien ne pouvait être le même car la fiche était ancienne et ce chiot-là devait avoir à peine six mois.

Jusqu'à présent, la seule piste qui conduisait à Gramercy Park était cette Edith Candle que Charles connaissait et dont le nom était apparu dans l'enquête de la SEC concernant les activités de Whitman Chemicals. Mallory songeait que, si elle arrivait à faire la connaissance de la géante ou à l'intimider, cela suffirait à l'introduire dans ce petit cercle fermé de vieilles dames aux fortunes anciennes. Fini de faire le guet sur le trottoir, coincée dans une voiture banalisée.

Kathy ajusta le zoom télescopique de son appareil de photo sur le visage de la géante. Cette femme n'était pas la mulâtresse au teint clair qu'elle avait cru voir de loin la dernière fois. Sa peau mate avait plutôt le ton olivâtre des Méditerranéens et ses yeux sombres, légèrement bridés, avaient un reflet bleu acier. Ses lèvres et ses narines évoquaient l'Afrique. Aujourd'hui, une longue chevelure châtain aux reflets roux s'échappait sous la pointe du foulard. Combien de peuples vivaient dans cette immense créature ? Elle était le monde entier à elle toute seule.

Allumant un cigarillo, la géante appela le petit garçon, qui s'avança lentement comme si ses pieds pesaient une tonne. Il dodelinait de la tête, les bras ballants. Qu'est-ce qui n'allait pas chez ce garçon ?

La géante s'engouffra sous la marquise, ses pieds minuscules effleurant à peine le trottoir sous sa longue robe aux couleurs vives. Elle s'adressa en espagnol au chauffeur de taxi, en français au gamin et se mit à bavarder en anglais avec le portier. La porte en verre se referma sur toutes ces langues.

Une ombre s'interposa entre Mallory et le rayon de soleil qui la réchauffait.

– Inspecteur, je veux que vous arrêtiez cette personne !

Quoi ? D'où sortait cette femme ?

Levant les yeux, Mallory vit une dame d'une cinquantaine d'années à la bouche pincée. Ses cheveux châtain foncé sans un seul fil blanc contrastaient avec les poches sous les yeux et les bajoues flasques et ridées. Son tailleur en lin sortait d'une boutique de prêt-à-porter en vogue, et ses perles étaient authentiques.

– Je vous demande d'arrêter cette femme, tout de suite !

La dame pointa le doigt en direction de la porte qui venait d'avaler la géante, le petit garçon et le chien.

– Allez la chercher, répéta la femme de sa voix autoritaire.

C'était le genre de dame dont les chiens de garde adorent faire peur aux garçons de course.

– Je ne suis pas de la police, madame.

– Oh si, vous en êtes !

– Madame, je suis...

– Au début, je me suis posé la question. Votre voiture était si bien tenue. Mais ces emballages sur le siège arrière sont bien ceux d'un drugstore, n'est-ce pas ?

Mallory se retourna pour regarder ce qui traînait sur la banquette arrière. Des boîtes en plastique avec des restes de sandwiches mélangés aux sachets de Ketchup et de moutarde, des morceaux de sucre, des pailles et des sacs en plastique blancs portaient le sigle du drugstore où elle achetait ses pellicules. Un sandwich à demi entamé se devinait sous le papier huilé. Mallory se demanda comment elle avait pu se laisser aller à ce point.

Pourquoi ne pas afficher POLICE sur son pare-brise ? Si cela revenait aux oreilles de Jack Coffey, elle serait la risée de tout le département. Résultat : on transformerait son congé pour raisons familiales en suspension à vie, sans arme et sans salaire.

– Je ne suis pas flic.

– Comment ? Et toutes ces tasses de café ? Et la couleur beige foncé de votre véhicule ? Vous êtes flic et si vous n'arrêtez pas cette femme je vous dénonce. Je connais très bien le commissaire Beale, vous savez. Nous avons le même dentiste.

– Je vous répète que je ne suis pas flic.

– Alors vous osez prétendre que vous n'effectuez pas une filature assidue depuis deux semaines ?

– Je suis détective privé.

– Pardon ?

– Voyez vous-même ! dit Mallory en lui tendant sa carte de visite. Je ne suis pas de la police régulière. Le commissaire n'aimerait pas que j'arrête quelqu'un sans son autorisation.

Après avoir examiné la carte avec attention, la dame esquissa un demi-sourire en coin qui se voulait sarcastique tandis qu'elle lisait les lignes imprimées en marron.

– *Enquêtes privées. Discrétion assurée.* Vous trouvez tout ça discret ?

Au même moment, Jonathan Gaynor, neveu de feue Estelle Gaynor, sortit de l'immeuble. Le sergent Mallory tourna la clé de contact et mit le moteur en marche. Il s'était changé et portait une casquette de base-ball mais elle l'aurait reconnu, même de loin, à sa façon de marcher. Avec ses longues jambes et ses bras désarticulés, il déambulait sur le trottoir comme un épouvantail poussé au gré d'un vent capricieux. La maladresse de Gaynor ne manquait pas de charme, cependant. Kathy n'avait pas de préjugés à l'encontre de sa barbe et de ses épais cheveux noirs. Elle aurait même pu être attirée par son visage maigre et bronzé s'il n'y avait la possibilité que cet homme ait éventré son père et l'ait laissé mourir, seul.

Gaynor arrêta un taxi. Mallory démarra doucement.

Amusée, elle aperçut dans son rétroviseur la dame à la figure pincée et maintenant furieuse agitant sa carte de visite comme un drapeau vengeur.

Le rabbin David Kaplan avait du mal avec les pieds de la table de jeu. Normalement, ils étaient censés se déplier sous le plateau. Mais là, avec perversité, ils s'y refusaient.

– D'habitude, c'est ma femme qui l'installe, dit-il. Mais elle n'attendait personne, ce soir.

– J'ai donc bien fait d'apporter la bière, dit le docteur Slope. Y a-t-il quelque chose à grignoter dans le frigidaire ?

Ce soir-là, c'était le tour de Louis Markowitz d'apporter les sandwiches. Donna, la femme du docteur Slope, avait institué ce rituel en disant : « Ne vous attendez pas qu'Anna vous fasse la cuisine ! » sachant très bien qu'Anna ne se serait jamais contentée de servir des sandwiches froids. Elle aurait préparé au contraire le Second Avènement du Messie.

– Depuis les trente-cinq ans que je vis avec ma femme, dit le rabbin, le frigidaire a toujours été plein à craquer. C'est le cadet de mes soucis.

L'un des pieds de la table se déplia. Le rabbin n'avait pas la moindre idée de ce qu'il avait touché pour produire le déclic. Quand sa femme le faisait, ça prenait trois secondes. Il supposa qu'elle dépliait les quatre pieds de la table par la seule force de sa volonté et, pour autant qu'il le savait, celle-ci se transportait toute seule au centre de la pièce.

Slope s'approcha du frigidaire pour en examiner le contenu qui ressemblait à celui de Louis Markowitz, autrefois. Les aliments de qualité qui le garnissaient représentaient des années de recettes de cuisine éprouvées, d'inventions culinaires passées et futures. Des fruits et des légumes variés aux couleurs chaudes, des condiments exotiques côtoyaient des flacons non étiquetés remplis de liquides mystérieux. Quand la femme de Markowitz puis sa fille quittèrent sa maison, l'intérieur de son frigidaire, surgelés et plats achetés chez le traiteur du coin, n'excita plus sa gourmandise. De petits masses poilues ressemblant à des bêtes malades s'agglutinaient à l'arrière du réfrigérateur comme pour y mourir – peu appétissant.

Le docteur Slope admirait les étagères bien remplies d'Anna Kaplan. Bien manger rime avec aimer clamait ce frigidaire.

Considérant avec curiosité les pots et les bols divers, il soulevait le couvercle d'un Tupperware quand on sonna à la porte. Cela ne pouvait être que Robin Duffy, l'avocat. D'habitude, il avait une belle voix enjouée. Ce soir, elle résonnait lugubrement dans la maison, deux octaves en dessous de son timbre normal. Robin connaissait Markowitz depuis des années. Il lui faudrait longtemps pour se remettre de la mort de son ami.

Edward Slope ajouta un pot de moutarde sur le plateau.

A présent, ils étaient trois.

Deux semaines s'étaient écoulées depuis l'enterrement. Ce soir, spontanément, les trois joueurs s'étaient retrouvés dans la maison où le quatrième joueur, Louis Markowitz, ne se joindrait plus à eux. Le médecin attrapa le Tupperware en faisant la grimace d'un homme qui tente de retenir ses larmes. Que manque-t-il encore ? se demanda-t-il en soulevant le plateau. La sonnette retentit de nouveau. Un quatrième joueur ? Le plateau s'échappa des mains d'Edward Slope.

A quatre pattes sur le carrelage de la cuisine, le docteur Slope tendit lentement la main vers le pot de moutarde – intact – et, les yeux obstinément fermés, il récupéra à tâtons le beurre, le couteau et le pain.

Quant il eut tout ramassé, portant le plateau avec précaution, il traversa la petite entrée et pénétra dans le bureau tapissé de livres du rabbin Kaplan. Slope y trouva ses deux vieux complices en compagnie du visiteur qui venait de sonner à la porte. Celui-ci était en train de déplier le quatrième pied de la table à jeu.

De sa haute taille cet homme inspirait confiance, peut-être à cause de la douceur de l'expression de son visage. Pourtant, quel nez ! Et ces yeux ! A moitié cachées par ses lourdes paupières, des pupilles bleu nuit perdues dans des blancs immenses lui donnaient cet air d'émerveillement perpétuel qu'ont parfois les clowns.

Slope fut pris d'une sympathie immédiate envers l'étranger. Il regarda ses amis et vit qu'ils souriaient avec lui, comme malgré eux.

– Asseyez-vous, monsieur Butler.

– Charles.

– Edward.

– Permettez-moi de vous expliquer les règles de base, Charles, dit Robin Duffy.

Le rabbin présenta à Charles Butler ce petit homme compact et râblé, voisin de Markowitz et son avocat depuis plus de vingt ans.

– Louis lui a déjà donné les règles du jeu, Robin, ajouta le rabbin. Charles a apporté des kilos de petite monnaie en rouleaux de cent.

Un silence gêné s'ensuivit, rompu au bout de quelques secondes par Robin Duffy.

– Je respecte un homme qui se prépare à perdre gros !

– Alors Louis vous avait invité à venir jouer avec nous ? demanda Slope en se confectionnant un sandwich au pastrami.

– J'ai hérité de sa place, répondit Charles.

Jetant un regard de convoitise sur le plateau de sandwiches, il en choisit un au poulet et gruyère. Il tira une lettre de sa poche et l'échangea contre le pot de mayonnaise que Slope lui tendait.

Le médecin légiste contempla longuement l'écriture

qui lui était devenue si familière durant sa longue collaboration avec le policier. L'ami de Louis lui indiqua le troisième paragraphe qui tenait lieu, en effet, de testament. La lettre passa silencieusement de main en main tandis que les cartes restaient, face cachée, là où elles avaient été jetées. Charles Butler avait hérité de quelque chose de plus qu'une place à une table de poker, semblait-il.

– Ça correspond à ce que j'ai toujours pensé, dit Duffy en pliant la lettre et en la rendant à son propriétaire. Le jeu de poker n'était qu'une couverture pour servir à l'éducation de Kathy. Est-ce que Louis vous a raconté comment il l'a trouvée ?

Duffy ouvrit une canette de bière et ramassa ses cartes.

– Non. Non, il ne m'en a pas parlé, répondit Charles.

– Elle avait à peine onze ans. Il coince le petit monstre en train de voler une Jaguar. Bien. Il la tient solidement au collet pendant qu'elle se débat comme un beau diable à coups de pied et de poing. Markowitz a seulement le choix de la ramener chez lui ou de passer la moitié de la journée à se battre avec la justice pour enfants. Pardessus le marché, c'est le jour de l'anniversaire d'Helen...

– Mais Helen n'a rien compris, interrompit Slope en ramassant ses cartes. Elle a cru que Kathy était son cadeau d'anniversaire ! Depuis ce jour-là – pendant douze ans –, elle n'a plus voulu lâcher la gamine.

Charles sourit en fixant un espace vide sur la table, où sa mémoire visuelle projeta les pages d'un manuel de poker qu'il venait de consulter car il n'y avait jamais joué.

– Louis a dû être content qu'elle ait si bien tourné, qu'elle entre dans la police...

Les trois autres joueurs se regardèrent, avec l'air de dire : « Il est fou ou quoi ? »

– Helen Markowitz a appris à Kathy comment se tenir à table, il faut le reconnaître, dit Duffy en retournant une carte. Je parie cinq cents... Mais la gosse n'a pas vraiment changé. Elle aime le métier de flic parce qu'elle peut voler des trucs plus intéressants grâce à l'ordinateur de la police. C'est beaucoup moins risqué, d'ailleurs.

– Ouais, dit Slope en allumant un cigare et en avançant des pièces de monnaie.

– Je veux voir et je monte de dix cents. Kathy fournissait à Louis toutes les données informatiques dont il pouvait avoir besoin. Je pense qu'à plusieurs reprises il a eu de bonnes raisons de s'inquiéter de l'avenir de sa retraite. Le jour où elle a piraté l'ordinateur central du FBI, j'ai vu Louis faire le signe de croix – désolé, rabbin.

– Que n'a-t-elle pas piraté ! s'exclama Duffy en rangeant sa main d'un air résigné.

Il essayait de faire croire qu'il n'avait pas de jeu. A contrecœur, il ajouta au pot une pièce de dix cents.

– Tu te souviens, elle était encore petite, dit Slope, quand Helen l'avait inscrite dans la classe d'informatique pour enfants à l'université de New York ?

– Ouais, répondit l'avocat. Helen était si heureuse, ce jour-là. Kathy s'intéressait enfin à quelque chose de légal ! Te souviens-tu, par contre, du cadeau de Kathy qui a tant fait pleurer Helen ? Tu sais, ce qu'elle a saisi avec l'ordinateur de la classe et qu'elle a donné à sa mère adoptive ?

– Ah oui, c'est vrai ! Ce transfert de la Caisse d'épargne sur le compte d'Helen ?

Slope ajouta une autre pièce au pot en remarquant la carte à découvert distribuée à son voisin.

– Oui, dit Duffy avec un large sourire qu'il transforma aussitôt en une drôle de grimace pour donner le change sur son jeu.

Il venait de recevoir la carte qu'il espérait.

– Kathy ne comprenait pas pourquoi Helen pleurait, reprit-il. Elle croyait qu'un virement de vingt mille dollars sur son compte en banque lui ferait plaisir, surtout trois semaines avant Noël !

– Kathy se dit alors, ajouta le rabbin, que c'était parce que Helen était juive. Une différence culturelle, sans doute...

Au cours des quatre heures suivantes, Charles se rendit compte que le poker ne s'apprend pas dans les livres. Par contre, il apprit comment Helen avait miraculeusement transformé le caractère de Kathy.

Au bout de six mois, les Markowitz avaient pu emmener la petite fille au supermarché avec eux – allant jusqu'à lui tourner le dos pendant quelques minutes – simplement parce que le moindre de ses larcins faisait pleurer Helen. Elle avait fait de Kathy une jeune fille accomplie qui trompait son monde, excepté les trois joueurs de poker assis autour de cette table. Ces hommes savaient ce qu'elle était : une voleuse-née, une rebelle ignorant les notions du bien et du mal. Cependant, parmi les cinq milliards d'êtres humains sur la Terre, c'était Kathy que Markowitz préférait.

Après le cadeau catastrophique de Kathy au bénéfice d'Helen, Louis l'avait retirée du cours d'informatique. Son professeur était navré de perdre une élève aussi douée. Le virement avait été annulé, avait insisté le petit homme pâle aux lunettes épaisses. Alors, pourquoi enlever l'enfant de la classe ? demanda-t-il, sincèrement perplexe. Cela semble faire de la peine à la petite. Voyez comme elle retient ses larmes !

Comment Louis aurait-il pu expliquer à cet homme bon et patient, à la voix si douce, que son élève n'était pas une enfant comme les autres ? Même si on lui enfonçait des aiguilles dans le corps pendant toute une journée, on ne tirerait pas une larme à cette sacrée gamine. Elle n'avait pas de faiblesses.

Plus tard, bien des années plus tard, elle avait pleuré toutes les larmes de son corps, sur Helen. Mais ce soir-là, les trois amis de Louis n'évoquaient pour Charles Butler que les exploits de la petite délinquante.

Markowitz se jura de ne plus laisser Kathy exercer ses talents dans le domaine public. Un jour, il l'emmena donc à son bureau après le lycée et lui montra une rangée d'ordinateurs dans une pièce réservée de la section criminelle spéciale.

– Ils ne sont pas très performants, dit-il à la gosse maigrichonne qui n'arrivait même pas à la hauteur de son étui à revolver. Il continua :

– Nos programmeurs sont nuls, nos logiciels aussi. Notre matériel ne vaut guère mieux – en panne, la plupart du temps. On m'a donné un PC qui marche une fois sur deux. Débrouille-toi avec ça puisque tu es si fortiche. Si tu y arrives, tu peux t'amuser avec. Il est à toi.

Un soir, alors qu'elle avait grandi de quelques centimètres en un an, elle entra dans le bureau de Louis avec un petit sourire énigmatique. Déposant un paquet de feuillets imprimés sur la table, elle repartit sans mot dire, comme elle était venue. Des heures après qu'Helen fut passée pour ramener le petit ange à la maison, Markowitz lisait encore une quantité impressionnante de dossiers confidentiels saisis sur les fichiers de la police centrale. La petite avait déchiffré tous les codes existants et avait eu accès aux rapports secrets du ministère de l'Intérieur.

Un cadeau.

Ce fut le début d'une longue éducation pour Kathy.

Le jeu devenait peu à peu une version bâtarde du poker tant les joueurs pensaient à autre chose. Le docteur Slope, très doué pour faire des ronds de fumée avec son cigare, leva le doigt pour demander une quatrième carte. Ensuite, il eut beau prendre la mine réjouie de quelqu'un qui tient un carré dans sa main, personne ne fut dupe.

– La gamine en devenait folle, continua-t-il. Elle ne comprenait pas pourquoi Louis ne se servait pas de ses renseignements pour faire chanter le chef de la police et prendre sa place – moyennant quelques pots-de-vin au passage.

– Et je suis persuadé, renchérit Duffy, que Kathy s'attendait à recevoir sa part du gâteau. Deux cartes.

– D'ailleurs, nous ne savons toujours pas ce qu'elle a vraiment pensé de l'attitude de Louis, dit Slope. Il croyait un moment avoir perdu la face devant la môme. Qu'elle le prenait pour un imbécile parce qu'il refusait de se servir de ses renseignements.

– Servi, dit Duffy. Il n'est pourtant pas brillant, mon jeu.

– Sans moi, dit le rabbin en déposant ses cartes. Quand elle a eu vingt ans, elle a annoncé à Louis qu'elle arrêtait l'université pour entrer à l'école de la police. Il a failli avoir une attaque.

– Ce qu'elle voulait, c'était un permis de port d'arme et la liberté de voler, ajouta Duffy en jetant dix cents dans le pot.

Il leva les yeux sur ses partenaires en faisant danser ses sourcils.

– Quand vous verrez mes cartes, vous allez pleurer, mes agneaux ! s'écria-t-il.

Slope jeta deux pièces de dix cents sur le tapis. Les autres demandèrent à voir, il abattit un brelan de dix et un valet. Il lança un coup d'œil malicieux à Duffy en disant :

– Louis a utilisé un sérieux piston pour faire entrer Kathy dans la section spéciale afin de mettre la ville de New York à l'abri des frasques de sa fille !

– Ça suffit, Edward ! dit le rabbin en levant les mains. Tu vas faire croire à Charles qu'il a hérité d'un monstre !

– C'est la pure vérité, dit Duffy joyeusement, en abattant son jeu – un brelan de dames.

Il eut du mal à ramasser le pot au centre de la table avec ses bras courts et musclés.

– Quand Louis et Helen ont recueilli Kathy, elle était encore capable de ressentir des émotions, dit Slope. Mais elle ne sera jamais tout à fait civilisée, jamais complètement adaptée à la vie sociale. C'était trop tard, voyez-vous.

– Elle a eu le coup de foudre pour Helen, ajouta le rabbin en distribuant les cartes. Mais elle mit du temps avant d'avoir confiance en Louis. Pendant plus d'un an, elle ne s'adressait à lui que par des : « Eh, flic ! » Plus tard, elle s'est habituée à l'appeler Markowitz.

– Pourtant, elle adorait Louis, dit Slope. La plupart des mômes de la rue sont irrécupérables. Quand on les regarde au fond des yeux, il n'y a personne. Ils sont vides. Insensibilisés. C'est bien souvent parmi eux qu'émergera plus tard un tueur en série. Kathy est quelqu'un de très sensible, mais on aurait tort d'oublier qu'elle est profondément perturbée.

Charles arrangea son jeu dans sa main de telle sorte que les autres comprirent qu'il avait deux paires. Il leva les yeux pour ne voir que des visages qui le regardaient aimablement.

– Croyez-vous que notre homme invisible ait été un enfant perturbé ? demanda-t-il.

– Louis disait que certains êtres sont nés méchants, dit

Slope en levant deux doigts pour demander deux cartes. Je souscris à cette opinion. Ce tueur-ci est sans doute un sociopathe obsédé par les jardins publics. Il en existe tant qu'on ne peut pas les classer tous dans la catégorie des malades mentaux.

– Dans les crimes de sang, Louis considérait l'argent avant tout autre mobile, dit Duffy en faisant signe qu'il était servi. La section criminelle spéciale a justement été formée pour traiter les affaires bizarres, particulièrement violentes ou perverses. Mais, dans la plupart des cas, les criminels tuent par intérêt et pour le plaisir.

– Pardon ?

– Les sociopathes tuent pour le plaisir. Je peux imaginer que le meurtre puisse être un stimulant, dit Slope en jetant une pièce de cinq cents sur la table. Le sociopathe n'a pas plus de sens moral qu'une mouche.

Trois jeux plus tard, alors que Charles puisait dans son dernier rouleau de monnaie, le rabbin expliqua que le comportement de Kathy était prévisible à condition de connaître son éthique personnelle.

– Kathy avait sa propre interprétation des valeurs morales d'Helen, conclut le rabbin Kaplan.

Il leva les yeux sur Charles, avec le sourire modeste d'un gagnant. Pourtant, il tenait dans sa main le plus mauvais jeu de la soirée.

Charles avait de meilleures cartes – en fait, un très bon jeu –, ce que ne put dissimuler son visage de clown. Aussitôt, les autres joueurs abandonnèrent la partie en déposant leurs cartes.

– Vous avez bien compris qu'elle s'est lancée à la poursuite du tueur, dit le rabbin sur un ton sérieux.

– Louis l'avait identifié, n'est-ce pas ? demanda Charles.

– C'est difficile à dire, répondit Slope. Louis savait beaucoup de choses sur l'assassin, mais surtout des généralités. Je sais que ce salopard est très intelligent. Il utilise un couteau différent à chaque fois.

Charles abattit son jeu gagnant dans l'indifférence générale.

– Pas le moindre indice dans la voiture où la deuxième victime, Mme Gaynor, a été retrouvée ? L'assassin a-t-il forcé la serrure ? Cela suggérait un expert en la matière.

– Bonne question, Charles, dit Duffy en le voyant avec regret ramasser le pot. Mais réfléchissez un instant : dans chaque rue, à New York, il y a au moins une voiture en stationnement non fermée à clé. Le propriétaire de la voiture, un vieux monsieur, ne s'en servait que pour rendre visite à sa femme hospitalisée. Il ne se souvient pas s'il avait fermé sa voiture. En plus, dans ce quartier résidentiel, on a tendance à être moins vigilant. Il n'y a jamais eu de vol de voiture à Gramercy Park durant la journée.

– Mais commettre un meurtre en plein jour me paraît plus compliqué que de voler une voiture, dit Charles. Vous pensez que le meurtrier serait un résident du square, qu'il s'est fondu parmi les autres habitants de Gramercy ?

– Les suspects ne manquent pas, dans le coin, dit Duffy. Ces vieilles dames laissent de grosses fortunes. Mais on n'a trouvé aucune preuve tangible qui puisse incriminer un héritier potentiel. Si les héritiers ont un alibi pour au moins l'un des meurtres – ce qui est le cas –, cela suffit à établir un doute quant à leur culpabilité concernant les autres crimes même si l'on relève des preuves indirectes contre eux.

– Ce criminel est si machiavélique que Louis disait qu'il lui faudrait le surprendre en flagrant délit, ajouta le rabbin Kaplan.

– Ils pourraient être deux ? demanda Charles.

– C'est possible, répondit Slope. Mais ce n'était pas l'hypothèse de Louis. Il faisait toujours allusion à un seul tueur. Il ne disait jamais *eux*. Il appelait l'assassin, le malade, la *chose*.

Charles distribua la cinquième et dernière carte au rabbin et lui demanda :

– Vous disiez que le comportement de Kathleen est souvent prévisible ?

– Je veux dire que si vous aviez connu Helen vous en sauriez plus sur Kathy.

– Ça va, merci, dit Duffy en refusant des cartes. Quand elle était petite, Kathy volait toutes sortes de cadeaux pour Helen. C'est fou ce qu'elle l'aimait. Rien n'était assez beau pour elle et il n'y en avait jamais assez.

– Deux cartes, dit Slope. Je pense qu'à sa manière Kathy remerciait Helen pour l'amour qu'elle lui donnait.

– Evidemment, ces cadeaux volés faisaient toujours pleurer Helen. Une carte.

– En tout cas, cette réaction décontenançait toujours Kathy, dit Duffy. Après tout, ça ne coûtait rien, alors pourquoi Helen pleurait-elle ? Au fond, c'était une brave gosse... Elle finissait par obéir aux injonctions de sa mère adoptive, sans toujours en comprendre les raisons. Au bout de quelques années, elle réussit à assimiler une série de règles qu'elle pouvait comprendre. Kathy ne voulait plus la faire pleurer. Elle cessa de voler.

– Cartes, rabbin ?

– Kathy ne volait plus... Une carte, s'il vous plaît. Elle ne volait plus d'objets matériels mais profitait des lacunes d'Helen pour échapper à sa morale. Helen ne connaissait rien à l'informatique. Du coup, sans complexe, Kathy faisait tout ce qu'elle voulait avec les ordinateurs.

– Et, renchérit Slope, il n'est jamais venu à Helen l'idée que Kathy puisse tuer quelqu'un. Alors elle ne lui a jamais dit que ça ne se faisait pas.

4

Enfilant son sac à dos, Mallory se précipita hors de son appartement tout en remontant la fermeture Eclair de son blouson. Elle n'avait pas entendu la sonnerie du réveil. Jurant à mi-voix en courant vers la station de métro, elle se dit qu'elle arriverait néanmoins à l'université avant Gaynor, qui ne se déplaçait qu'en taxi. Il était déjà en route.

A 8 h 30, Kathy s'engouffra dans un wagon bondé à cette heure de pointe et eut la chance de trouver une place assise. Les passagers, déjà stressés par l'atmosphère du métro new-yorkais, s'entassaient contre les parois et les portes, prêts à protester âprement à la moindre agression, un doigt de pied écrasé ou une sacoche brusquement enfoncée dans les reins.

Kathy descendit à la 117e Rue. Courant dans le couloir sale où un homme se soulageait contre le mur, elle fut saisie par la forte odeur d'urine aux relents d'ammoniac mêlée à celle des désinfectants – c'était si banal qu'elle oublia que ce délit était passible d'une forte amende. Elle monta quatre à quatre les marches qui menaient à l'air libre et frais du matin. Une bonne odeur de café et de bretzels chauds lui chatouilla agréablement les narines tandis qu'elle passait à côté d'un stand sur le trottoir.

Un individu s'avança vers elle en boitillant, le gobelet traditionnel dans sa main tendue. Comme il s'approchait de Mallory, quelque chose dans le regard de la jeune femme dut lui faire changer d'avis, car il prit rapidement la tangente.

Kathy passa les grilles familières du campus, traversa la place et s'abrita sous une porte cochère d'où elle pouvait surveiller l'entrée et la rue. Chaque matin, un taxi déposait Gaynor au même endroit, à 9 heures tapantes. La montre de Markowitz indiquait neuf heures moins dix. Elle n'avait jamais marché du temps du vieux. C'était devenu un sujet de discussion traditionnel entre Markowitz et sa femme. A quel horloger pouvait-on confier cette merveilleuse pièce ? Kathy s'en était chargée pour eux dès que la montre lui avait été remise avec les affaires personnelles de son père adoptif. Elle avait fait graver *Mallory*, à l'intérieur du boîtier en or, sous les noms du grand-père de Markowitz, de son père et de Louis Markowitz lui-même.

Le regard de Mallory s'attarda de l'autre côté de la place, vers la cantine aux parois vitrées. Des étudiants mal réveillés avalaient des litres de café noir. D'autres faisaient la queue avec leurs plateaux pour payer à la caisse. Mallory remarqua que certains d'entre eux se débrouillaient pour partir sans payer. Ces larcins minables ne méritaient que mépris, songea-t-elle. Le personnel de la cantine était d'ailleurs constitué en majorité d'étudiants qui détestaient leur travail et n'avaient que faire du manque à gagner de l'établissement.

Elle sortit sa montre et constata que Gaynor était en retard, ce matin. Tirant son carnet de sa poche, elle nota cet écart à la routine quotidienne.

Or, loin d'être en retard, Gaynor était en avance.

Mallory le vit avec surprise sortir de la cantine par la porte principale en portant un gobelet de café et un sac en papier contenant un beignet au chocolat, un sachet de sucre en poudre, de la crème liquide et une serviette en papier.

Gaynor se dirigea vers son bureau, Mallory le suivant de loin. Elle l'attendit dehors dans le hall, faisant semblant de lire les annonces sur le tableau à quelques mètres de la porte. Vingt minutes plus tard, le temps rituel de son petit déjeuner, il émergea et ferma la porte à double tour en sortant. Un sac à dos sur l'épaule, il se rendit à son premier cours de la journée. Mallory poursuivit discrètement sa filature, à une distance raisonnable.

La démarche de Gaynor la fascinait. C'était comme si son torse était indépendant de ses membres, comme si une énergie malicieuse tirait ses bras et ses jambes dans des directions opposées. Une telle absence de coordination allait certainement provoquer sa chute sur une pierre ou une marche avant qu'il n'arrive à l'amphithéâtre.

La salle était déjà à moitié remplie à son arrivée. Les étudiants prenaient place en parlant à voix basse. Gaynor sortit ses notes et les posa sur son pupitre sans prêter attention à l'agitation familière des étudiants qui diminuerait graduellement pour s'achever en un silence absolu. Alors le professeur Gaynor lèverait les yeux et leur dirait bonjour.

Mallory se glissa à sa place habituelle au fond de l'amphithéâtre, anonyme parmi la foule de centaines d'étudiants. Cahier ouvert et stylo à la main, elle endossait son rôle avec plaisir, car Gaynor était un bon prof. Personne ne s'endormait pendant ses cours.

Elle remarqua que son voisin de droite traçait un trait horizontal en haut de sa page chaque fois que Gaynor laissait tomber sa craie. Il y en aurait au moins cinq avant la fin du cours.

Si certains aspects de la pédagogie de Gaynor étaient prévisibles, il ne se montrait jamais ennuyeux. Kathy, aussi captivée que les autres étudiants, devait lutter contre la tentation de se laisser aller à l'aimer.

Après avoir donné un deuxième cours dans le même amphi, il retourna à son bureau, toujours suivi de loin par son ange gardien à la chevelure d'or, sans incident notable – sinon qu'il laissa tomber un livre et qu'il faillit perdre l'équilibre en le ramassant.

Pendant les entretiens que Gaynor accordait à ses étudiants, Mallory attendait, assise sur un banc dans le hall, le nez plongé dans un bouquin. Durant deux heures, les étudiants défilaient, ne le laissant pas seul plus de quelques minutes.

Notant l'heure d'arrivée de son dernier étudiant, Mallory retira ensuite de son sac une lettre qu'elle n'avait pas encore ouverte et examina l'adresse sur l'enveloppe. La lettre venait de Robin Duffy, l'avocat et l'ami fidèle de la famille Markowitz – qui n'existait plus. Il la relançait sans doute afin qu'elle prenne une décision au sujet de la vieille maison de Brooklyn. D'un geste d'impatience, elle fourra la lettre dans sa poche.

C'était encore trop tôt.

Kathy n'était pas prête à ouvrir la porte de la vieille baraque pour se trouver en face de la dure réalité d'une maison vide à jamais.

Markowitz continuait à vivre dans une autre dimension, pensait Mallory. Pas au paradis, bien sûr. Il n'y avait pas de vie après la mort. Kathy pouvait croire pendant une heure ou deux à l'existence de ses vieux héros de séries radiophoniques. Mais il y avait des limites. Pourtant, Markowitz devait bien continuer à vivre quelque part.

Elle n'était pas retournée au petit café dans la rue du commissariat de police. Elle évitait surtout de passer devant, tôt le matin, car il y prenait peut-être son petit déjeuner... histoire de continuer sa mission. Si elle entrait dans la maison de Brooklyn sans le voir, ils auraient l'air fin, tous les deux.

Alors elle continuait sa mission elle aussi, de son mieux, se demandant comment elle pourrait encore le surprendre... Il aurait une nouvelle histoire à raconter aux jeux de poker du jeudi soir qui commençaient toujours par :

– Ecoutez ce que ma fille a encore inventé...

Samantha Siddon fit un signe de tête au portier en sortant et s'aventura dans la rue en brandissant sa canne au pommeau d'argent. Elle boitait légèrement. Chaque pas lui rappelait le souvenir pénible de la terrible chute au cours de laquelle elle s'était cassé le col du fémur. L'os avait mis du temps à se ressouder, et l'arthrose qui s'était installée avait ajouté à ses douleurs. Elle aurait préféré se faire écarteler par quatre chevaux sauvages plutôt que de tomber à nouveau. Sa canne au pommeau en forme de gueule de lion la rassurait. Elle ne s'en séparait jamais.

La vieille dame quitta le calme de Gramercy Park et arriva dans l'atmosphère stressée de Manhattan. L'air pollué l'essoufflait, et sa respiration devenait courte et saccadée. N'y tenant plus, elle fit signe à un taxi qui passait. Elle donna au chauffeur une adresse au centre de Manhattan. Samantha fut à la fois surprise et enchantée de tomber sur le traditionnel taxi new-yorkais, avec l'accent gouailleur de Brooklyn, qui prenait des risques à chaque coin de rue, défiant la collision fatale en passant les feux à l'orange et en changeant de voie au dernier moment. Du coup, en sortant du taxi à Madison Avenue, elle arriva très en avance sur l'heure prévue car elle avait compté sur un chauffeur qui ne comprendrait pas l'anglais et qui lui aurait fait faire trois fois le tour de la ville.

Ayant quinze minutes à perdre, elle se dirigea lentement vers la cabine téléphonique, au coin d'une rue animée. Appuyée sur sa canne, elle se sentit soudain menacée par la foule juvénile des employés de bureau et des vendeuses qui marchaient rapidement, une détermination implacable dans leurs regards fixes, prêts à tout renverser sur leur passage, des vieillards aux bambins, tant la pause déjeuner était minutée. Elle eut beau se dire qu'avec les intérêts de son capital d'une seule journée elle pouvait acheter et revendre n'importe lequel d'entre eux, elle en avait une peur terrible. Une poussée malencontreuse l'enverrait à l'hôpital ou sur une chaise roulante pour le restant de ses jours.

Peu à peu, Samantha réussit à évacuer ces idées noires. Quand la sonnerie du téléphone retentit enfin dans la cabine où elle attendait, elle était prête, prête à tout.

Elle parlait à voix basse dans le récepteur, comme si les allées et venues de l'armée de piétons, qui arpentaient le trottoir sans la voir, ne couvraient pas ses paroles. Le hurlement d'une sirène de police suivi du démarrage d'un autobus rendirent inintelligibles les bribes de sa conversation.

A la fin, elle dut crier dans l'appareil pour se faire entendre par-dessus le brouhaha de la foule indifférente qui l'entourait sans lui prêter la moindre attention.

Elle pressa le pas en sortant de la cabine, comme si cet appel mystérieux lui avait rendu une partie de sa jeunesse. Pourtant, la vitrine d'une banque ne renvoya que l'image d'une petite vieille aux cheveux blancs, au dos voûté, qui trottinait doucement.

Mallory arriva au théâtre de l'université presque en même temps que Gaynor. Ralentissant en haut des marches, elle plongea dans la lecture de l'affiche de la pièce, à droite en haut de l'escalier. Elle relut les noms qu'elle connaissait par cœur en donnant trois minutes d'avance à Gaynor avant de franchir elle-même la porte du hall.

Elle connaissait bien le petit théâtre car elle avait participé à quelques-unes de ses productions quand elle était étudiante à Barnard College. C'était comme si sa vie passée avait appartenu à quelqu'un d'autre, songeait-elle – une adolescente solitaire entourée de filles aux yeux doux, aux bouches enfantines, qui babillaient des mots dans une autre langue et appartenaient à une espèce différente.

Mallory entra dans le hall aux dimensions d'une maison de poupée au moment où Gaynor s'engouffrait par l'encadrement de la porte menant à la salle. Quand elle se précipita à sa suite, une jeune femme lui barra le passage, les mains sur les hanches, rejetant en arrière une chevelure brune et frisée qui se répandait sur ses épaules en vagues volumineuses.

– Vous n'avez pas le droit d'entrer ici !

Mallory estima d'un coup d'œil que la petite brune était mince, d'aspect fragile et surtout qu'elle n'était pas armée. Elle la poussa de côté.

– Un pas de plus et j'appelle la sécurité du campus ! cria la brunette, qui ressemblait à un caniche en colère.

– Et alors ? dit Mallory en se retournant d'un air goguenard. Vous savez aussi bien que moi qu'ils mettent au moins quarante-cinq minutes avant d'arriver et qu'ils ne viennent qu'une fois sur deux...

Un fou rire à l'intention du caniche fusa du fond de la salle. Un garçon à la figure poupine, vêtu d'un pantalon et d'une chemise en toile, était accoudé au comptoir où l'on vendait les billets. Allumant une cigarette qu'il garda aux lèvres, il dévisageait Mallory avec intérêt. Désinvolte, il toucha son chapeau à large bord en guise de salut et ajusta son feutre, style cow-boy. Mallory répondit à son salut d'un léger signe de tête. Elle approuvait le chapeau et celui qui le portait.

– Nous répétons pour la couturière, dit le caniche. Personne, excepté les comédiens, n'a le droit d'entrer ici.

Elle flaira l'air et se tourna, les sourcils froncés, vers le jeune homme.

– Eteins cette cigarette immédiatement. Il est interdit de fumer dans le théâtre.

– Mais Boo, dit le garçon avec un sourire innocent, les interdits et moi, ça fait deux, tu sais !

– Eteins-la tout de suite ! aboya-t-elle.

Le garçon se pencha pour écraser sa cigarette sur la semelle de sa chaussure. Mallory remarqua qu'il mit le mégot dans sa poche. Il ne vient pas d'une famille riche, se dit-elle. Il est ici par son mérite, grâce à une bourse.

– Je fais l'ouvreuse, ce soir, dit Mallory au caniche qui s'appelait Boo.

– Il fallait le dire plus tôt, dit-elle sèchement. Tenez, vous pouvez commencer à plier les programmes.

Sortant une boîte en carton d'une étagère, elle la mit brusquement entre les mains de Mallory et s'en alla d'un pas rapide vers les coulisses.

Mallory se tourna vers le jeune garçon au chapeau de cow-boy.

– Boo, c'est son nom ?

– Non. Nous l'appelons comme ça pour la faire enrager. C'est le jeu à la mode par ici. A qui fera grimper Boo au plafond... Vous n'avez pas si mal réussi vous-même.

Il ralluma sa cigarette et reprit avec un sourire amusé :

– Depuis quand les ouvreuses viennent aux couturières ?

– Je suis du genre hyperconsciencieux.

– Ou du genre maso... Moi, si je ne faisais pas partie de la troupe, je ne mettrais plus les pieds ici.

Il s'assit sur un banc et lui fit signe de le rejoindre.

– Est-ce que je suis demeuré, ou n'est-ce pas un peu

dingue de créer un spectacle sur scène à partir d'un texte radiophonique ? Qu'en pensez-vous ? Vous croyez que ça peut fonctionner ?

– Pour moi, ça ne peut pas marcher avec la série du *Shadow*. On ne peut voir le *Shadow* qu'à la radio...

Regardant sa montre, Mallory demanda :

– C'est bien le professeur Gaynor que j'ai vu passer, tout à l'heure ?

– Ouais, c'est lui.

– Qu'est-ce qu'il fait ici ?

Elle le savait bien. Le programme de la pièce avec les noms des participants était épinglé sur le tableau en liège dans son bureau.

– La méchante Boo l'a piégée pour jouer le rôle du commentateur de radio.

Posant sur le banc la boîte aux programmes, Mallory regarda d'un air songeur les doubles portes en face d'eux. Elles conduisaient au balcon, d'après ses souvenirs. Il y avait un escalier derrière ces portes. Elle n'avait jamais perdu Gaynor de vue au-delà de dix minutes, pendant la journée. Ce délai était pratiquement atteint, maintenant. Combien y avait-il de sorties dans ce théâtre ?

Boo revint dans le hall, une expression de mauvaise humeur sur son visage. A la vue du malheureux garçon qui fumait son mégot, elle fut ravie de pouvoir passer sa colère sur quelqu'un.

– Toi, là-bas, éteins ta cigarette immédiatement !

Boo se tourna vers Mallory, qui pliait un programme en deux avec application.

– Voilà ! dit Boo en brandissant un rouleau de billets rouges sous le nez de Mallory. Vous pouvez aussi numéroter les tickets demi-tarif de la compagnie.

Mallory n'éprouvait pas la moindre envie de numéroter ces billets rouges ; la main de Boo restait en l'air, comme en suspens. Boo ouvrit la bouche pour protester, mais, quand elle croisa le regard froid de Mallory, les mots restèrent coincés dans sa gorge et elle s'assit tranquillement en se mettant à numéroter les billets elle-même, comme si elle obéissait à un ordre silencieux. Il vaut toujours mieux exécuter le travail soi-même quand son autorité risque d'être contestée, se disait Boo pour se consoler. Ou peut-être se souvenait-elle amèrement qu'elle n'avait que vingt ans, donc, peu d'autorité.

Mallory consulta sa montre encore une fois. Ça faisait plus de dix minutes que Gaynor était hors de sa vue. Pas assez longtemps cependant pour aller tuer une vieille dame et revenir à temps pour la répétition en costumes. Néanmoins, Mallory n'aimait pas ça.

Le garçon prit le rouleau de tickets des mains de Boo.

– Je vais le faire, dit-il.

Dès que Boo eut disparu dans la salle, le jeune homme ralluma son mégot. Mallory, qui se dirigea rapidement vers les doubles portes, à l'autre bout du hall, ne put voir l'expression de soulagement du garçon au chapeau de cow-boy.

De ses longues jambes, elle grimpa quatre à quatre les marches de l'escalier qui conduisaient au premier balcon. Elle se souvenait que l'escalier sombre, difficile à escalader sans lampe électrique, desservait deux étages. Au deuxième étage, un corridor plongé dans l'obscurité complète conduisait au deuxième balcon, cinq marches plus bas. Elle s'assit dans le noir et assista au réglage des projecteurs par Boo, debout dans l'orchestre. Deux jeunes femmes assises au premier rang, penchant la tête sur un plan de scène détaillé, discutaient avec animation. Elles portaient comme Boo l'uniforme branché de Barnard College cette année-là : jeans et bottes de cow-boy. Sur scène, côté cour, une jeune comédienne rousse, en minijupe, se tenait dans une posture provocante sur ses talons aiguilles. Assis sur le bord de la scène, un jeune homme aux cheveux brillants, plaqués en arrière, en costume des années quarante, balançait ses longues jambes terminées par des chaussures blanc et marron. Boo, solidement plantée sur ses pieds, mains sur les hanches, hurlait les indications de lumière. A chaque numéro énoncé, une partie spécifique de la scène s'éclairait. Au numéro vingt-deux, le spot sauta, plongeant le théâtre dans le noir.

Samantha Siddon consulta son bracelet-montre. Sa de sa canne. Elle avait senti la présence de quelqu'un derrière elle avant même d'entendre ses pas. Pendant toute la journée, elle avait eu le pressentiment croissant d'une catastrophe imminente : un démon invisible allait fondre sur elle. La présence se rapprochait, le moment était presque là. Celui de la mort.

Ralentie par l'arthrose, elle se retourna. Elle eut du mal à distinguer la personne à travers les verres épais de ses lunettes. La confusion s'ajouta au brouillard qui embrumait ses yeux fatigués.

– C'était donc vous ? Comme c'est curieux, soupira-t-elle.

Hypnotisée, elle regarda fixement le couteau. L'idée d'appeler au secours lui passa par la tête, mais à quoi bon ? se demanda-t-elle aussitôt. Dans un geste dérisoire, elle leva péniblement sa canne pour bloquer le premier coup. Elle eut encore le temps de s'étonner de la ténacité de l'instinct de survie qui perdure même lorsqu'on arrive à la fin du voyage.

Boo monta sur scène en secouant sa crinière frisée d'un coup de tête orgueilleux qui ne réussit qu'à projeter la masse volumineuse de ses cheveux de droite à gauche.

– Où est l'éclairagiste ? cria-t-elle dans l'obscurité en levant les yeux au-dessus du deuxième balcon. Il se fait tard.

Et où diable est Gaynor ? se demandait Mallory.

Deux minutes avaient passé, elle lui en donnerait encore deux pour sortir des coulisses avant de partir à sa recherche.

Boo allait et venait sur la scène, réglant les lumières avec tous les acteurs, sauf un. Les spots s'allumaient, se déplaçaient et s'éteignaient dans une succession éblouissante.

– Jonathan, qu'est-ce que tu fous ? s'écria Boo avec impatience.

– Ouais, murmura Mallory – dix-neuf minutes d'absence. Où es-tu donc, enfant de...

Jonathan Gaynor s'élança au centre de la scène. Il portait un chapeau à large bord, une cravate desserrée autour du cou et des jarretelles noires autour de ses manches de chemise. Mais le changement radical de sa personnalité se remarquait surtout dans son allure. Ses coudes ne faisaient plus de mouvements désordonnés et ses pieds, en parfaite coordination avec le reste de son corps, semblaient décidés à suivre la même direction, sans les à-coups habituels. Saluant bien bas, il prit la main de Boo et la baisa dans un geste gracieux, sans avoir l'air idiot. Il avait du style, songea Mallory. C'était donc cela, un acteur.

Avec l'aisance d'un danseur, Gaynor escalada le praticable instable, côté jardin, qui ne paraissait tenir debout que par miracle. Eclairé par le spot central, il s'assit devant un bureau sur lequel il y avait un vieux micro surmonté du sigle d'une radio locale.

Boo hurla « Noir ! » et les projecteurs s'éteignirent en fondu au noir.

– Où est donc passé ce foutu Shadow ?

L'instant d'après, les portes sur la salle s'ouvrirent si violemment qu'elles heurtèrent les murs de chaque côté. Les yeux des acteurs se fixèrent sur l'apparition d'un jeune homme au fond de la salle. Mallory, remarquant ses cheveux bouclés, aussi noirs que ses yeux, sa bouche sensuelle, décida que c'était le plus beau garçon qu'elle ait jamais vu. Il fit une entrée peu glorieuse en tombant la tête la première dans l'allée centrale déboulant jusqu'aux pieds de Boo, horrifiée. A son expression, Mallory comprit que c'était lui le Shadow. Il était ivre mort.

Gaynor descendit de sa plate-forme et, sautant légèrement en bas de la scène, s'approcha du garçon qui avait perdu connaissance. Il l'appela par son nom, secoua son corps inerte et finalement le traîna dans les coulisses par la petite porte à droite de la scène. Mallory se demanda quelle aberration avait poussé le metteur en scène à donner le rôle du Shadow à ce jeune homme qui, même évanoui, irradiait une telle énergie sexuelle. Il ne correspondait pas du tout au héros de la série, capable de neutraliser les cerveaux les plus brillants et, surtout, de se rendre invisible. Même avec un foulard autour des yeux et morte depuis trois jours, aucune femme n'aurait une libido si émoussée qu'elle ne puisse remarquer ce garçon dans la foule.

Gaynor regagna sa place sur la plate-forme, qui paraissait si branlante que le moindre faux mouvement la précipiterait à terre comme un château de cartes. Cela n'arriva pas, malgré l'attente de Mallory.

La répétition des sketches radiophoniques continua pendant une heure. Un vieux numéro de Jack Benny et un sketch de *Stella Dallas*. Une heure pendant laquelle Boo martyrisa la troupe et les techniciens qui, pourtant, firent preuve d'une bonne volonté exemplaire. Mallory, l'oreille aux aguets, ne voulait pas manquer la phrase qui lui trottait dans la tête. Enfin elle l'entendit.

Qui sait quel est le mal tapi au fond du cœur de l'homme ?

Le Shadow sait.

Mallory répéta silencieusement la réplique. Fermant les yeux, elle se retrouva en compagnie de Markowitz, dans la cave de la vieille maison de Broklyn, par un samedi après-midi pluvieux, en train de boire du chocolat chaud. Il n'y avait pas d'auditoire plus captivé que ces deux-là.

Elle remarqua une pause trop longue dans le texte. Le Shadow avait-il manqué sa réplique ?

Mallory écarquilla les yeux. La vedette du spectacle venait de faire son entrée véritable. Dès la première réplique, elle se rendit compte que le beau jeune homme était en pleine possession de ses moyens. Une simple tasse de café n'aurait pu le dessaouler aussi vite. La comédie de l'ivresse n'avait donc été qu'une mise en scène à l'intention de Boo. S'avançant au centre de la scène, le comédien déclama remarquablement son monologue.

Et bien sûr le texte appartenait à un personnage échappé d'une autre pièce de théâtre ; c'était celui d'*Un tramway nommé Désir.* A la fin de la tirade, l'héroïne, attirée par les cris sauvages de l'acteur, accourut sur scène et se précipita dans ses bras. Le jeune homme l'emporta en coulisses sous les applaudissements nourris de la troupe, des techniciens et de Mallory elle-même.

Les jurons de Boo se perdirent dans le vacarme.

Mallory descendit du balcon tandis que les lumières se rallumaient dans la salle. Elle attendit dehors, à la porte du théâtre, le nez plongé dans un livre. Les acteurs sortirent les uns après les autres après s'être changés. Un garçon passa en jouant d'une flûte incroyablement longue. Boo sortit à son tour, écumant de rage rentrée. Un quart d'heure plus tard, Gaynor quittait le bâtiment vêtu d'un jean, d'une chemise ouverte et d'une veste de sport.

Il retrouva bientôt son allure habituelle. Coudes à angle droit, pieds tournés en dedans, il réussit à trébucher sur un pavé inégal.

L'emploi du temps de Gaynor fut ensuite moins mouvementé. Il resta sur le campus jusqu'à la nuit, entre son bureau et la cantine.

Reprenant le métro en pleine heure de pointe, fatiguée, Mallory se trouva coincée contre une paroi du wagon. Impossible d'attraper un livre dans son sac à dos. Elle essaya de se distraire en lisant les publicités au-dessus des têtes des autres passagers. L'une d'elle disait « Dites adieu aux verrues et aux cors ! » et l'autre vantait les objectifs de l'association « Laissez-les vivre » en donnant un numéro de téléphone vert accessible à ceux qui voudraient dénoncer une future mère célibataire.

Un homme se retourna sur Mallory et s'apprêtait à l'admonester vertement car elle lui avait marché sur le pied. Quand il croisa son regard, il se ravisa et se mit, lui aussi, à contempler les publicités.

Charles avait plusieurs questions importantes à poser à Mallory quand elle entra dans le bureau. Remarquant la crispation de sa mâchoire et la fixité de son regard pendant qu'elle passait, muette, devant lui, il décida que c'était justement le moment de l'affronter. Il lui donna quelques minutes de répit avant de la suivre dans son bureau, qui contenait si peu d'indices révélateurs de sa personnalité.

Trois terminaux d'ordinateurs s'alignaient sagement avec leurs imprimantes. Dans un angle, une console mobile contenait toutes sortes d'équipements électroniques, hypersophistiqués. L'ensemble évoquait un commando de robots en rang d'oignon. Charles regrettait la chaleur familière du fouillis qui régnait sur le panneau de liège de Markowitz. Sur celui de Mallory, chaque bout de papier était soigneusement épinglé aux quatre coins, dans un ordre parfait. Pas un grain de poussière sur les étagères. Sur la bibliothèque, les livres techniques et les manuels étaient rangés par taille.

Charles avait offert à Mallory quelques meubles de qualité, mais elle avait préféré l'ameublement standard : un bureau en métal avec un fauteuil tournant et un autre, fixe. Un grand casier métallique contenant des dizaines de tiroirs remplis de fichiers impeccablement rangés. Pas de photos sur le bureau ni le moindre objet personnel. C'était un espace inhumain qui reflétait une personnalité obsédée par l'ordre, refusant tout superflu.

Charles trouvait contradictoires, chez cette jeune femme, sa manie de l'ordre et ses pulsions délinquantes qui l'entraînaient à commettre des piratages sauvages sur n'importe quel ordinateur.

– Kathleen, j'aimerais vous parler, un instant...

– Mallory, dit-elle comme un automate.

Elle mit en marche le premier ordinateur.

– D'accord, Mallory. C'est au sujet de mon comptable. Il est très perturbé... Il m'accuse de remettre son travail en question.

– Excellent, dit-elle en ouvrant la disquette de la comptabilité. Comme ça, il n'osera pas trafiquer les comptes.

– Arthur ? Il ne volerait pas un trombone ! Toute sa vie est vouée à l'honneur de sa profession.

Charles se tenait debout derrière Mallory en se demandant si elle écoutait ce qu'il lui disait. Il insista.

– Il a déchiré sa feuille d'impôts qui déclarait son premier-né comme enfant à charge... Pour Arthur, les impôts, les chiffres, l'argent sont sacrés. C'est un type honnête. Je ne veux pas le perdre.

– Je ne l'ai pas accusé.

– Non ? Vous lui avez demandé de vous donner une disquette de sa comptabilité pour pouvoir la comparer avec la vôtre. Comment doit-il interpréter cela ?

Kathy ne l'écoutait déjà plus. Elle cessa de faire défiler le fichier et s'arrêta sur les données de l'appartement 3B.

– Celle-là est très en retard avec son loyer, remarqua-t-elle.

Charles lut par-dessus l'épaule de Mallory le nom du locataire, Edith Candle.

– Cette femme, au 3B, ne paie pas de loyer, dit-il.

Mallory le regarda avec étonnement et une lueur d'ironie et de provocation sexuelle dans ses yeux gris.

– Mallory, achetez-vous une paire de lunettes ! Cette respectable vieille dame était la propriétaire de l'immeuble. Elle a l'usufruit de cet appartement. Êtes-vous satisfaite, à présent, au sujet du 3B ?

Pour la troisième fois en moins d'une heure, on sonna à la porte. Charles s'était aperçu au cours des trois dernières semaines que Mallory avait eu raison sur un point : il n'aurait pas dû annoncer aux locataires qu'il venait d'acquérir l'immeuble. Il avait beau avoir embauché un concierge à plein temps, les locataires venaient d'abord se plaindre chez lui. Ses propres clients lui causaient moins d'ennuis puisqu'ils prenaient rendez-vous par téléphone ou par lettre.

– Pas si vite, dit Mallory. Qui est-ce ?

On avait frappé un coup discret à la porte, après avoir sonné.

– C'est le docteur Ramsharan, dit Charles. La psychiatre de l'appartement 3A. Henrietta trouve cela mal élevé de sonner deux fois.

Charles alla ouvrir. Quand Mallory vit Henrietta Ramsharan entrer, elle se précipita pour faire le café car elle avait perdu son pari. En effet, Charles avait parié contre elle qu'il savait toujours qui sonnait avant d'ouvrir la porte. Cela faisait des semaines qu'elle était obligée de faire le café.

Charles n'était pas très enthousiaste à l'idée d'une machine à café au bureau. Ils avaient bien assez de machines comme cela. Mais, quand il vit que Mallory avait installé le percolateur qui provenait du bureau de Markowitz, il céda, sensible à l'aspect sentimental de ce vol. Curieusement, Charles jugea que Mallory progressait dans son développement affectif.

Chaque fois qu'il entrait dans la cuisine, Charles évitait de regarder dans la direction de la machine. L'esprit de Markowitz semblait y habiter et lui reprocher de ne pas savoir à quoi Mallory passait ses journées. Charles ne croyait pas à l'histoire qu'elle lui avait servie, selon laquelle elle préférait travailler la nuit. Il n'était pas complètement idiot, bien qu'il se conduise souvent comme tel.

– Je m'excuse de vous déranger, dit poliment Henrietta à Charles qui lui fit signe de s'asseoir sur le canapé.

Elle avait défait son chignon en rentrant du travail. Ses longs cheveux noirs laissaient paraître quelques reflets gris aux tempes. Elle s'était changée et portait un jean confortable. Mais elle ne semblait pas particulièrement décontractée, à en juger par les tremblements aux coins des yeux et aux commissures des lèvres. Charles devina sur-le-champ ce qui pouvait agiter la placide Henrietta.

– Il s'agit d'Herbert, n'est-ce pas ?

– Oui, répondit Henrietta. Comment le savez-vous ?

– Oh, je commence à le connaître, notre ami Herbert.

Henrietta connaissait tout le monde dans l'immeuble. Elle habitait là depuis plus de dix ans. Mais cela ne suffisait pas à expliquer pourquoi l'ensemble des locataires étaient au courant de la vie de leurs voisins. Pendant les quatre ans qu'il avait passés dans l'immeuble de l'Upper East Side, Charles n'avait pas échangé plus de trois mots avec ses voisins de palier. Il en avait fait un complexe en mettant cela sur le compte de son asociabilité. Mallory lui avait fait observer que ce comportement distant était la norme tandis que la convivialité apparente régnant dans son immeuble était l'exception. Pourtant, ces gens ne s'étaient pas regroupés en une association de locataires, n'avaient même pas un lieu de réunion. Ce petit mystère l'agaçait, de temps en temps. Il soupçonna Edith Candle de pouvoir le lui expliquer mais de ne pas en avoir la moindre intention.

– Alors, vous croyez qu'Herbert possède un revolver ? dit-il.

– Comment l'avez-vous deviné ?

– Vous connaissez Martin Teller, qui habite sur le même palier qu'Herbert ?

– Bien sûr, répondit-elle.

– J'ai rencontré Martin ce matin, dit Charles. Je n'ai pas pu m'empêcher de remarquer le gilet pare-balles qu'il portait sous sa veste malgré la chaleur qu'il fait aujourd'hui. Mallory en a un aussi. Mais elle ne le met pas pour faire ses courses... donc... Herbert.

– Martin est terrorisé par Herbert, je le sais bien. Mais êtes-vous au courant du rouge à lèvres sur le mur d'Edith Candle ?

– Non. Son appartement a-t-il été... ?

– Vandalisé ? Non. Rien de ce genre. Vous étiez au courant des fugues ? Elle m'a dit qu'elle vous a connu tout petit.

– Des fugues ?

– Dans l'inconscient, par l'écriture automatique.

Non, il ne savait pas. Edith n'avait jamais employé l'écriture automatique dans son numéro avec cousin Max, le magicien. Il se souvenait seulement qu'elle pratiquait la télépathie. Un souvenir d'enfance – trouble – essayait de faire surface. Une conversation surprise entre deux adultes, peut-être. Mais ce n'était pas quelque chose que sa mémoire eidétique pouvait faire surgir.

– On appelle cela parfois écrire en état de transe, disait Henrietta. Quand Martin est venu chercher ses restes, Edith tentait d'effacer les mots tracés sur le mur.

– Ses restes ? Quels restes ?

– Depuis la crise, Martin ne gagne pas beaucoup d'argent avec sa peinture. Edith lui donne des repas trois fois par semaine. Cela fait au moins deux ans. Il est entré chez elle pendant qu'elle lavait le mur.

– Martin a la clé de l'appartement d'Edith ?

– Elle ne ferme jamais sa porte à clé. Vous ne le saviez pas ? Vous devriez lui dire un mot à ce sujet. Des gens malintentionnés peuvent toujours entrer dans un immeuble, malgré la sécurité.

– Donc, cela aurait pu être du vandalisme.

– L'inscription sur le mur ? Oh non ! C'est bien Edith qui écrit, mais elle ne s'en souvient pas.

– C'est déjà arrivé ?

– Oui, il y a longtemps.

Henrietta baissa les yeux et changea de position. Il

était évident qu'elle ne voulait pas en dire davantage. Bizarre, songea Charles.

– Qu'a-t-elle écrit sur le mur, cette fois-ci ?

– Je ne sais pas. Martin ne veut pas en parler. Vous savez comme il est peu bavard. Il a seulement prononcé trois mots : *mort, ici, bientôt*. Je lui ai demandé s'il avait peur d'Herbert. Il m'a fait signe que oui. C'est tout ce que je sais. Martin est un garçon fragile. J'avoue que l'idée qu'Herbert possède un revolver me rend nerveuse, moi aussi.

Mallory apparut soudain devant eux avec deux tasses de café à la main.

– Je m'en charge, dit-elle en tendant une tasse à Henrietta et l'autre à Charles.

– Certainement pas, dit Charles. C'est à moi de régler cette affaire.

Le cœur d'Herbert ne résisterait pas à un interrogatoire de Mallory, paranoïaque comme il l'était.

Henrietta, reconnaissante, sourit à Mallory tout en sirotant son café.

– Ce n'est peut-être pas une bonne idée d'aborder Herbert de front, dit-elle. Il est au bord de la crise de nerfs. Je vois ça venir depuis que sa femme l'a quitté et qu'elle lui a intenté un procès. En plus, il vient de recevoir un avis de licenciement pour la fin septembre. Je ne crois pas qu'il puisse endurer une épreuve supplémentaire. Il craquerait.

– Vous avez entendu ? demanda Charles en s'adressant à Mallory.

– Oui, dit Mallory d'un air sceptique. C'est un pauvre type.

Henrietta et Charles échangèrent un regard, approuvant silencieusement la concision de Mallory.

Le téléphone sonna. Sans la moindre précipitation, Mallory devança Charles à l'appareil. La façon dont elle se déplaçait, ou plutôt disparaissait pour réapparaître à un autre endroit un instant plus tard, déconcertait toujours Charles.

Elle saisit le récepteur de l'antique téléphone.

Pas si antique que ça, car elle avait trafiqué l'appareil à l'insu de Charles, pour y raccorder un répondeur. Il ne s'en aperçut qu'en ouvrant le tiroir de son bureau.

– Allô ! Mallory et Butler... Bonjour, Riker. Attends une minute...

Mallory ouvrit le tiroir pour éteindre le répondeur. Charles contempla le signal lumineux clignotant qui indiquait quatre messages. Sans mot dire, Mallory se dirigea vers son bureau privé en refermant la porte derrière elle.

– Voulez-vous que je parle à Edith ? demanda Charles à Henrietta.

– Non, non, ce n'est pas la peine, répondit-elle trop vite, sur un ton catégorique.

– Mallory, où étais-tu aujourd'hui ? J'ai appelé une douzaine de fois.

– Quatre fois. Charles n'écoute jamais les messages. Il fait comme si nous n'avions pas de répondeur.

– J'ai quelque chose pour toi, dit Riker. Gaynor et Cathery ont chacun un alibi pour deux des meurtres, mais, ensemble, ils n'ont pas d'alibi pour tous les meurtres.

– Et alors ? Je ne suis pas chaude pour la théorie de la conspiration, si c'est là où tu veux en venir.

– Attends. Cathery a un alibi pour l'assassinat de sa grand-mère et Gaynor pour celui de sa tante, mais...

– Riker, arrête ! Moi aussi j'ai vu ce film... Ça ne colle pas – pas si Markowitz connaissait l'assassin. Si le vieux avait deux suspects, il ne pouvait pas les filer tous les deux à la fois, d'accord ?

– Tu ne vas pas aimer la réponse à cette question, ma vieille.

– Accouche.

– Coffey pense que Markowitz ne connaissait pas le coupable. Le meurtrier aurait attiré Markowitz dans un guet-apens. Le vieux a été tué parce qu'il ne savait pas qui était l'assassin. Il n'a pas vu venir le coup.

– Bravo pour cette belle démonstration ! Je te signale que ton Coffey a cru aussi que la mère Whitman avait été kidnappée. Le premier imbécile venu aurait pu lui dire qu'elle se rendait à un rendez-vous fixé par l'assassin.

– Doucement, mon petit. Tu parles à ton copain Riker. Je suis de ton côté, souviens-toi ?

– Ouais... Y a-t-il du nouveau sur les initiales BDA dans l'agenda de Markowitz ?

– Non, dit Riker. Coffey ne suit pas cette piste-là. Je la poursuivrais bien de mon côté si je savais par où commencer. J'ai passé au peigne fin les papiers personnels de Markowitz dans sa maison de Brooklyn – sans résultat. Rien dans ses carnets de chèques ni sur ses reçus de cartes bancaires. Mais on ne sait jamais. Il y a autant de fouillis chez lui qu'à son bureau. C'est facile de laisser échapper quelque chose dans une pagaille pareille. Et toi, pourquoi n'irais-tu pas voir ? Je fais lever les scellés quand tu veux.

– Ouais, j'irai dès que j'aurai un moment.

Quand elle eut raccroché, elle remarqua que le fichier de la recluse du 3 B était toujours affiché sur l'écran du premier ordinateur. Charles lui avait fourni très peu de renseignements, ces deux dernières semaines, sur Edith Candle. Il est vrai qu'il avait un profond respect pour la vie privée des gens et qu'elle n'avait pu le guérir de cette qualité.

Mallory leva les yeux au plafond. Elle sentit la présence de la vieille dame avant même que celle-ci ne bouge, raclant les pieds de sa chaise sur le plancher, à l'étage au-dessus. Le point rouge qui scintillait sur le troisième ordinateur de Mallory lui indiqua qu'Edith Candle venait d'activer son propre ordinateur équipé d'un modem, avec lequel elle passait, en quelques secondes à peine, de la Bourse de New York à celle de Tokyo.

Mallory saisit son appareil de contrôle téléphonique, un combiné muni d'un cadran noir. Roulant sa chaise jusqu'au troisième ordinateur, elle fit le numéro que les techniciens de la compagnie de téléphone utilisent pour vérifier le bon fonctionnement d'une ligne. Et, grâce à cette ligne branchée sur le modem d'Edith Candle, Mallory put monter à l'étage au-dessus, dans l'ordinateur de l'appartement 3 B, et afficher l'écran d'Edith Candle sur son troisième ordinateur. Ce soir-là, Edith Candle ne suivait pas les cours de la Bourse.

Apparemment, la vieille dame souscrivait depuis longtemps à ce service, car, lorsqu'on l'utilise régulièrement, on est soi-même fiché. Mallory avait su parer à cet inconvénient en ne s'abonnant jamais aux réseaux qu'elle désirait pirater. Edith Candle était moins prudente. La jeune femme ajouta le fichier sur la vieille dame de l'appartement 3 B à l'ancien dossier du procureur général concernant l'enquête de la SEC.

Mallory entendit sonner encore une fois le carillon, le bruit de la porte qui s'ouvrait et se refermait, suivi d'un bruit de voix. Elle acheva de mettre en ordre le dossier du 3 B avant d'éteindre ses ordinateurs.

Quand elle retourna dans le cabinet, Henrietta Ramsharan n'était plus là, mais la dame à la figure pincée qui l'avait interpellée à Gramercy Park était assise devant le bureau de Charles.

– C'est bien elle ! s'écria Mme Pickering d'une voix aiguë en agitant sa carte de visite dans la direction de Mallory.

– Ne me dites pas que vous ne faites pas ce genre de travail, reprit-elle en s'adressant à Charles. Je ne vous ai pas demandé d'effectuer une basse besogne comme une filature pour un divorce ou quelque chose dans ce goût-là. La discrétion a ses limites, vous savez.

Tassé dans son fauteuil, Charles avait l'air mal à l'aise.

Mallory vint s'asseoir dans le fauteuil Tudor, à droite du bureau.

– Mon associé a l'habitude d'une autre clientèle, dit-elle. Il s'occupe en général d'affaires plus complexes.

Charles lui lança un coup d'œil soupçonneux avant de se tourner vers Mme Pickering. Son visage ne pouvait dissimuler sa pensée.

– En effet, mes clients habituels sont plutôt des institutions, des centres de recherche, des universités – à l'occasion, des commissions gouvernementales. J'explore surtout les talents qui sortent de l'ordinaire, les aptitudes des surdoués, les formes d'intelligence différentes. J'essaie ensuite d'utiliser ces dons pour la recherche, divers projets d'intérêt public ou privé. Mon associée, en revanche, effectue tout le travail d'enquête.

Pivotant sur son fauteuil vers Mallory, Charles reprit :

– Mme Pickering se demandait pourquoi vous vous intéressiez tant à Gramercy Park ?

Il arborait un sourire forcé.

– Secret professionnel, dit Mallory en adressant un sourire de circonstance à l'intention de Mme Pickering.

– Vous jouez encore la discrétion ! Pourquoi ne voulez-vous pas vous occuper de mon affaire ?

– Je n'ai pas dit ça.

– *Lui* l'a dit.

Charles recula son fauteuil et fit un signe de main désabusé qui voulait dire *je vous en prie.*

– Mme Pickering, dit-il à Mallory, désire que nous prouvions que la voyante favorite de sa mère la mène en bateau.

– Et pourquoi pas ? dit Mallory en souriant franchement, cette fois. Supposons qu'elle possède des dons fabuleux de manipulation. C'est tout à fait dans vos cordes, Charles. Ça serait pour vous un cas nouveau, différent des autres.

– Pas vraiment nouveau, dit Charles. Ça ne serait pas la première fois qu'un médium serait le sujet de ma recherche. Ces gens fonctionnent par empathie. Certains d'entre eux possèdent un véritable don.

– Mais cette femme est une voleuse qui n'en veut qu'à l'argent de ma mère ! s'écria Mme Pickering en bondissant de sa chaise.

Elle ne l'avait pas traité d'imbécile, mais c'était tout comme. Elle reprit ses esprits et se cala dans son fauteuil comme si l'accusation qu'elle venait de porter l'avait exténuée.

– Vous n'allez pas me faire croire qu'elle est capable d'entrer en contact avec mon père mort ?

– Je ne suis pas certain qu'un vrai médium s'entende très bien avec les morts, dit Charles avec un léger sourire. Par contre, il se pourrait qu'elle ait un talent particulier pour connaître les vivants. Les médiums, comme les voyants, font appel à leur intuition pour enregistrer le moindre détail concernant la personne en face d'eux. Ils analysent instantanément ces détails et les restituent en informations si précises que le sujet s'émerveille qu'un étranger puisse si bien connaître les traits intimes de sa personnalité. Cela ressemble à de la magie.

Mais Mme Pickering était le type même de la New-Yorkaise incrédule et sans imagination, sur qui la magie ne prenait pas. Son regard narquois posé sur Charles signifiait clairement sans avoir besoin d'être formulé : espèce d'imbécile !

Charles s'en rendit compte, comme le constata Mallory. Elle songea que rien ne lui échappait, à lui non plus.

– Tenez, vous, par exemple, dit Charles, vous venez de divorcer. Vous avez fait vos études dans les meilleures écoles. Vous dormez mal, tout en prenant les somnifères que votre médecin vous a prescrits. Parfois, vous vous sentez déprimée sans cause apparente.

Hypnotisée, la femme approuvait de la tête, ne quittant pas Charles des yeux.

Mallory, à son tour, observa la fine trace blanche sur l'annulaire de Mme Pickering. Sa bonne éducation se percevait à son accent neutre qui ressemblait à celui des résidents de Gramercy Park. Le maquillage soigneusement appliqué n'arrivait pas à masquer complètement les cernes profonds sous les yeux, signes d'insomnie chronique habituellement accompagnée de somnifères. Enfin, l'expression tendue de son visage révélait la frustration et le manque de satisfactions dans la vie de cette femme.

Pas mal, Charles.

– Vous allez chez le coiffeur tous les quinze jours, continua Charles.

Ça, c'est facile, se dit Mallory. Pas de trace de gris sur les racines.

– Et vous avez fait de la danse classique pendant votre enfance et votre adolescence.

D'où sortait-il ça ? Etait-elle entrée en faisant des pointes ?

– Vous préférez les ventes aux enchères de Christie's à celles de Sotheby's.

Là, tu exagères, mon vieux.

Mais, en observant de plus près Mme Pickering, Mallory remarqua les nombreuses bagues sur ses doigts. L'extraordinaire mémoire visuelle de Charles avait sans doute retrouvé ces bijoux dans les catalogues de Christie's.

– Vous avez un chien.

Comment pouvait-il savoir que ces quelques poils sur

sa robe appartenaient à un chien plutôt qu'à un chat ? Ah si ! Grâce à son remarquable nez, il avait senti l'odeur du pelage mouillé. Avant de venir, Mme Pickering avait dû promener son chien sous la pluie fine qui tombait encore. On ne promène pas les chats – surtout quand il pleut.

– Vous vous êtes pressée en vous habillant.

Mallory ne décela pas une faute dans la toilette recherchée, d'une élégance classique. Seulement une trace de rouge mal appliqué sur une joue et, sous le col à demi rabattu une partie de l'étiquette de la maison de couture qui dépassait un peu. Une femme coquette qui ne se regarde pas dans le miroir sous tous les angles avant de sortir ? Elle devait être plutôt pressée.

– Aucun événement important ne marque votre vie, en ce moment, poursuivit Charles. En fait, la monotonie des journées qui s'écoulent, toutes semblables, vous déprime. Vous n'en voyez pas la fin. La duplicité de votre mère vous agace, vous irrite sans doute. Mais c'est le vide de votre existence qui vous attriste et vous effraie... Bref, tout ceci n'est qu'une esquisse grossière... Une voyante expérimentée découvrirait vos sentiments intimes en remarquant l'hésitation dans vos yeux lorsque vous affirmez que vous faites cette démarche pour le bien de votre mère. En montrant que c'est la colère qui vous anime plutôt que de la sollicitude, elle irait beaucoup plus loin que je ne pourrais le faire.

Que tu ne voudrais le faire, corrigea Mallory en silence.

Charles se conduisait en gentleman, comme toujours. La jeune femme comptait là-dessus et utilisait cette qualité à son profit chaque fois qu'elle le pouvait. C'était le talon d'Achille de ce génie au QI impressionnant. Mallory se dit qu'il lui faudrait redoubler de vigilance à partir de maintenant. Veiller à ne pas le mettre en danger inutilement. Se servir de Charles, sans lui faire de mal. Mais si elle acceptait cette affaire, qu'il venait de réduire en cendres, c'était peut-être inévitable.

Pourtant, Mme Pickering offrait à Mallory une occasion unique d'infiltrer le monde fermé des vieilles familles argentées de Gramercy Park. Elle ne pouvait espérer meilleure introduction. Et il fallait aussi tenir compte de la fascinante géante, la voyante au doberman.

– Nous prenons votre affaire, dit Mallory. Ça fera quinze cents dollars d'avance. Le prix total dépendra des frais et du temps passé.

Mme Pickering, assise toute droite sur sa chaise, semblait tout à coup occuper moins d'espace. Elle hocha la tête en signe d'assentiment et sortit lentement son chéquier de son sac. Soudain elle ne parut rien d'autre qu'une femme vieillissante et fatiguée. Rien à voir avec la pimbêche pour qui Mallory l'avait prise lors de leur dernière rencontre.

– Ma mère s'appelle Fabia Penworth, dit-elle en déposant une carte de visite sur le bureau. Voici son adresse.

Mallory ramassa le chèque et la carte. Elle tendit la main à sa nouvelle cliente d'un geste qui pouvait sembler chaleureux à quelqu'un qui ne la connaîtrait pas.

– Merci, madame Pickering.

Mme Pickering sourit timidement, en grande bourgeoise dépassée par les événements.

– Appelez-moi Marion, je vous en prie. Et vous êtes... ?

– Mallory.

Mme Pickering se leva et se dirigea vers la porte avec une démarche digne, non dépourvue d'une certaine grâce. Mallory remarqua alors son port de danseuse. Elle marchait les pieds tournés en dehors et le dos bien droit. Normalement, elle aurait dû partir la tête basse, les épaules rentrées. Un maître de ballet tyrannique avait dû lui inculquer à la baguette ce langage du corps propre aux danseurs classiques. Un entraînement similaire sur Mallory avait échoué.

Quand la jeune femme eut refermé la porte d'entrée sur Mme Pickering, elle retourna auprès de Charles, qui avait l'air malheureux.

– Que faites-vous tous les jours à Gramercy Park ? lui demanda-t-il.

Agrandissant ses yeux verts bordés de longs cils noirs, elle cligna des paupières et les rouvrit à nouveau comme pour le séduire de son regard voilé. Charles se protégeait en pensant à leur différence d'âge – elle avait vingt-cinq ans tandis qu'il en avait trente-neuf – et à sa beauté face à sa laideur. Il ne pouvait imaginer que l'intérêt que Kathleen lui portait fût autre que platonique. Il était logique en tout.

Mallory sentit que sa tentative de séduction restait sans effet. Elle examina attentivement le vernis rouge de ses ongles.

– Répondez-moi ! dit Charles.

– Je travaille sur une hypothèse. Le lien est encore très flou.

– Kathleen...

L'intonation attristée de Charles suggérait seulement qu'elle mentait.

– Mallory, reprit-elle. Une escroquerie bizarre se manigance depuis quelque temps à Gramercy Park.

Elle parlait sur un ton qui voulait dire : *Je ne mens pas !*

Pourtant, chacun savait à quoi s'en tenir. Mais Charles était tellement gentleman, n'est-ce pas !

– Il se trouve, continua Mallory, que j'ai reconnu la voyante en question d'après sa description sur le fichier de la police.

– Et elle n'a rien à voir avec le meurtre de Louis ?

Et le soleil s'est levé deux fois ce matin, disaient ses yeux.

– Non.

– Je m'inquiète à votre sujet. Vous me le diriez s'il s'agissait de l'enquête de Markowitz, n'est-ce pas ?

Et la terre pourrait cesser pendant une heure ou deux de tourner autour du soleil, si ça arrivait !

– Oh oui, bien sûr, pourquoi ne le dirais-je pas ?

Pourquoi ? Elle tenait vraiment à lui. Si un mensonge pouvait le rassurer, elle n'hésiterait pas. Elle tenait à lui à ce point.

– Donc, vous ne vous intéressez qu'à la voyante...

Charles haussa les épaules, dans un mouvement d'incrédulité qu'il ne cherchait même pas à dissimuler.

– Cette cartomancienne sait bien se servir d'un ordinateur, dit Mallory. Son niveau est moyen mais elle se débrouille assez pour recueillir des informations à partir de quelques réseaux spécialisés. Comme la vieille magouilleuse du 3 B.

– Quoi ?

– Edith Candle, la vieille dame au-dessus de nous, au 3 B. Elle est équipée du même système : réseaux informatiques de documentation, abonnements aux principaux magazines du monde entier et à un service d'information et de contrôle bancaires.

– Vous avez donc vérifié les activités d'Edith ! Dorénavant, je vous prie de laisser tranquille les occupants de l'immeuble. Je n'aime pas que vous vous immisciez dans leur vie privée. Et je ne trouve pas suspect qu'Edith soit abonnée à un service d'information.

– D'accord.

– Elle n'est pas sortie de l'immeuble depuis presque trente ans, depuis la mort de son mari.

– Je n'ai jamais dit qu'elle n'est pas cinglée. J'ai seulement dit qu'elle dispose du même système de renseignements que la voyante de Mme Pickering – lors de sa dernière inculpation.

– Edith vit peut-être comme une recluse, mais elle n'a jamais cessé ses activités. Elle utilise des service d'information pour rester en contact avec le monde. Elle peut sans doute vous en apprendre plus sur ce qui se passe autour de nous que la plupart des gens qui travaillent à l'extérieur. Le service de contrôle bancaire, par exemple, est l'instrument de travail indispensable de tout propriétaire immobilier. Tout cela est parfaitement légal.

– Mais elle n'est plus propriétaire de cet immeuble et pourtant elle continue à souscrire à ce service. Cela fait plus d'un an que vous avez acquis l'immeuble, n'est-ce pas ? Et pourquoi est-ce qu'une milliardaire se terre dans un appartement de Soho ?

– Edith est dotée d'une fortune appréciable mais elle est loin d'être milliardaire. La vente de son immeuble lui a rapporté à peine deux cent cinquante mille dollars. L'immeuble a été hypothéqué il y a quelques années – mais j'oublie à qui j'ai affaire, vous êtes sans doute au courant du montant exact de l'hypothèque.

Evidemment.

– Charles, elle est riche comme Crésus. C'est un « golden boy » au féminin. Saviez-vous qu'elle a fait l'objet d'une enquête de la SEC ?

– Comment ? Non, effacez ça. Je ne veux pas savoir.

– Délit d'initié. J'ai lu tous les rapports.

– Ah, alors, si vous l'avez vu en toutes lettres, ça doit être vrai !

Charles leva les yeux au ciel et fixa le plafond pendant un moment. Pourtant, le sarcasme dans sa voix n'était pas aussi convaincant qu'à l'ordinaire. Il sortit son portefeuille de la poche intérieure de sa veste et en tira son permis de conduire qu'il jeta sur le bureau.

– Tenez, regardez ça, cela ébranlera peut-être votre foi aveugle dans l'écrit. Je suis né le 26. Mon acte de naissance indique la même date. En réalité, le médecin, fatigué après seize heures d'accouchement difficile, s'est trompé d'un jour. Vous voyez comme on peut se fier aux documents...

– Elle a reçu une convocation officielle, dit Mallory d'une voix calme. La SEC a ordonné une enquête judiciaire.

– Je ne veux plus rien entendre !

– Pourquoi ? J'ai saisi toutes ces informations dans le dossier du procureur général. Cela garantit leur crédibilité. Vous voulez voir les feuillets que j'ai sortis de l'imprimante ?

– Non !

Mallory avait seulement voulu créer une diversion, histoire de brouiller les pistes. Mais elle était allée trop loin. Elle ne l'avait jamais vu en colère. Pourtant, ils avaient déjà eu une discussion au sujet du respect de la vie privée des gens. Elle l'avait trouvé obtus à ce sujet et lui avait proposé de l'éclairer sur la question. Elle avait laissé entendre qu'elle était bien placée pour le faire...

– Je ne voulais pas m'emporter, dit Charles d'un air contrit. Recommençons de zéro, d'accord ? Tout élément nouveau que l'on apprend sur quelqu'un change la relation que l'on entretient avec lui. Je connais Edith depuis ma plus tendre enfance. Son mari était le cousin germain de mon père. Elle représente toute la famille qui me reste. Je n'ai pas besoin d'en savoir plus à son sujet.

– Vous ne voulez donc rien savoir sur le délit d'initié ?

– Non !... Je regrette... Imaginez que l'on vienne vous raconter quelque chose de désagréable sur Helen ou Louis ?

– D'accord, n'en parlons plus.

Non. Il ne la croyait pas. Ça se voyait dans ses yeux. La réponse avait été trop facile. Il lui faudrait faire attention à ça à l'avenir.

Ils échangèrent un bonsoir un peu gêné sur le palier. Mallory se dirigea vers l'ascenseur et appuya sur le bouton. Les portes en acier s'ouvrirent sur le visage surpris d'Herbert Mandrel. Sa petite tête s'agitait comme celle d'un oiseau effarouché. Le large sourire de Mallory qui découvrait sa denture parfaite le terrorisa encore davantage. Il examina le plafond et les parois de l'ascenseur comme pour chercher une sortie de secours. Tandis que les portes se refermaient et que la cabine commençait sa montée, il se donna du courage en bombant le torse et en se redressant au maximum afin de pouvoir regarder Mallory dans les yeux sans se donner un torticolis.

Elle remarqua sa veste militaire et le renflement familier sur le côté. Le petit bonhomme essaya de le cacher avec sa main – trop tard. Mallory souriait en appuyant sur le bouton rouge, qui bloqua l'ascenseur au troisième étage.

Les veines sur le cou d'Herbert gonflaient, près d'éclater. Il détourna les yeux quand elle approcha son visage tout près du sien en murmurant :

– Tu regardes beaucoup la télé, n'est-ce pas, Herbert ? Les séries policières, les histoires de flics ? Si je te dis : « Ecarte les jambes, les bras en croix », tu sauras comment faire ?

Mais Herbert s'était ressaisi et, osant lever les yeux sur elle, il tenta d'assumer crânement l'attitude typiquement new-yorkaise, signifiant : *Dégage !*

– Vous n'avez pas le droit de...

L'attrapant par un bras, Mallory le fit pivoter et le projeta contre le fond de l'ascenseur. D'un coup de pied sec, elle écarta ses jambes. Paralysé par la rapidité du mouvement, Herbert se mit à trembler de peur en levant lentement les bras.

– Si tu bouges, je vais te faire mal, compris ?

Il fit un signe affirmatif et s'immobilisa face au mur. Après l'avoir fouillé d'une main, de l'autre, elle décrocha de sa ceinture un lourd objet en métal.

– Ça va. Tu peux te retourner, maintenant, Herbert.

Il resta immobile pendant quelques instants, comme cloué sur la planche d'un collectionneur de papillons. Il se retourna enfin et regarda fixement la jeune femme avec toute la haine qu'on peut éprouver envers quelqu'un qui vient de vous humilier et qui, de surcroît, vous dépasse d'une tête.

– C'est quoi, ça ? demanda Mallory en balançant sous son nez un chargeur dans son étui en cuir.

– Je l'ai acheté à un mec, à mon club de tir.

– Où est le revolver ?

– Je n'en ai pas.

– Je n'y crois pas, Herbert. Un chargeur et pas de revolver ?

– Je n'ai pas de revolver. L'administration refuse de me délivrer un permis de port d'arme. J'ai un avocat qui s'en occupe. Demandez à Edith Candle. Je lui ai demandé le nom d'un bon avocat. Je m'exerce uniquement au stand de tir du club.

– Où se trouve le club de tir ?

– 14e Rue ouest.

– Le club de Barry Allen ?

– Ouais. Il vous le confirmera. Demandez-lui. Demandez à Edith.

– C'est bien ce que je compte faire.

Mallory appuya sur le bouton d'ouverture des portes. Elle sortit de l'ascenseur et jeta le chargeur aux pieds d'Herbert. Tombant à genoux, il le ramassa fébrilement pendant que les portes se refermaient.

Le petit homme n'avait sans doute pas menti. Il n'était pas du genre à fréquenter des revendeurs d'armes volées ou non enregistrée. Barry Allen était un ex-flic, avec une bonne réputation. Donc, rien à craindre de ce côté-là. Mais combien de temps faudrait-il à un copain du club pour vendre un revolver à ce petit crétin ?

Chassant Herbert de ses pensées, Mallory réfléchit à la discussion qu'elle venait d'avoir avec Charles. Elle avait fini par le comprendre. Elle-même aurait sérieusement amoché quiconque aurait osé dire du mal d'Helen ou de Louis. Elle laisserait donc tomber les irrégularités boursières reprochées à Edith Candle. Mais pas question d'ignorer la mention de Pearl Whitman et de sa société, la Whitman Chemicals, dans le rapport de la SEC. Markowitz lui avait dit, un jour, que la moitié du travail d'un policier consistait à traquer les liens entre les personnes connues et celles qu'on ne connaît pas encore. Pearl Whitman connaissait son assassin. Edith Candle le connaissait peut-être aussi. Voilà à quoi pensait Mallory en appuyant sur le bouton de sonnette de l'appartement 3B.

Derrière la porte, elle entendit un bruit de pas qui s'approchaient. Elle s'attendait au déclic métallique des serrures qu'on déverrouille. Mais la porte s'ouvrit sans bruit sur une femme rondelette, aux cheveux blancs. Mallory s'émerveilla de la blancheur nacrée de sa peau. Edith Candle lui adressa un sourire chaleureux, comme si elle accueillait une amie de longue date au lieu d'un inconnue surgie à l'improviste. Ce comportement n'était pas conforme à l'obsession sécuritaire de la majorité des habitants de Manhattan qui se protégeaient derrière leur porte blindée munie d'un œil avec au moins deux solides serrures de sécurité, sans parler, pour les plus fortunés, du doberman ou du pitbull en liberté dans la maison.

– Je suis une amie de Charles Butler, dit Mallory.

– Eh bien, les amis de Charles sont les bienvenus chez moi.

Edith Candle ouvrit grande la porte en invitant la jeune femme à entrer. En la suivant dans le salon, Mallory se disait que la vieille dame ne correspondait pas du tout au profil d'une personne qui joue en Bourse, encore moins à celui d'un coupable de délits d'initié.

Mme Candle était coiffée avec un chignon impeccable. Sa tête semblait disproportionnée par rapport à sa petite taille et un triple menton dissimulait presque le col en dentelle de sa robe démodée. Derrière les verres épais de ses lunettes, ses yeux vigilants ressemblaient à des soucoupes bleu pâle.

Une main blanche et potelée se posa doucement sur le bras de Mallory.

– Asseyez-vous, mon enfant. Je vais faire du café... A moins que vous ne préfériez du vin ?

– Le café ira très bien, merci.

Mallory en avait appris assez grâce à Charles pour reconnaître la valeur du mobilier qui l'entourait. La pièce était également encombrée d'un bric-à-brac de porcelaines anciennes, de boîtes en argent, d'abat-jour à franges. De vieilles photos trônaient sur des étagères. Tout cela aurait dû attirer la poussière, mais Mallory n'en remarqua pas une trace. L'air ambiant sentait bon le pin et l'encaustique à la cire d'abeille, comme à la maison du temps d'Helen. Un fumet familier émanait de la cuisine, celui d'un ragoût de mouton du dimanche dont les restes serviraient le lundi.

– Qui était-ce ?

Mallory se retourna si brusquement qu'Edith Candle, interloquée, recula d'un pas, heurtant le rocking-chair qui se mit à se balancer tout seul. Retrouvant son équilibre, elle rajusta ses lunettes sur son nez.

– Il y a quelque chose ici qui vous rappelle une femme, n'est-ce pas ? demanda-t-elle en s'asseyant sur le canapé. Rien dans cette pièce, en effet, n'indique la présence d'un homme. C'est à votre mère que vous pensiez ?

– Je n'ai jamais connu ma mère.

– Vous avez respiré profondément. Pourtant, il n'y a pas de fleurs. Seulement l'odeur d'une maison bien tenue. Vous sembliez approuver l'ordre des choses qui sont ici. Apparemments, vous avez été bien élevée – par quelqu'un qui vous a aimée. Qui était-ce ?

– Helen. Vous avez dit *était*. Comment savez-vous qu'elle est morte ?

– Vous étiez à la recherche d'un souvenir.

Oh, doux Jésus ! C'est d'elle que vient le don de Charles.

– C'est vrai, mon petit, continua la vieille dame quand elles furent toutes les deux attablées dans la cuisine spacieuse, en train de siroter un café brûlant, ses parents venaient souvent ici quand Charles était enfant.

Edith plaça devant Mallory une assiette de brownies.

– Saviez-vous que sa mère l'a mis au monde à l'âge incroyablement avancé de cinquante-six ans ? Les Butler étaient des gens charmants. Max et moi nous occupions du petit Charles quand ses parents s'absentaient pour assister à une conférence dans une université lointaine.

Je l'emmenais jouer au parc avec les autres enfants. Ils le persécutaient mais il espérait toujours que les enfants finiraient par l'accepter. Son QI exceptionnellement élevé le séparait des autres, et la taille de son nez n'arrangeait pas les choses. Il est né avec ce nez-là, vous savez. Je n'ai jamais vu de bébé avec un nez aussi gros. J'ai également passé beaucoup de temps auprès de Charles, après son doctorat, quand il se consacrait à sa recherche. Je lui servais de cobaye. Je suis un peu médium, le saviez-vous ?

– Oui, je sais. Nous travaillons en ce moment sur le cas d'un faux médium.

Un éclair malicieux traversa le regard d'Edith Candle au mot *faux*.

– Dans ce cas, vous tombez bien. Je crois connaître toutes les supercheries qui se pratiquent dans ce domaine. Mais il faut garder l'esprit ouvert. Charles peut vous dire que certains sujets ont des dons véritables et sont capables de lire dans les âmes. Dans la vôtre, mon enfant, je vois de la douleur... Une douleur meurtrière.

Deux tasses de café plus tard, Edith Candle, suivie de Mallory, ouvrait une petite porte au bout d'un long couloir. Elles arrivèrent sur un palier étroit qui donnait sur un escalier en colimaçon avec une rampe en fer forgé noir. Les ampoules qui pendaient au plafond à chaque étage projetaient des ombres vacillantes sur les murs blancs. L'escalier descendait en spirale jusqu'au sous-sol.

Mallory suivit Mme Candle, qui s'aventurait rarement en dehors des cinq pièces de son appartement. Elles descendirent lentement les marches pour arriver enfin au sous-sol, devant la porte de la cave de l'immeuble. C'était sans doute la seule porte dans toute la ville à ne pas être fermée à clé. Mallory se faufila devant Mme Candle en la retenant légèrement par le bras. Elle sentait le poids de son arme dans son étui sous l'aisselle gauche tandis qu'elle poussa le battant de la porte et s'avança dans l'obscurité. Sa main chercha à tâtons le commutateur sur le mur, le trouva, mais la lumière ne s'alluma pas.

– Il y a une lampe électrique sur la boîte à fusibles, dit la vieille dame derrière elle.

Mallory ouvrit grande la porte pour laisser entrer un peu de lumière de l'escalier. Elle trouva immédiatement à gauche de la porte le placard du compteur. Saisissant la lampe de poche, elle ouvrit la porte de l'armoire et vérifia les fusibles. Ils paraissaient en état de marche. Mallory appuya encore une fois sur le commutateur. En vain.

– Les fusibles sont bons, dit Edith Candle. Par contre, ce bouton électrique n'a jamais fonctionné depuis que Max et moi avons acheté l'immeuble. C'est resté un mystère pour trois générations d'électriciens.

La vieille dame prit la torche des mains de Mallory et la pointa vers le mur du fond.

– Autant que je m'en souvienne, il y a une autre lumière par là-bas.

Marchant à petits pas parmi un dédale de vieilles malles et de vieux cartons, elle s'avança vers un lampadaire surmonté d'un antique abat-jour à franges. En l'allumant, une lumière tamisée auréola un coin de la cave.

– Je connais une source de lumière plus vive. Suivez-moi, dit Edith Candle.

Mallory, marchant sur ses talons, distingua des meubles recouverts de housses poussiéreuses parmi un bric-à-brac hétéroclite. Un peu plus loin, un mannequin sans tête se tenait debout, seul dans un coin.

– Toutes les machines à illusions, tous les secrets de l'art de Max reposent ici, dit Edith. C'est nous qui avons construit cette caverne d'Ali Baba que vous allez voir. Elle occupe la moitié du sous-sol de l'immeuble.

Après qu'elle ait introduit une petit clé dans une serrure fixée dans le mur, la paroi se replia en accordéon et des panneaux glissèrent de côté, découvrant une grande cave faiblement éclairée par une fenêtre, au rez-de-chaussée, au-dessus de leurs têtes. Il y avait suffisamment de jour pour apercevoir à travers la vitre un rat détaler dans la courette intérieure.

Dans la pénombre, Mallory distingua des containers et un grand paravent à trois panneaux.

– Cela fait bien longtemps que je ne suis pas descendue ici, remarqua Edith en touchant un globe qui s'alluma en projetant un cercle de lumière dorée.

La lampe éclaira une grande housse en plastique transparent suspendue au plafond, faisant scintiller les paillettes d'or brodées sur des costumes de scène en soie.

– De nombreux magiciens sont venus me faire leurs condoléances, reprit Edith. Ils souhaitaient racheter les inventions et les trucs de Max. Je n'ai jamais rien voulu vendre ni rien trahir de ses secrets. C'est une question de principe. Voulez-vous que je vous montre l'un de ses tours les plus célèbres ? Nous n'avons fait ce numéro qu'une seule fois. Trop sanguinaire, disait le directeur du théâtre. Le sang vous impressionne-t-il ? Avez-vous le cœur fragile ?

– Allez-y. Impressionnez-moi ! dit Mallory en souriant.

Derrière le paravent, Edith alluma un spot qui éclairait en partie le haut plafond de la cave. Sur le délicat papier de riz du paravent se détachait un superbe dragon qui crachait du feu.

– Attendez ici, dit la vieille dame. J'en ai pour quelques instants. Il faut que je vérifie le matériel. Il n'a pas servi depuis trente ans.

Donnant la lampe de poche à Mallory, elle disparut derrière le paravent.

Mallory commença à sentir des picotements sur le dos des mains et au bout des doigts. C'était pour elle le signe qu'il lui fallait exercer une vigilance accrue. D'un mouvement circulaire de sa torche, elle fit l'inventaire des ombres qui se profilaient à la périphérie du cercle éclairé par le globe. Le rayon de la lampe électrique refléta les yeux qu'elle venait à l'instant de sentir dans son dos.

Charles ?

Non. En se rapprochant, Mallory se rendit compte qu'elle regardait les yeux d'une tête coupée. Elle ne pouvait être qu'en cire, mais, quand elle s'avança, un frisson glacé la parcourut de la tête aux pieds. Cette chose perchée à sa hauteur, sur une malle, la fixait de ses yeux bleus d'un regard bien trop réel – le regard émerveillé d'un enfant de neuf ans, un matin de Noël – le même que celui de Charles. C'était le cousin de son père.

Bonjour, Max !

Au même instant, Mallory entendit Edith qui l'appelait. Contournant le paravent, elle emprunta un passage entre des rangées de costumes pendus sur des cintres de chaque côté. Elle déboucha soudain sur Edith agenouillée au pied d'une guillotine de trois mètres de haut. Sa tête blanche, enveloppée dans un turban rouge, était placée entre les montants. Un châssis en bois, comportant trois encoches, emprisonnait son cou et ses deux mains. Au-dessus de sa tête attendait la large lame, acérée comme celle d'un rasoir.

Edith sourit à Mallory en lui indiquant des yeux un levier doré sur le côté de la guillotine :

– Tirez là-dessus, ma chère.

Mallory, médusée, ne put que secouer la tête. La vieille dame était devenue folle ou quoi ? Il ne s'agissait pas d'un mannequin de cire. Edith parlait. Elle remuait les mains et les jambes. Elle était aussi réelle que le couperet. Il ne s'agissait pas d'un truc avec des miroirs.

Surprise par un grincement métallique, la jeune femme leva les yeux vers la guillotine. Le couperet avait-il changé d'angle ? Le roulement à bille du mécanisme avait-il sauté ? L'estomac noué, elle fixait d'un regard fasciné la lame meurtrière.

Le couperet descendit d'un cran.

Au même instant, une boule de feu aveuglante jaillit du sommet de la guillotine, illuminant toute la cave. Edith poussa un cri. Eblouie par la lumière, Mallory s'élança vers la vieille dame, les mains tendues. A l'instant où elle allait l'atteindre, le couperet tomba. Violemment éclairée par une lumière blanche, la tête enturbannée roula sur le sol dans un effroyable giclement de sang. Les pieds de la vieille femme furent agités de mouvements spasmodiques avant de retomber, inertes.

Mallory, blême, resta clouée sur place.

La tête, à ses pieds, fut secouée d'un grand éclat de rire.

Non. Encore une illusion ! Ses yeux s'étant adaptés à la lumière, Mallory pouvait à présent voir plus distinctement. A ses pieds gisait une tête en cire, la réplique parfaite d'une Edith plus jeune. L'Edith en chair et en os se releva, sans une goutte de sang sur elle.

– Ah ! vous en faisiez une tête ! s'écria Edith, riant aux larmes. Ce qui rend ce tour si efficace, alors que nous l'avons réalisé une seule fois sur scène, reprit-elle, vient du fait que les spectateurs sont convaincus qu'ils viennent d'assister à un accident. Un accident mécanique. Ils se sont tous mis à hurler d'effroi... La plupart des tours de Max mettaient sa vie en danger. C'était sa spécialité.

Mallory s'assit par terre, les genoux encore tremblants.

– Mon Dieu ! J'espère que c'est tout !

Edith alla chercher un tabouret et s'installa à côté de Mallory.

– Je ne peux pas m'étendre trop sur les tours de Max sans trahir le code d'honneur des illusionnistes. Je peux seulement vous dire que la lumière en est l'élément le plus important. Pendant que l'œil s'ajuste, vous ne pouvez distinguer clairement ce que l'on vous présente. Vous ne voyez que ce que l'illusionniste veut que vous voyiez. Je ne puis vous en dire plus. Je n'ai même pas le droit de vous montrer le mécanisme qui déclenche la lumière. Secret professionnel.

Mallory dut rapidement réviser ses idées préconçues sur les vieilles dames. Elle considéra Edith, perchée sur le tabouret, avec un respect nouveau. Décidément, elle avait frappé à la bonne porte.

– Quels sont les astuces dont se servent les médiums ?

– Eh bien, si l'on admet qu'il y a une différence entre un magicien et un spirite, il faut reconnaître que les mêmes principes animent tous leurs trucs – guider le regard dans une fausse direction, tours de passe-passe. Une cliente m'a parlé d'un médium qu'elle allait voir sur la 42e Rue, qui faisait planer des objets dans les airs. Je peux vous montrer quelque chose du même ordre.

– A l'aide de fils de fer ?

– Non, avec l'art noir.

– L'art noir ?

– Cela n'a rien à voir avec l'occultisme, mon petit. Il s'agit de l'art de camoufler le noir sur le noir. On a simplement besoin d'un miroir et d'une pièce très sombre. Il suffit que l'objet paraisse s'élever de quelques centimètres. Trop de hauteur semblerait suspecte. Le miroir est placé à un certain angle et donne l'impression que l'objet flotte. C'est assez troublant. Mais, pour créer cette illusion, le médium a besoin d'un acolyte qui circule librement dans la salle.

– Elle en a un. Le jeune garçon qui l'accompagne toujours.

– Bon, ça accroît ses possibilités. Elle peut accomplir de nombreux tours avec un assistant.

– Ce médium utilise aussi la haute technologie.

– Peut-être. Mais ne vous attendez pas à des choses trop sophistiquées comme des images holographiques ou des trucs de ce genre. Plus le procédé est simple, plus il est efficace. Ce médium n'apporterait pas des gadgets sophistiqués au domicile de son « pigeon ».

– Non, dit Mallory. Mais elle se sert de son ordinateur pour obtenir un maximum de renseignements sur ses futures victimes.

– Dites plutôt *pigeon* ou *dupe*, mon enfant. *Victime*, ça fait sordide. N'oubliez pas que l'assistance s'amuse énormément... Max et moi, nous avons inventé une illusion basée sur la télépathie pendant qu'il se remettait d'une blessure – un accident survenu au cours d'un tour dangereux. Mais je me perds en digressions... Vous voulez que je vous parle des trucs. Eh bien, mon rôle était de deviner, les yeux bandés, les objets que nos « pigeons » tenaient à la main.

– Comment ? Avec des micros ?

– Non, mon petit. La plupart des tours sont très simples. Si vous rendez les opérations trop complexes techniquement, vous n'y arrivez pas à chaque fois.

Remontant ses lunettes sur son nez, elle parut fixer son regard sur une vision intérieure.

– Dès ses premiers mots, Max me donnait un indice. Par exemple, quand il disait : « Concentrez-vous », cela voulait dire que l'objet était en métal. La parole suivante m'indiquait s'il s'agissait d'une pièce de monnaie, d'une montre, d'une bague, etc. Lorsqu'il disait : « S'il vous plaît », je savais que c'était du papier – un billet, une photo. Ensuite, quand j'enlevais mon bandeau, je lisais sur le visage des gens leurs secrets, leurs soucis.

– Vous aviez fait sur eux une enquête préliminaire ?

– Non, mon petit. Max faisait la queue au guichet, mêlé aux spectateurs. C'est fou ce qu'on est bavard dans une queue. De toute façon, les gens étaient sélectionnés d'avance. Je sais que cela peut paraître malhonnête, mais nous leur en donnions pour leur argent. C'était vraiment spectaculaire.

Le sourire d'Edith fit place à un air songeur.

– Un beau jour, nous nous sommes aperçus que j'avais un don de voyance. J'avais eu la vision d'un cadavre. Le shérif l'a découvert le lendemain. Il est venu nous l'annoncer dans la ville voisine où nous nous produisions. Désormais, ma réputation était faite. Nous avons fait une nouvelle tournée mondiale. Cette fois, j'étais la tête d'affiche. J'ai regretté d'avoir ce don après la disparition de Max. J'avais pressenti sa mort, savez-vous ? Vous ne me croyez pas, je le sens. Pourtant, je l'ai eu, ce don terrible.

– Aviez-vous pressenti la mort de Pearl Whitman ?

– Non, mon enfant. Cela ne survient que pour quelqu'un qui m'est très proche. Je n'ai pas vu Pearl depuis des années.

– Ça ne vous ennuie pas de m'en parler ?

– Non, pas le moins du monde. Sa mort est bien triste, n'est-ce pas ? Elle n'avait que soixante-cinq ans quand je l'ai rencontrée la première fois. Son père venait de mourir. Il avait plus de quatre-vingt-dix ans, je crois. Elle m'a demandé d'entrer en contact avec lui, dans l'autre monde. Je lui ai répondu que je ne pratiquais pas ce genre de chose. Que je faisais de la voyance. On nous met souvent dans le même sac que les médiums ou les spirites, mais ce n'est pas tout à fait pareil...

– Alors, qu'avez-vous fait pour elle ?

– Je lui ai donné des conseils financiers, concernant ses placements boursiers, en particulier. Elle désirait connaître l'avis de son père pour gérer sa fortune.

– Vous lui donniez des conseils boursiers en scrutant une boule de cristal ?

– Mais non, mon petit. Puis-je vous appeler Kathy ? Bien. Je suis une mordue de la Bourse. Je consacre beaucoup de temps à faire de la recherche dans le domaine économique et financier. Je dispose d'une importante banque de données grâce à mon réseau de documentation mais je me fie surtout à mon intuition. C'est moi qui ai suggéré à Pearl de faire fusionner sa société avec un autre groupe, ce qui a eu pour effet de doubler le capital de la Whitman Chemicals.

– Avez-vous profité de cette opération ? demanda gravement Mallory.

– Bien sûr ! J'avais déjà amassé une petite fortune en faisant des tournées. Ensuite, Max et moi avons réalisé une belle plus-value en vendant un autre immeuble. Je m'étais donc constitué un portefeuille confortable. Après mon étude pour le compte de Pearl, j'ai tout liquidé et j'ai racheté un gros paquet d'actions de la Whitman Chemicals. A la suite de la fusion, j'ai doublé mon capital initial.

– Personne ne vous a suggéré que c'était peut-être illégal ?

– Vous faites allusion au délit d'initié ? dit Edith en souriant. J'ai eu quelques problèmes, en effet, avec l'administration de Washington. Ils ont découvert que j'étais également en rapport avec l'un des P.-D.G. de la société absorbée. Ils m'ont envoyé des convocations et m'ont interrogée pendant des heures. A la fin, ils m'ont laissée partir et je n'ai plus entendu parler de rien. Peut-être que le procureur général a eu peur de se ridiculiser en convoquant une voyante à la barre des témoins... Ensuite, il y a eu tout ce scandale autour de M. Milken et des golden boys. Les agents du gouvernement ont été très occupés ailleurs. Je crois qu'ils m'ont oubliée. C'est incroyable ce que l'on peut se permettre quand on est vieux !

Mallory sourit, et la vieille dame, rassurée, ne put s'empêcher de rire à la plaisanterie qu'elle venait de faire.

Voyante ou pas, se dit Mallory, cette femme n'était pas capable de deviner ses pensées, encore moins d'interpréter son sourire.

Je t'ai eue, ma vieille, disait le sourire de Mallory.

– Donc, Edith... Puis-je vous appeler Edith ?

– Bien sûr, mon petit.

– Est-ce qu'après la fusion de sa compagnie Pearl Whitman a renoncé à entrer en contact avec son père ?

– Je n'en sais rien, Kathy. Je ne l'ai pas revue. Je ne pouvais rien faire de plus pour elle.

– Est-ce courant de consulter des médiums ou des voyants pour investir en Bourse ?

– Très courant. Si ce n'est pas pour des histoires d'amour, c'est pour des problèmes d'argent que l'on vient nous consulter. Et plus on vieillit, plus on aime l'argent.

– Alors, la finance est un bon filon pour les voyants et les mages ?

– Ne croyez pas ça. Il faut être assez expert en la matière. La plupart des charlatans gagnent à peine leur vie. Souvent, les personnes qui ont un véritable don de voyance travaillent gratuitement. Avec la police, par exemple. Par contre, il est aussi difficile de trouver un bon analyste financier dans ce monde-ci que dans l'autre...

– Et vous êtes parmi les meilleures. Cette fusion a rapporté gros à Pearl Whitman. Pourquoi n'est-elle pas revenue vous voir ?

– Elle avait sans doute gagné assez d'argent.

– Vous-même, vous êtes plutôt riche, non ?

– Entre nous, mon petit, je suis riche comme Crésus.

– Alors pourquoi restez-vous ici ? Enfermée entre ces quatre murs ?

– Je n'éprouve pas le besoin de sortir. Le monde vient à moi, voyez-vous. J'ai mes réseaux de communication, mes services de documentation. J'ai une télévision, un service d'abonnement vidéo, mes clubs de livres. J'ai de bons rapports avec les locataires de l'immeuble. Pourquoi sortirais-je ?

– Mais il y a encore une autre raison, n'est-ce pas ? insista Mallory. Quelque chose en rapport avec la mort de votre mari ?

– Bien vu, Kathy. Oui, en quelque sorte. Comme je vous l'ai dit, j'ai eu le pressentiment de la mort de Max et je n'ai pas pu l'empêcher. Après l'accident, je voulais me retirer du monde. Mais les gens continuent à venir me voir. Pas un seul jour sans une visite. Pour une recluse, c'est raté. Je crois que je ferais aussi bien de refaire surface. J'y pense beaucoup, ces temps-ci.

– Pouvez-vous me parler des médiums, bien que cela ne soit pas votre spécialité ?

– Vous voulez dire des procédés qu'ils utilisent ? Après toutes ces années avec Max, je crois connaître les mécanismes des principaux trucs. Mais un truc n'équivaut pas forcément à une tricherie. C'est plutôt une preuve du savoir-faire de l'illusionniste. Il est vrai que la plupart ont recours aujourd'hui à la haute technologie pour obtenir des informations par ordinateur. Mais les vieux tours des magiciens sont toujours nécessaires. On ne peut envoûter un pigeon à l'aide de circuits intégrés.

– Que diriez-vous de m'accompagner à une séance de spiritisme ?

Jack Coffey n'aurait jamais imaginé qu'il y eut autant de caméras vidéo dans ce quartier préservé de la rumeur de la ville, à l'écart du XXe siècle. Cela semblait anachronique de voir ces gens à leurs fenêtres et à leurs balcons, en train de filmer avec assiduité toutes les péripéties d'une enquête policière. Pourtant, le meurtrier avait su trouver l'angle mort de Gramercy Park. Les caméras – y compris celles de la police – n'avaient pas enregistré le crime perpétré à quelques mètres seulement de l'appartement en sous-sol du gardien de l'immeuble.

Les hommes de la brigade criminelle faisaient de leur mieux pour maintenir des rapports courtois mais fermes avec les résidents. Cependant, les plus huppés parmi ceux-ci, tatillons sur leurs droits constitutionnels, protestaient avec véhémence contre l'interdiction d'organiser le concours de chiens et de poneys qui avait lieu traditionnellement dans le parc.

Le lieutenant Coffey ne verrait pas, ce soir, la limousine du commissaire divisionnaire Beale. Encore moins son chef hiérarchique, Harry Blakeley, qui devait répondre à l'inévitable question des journalistes : comment ce meurtre a-t-il pu être commis sous votre nez ?

La lumière des projecteurs éclairait comme en plein jour le trottoir et la façade du bâtiment. Penché au-dessus de la rampe, Gerry Pepper, le photographe, travaillait sans flash, pointant son objectif sur le passage adjacent à la porte du sous-sol. Il descendit les quelques marches qui conduisaient au niveau inférieur à celui de la rue, pour photographier de plus près la victime. La vieille dame était encore adossée contre le mur où la paume de sa main gauche avait laissé une empreinte sanglante. Il prit une centaine de photos sous tous les angles imaginables. Les yeux grands ouverts, elle le regardait paisiblement, sans protester. Après avoir fait quelques gros plans de son visage, Gerry Pepper recula soudain comme si elle lui avait dit quelque chose de désagréable.

– Dis donc, Gerry ! cria le lieutenant Coffey. Fais-moi quelques gros plans supplémentaires de l'empreinte de la main, s'il te plaît.

Le photographe releva la tête. Coffey remarqua immédiatement, à l'expression figée de Pepper, que quelque chose n'allait pas. Ce professionnel, au cours de sa longue carrière, avait pourtant vu bien pire que cette vieille femme à la gorge tranchée et aux seins mutilés.

Coffey lui fit signe de monter le rejoindre.

– Quel est le problème, Gerry ?

Le photographe répondit dans un chuchotement rauque, comme si on pouvait l'entendre par-dessus le brouhaha des conversations qui agitaient le square.

– Je viens de photographier une suicidée, Jack. Ça paraît dingue, je le sais. Mais j'en donnerais ma main à couper. T'as pas idée du nombre de suicides que j'ai déjà photographiés !

Pepper se passa la main dans les cheveux et regarda autour d'eux avant de continuer :

– Je pourrais en tapisser les murs de mon appartement... Et j'ai dix fois plus de photos de gens assassinés... Alors, je suis bien placé pour voir la différence !

Coffey connaissait Pepper depuis longtemps. Il n'allait pas faire une remarque du genre : « Espèce d'idiot, tu crois donc qu'elle s'est mutilée elle-même ? »

Ce n'était pas à lui de démoraliser ses troupes. C'était le boulot de leur patron. Mais Blakeley n'entendrait jamais parler de cet épisode.

– C'est dingue, répéta Pepper. Mais tu m'as demandé ce qui n'allait pas.

Les assistants du médecin légiste remontaient le corps dans un sac en plastique noir. Le docteur Edward Slope, en enlevant ses gants, fit un signe de tête affirmatif à l'adresse de Coffey, ce qui confirmait que le crime était de la même facture que les autres.

– Quand est-ce que c'est arrivé ? demanda Coffey en touchant le bras du médecin. Pouvez-vous me donner une heure approximative ?

– Eh bien, Jack, dit Slope, je constate que vous n'avez pas oublié les leçons de Markowitz. Ce coup-ci, ce n'est pas trop difficile. Etant donné la température du corps, la coagulation sanguine et le degré de rigidité, je dirais qu'elle est morte entre onze heures du matin et deux heures de l'après-midi. J'aurai plus de précisions demain, après l'autopsie.

Le docteur Slope tourna les talons et s'éloigna sans dire bonsoir, la démarche fatiguée. Il semblait avoir vieilli de dix ans. Coffey se dit qu'il ne fallait plus qu'ils se rencontrent dans de telles circonstances.

Riker feuilletait les pages de son carnet.

– Le concierge ne se souvient pas de l'heure précise à laquelle Samantha Siddon est sortie. Il pense que c'est dans l'après-midi. La femme de ménage, Mme Fayette, affirme qu'elle a vu la vieille dame à midi. C'est l'heure à laquelle elle finit son travail. Elle dit que Samantha Siddon était encore en robe de chambre et en pantoufles. Si on lui accorde une demi-heure pour s'habiller – elle souffrait de rhumatismes aux mains et aux jambes – elle n'a pas pu descendre dans le hall de l'immeuble avant 12 h 30.

– Tu as parlé au gardien ?

– Ouais, il est très secoué. Il a un autre boulot en même temps. Il nous demande de ne pas en parler au syndic qui gère l'immeuble. En tout cas, il rentre de son second boulot aux alentours de 23 h 15 et descend l'escalier qui mène de la rue jusqu'à sa porte. Il fait noir dans le passage. L'ampoule est grillée depuis un bon bout de temps. Il ne l'a pas encore remplacée parce qu'on y voit assez avec l'éclairage de la rue. Donc, il remarque un tas de chiffons dans un coin, près de sa porte, pendant qu'il tourne la clé dans la serrure. Il se met à râler parce qu'un locataire prend son palier pour une poubelle. Il soulève les chiffons, et, à première vue, il ne sait pas ce qu'il regarde.

Coffey jeta un coup d'œil sur la page du carnet de Riker, par-dessus son épaule. Il déchiffra un mot de cinq lettres.

– Y-a-t-il quelque chose dans l'appartement de la victime qui nous renseigne sur sa famille la plus proche ?

– Elle n'a qu'une parente. Une cousine. Voulez-vous que je la fasse prendre en voiture ?

– Comment s'appelle-t-elle, déjà ? demanda Coffey.

– Margot Siddon, dit le jeune policier Michael O'Hara. C'est une cousine éloignée de la victime.

– Où l'as-tu installée ?

– Elle attend dans le bureau de Markowitz.

– O'Hara, il n'y a plus de bureau de Markowitz !

– D'accord, dit le jeune policier sans grande conviction. Elle est dans votre bureau, lieutenant.

Le sergent Riker suivit Coffey dans son bureau. Il observa avec amusement le rouge vif qui venait de colorer la nuque du lieutenant, de la racine des cheveux jusqu'au col blanc.

Riker se dit qu'il ne s'habituerait jamais à la nouvelle décoration. Sur un mur était affiché un tableau de service aux dimensions réglementaires. Sur les autres, des gravures de chevaux de course – la seule passion de Coffey à part son penchant pour les jolies filles.

Margot Siddon n'entrait pas dans cette catégorie, selon les critères de Riker. Assise à côté du bureau, elle buvait du café dans un gobelet en carton. La moitié gauche de son visage semblait anesthésiée à la novocaïne. Les muscles paralysés déformaient sa bouche en un rictus désagréable. Une légère cicatrice sur sa joue indiquait l'endroit où le nerf avait dû être sectionné.

D'après les notes de Riker sur l'étude de Jasper et Biggs, les notaires qui s'occupaient de la succession, elle devait hériter une grosse fortune de sa cousine. Mais Horace Biggs, l'exécuteur testamentaire, était en vacances à Rome. Quant à Morton Jasper, exaspéré d'avoir été réveillé si tard dans la nuit, il ne pouvait ou ne voulait dire si Margot était la seule héritière.

Margot Siddon n'avait certes pas l'apparence d'une héritière. Ses cheveux filasse étaient emmêlés et elle portait des chaussures imitation cuir. Mais on devinait une silhouette fine et musclée sous les couches de vêtements, la robe noire, le gilet en tapisserie fané et le châle léger.

Riker remarqua sous la table ses mollets fermes et rebondis. Cette jeune femme n'était qu'un paquet de nerfs et de muscles. Margot avait un corps de danseuse ; Riker supposa que les danseuses s'entraînaient tous les jours. Son point faible était son visage au menton effacé et aux petits yeux.

Coffey fit les présentations.

– Nous nous sommes déjà rencontrés, dit Riker. Miss Siddon est une amie d'Henry Cathery, le petit-fils de la première victime. Elle était dans l'appartement de Cathery quand Markowitz est venu l'interroger.

– Vous auriez pu m'en informer plus tôt, dit Coffey d'un ton sec.

Riker alla s'asseoir au fond de la pièce, face à Coffey et derrière Margot Siddon. Sortant de sa poche son calepin de cuir, il chercha les notes qu'il avait prises pendant l'interview de Cathery par Markowitz

– Alors, vous êtes une amie de M. Cathery ? demanda Coffey.

– Nous nous connaissons, rectifia miss Siddon. Je rendais visite à ma cousine Samantha une fois par semaine. Les Cathery habitaient le même immeuble. Depuis la mort de la grand-mère d'Henry, je passe le voir de temps en temps. Il est bouleversé par le meurtre. Il dépendait d'elle pour tout. Il va très mal depuis qu'elle est morte.

Riker fit un signe de confirmation à Coffey. C'était exact, d'après ses notes. Il avait souligné, en titre, les mots *victime/nounou*. De toute évidence, la grand-mère s'occupait entièrement de son petit-fils. Depuis sa mort, il ne se lavait plus et ne faisait même pas laver son linge. Le jeune homme était livré à lui-même, depuis un mois déjà quand Markowitz était venu l'interroger. L'enquête sur l'homicide avait été confiée aux services de la section spéciale après le second meurtre, à cause de sa ressemblance avec celui de Mme Cathery. On avait sans doute affaire à un tueur en série.

Riker se souvint qu'en entrant dans l'appartement où vivaient Anne Cathery et Henry il avait remarqué une odeur de lessive et de désinfectant qui signalait le passage récent de la femme de ménage. Mais ce n'était pas dans les attributions de celle-ci de faire la toilette de ce grand garçon de dix-sept ans. La bombe déodorante au parfum de fleurs des champs n'avait pas suffi à couvrir l'odeur âcre et tenace de sa transpiration.

– Je l'aidais comme je pouvais pour les petits détails, disait Margot Siddon au lieutenant Coffey. J'essayais de lui faire à manger régulièrement, des choses comme ça...

Riker confirma encore une fois la question non dite de Coffey. Il avait souligné dans ses notes la mention : *Margot Siddon – nouvelle nounou.*

Le jour où la jeune femme leur avait ouvert la porte, elle portait sur son bras un jean propre et une chemise d'homme repassée. Il était évident qu'elle avait pris le garçon en main. Henry Cathery regardait Margot Siddon avant de répondre aux questions de Markowitz. Et, quand les réponses tardaient, c'était elle qui répondait à sa place. Non seulement elle était l'élément dominateur, mais c'était lui, malgré sa haute taille et son poids au-dessus de la moyenne, qui semblait le plus fragile des deux.

– Je crois qu'Henry ne savait même pas où aller pour faire ses courses, continua Margot. Il se demandait pourquoi le frigidaire était à moitié vide, mais il ne savait pas comment faire pour le remplir.

En effet, se souvint Riker. Au milieu de l'entretien, on avait sonné pour une livraison. Henry Cathery avait donné à la jeune femme une liasse de billets de banque pour payer le livreur. Elle s'était absentée quelques minutes pour ranger les provisions dans le frigidaire. Etait-ce par compassion ? s'était demandé Riker sur le moment. Non, pas son genre. Il s'agissait plutôt de deux gosses solitaires, que leur style de vie avait marginalisés et que leur solitude rapprochait.

Le sergent relut la dernière note qu'il avait écrite le jour de l'interrogatoire du jeune Cathery, dans la voiture qui les ramenait au commissariat. Markowitz avait remarqué que la fille n'avait pas rendu la monnaie à Cathery après avoir payé le livreur. Riker avait écrit le mot « parasite » en le soulignant deux fois.

A la lumière tamisée de l'appartement des Cathery, Riker avait cru que Margot Siddon était habillée à la mode *grunge*. Mais aujourd'hui, sous les projecteurs crus des locaux de la police, il s'aperçut que ses vêtements étaient seulement vieux et usés. Apparemment, la riche cousine n'était pas généreuse envers la jeune fille.

Son café bu, Margot Siddon posa le gobelet sur le bureau et croisa sagement les mains sur ses genoux. La pression de ses doigts maîtrisait leur tremblement. Seuls les mouvements incontrôlés de ses jambes qu'elle croisait et décroisait trahissaient sa nervosité.

Coffey s'éternisait en condoléances sur la mort de sa cousine. L'entretien se prolongea ainsi plus de vingt minutes sans que rien d'important ne fût dit de part et d'autre. De temps en temps, le lieutenant jetait un coup d'œil impérieux vers son sergent qui signifiait clairement : « Laisse-moi faire ! » tandis que Riker attendait, son stylo en suspens sur la page blanche.

– Non, elle n'avait pas d'ennemis, disait Margot en examinant la photo que Coffey lui avait présentée.

– Oui, c'est bien Samantha, dit-elle. Est-ce que c'était un couteau-scie ?

– Quoi ?

Le lieutenant se pencha en avant comme s'il n'avait pas bien entendu.

– La lame du couteau qui l'a tuée, était-elle en dents de scie ?

Elle déposa la photo de sa cousine sur le bureau.

C'était un gros plan de la victime, à seule fin d'identification. On avait recouvert la gorge d'une serviette blanche. Le visage avait une expression paisible et semblait seulement endormi.

– Nous ne savons pas encore, dit Coffey. L'autopsie n'est pas achevée.

– Je pourrais le dire en voyant des photos de la blessure, insista Margot Siddon.

– Nous ne vous en demandons pas tant, miss Siddon. Vous avez identifié votre cousine. Cela nous suffit.

– Y a-t-il une raison spéciale pour que je ne voie pas ces photos ?

– Je préfère que certains détails ne soient pas divulgués à la presse, pour l'instant.

Juste ce qu'il ne fallait pas dire, songea Riker en observant l'éclair dans le regard de la jeune femme.

– Je demande à voir les blessures de ma cousine, dit Margot Siddon.

C'est alors qu'elle commit l'erreur de tenter un sourire. La grimace qui en résulta irrita manifestement le lieutenant qui sortit pourtant une photo de l'enveloppe – celle qui ne montrait que la blessure à la gorge.

– Un long couteau, dit-elle en rapprochant la photo de ses yeux de myope. Et la lame n'est pas celle d'un couteau en dents de scie...

Coffey se leva et rajusta sa cravate. La rigidité de son visage et de son maintien indiquait que, pour lui, l'entretien avait assez duré.

– Le sergent Riker vous posera encore quelques questions et vous fera ensuite reconduire chez vous.

Le lieutenant quitta le bureau sans la regarder.

Riker écrivit encore quelques mots dans son carnet avant de relever la tête.

Margot Siddon souriait toujours.

– Miss Siddon, dit-il, vous souvenez-vous où vous vous trouviez entre onze heures ce matin et deux heures de l'après-midi ?

– Dans une salle de répétitions à TriBeCa.

Anticipant la prochaine question – elle avait dû voir beaucoup de séries policières –, elle ajouta :

– Il y avait au moins une centaine de personnes venues pour passer l'audition. Le metteur en scène se souviendra de moi. Il m'a complimentée.

Mais tous deux savaient bien que c'était à cause de sa joue gauche qu'on se souviendrait d'elle.

– Ils m'ont dit qu'ils me rappelleraient.

Bien sûr.

– Je vais vous ramener chez vous, miss Siddon.

L'East Village était surtout peuplé de jeunes gens de bonne famille qui cultivaient le style « artiste fauché ». Mais la jeune danseuse aux chaussures bon marché que

Riker raccompagnait n'appartenait pas à cette catégorie. Elle devait avoir à peine de quoi manger. Il n'avait pas remarqué, lors de leur première rencontre, cette odeur caractéristique de vêtements d'occasion qu'il décelait à présent dans l'atmosphère confinée de la voiture. Margot Siddon dégageait également de puissantes ondes d'énergie vitale...

Tournant à droite sur Houston Street, il longea trois pâtés de maisons avant de s'arrêter devant la porte de son immeuble, dans l'Avenue C. Au coin de l'avenue, une bande de gosses surveillaient avec intérêt l'arrivée de la voiture banalisée. Des rats bondirent hors des poubelles. Parmi les détritus sur le trottoir, quelques éclats d'une seringue brisée reflétaient la lumière.

– Je monte avec vous jusqu'à votre appartement, dit le sergent en retirant la clé de contact.

– Non, non, dit-elle très vite. Ne vous donnez pas cette peine.

De l'autre côté de la rue, un clochard urinait contre le mur.

– Aucun problème, répondit Riker. C'est la routine.

– Non, je vous en prie, insista-t-elle en ouvrant la portière.

Avant qu'il n'ait eu le temps de s'extraire de son siège, elle se pencha à sa fenêtre en lui disant avec sa moitié de sourire :

– Bonsoir, sergent Riker.

Hochant la tête, il démarra lentement. Il la garda longtemps dans son rétroviseur, debout sur le trottoir, en train de regarder la voiture s'éloigner. Il l'abandonna enfin dans le paysage désolé et menaçant de l'avenue C.

Riker essaya vainement de joindre Mallory au téléphone. Il laissa sonner longtemps car elle ne se pressait jamais pour répondre.

Avant l'interrogatoire de Margot Siddon, Riker avait fait remarquer à Coffey qu'elle hériterait sans doute de la fortune de la vieille dame. Il avait ajouté que Markowitz privilégiait toujours le mobile financier. Coffey avait répondu – la seconde fois en une soirée – que Markowitz était mort. Comme si ce vieil abruti de sergent n'arrivait pas à se le fourrer dans la tête. Et, nom de

Dieu, ce n'est pas un crime de femme ! répéta encore Coffey.

Au feu rouge suivant, le sergent Riker nota dans son carnet :

Pourquoi pas une femme ?

Margot Siddon alluma la lumière, près de la porte d'entrée. Aussitôt un cafard détala sous ses pieds pour chercher refuge sous l'évier de la cuisine. Un assortiment impressionnant de couteaux pendait aux murs. Bien plus qu'il n'en fallait pour faire la cuisine. Elle se dirigea vers l'alcôve qui lui servait de chambre à coucher. Là, il y avait encore une collection de couteaux en tout genre : couteaux suisses, couteaux de chasse, couteaux à pain, canifs, couteaux à cran d'arrêt.

Margot oubliait parfois que le commun des mortels ne partageait pas sa passion pour la coutellerie. Ce soir, elle était allée trop loin. Les deux flics l'avaient dévisagée comme si elle débarquait d'une autre planète.

Coffey, le plus jeune des deux, avait failli tomber de son siège quand elle avait demandé quelle sorte de couteau avait servi à tuer la cousine Samantha.

Chère défunte Samantha ! Tout cet argent délicieux !

Elle hériterait suffisamment pour se payer son sourire d'autrefois quand tout le monde l'aimait, auprès du meilleur chirurgien esthétique de la ville. Les yeux brillants, un rictus de triomphe déformant encore davantage son visage, elle se mit à danser.

Bras arrondis, elle exécuta une série étourdissante de pirouettes et de tours jetés, célébrant ainsi sa bonne fortune en un dernier adieu à son studio sordide.

Mallory rattrapa à grandes enjambées une femme d'un certain âge qui marchait dans une rue mal éclairée de Soho. La femme poussa une exclamation de surprise. Silencieusement, Mallory s'était soudain trouvée à sa hauteur et l'avait dépassée.

Sans se retourner, Mallory sut précisément devant quelle porte la femme s'était arrêtée, comment elle avait retiré sa clé de son sac à main et avait subitement pris peur, à en juger par la précipitation de ses pas. Parfait, songea-t-elle. Les simples citoyens feraient bien d'avoir peur. En se montrant plus vigilants, ils vivraient plus longtemps.

La jeune femme continua à marcher vers le parking où elle avait garé sa voiture. Arrivée dans la rue précédant Houston Street, elle s'arrêta brusquement, l'oreille tendue. Elle se retourna en scrutant le trottoir désert. Pas le moindre signe de la personne qui s'était trouvée là, elle en était sûre, quelques instants plus tôt.

Personne. Pourtant, elle sentait un regard posé sur elle.

Un souvenir lui traversa l'esprit – un signal lumineux l'avertissant d'un danger imminent. C'était une remarque que Markowitz lui avait faite quand elle était encore novice à la brigade criminelle.

« La plupart des gens ne lèvent jamais les yeux », avait-il dit.

Mallory regarda en l'air et vit tomber une masse sombre qui se précipitait sur elle pour l'envoyer dans un monde meilleur que New York City. Avec la rapidité combinée de l'éclair et du rat des villes, elle fit un bond en arrière tandis que le gros bloc de ciment s'écrasait sur le trottoir à côté d'elle en laissant sur le bitume des éclats en forme de toile d'araignée.

Examinant l'arête du toit qui surplombait la rue, elle discerna le mouvement d'une silhouette noire qui se détachait contre le bleu brillant de la nuit. Elle sortit rapidement son revolver de son étui. Mais cette fraction de seconde suffit à l'ombre pour disparaître.

Mallory courut vers la rampe de l'escalier de secours sur le côté droit de l'immeuble. Un flux d'adrénaline lui fit escalader les échelons en un clin d'œil, jusqu'au sixième étage, touchant à peine les marches de métal de ses semelles de caoutchouc.

Sur le toit éclairé des seules lumières de la ville – c'était une nuit sans lune –, elle aperçut l'ombre fugitive qui s'éloignait rapidement. Mallory se lanca à sa poursuite, bondissant d'un toit à l'autre. A un moment donné, la distance entre deux immeubles fut si grande qu'elle eut l'impression de planer au-dessus d'un gouffre. Elle atterrit enfin à pieds joints de l'autre côté, sur le toit où venait de disparaître la silhouette, cape flottant au vent, telle une chauve-souris géante.

Revolver au poing, Mallory examina chaque porte, chaque issue de secours, courant légèrement sur le revêtement goudronné du toit. Pourtant, elle avait l'impression d'être seule dans l'obscurité. Remarquant enfin une porte ouverte, elle plongea son regard dans l'escalier sombre qui s'enfonçait vers les étages inférieurs, cherchant la trace d'un froissement de l'air, de la chaleur d'un corps, du bruit et de la sensation d'une forme vivante, fugitive. Rien ne lui parvint que le silence de ces dormeurs qui travaillent le jour de 9 heures à 17 heures. Elle sut que la chose n'était pas passée par là. Elle vérifia la porte vers le toit, fermée, et les marches métalliques, vides, de l'escalier de secours. Mais aucun bruit ne troublait le sommeil des habitants.

S'éloignant du bord du toit, Mallory examina encore une fois la rue vide puis contempla le panorama illuminé de Manhattan où scintillaient les milliers de fenêtres éclairées des couche-tard. Elle pensa à ces millions d'yeux qui n'avaient jamais rien vu lorsque les flics venaient frapper à leurs portes pour demander un renseignement.

Jack Coffey était seul, assis dans le bureau que ses collègues appelaient encore le bureau de Markowitz. Margot Siddon lui avait porté sur les nerfs avec son insistance sur le couteau et sa figure grimaçante. Il l'avait tout de suite cataloguée comme une paumée du Village qui cherchait à provoquer la police. Qu'elle aille se faire foutre.

Il examina le dossier que Riker avait déposé sur son bureau. La demande de consultation du fichier signée par Markowitz était agrafée au dossier de Margot Siddon. C'était à la suite de l'entretien avec les deux jeunes gens à l'appartement de Mme Cathery. Le lieutenant lut attentivement le récit de l'agression subie par Margot Siddon, deux ans auparavant. Les détails de sa blessure au visage, le sectionnement du nerf facial gauche, tout cela était soigneusement rapporté. Malgré la cicatrice qui défigurait la jeune fille, Coffey n'avait vu que son insolence grimaçante. Mais c'était le couteau de l'agresseur qui en était responsable. Pas elle, la victime.

Merde... Toutes ces putains de victimes !

Qu'est-ce qui avait encore bien pu lui échapper ? Mon Dieu, comme il se sentait fatigué !

Riker avait ajouté ses propres notes au dossier de Margot Siddon. Le sergent avait retrouvé la trace du policier qui avait été chargé de l'affaire. Coffey contemplait avec un certain sentiment de culpabilité la photo de classe d'une gosse avenante, au sourire radieux, prise pas mal de temps avant que le sadique ne lui ai dit : « Observe bien la danse du couteau, petite fille ! »

D'après le rapport du policier, Margot avait effectivement vu la lame lui entailler la joue et le sang jaillir, ruisselant sur son corps nu. Elle resta longtemps sous le choc du viol qu'elle venait de subir.

Toutes ces putains de victimes...

Eteignant le plafonnier, il se décida à rentrer chez lui, mais tout d'un coup il se sentit trop accablé pour bouger. Il alluma la lampe de bureau qui diffusait une clarté plus douce, éclairant les murs repeints et débarrassés de leur fouillis. Le fantôme de Markowitz était revenu en catimini occuper les lieux. En effet, des chemises remplies de documents tapissaient le sol. Deux piles de dossiers s'entassaient sur les chaises en face du bureau. Enfin, à côté du terminal de son ordinateur neuf, on avait placé une pile de lettres et de journaux intimes qu'il lui fallait déchiffrer, lire et analyser comme au bon vieux temps.

Pourquoi tous les écrits de ces vieilles dames s'étaient-ils taris à peu près en même temps, un an plus tôt ? se demandait le lieutenant, perplexe. Soit elles n'avaient plus rien d'intéressant à raconter, soit un événement où une personne les avaient fascinées au point que lettres et journaux intimes avaient été remplacés par quelque chose d'autre, de plus absorbant.

Dans l'un des cas, les écrits de la vieille dame avaient été conservés dans un garde-meuble. Pas la moindre lettre n'avait été retrouvée dans l'appartement. Pourtant, la victime était une femme qui tenait régulièrement son journal depuis plus de dix ans, comme il l'avait constaté dans les cahiers soigneusement reliés qui se trouvaient sous ses yeux.

Avant qu'il ne se mette à lire leurs pensées intimes, le lieutenant Coffey n'avait qu'une idée floue de la personnalité des victimes. Aucun des héritiers n'avait pu le renseigner sur les détails de leur vie quotidienne. Quelles étaient leurs relations ? Avaient-elles des intérêts communs ? Quant aux femmes de ménage, elles ne lui avaient parlé que des habitudes les plus banales de leurs patronnes. Ce soir, il avait l'opportunité de pénétrer dans leur vie secrète, de découvrir leur véritable personnalité ainsi que leurs rapports avec leurs parents proches ou éloignés. La préoccupation principale de toutes ces femmes semblait centrée sur la peur de perdre le contact avec leur famille, le seul lien qui les rattachait au monde, à un sentiment de continuité.

D'une écriture déliée et classique, Samantha Siddon, par exemple, se reprochait les questions absurdes qu'elle posait uniquement dans le but de prolonger une conversation, pour retarder le moment du départ d'une visite trop rare. Parfois, une rage contenue l'envahissait devant le manque de compréhension, l'impossibilité de communiquer avec une génération qui n'avait plus rien de commun avec la sienne. Survenaient les crises de larmes, la résignation devant l'inutilité d'une révolte. La colère, aussi, parce qu'on la traitait en enfant – comme si les larmes étaient incompatibles avec l'âge mûr. Et la frustration devant les malentendus causés par la distraction de la jeunesse, qui n'écoutait que d'une oreille, qui ne comprenait pas la difficulté évidente qu'éprouvaient des mains arthritiques à ouvrir une bouteille dotée d'un système de fermeture pour la protection des enfants.

Elle partageait avec les autres vieilles dames le besoin du contact physique.

Coffey relut le dernier passage du journal intime de Samantha Siddon, la quatrième victime, qui datait de l'année passée :

Elle tolère que je la serre dans mes bras lors de son arrivée et de son départ. Elle doit penser à ces moments-là que je m'accroche désespérément à ma vie. C'est vrai. Son corps souple et chaud est le seul que je puisse toucher encore et qui me touche en retour. On meurt sans pouvoir toucher. Et si elle ne devait plus jamais revenir ?

Laissant la lumière allumée, Coffey sortit de son bureau pour se rendre au sous-sol, là où l'on conservait les pièces à conviction – en particulier, pour examiner tout ce que Riker avait récupéré chez Mallory. Dans ce chaos de reproductions sanglantes en Technicolor et de petits bouts de papier épars, il trouverait bien un fil conducteur. Il y a trop d'indices, avait dit Markowitz. Et, à présent, il y avait trop de suspects. Deux d'entre eux étaient peut-être complices. Henry Cathery, le petit-fils, qui collait si bien avec le profil du FBI, n'avait pas de mobile financier. Jonathan Gaynor, le prof de sociologie, héritait de la plus grosse fortune. Margot Siddon était la plus pauvre.

Markowitz et son putain de mobile de fric !

Pourtant le vieux savait quelque chose. Ce tueur était un malade, mais il n'était pas fou. Pourquoi Markowitz ne lui avait-il pas facilité la tâche en laissant un signe, une trace dans la poussière, un petit quelque chose ?

– Non, rien de nouveau de mon côté. Merci pour ton appel, Riker... Oui, c'est ça, à demain, dit Mallory en raccrochant.

Rien de nouveau ? Eh bien, elle était encore en vie. C'était déjà ça.

Mallory se dirigea vers son bureau pour épingler sur le panneau en liège les notes qu'elle avait prises sur sa dernière filature de Gaynor. Ainsi, la quatrième victime avait été tuée entre midi et deux heures. Elle avait beau prendre en compte le moyen de transport le plus rapide, les feux en faveur de Gaynor, à peine quelques minutes pour commettre le meurtre, il fallait pratiquement une heure pour effectuer le trajet aller-retour de l'université, à la limite de Harlem jusqu'à Gramercy Park.

Mis à part les heures pendant lesquelles il s'entretenait avec ses étudiants, Gaynor n'avait jamais été hors de sa vue aussi longtemps. On ne pouvait sortir de son bureau sans passer par le hall. Comment aurait-il pu échapper à sa surveillance ? Mais, comme Mme Pickering l'avait souligné, la filature n'était pas son fort.

Mallory aurait bien voulu que ce soit Gaynor. Il avait le mobile le plus puissant. Ça aurait pu coller tellement bien.

Un jour, Markowitz l'avait surprise en train de découper les pièces d'un puzzle afin qu'elles puissent s'encastrer.

– Kathy, avait-il dit alors, c'était quand elle était petite et qu'elle lui permettait encore de l'appeler ainsi, tu peux tricher avec certaines pièces pour qu'elles collent ensemble, mais en fin de compte tu n'auras pas la véritable image globale. C'est comme dans la vie, la réalité vous rattrape toujours au tournant...

Mallory remit sur le panneau les notes concernant Gaynor à côté des photos d'Henry Cathery jouant aux échecs dans le parc.

Elle avait besoin d'un nouveau suspect et surtout d'un nouveau point de vue. Elle contempla l'agenda de poche de Markowitz. Et s'il ne s'était pas rendu à ce mystérieux rendez-vous BDA mardi soir ? Personne ne l'avait revu après le mardi matin. La semaine précédente, Markowitz n'était pas allé au poker du jeudi soir. Que faisait-il de ses nuits ?

Si Markowitz avait trouvé quelque chose, cela devait avoir un rapport avec l'un des deux premiers meurtres. Ou bien avait-il trouvé un lien avec le troisième crime ? Qu'avait-il vu qu'elle ne voyait pas ?

Elle chargea les diapositives sur la machine et regarda pour la énième fois le carrousel des photos de Markowitz étendu mort se fondant aux plans des deux autres crimes et enfin à ses propres photos de Gaynor, de Cathery et de la voyante géante, émergeant du taxi jaune, suivie de son petit acolyte et de son doberman.

– Collectionne tous les éléments disparates que tu peux trouver, lui disait Markowitz durant sa première année de criminologie. Ne jette jamais rien, ma petite.

– Je ne suis pas ta petite, rétorqua-t-elle.

Depuis ce jour-là, ce fut « Mallory ». Il avait été dur

pour Markowitz de l'appeler Mallory après toutes ces années où, pour lui, elle avait été Kathy. C'était un peu comme s'il ne l'avait pas élevée.

Elle continua à repasser les diapositives dont la lumière changeante se reflétait sur son visage. Que dirait le vieux de son enquête ? D'abord, qu'elle laissait des traces grosses comme des pattes d'éléphant. Markowitz, le fou dansant, n'aurait jamais fait ça.

Alors, comment s'était-il fait tuer ?

Le kaléidoscope revint à la case départ, à la première image de Markowitz baignant dans son sang. Elle ne s'enorgueillissait plus de ne jamais pleurer. Serrant très fort ses yeux secs, elle débrancha le projecteur et resta un long moment assise dans le noir.

Le nouvel ordre qu'elle avait créé pour Charles transformait les moindres détails de sa vie quotidienne, s'étendant même au domaine de la cuisine. Ouvrant le frigidaire, il découvrit avec émerveillement les grilles métalliques brillant de propreté, chargées d'ingrédients et de condiments divers nécessaires à la confection de tous les sandwiches qu'on pût concevoir.

C'était cocasse de s'attendrir sur l'intensité de ses sentiments amoureux, au moment de prendre dans le réfrigérateur une tranche de jambon à l'os, des cornichons, de la moutarde et de la mayonnaise. Elle avait beau être voleuse, menteuse et amorale, il savait qu'il aimerait Kathleen Mallory jusqu'à la fin de ses jours... Où était donc le cheddar ?

Mais cela ne pouvait être que l'amour impossible d'un homme solitaire à l'absurde visage de clown.

Charles évita de regarder le mur jaune au-dessus de la cuisinière en allumant le gaz pour faire chauffer dans une bouilloire l'eau de son thé.

Il regrettait amèrement d'avoir choisi cette couleur jaune d'œuf pour la cuisine. Cela avait été une pulsion subite de sa part. Comme beaucoup de gens, il avait cru que le jaune était une couleur gaie et dynamique. Il s'était rendu compte trop tard de son erreur. Il projeta mentalement sur le frigidaire blanc la page d'une vieille revue scientifique. L'article confirmait son sentiment. Le jaune rendait les gens nerveux.

Mais, même si les murs avaient été peints en rose bonbon, la couleur préconisée par l'auteur de l'article pour calmer les alcooliques surexcités, cela n'aurait pas eu d'effet sur son humeur ce soir-là.

Etalant généreusement la mayonnaise sur une tranche de pain de seigle, il réfléchissait aux récents événements de Gramercy Park. Il se demandait qui faisait l'objet de la surveillance de Kathleen et qui, à son tour, la surveillait peut-être. Divers scénarios se déroulaient dans sa tête. Prenant trois tranches de jambon, il songea au revolver qu'elle portait sur elle en permanence. Il y avait aussi le problème du revolver d'Herbert. Enfin, comment Edith pouvait-elle être mêlée à tout cela ?

Charles ajouta sur son sandwich une belle tranche de fromage jaune.

La bouilloire émit un sifflement strident.

5

– Le tueur opère toujours selon le même schéma, dit calmement Riker en buvant sa première bière du matin.

Il fit quelques taches sur sa chemise propre.

– Mais Samantha Siddon est différente des autres, n'est-ce pas ? reprit-il. Elle a l'air si paisible.

Il tendit la photo à Mallory, qui haussa seulement les épaules.

Soit. Que pouvait-elle savoir de la paix, Kathy Mallory ?

Elle épingla la photo sanglante de Samantha Siddon, sur le panneau de liège à côté des autres prises sur le lieu du crime, avec une telle concentration que Riker eut l'impression fugitive que Mallory allait se fondre dans le panneau comme si elle avait été absorbée par tout ce qu'il lui avait apporté.

Sur le premier cliché, le mur du bâtiment était éclaboussé de sang. Seuls quelques morceaux d'un tailleur beige émergeaient de tout ce rouge brunâtre. Une empreinte sanglante de la paume de la main de la vieille dame restait nettement fixée sur une brique au-dessus de sa tête. Mallory désigna du doigt cette photo.

– On a relevé les empreintes de la victime ? demanda-t-elle.

Riker fit un signe d'acquiescement.

Mallory se dirigea vers le mur où la collection de Markowitz avait été reproduite d'après l'original. Considérant attentivement les photos du premier meurtre dans le parc, elle déplaça ensuite son regard sur les clichés du second crime.

– Y avait-il des empreintes sur la voiture où était le corps de la deuxième victime ?

Riker s'appuya contre le panneau et s'étrangla à moitié avec sa bière.

– Hum...

– Estelle Gaynor. Celle qu'on a trouvée dans la limousine. A-t-on relevé ses empreintes ?

– Tout est noté là, dans le rapport de Markowitz. On a relevé l'empreinte de son pouce et de son index – pas de trace de paume. Nous avons pu identifier toutes les autres empreintes sur le véhicule. Les unes appartiennent à un ouvrier mécanicien, les autres au propriétaire de la voiture. C'est tout.

Finissant sa bière d'un trait, il s'approcha du panneau de Markowitz en regardant par-dessus l'épaule de Mallory. Elle observait l'agrandissement de l'empreinte de la paume sanglante d'Anne Cathery sur la peinture blanche de la cabane du parc.

– Tu es vraiment à la recherche de correspondances, Mallory, dit Riker. Mais tu vas être déçue si tu cherches une signature commune à tous ces meurtres. Il n'y avait pas d'empreinte sanglante sur le lieu de l'assassinat de Pearl Whitman.

– Quelque chose ne colle pas, dit-elle en se dirigeant vers son panneau, sur le mur opposé.

Elle examina de nouveau les photos de Samantha Siddon, en particulier, le gros plan de la trace laissée par la paume sanglante.

Riker entendait en écho les commentaires de Markowitz, toujours prompt à déceler la pièce du puzzle qui détonnait.

– Mallory, n'oublie pas que cette femme luttait pour sa vie... Mais, attends voir !

Songeur, Riker contemplait le visage apaisé de Samantha Siddon. Cela ne collait pas avec l'idée de quelqu'un luttant désespérément pour sauver sa vie.

– Le docteur Slope ne peut pas nous certifier qu'il s'agit du même tueur ? demanda Mallory.

– Non, mais il travaille sur cette hypothèse. Ça arrangerait aussi le commissaire Beale. Ça lui donne l'impression que nous savons quelque chose que la presse ignore encore.

– Alors Beale est sur le dos de Coffey ?

– Tu connais la musique. Les journalistes démolissent Beale, qui agite ses petits poings en gueulant contre le lieutenant. Coffey fait semblant d'avoir peur d'une souris.

Mallory ajouta une feuille de papier sur le panneau.

– Des différences, cette fois-ci ? Tu ne vois rien d'étrange ?

– Ouais, celle-là est de travers ! répondit Riker.

– Sois sérieux.

Il était sérieux. Riker s'étonnait que Mallory se départît de son perfectionnisme habituel. Il remarqua son ongle cassé et se mit à chercher d'autres signes dans la pièce qui témoigneraient que quelque chose n'était pas à sa place. Le téléviseur et le magnétoscope avaient été apportés d'une autre pièce. Le projecteur de diapositives était nouveau. Mais il ne put voir un grain de poussière sur toutes ces machines.

– Toujours la même méthode, dit Riker en haussant les épaules. Toujours des vieilles dames. On n'a pas retrouvé son sac à main. Pas de comportement anormal chez les détrousseurs locaux de cadavres non plus.

Mallory sourit, ce qui inquiéta un peu Riker. Quelles arrière-pensées pouvait-elle avoir ? Pourquoi était-elle si intéressée par l'idée d'une éventuelle transgression à la technique habituelle du meurtrier ?

– Et les blessures ? demanda-t-elle. Similaires ?

– Slope dit que les blessures ne peuvent coïncider exactement car ce salaud utilise à chaque fois un couteau différent. Mais elles sont toujours situées aux mêmes endroits et dans le même ordre. Il commence toujours par la gorge.

– Est-ce qu'il parie qu'au moins deux des crimes ont été perpétrés par le même tueur ?

– J'ai déjà posé cette question. Il refuse de se prononcer. Pourtant, c'est un parieur invétéré !

Tandis que Mallory épinglait la dernière photo, Riker remarqua que son alignement laissait à désirer. Il recula pour comparer les deux panneaux. Celui de Markowitz était toujours aussi fouillis. Celui de Kathy, mieux rangé, semblait pourtant moins ordonné que d'habitude à chaque addition d'une photo ou d'un document. Riker avait l'impression que quelque chose avait changé. Que sa précision obsessionnelle s'effritait peu à peu. Le rapport préliminaire du dernier meurtre était fixé en diagonale par une seule punaise. Que se passait-il donc, ici ? Le reste de l'appartement était aussi bien rangé qu'auparavant. Il se demanda combien d'heures par jour Mallory passait dans cette pièce.

Elle lui tendit la photo d'une femme aux dimensions imposantes à côté d'un petit chauffeur de taxi.

– Elle s'appelle Redwing. Elle manigance quelque chose de pas clair à Gramercy Park. Tu la connais ?

– J'ai lu son nom sur le registre de surveillance du parc. Mais je n'ai jamais vu sa tête, dit Riker.

Depuis plus d'un an, Mme Redwing était fichée en tant que visiteuse régulière à Gramercy Park, au moins une fois par semaine. Le sergent s'intéressait plutôt aux photos de Jonathan Gaynor et d'Henry Cathery.

– Je vais la rencontrer demain, à une séance de spiritisme, dit Mallory. Je voudrais des renseignements sur elle mais elle ne figure pas sur le fichier central de la police sous le nom de Redwing. Si par hasard tu tombais sur quelqu'un qui lui ressemble, avec un casier judiciaire, tu me le dirais, n'est-ce pas, Riker ?

Le sergent hocha distraitement la tête. Il examinait attentivement les photos que Mallory avait prises au cours de sa filature de Gaynor.

– Mon petit, je crois qu'il est temps de discuter de tes méthodes, de ta façon d'opérer, d'accord ? Tu n'obtiens des photos comme celles-ci que si tu es assez proche du sujet. Ça implique qu'il te voie aussi.

Mallory lui tourna le dos sans répondre et épingla la photo de Mme Redwing.

– Dis-moi, Riker, tu as assisté à l'entretien de Markowitz avec Gaynor ?

– Ouais.

– T'as pris des notes ?

Riker feuilleta les pages écornées de son carnet. Il indiqua un seul mot de son index :

– *Moulin à vent !*

– Quoi ?

– C'est à cause de sa façon de bouger. Il fait de grands gestes incontrôlés avec les bras. Un jour, Markowitz et moi, on marchait dans le hall de l'immeuble en compagnie de ce mec qui lançait ses bras et ses jambes dans tous les sens pendant qu'il nous parlait. Nous sommes passés devant un petit groupe de vieilles dames qui se sont égaillées comme des moineaux.

– Elles avaient peur de lui ?

– Non, c'était pas ça. Simplement, c'est fragile, les gens âgés. Il faut faire attention de ne pas les bousculer. Alors, je crois qu'elles l'évitaient à cause de ses mouvements brusques et de sa façon de marcher sans regarder où il va.

– Un épouvantail.

– Ouais, ça me plaît, dit Riker en barrant *moulin à vent* pour écrire *épouvantail.*

– Que pensait Markowitz de Gaynor ?

– Je n'en sais trop rien. Markowitz passait son temps à lui soutirer des informations d'ordre professionnel.

– Pourtant Gaynor est un sociologue, pas un psy.

– D'accord, mais il a écrit un article ou un bouquin ou je ne sais quoi sur les personnes âgées. Markowitz se documentait, tu comprends. C'était au début de l'enquête. Dix heures seulement après le second meurtre.

– Que racontait Gaynor à Markowitz ? demanda Mallory.

– Je n'ai pas pris de notes. Je crois qu'il parlait du rôle des vieux dans la société. Tu connais ce genre de discours. Markowitz trouvait ça intéressant. Moi pas.

– Et Coffey, il suit quelle piste, en ce moment ?

– Il m'a demandé toute une documentation sur le passé de la petite Siddon.

Riker lui tendit une cassette vidéo.

– Tu veux la voir ? C'est le dernier interrogatoire.

Mallory installa promptement la cassette dans son magnétoscope.

Elle regarda Margot Siddon pendant une dizaine de minutes et l'éjecta avant même que l'interrogatoire ne soit terminé. Puis elle envoya la cassette à Riker, qui l'attrapa au vol.

– Je l'ai souvent vue dans le parc. Mais je ne sais rien de plus sur elle que les vigiles. Elle voit Henry Cathery de temps à autre, dans le jardin. Mais, la plupart du temps, il l'ignore et ne lui ouvre même pas la grille du parc avec sa clé. Il préfère jouer aux échecs plutôt que parler aux filles.

Mallory se tenait devant la porte de l'appartement de Martin Teller, au quatrième. Elle observa avec curiosité une pile bien rangée de livres et de magazines, une bouilloire en cuivre, un aspirateur et un ventilateur portable. Ces objets n'étaient certainement pas à mettre à la poubelle. D'après Charles, Martin, le peintre minimaliste, mettait devant sa porte tout ce qui n'était pas parfaitement blanc.

Mallory jeta un coup d'œil furtif sur la porte en face de l'appartement 4B. Mais Charles lui avait interdit de terroriser davantage Herbert. A regret, elle se retourna vers la porte de Martin en entendant les quatre serrures de sûreté se déverrouiller. Le métal brillant de trois d'entre elles contrastait avec la vieille serrure terne du propriétaire.

La porte s'entrouvrit pour laisser paraître le crâne chauve de Martin, qui l'invita silencieusement à entrer. Martin le minimaliste avait également fait disparaître toute trace de sourcils. Sa chemise blanche que venait gonfler son gilet pare-balles, ses pantalons et ses chaussettes blanches s'harmonisaient avec le blanc éclatant des murs. La pièce du devant avait l'apparence d'un appartement neuf encore inoccupé. Il n'y avait pas de rideaux aux fenêtres. Sur les murs nus, des tableaux minimalistes, de la taille d'un timbre-poste, un sur chaque mur, portaient un simple trait de crayon ténu.

Mallory préférait l'art minimaliste par-dessus tout à cause de sa présence à peine visible. C'était propre, net, sans couleurs agressives. Ça ne donnait pas à penser. Donc, ce n'était pas fatigant.

L'armoire sans portes ne contenait qu'un minimum de

vêtement blancs, qui se fondaient dans le décor. Des escabeaux blancs en guise de chaises entouraient une sorte de table carrée, blanche, sur laquelle était servi le petit déjeuner, un œuf à la coque blanc dans un coquetier blanc sur une soucoupe blanche.

Mallory ne pouvait apercevoir la chambre à coucher, mais elle imagina un matelas étroit, recouvert d'un drap blanc sur la moquette blanche.

Le gilet pare-balles semblait un élément incongru surajouté à l'appartement et à la personnalité de Martin.

– Martin, j'aimerais que vous me parliez des mots écrits sur le mur de l'appartement d'Edith Candle.

Martin la dévisagea sans la voir, comme un aveugle qui dresse la tête pour connaître sa position dans l'espace. Il ne manifesta aucune intention de répondre à la question. Mallory changea de place afin de se trouver dans l'axe de ce regard vide et esquissa un sourire. Un froncement de sourcils épilés creusa deux sillons profonds dans le front de Martin, signe d'une perturbation émotionnelle évidente. Martin percevait sans doute dans son sourire quelque chose d'inamical que la majorité des gens ne voyaient pas.

– L'écriture sur le mur, Martin ?

Mallory se dressa sur la pointe des pieds, comme pour faire parler cet homme par le pouvoir de son regard. Mais, en le poussant trop fort, elle savait qu'il pouvait se réfugier dans une dimension autiste et refermer la porte derrière lui.

Alors, elle attendit patiemment.

Toujours rien.

Absolument rien.

Ah, bien sûr ! Elle n'avait pas posé une question précise.

– Que pouvez-vous me dire sur cette écriture ?

– Rouge, répondit Martin au bout de trente secondes.

Mallory ne souriait plus.

Durant le mois qui venait de s'écouler, elle avait eu plusieurs fois l'occasion d'observer le peintre dans la rue et dans le hall de l'immeuble pendant ses rares rencontres avec les autres humains qui peuplent la planète. Martin rendait les gens nerveux ou mal à l'aise mais on se rendait vite compte qu'il n'était pas dangereux.

– Oui, du rouge à lèvres rouge vif... Mais que disaient les mots écrits sur le mur ?

Elle sourit à nouveau pour le stabiliser un peu et le presser de répondre. Elle n'avait quand même pas toute la journée à perdre à ce jeu absurde.

– Les traits étaient épais, dit Martin.

Ce type parle comme dans un film étranger mal synchronisé dont les paroles ne correspondent pas à l'image, se dit Mallory, exaspérée.

Le fantôme d'Helen Markowitz vint immédiatement corriger la syntaxe de sa pensée suivante.

Tu *peux* le tuer mais tu ne le *dois* pas.

Mallory n'entendit rien d'autre.

Martin restait là, devant elle, sans expression, occupant seulement l'espace. Malgré tout, c'était un homme, non ?

– Pouvez-vous me répéter les mots écrits sur le mur ?

Mallory posait la question d'une voix douce et vibrante. Elle semblait absorber le regard de l'artiste dans ses yeux par d'invisibles fils de soie. Martin rompit brusquement les fils en se retournant face au mur. Son dos immobile signifiait qu'il avait épuisé tous ses mots.

Derrière son dos à elle, Mallory fermait rageusement ses poings. Au prix d'un effort considérable, elle arriva à se contrôler et à ne pas laisser percer son impatience dans sa voix.

– Cet immeuble ne manque pas d'intérêt, n'est-ce pas, Martin ? Je veux dire la manière dont les locataires se croisent en rasant les murs. Comme si chacun connaissait les secrets honteux du voisin. Embarrassant, non ? Et un peu bizarre, ne trouvez-vous pas ?

Martin baissa la tête.

Etant donné la personne à laquelle elle avait affaire, Mallory interpréta ce léger mouvement comme un tournant positif.

Elle alla s'asseoir sur l'un des escabeaux et regarda fixement le dos de Martin avec une concentration intense destinée à le faire se retourner. Elle ne fut pas étonnée quand, effectivement, il se retourna pour lui faire face. Il était très réceptif. Elle rendit sa voix encore plus soyeuse.

– Il n'y a pas beaucoup de va-et-vient dans cet immeuble. C'est bizarre, dans une ville aussi cosmopolite que New York. Je me demande ce qui vous retient tous ici. Vous étiez là, il y a dix ans, quand George Farmer a tenté de se suicider. Un autre locataire, qui a disparu sans laisser d'adresse, habitait sur le même palier que Charles, dans l'appartement d'en face. Il a abandonné son dépôt de garantie et l'équivalent de quinze années de crédit. Qu'est-ce qui peut bien pousser un homme à agir de la sorte ?

Les yeux de Martin croisèrent les siens et se détournèrent aussitôt avec une lueur de souffrance.

Mallory tourna la paume de ses mains vers le ciel en une question qui n'attendait pas de réponse.

– Croyez-vous qu'il avait vu lui aussi l'inscription sur le mur ?

Martin lui tourna le dos encore une fois. Il secouait la tête, comme en transe, pas pour répondre négativement mais comme s'il voulait chasser les mots de son esprit.

Elle était allée trop loin.

Mallory se leva et se dirigea lentement vers la porte. Au moment où elle l'ouvrait, Martin dit :

– Prends garde. Tu ne connaîtras ni l'heure ni même la minute.

Quand Charles arriva à son bureau, il fut surpris d'y trouver Mallory. Elle était généralement absente pendant la journée. Elle venait de disposer sur le bar de la cuisine une assiette de sandwiches variés avec le raffinement d'un traiteur professionnel.

– Bonjour, Mallory !

Il ne commettrait plus l'erreur de l'appeler Kathleen. Elle était devenue Mallory dans ses pensées, exprimées ou non. Elle l'avait bien dressé.

En contrepartie, elle lui avait simplifié l'existence en s'occupant admirablement de la maison et de la cuisine. Même Arthur, le comptable, avait reconnu que Mallory lui simplifiait la vie, à lui aussi. Fini le temps des sacs en papier poisseux qui laissaient des taches de café ou de thé sur ses colonnes de chiffres.

Pourtant, Charles eut le pressentiment que quelque chose d'imminent allait compliquer sa vie.

– J'ai eu une longue conversation avec Edith Candle, dit Mallory d'un ton léger.

Charles pensa que de toute façon sa rencontre avec Edith était inévitable, un jour ou l'autre. Tous les résidents de l'immeuble avaient été attirés dans son appartement pour une raison quelconque. Cependant, ce nouveau casse-tête demeurait pour l'instant à la fin de sa liste des priorités.

– Elle vit comme une recluse dans cet appartement, continua Mallory.

L'eau à la bouche, Charles considéra avec intérêt le sandwich au rosbif sur une tranche de pain de seigle garni de salade fraîche et de persil.

– Oui, je sais que cela en a l'apparence, dit-il.

Le percolateur, toujours hanté par Markowitz, se mit à gargouiller, prenant ainsi part à la conversation d'une manière insidieuse.

Charles songea avec inquiétude qu'il aurait peut-être dû prêter plus d'attention au problème Edith. Mallory était une tête de mule, habitée par son idée fixe – coincer par tous les moyens le meurtrier de Louis. Mais quel rapport avec Edith ?

– Savez-vous pourquoi elle ne sort jamais ? demanda Mallory.

Elle n'était pas du genre à perdre son temps à faire la conversation. Elle avait toujours une arrière-pensée en posant la question la plus innocente du monde. Charles se consola en se disant que, s'il n'apprenait jamais rien par ses réponses, il serait peut-être plus avancé en écoutant ses questions.

– Elle porte encore le deuil de la mort de son mari, dit-il.

C'est à ce moment précis qu'il remarqua le sandwich au pastrami accompagné de moutarde et de mayonnaise. Quel dilemme ! Il n'arrivait pas à choisir entre les deux.

– Au bout de trente ans, on a fait son deuil, Charles.

Un pli de scepticisme se forma au coin de la bouche de Mallory tandis que la cafetière électrique se remettait à crachoter.

– N'y aurait-il pas quelque chose d'autre ? demanda-t-elle en posant le plat de sandwiches sur la nappe à petits carreaux rouges et blancs... Quelque chose en rapport avec l'accident mortel de son mari ?

– Elle vous a parlé de ça ? questionna Charles, incrédule.

– Asseyez-vous ! dit Mallory en lui indiquant une chaise devant la table de cuisine.

Ensuite, elle s'occupa de la machine à café où Louis avait élu domicile.

C'était la première fois qu'ils prenaient ensemble un repas dans la cuisine. Autant que Charles s'en souvenait, Markowitz aimait manger à la cuisine – pour la simple raison qu'il y trouvait l'atmosphère plus conviviale et plus propice à la conversation que dans une salle à manger conventionnelle.

Charles se demanda si les partenaires de poker de Louis ne l'avaient pas induit en erreur en insistant sur l'influence d'Helen sur l'enfant rebelle et en minimisant celle de Markowitz.

– Trente ans, ça correspond à une peine de prison à perpétuité, dit Mallory.

– Il est vrai que c'est un peu comme si elle purgeait une peine de prison...

Il prit un sandwich et, soudain, il n'eut plus faim. Purger sa peine. Pourquoi n'y avait-il pas pensé plus tôt ? Des souvenirs vagues essayaient de refaire surface.

– Elle culpabilise peut-être à cause de l'accident, reprit Charles d'un air songeur.

– A cause de l'accident ?...

Mine de rien, Mallory lui tirait les vers du nez.

– Je ne sais plus très bien. Je n'avais que neuf ans à la mort de Max.

– Vous avez une mémoire d'ordinateur. Allez, dites-le.

– La mémoire eidétique ne fonctionne pas comme cela. Je peux vous réciter des chapitres entiers d'un livre et même vous dire si j'ai renversé du café sur une page. Mais je ne saurais pas me rappeler des conversations qui entraient par une oreille et sortaient par l'autre quand j'étais enfant.

– Je ne pense pas que grand-chose vous ait échappé depuis votre naissance, Charles. Ces conversations dont vous n'arrivez pas à vous souvenir, est-ce qu'elles ont eu lieu au moment de la mort de Max ?

– Oui, sans doute. Les trois derniers jours de sa vie, Max habitait à la maison.

– Tout seul ? Il avait quitté sa femme ?

– Oui, je crois bien. Attendez... ils s'étaient disputés. Cela avait un rapport, je crois, avec son nouveau numéro. Edith le trouvait trop dangereux. Il me semble qu'elle voulait qu'il y renonce. Mais il ne pouvait pas...

– Pourquoi donc ?

– C'est une longue histoire. Il y eut un temps, voyez-vous, où Maximilien le Grand était la vedette du spectacle. Puis il est devenu seulement le mari de la célèbre Edith Candle. Tous ses brillants tours de magicien, ses talents d'illusionniste se sont effacés derrière les pouvoirs surnaturels de sa femme.

– Ce numéro représentait donc sa rentrée, son come-back ? Il jouait son va-tout ?

– Oui. Il avait créé des trucs fantastiques pour ce numéro. Le lendemain matin, après sa première, je me souviens que nous étions tous assis autour de la table, Max, mes parents et moi, en train de lire la revue de presse.

La mémoire photographique de Charles visualisait à présent un article du *New York Times* qui l'avait tellement impressionné à l'époque qu'il s'en souvenait trente ans plus tard.

– Le critique du *Times* le surnommait le Maestro de son art.

Bientôt les mots d'une autre critique apparurent sur l'écran de sa mémoire. Il se mit à lire comme s'il avait le journal sous les yeux.

– « Au plus fort de son pouvoir de création, le maître de l'illusion a atteint des sommets incomparables. Son étoile brille à nouveau au firmament des magiciens. »

Le lendemain, après la fin tragique de la deuxième représentation, ses parents avaient fait disparaître les journaux.

– Donc, Max était sur la voie d'une seconde carrière. Et comment se passait le numéro de voyance d'Edith ?

– Elle avait, certes, une bonne réputation parmi les cercles spirites et les adeptes des médiums. Mais, en une soirée, Max l'avait complètement éclipsée. C'était incroyable. Il y avait des centaines de critiques enthousiastes. New York comptait plus de journaux qu'aujourd'hui, à l'époque. Tous utilisaient les mots *défi contre la mort, dangereux*, dans leurs comptes rendus du numéro.

– Dangereux ? s'étonna Mallory. C'était truqué, n'est-ce pas ?

– Oh non ! Les nouveaux tours étaient très risqués. L'exécution du tour final, spécialement, exigeait tout le talent et toute la discipline mentale de Max. Quand il était chez nous, il a refusé toutes les interviews, tous les messages, et il n'a pas répondu au téléphone.

– Même pas à Edith ?

– Surtout pas à Edith !

Pourquoi avait-il dit ça ? se demanda Charles avec un certain agacement.

– Il y a dû y avoir une sacrée bagarre entre ces deux-là ! dit Mallory.

– En effet. Et le numéro demandait une grande concentration, pas de distraction.

– Du genre des prédictions d'Edith sur la mort prochaine de Max ?

L'inscription sur le mur. Qu'en avait dit sa mère ? se demanda Charles.

– Oui, en effet, répondit-il. Quelques jours avant la première, Max trouva un message écrit avec du rouge à lèvres sur le mur de son appartement.

– Que disait le message ?

– Je n'en ai pas la moindre idée. Je reconstruis cet épisode d'après les bribes de conversation que j'entendais à la maison. Personne ne m'en a parlé. C'est bizarre. L'écriture automatique n'a jamais fait partie de leurs spectacles habituels.

– L'écriture automatique ?

– Oui. On écrit des mots en faisant appel à l'inconscient. Le plus souvent en état de transe. Edith n'a jamais nié les avoir écrits. Elle disait seulement qu'elle ne se souvenait de rien.

– L'avez-vous crue ? De quel côté étiez-vous ?

– Je ne sais pas. J'avais seulement neuf ans. Je les aimais tous les deux.

Non, cela n'était pas tout à fait exact. Charles aimait l'une et adorait l'autre.

– J'étais peut-être plus proche de Max. Il était très occupé, je le savais. Mais il prenait toujours le temps de jouer avec moi. Je l'aimais beaucoup.

Charles prit une olive dans son assiette et referma la paume de sa main ; quand il la rouvrit, l'olive avait disparu. Il porta sa main à son œil droit et en retira l'olive qu'il tendit à Mallory, l'œil à demi fermé. Elle éclata de rire. Ce truc banal faisait surtout le bonheur des petits enfants qui adorent tout ce qui leur paraît simple et évident. Mallory riait du même rire que Charles du vivant de Max.

– Max est mort pendant la deuxième représentation, au cours du numéro du réservoir à eau. Quand mes parents m'ont appris la nouvelle, le lendemain, je ne l'ai pas crue. J'étais certain qu'il s'agissait d'un trucage. Edith s'est retirée du monde après la mort de Max. Elle n'est même pas allée à l'enterrement. Moi, j'y étais. La cérémonie a eu lieu à la cathédrale. Mages et illusionnistes du monde entier sont venus en uniforme d'apparat. Ils portaient des chapeaux hauts de forme blancs, des capes blanches sur des habits blancs. Les femmes étaient en robes de satin blanc. Il n'y avait que des fleurs blanches. Plus tard, au cimetière, au moment où le cercueil fut déposé dans la tombe, un millier de colombes s'échappèrent des capes des magiciens. Le ciel était blanc d'une nuée de plumes. Je ne reverrai jamais un tel spectacle de ma vie.

– Edith devait aller bien mal pour manquer l'enterrement.

– Oui, sans doute.

– Vous n'en êtes pas sûr ?

– Mes parents ne m'ont plus emmené chez elle après la mort de Max. Ma mère m'a dit qu'il fallait respecter sa retraite. Je n'ai revu Edith qu'après l'enterrement de ma mère.

Le percolateur cracha.

Edith Candle fixait le mur des yeux sans le voir. Au-delà des roses entrelacées sur le papier peint, elle entrevoyait de vieux souvenirs antérieurs à la mort d'un magicien. Son rocking-chair se balançait sans effort apparent.

On peut toujours, après coup, retrouver le moment, la décision qui changeront le cours de sa destinée. Le moment d'Edith était survenu dans un coin perdu d'une immense plaine désolée du Middle West. Le soleil s'était couché dans un vaste lit de nuages violets. On avait replié les pans triangulaires de la tente pour faire circuler l'air de cette chaude nuit d'été. Edith revoyait les étoiles qui semblaient faire la roue dans le noir scintillant de la nuit. Maximilien était au fond du chapiteau avec un « pigeon ». En langage codé, il transmettait à Edith les détails de la montre du « pigeon », qu'il tenait dans sa main.

– Je ne vois plus, s'était-elle écriée soudain. L'image est brouillée par d'autres pensées.

Les autres pensées avaient été glanées en écoutant les gens bavarder dans la queue avant d'acheter les billets. Max avait entendu une femme parler de la maladie de cœur de sa sœur Emaline et comment elle se faisait du souci nuit et jour.

– Parlez-nous de ces pensées, lui avait dit Max.

C'était le code qui signifiait qu'elle devait ôter le bandeau de ses yeux et demander à l'assistance si quelqu'un connaissait une Emaline. Enlevant le bandeau, Edith regarda les visages tendus des spectateurs silencieux.

Son attention fut attirée par un jeune garçon au premier rang, loin du « pigeon » au fond de la salle. L'adolescent la regardait fixement. Soudain, il tressaillit et baissa les yeux. Edith continua à le dévisager jusqu'à ce que les yeux du garçon croisent de nouveau les siens. Il avait le regard implorant d'un animal qui se noie. L'impression qu'une force de gravité le tirait vers le bas était accentuée par le mouvement au ralenti avec lequel il se leva du banc où il était assis à côté d'un homme plus âgé, vêtu comme lui d'un uniforme de pompiste. Son compagnon posa la main sur son épaule pour l'obliger à se rasseoir. Le regard terrifié du jeune homme croisa encore une fois celui d'Edith. Balayant la main qui le retenait, il commença à se diriger d'un pas mal assuré vers la sortie. On eût dit la démarche d'un ivrogne. Mais elle savait qu'il n'en était rien.

– Tu dois dire à la police ce que tu as fait ! cria-t-elle.

Le garçon se retourna, le visage tordu par une douleur intense, trop insupportable pour quelqu'un de son âge.

– Tu dois leur dire ! hurla Edith de toutes ses forces.

Le jeune garçon poussa un cri étranglé et s'enfuit en courant dans l'allée centrale. Un policier, qui était assis parmi les spectateurs, se lança à sa poursuite.

Cette nuit-là, le shérif déterra le corps de la jeune Tammy Sue Pertwee derrière une baraque du bidonville voisin. L'événement fit la une du journal local, et, à partir de ce soir-là, Edith Candle devint la tête d'affiche du spectacle magique de Maximilien le Grand.

A la tombée de la nuit, Henry Cathery était assis dans le parc, sur son banc habituel. Les réverbères venaient de s'allumer quand la jolie femme arriva. Il savait qu'elle reviendrait. La veille, il l'avait attendue toute la journée, jusque tard dans la nuit. Depuis un mois, il la voyait matin et soir. Son absence pendant une journée entière lui avait fait ressentir combien elle lui manquait. Ensuite, Mme Siddon était morte et la jolie femme lui était revenue.

Elle ouvrit la portière de la voiture beige et s'avança sur le trottoir. C'était la première fois qu'elle agissait de la sorte. Henry Cathery suivit des yeux sa démarche gracieuse et athlétique vers l'immeuble de l'autre côté de la rue. Elle ne lui tiendrait donc pas compagnie ce soir. Sans bouger la tête, il accompagna du regard les pas de la jeune femme dont la chevelure renvoyait en étincelles d'or l'éclat du réverbère. La femme électrique avait des yeux merveilleusement dangereux.

Elle entra dans l'immeuble par la grande porte de chêne que le portier tenait grande ouverte. Lui aussi la dévisageait avec une certaine tristesse car il savait qu'il avait plus de chances d'être frappé trois fois par la foudre que de pouvoir la toucher. Le portier, très grand et maigre, aurait fait un bon paratonnerre dans une prairie, songea Henry. Mais on était à New York.

Se levant de son banc, Henry Cathery se dirigea lentement vers la grille du parc. Pressant son visage contre les barreaux, il regarda amoureusement la petite voiture beige. Ouvrant la grille, il traversa la rue sans se presser, ignorant superbement la voiture rapide qui fonçait sur lui et ne put l'éviter qu'en dérapage contrôlé. Debout près de la voiture, il en examina attentivement l'intérieur à travers les vitres. Aujourd'hui, les sièges étaient plus propres. Pas de détritus, pas de gobelets à café vides. Il se pencha sur l'étroite ouverture en haut de la vitre du conducteur et inspira l'air profondément, respirant son odeur. Introduisant la main dans la fente, il appuya de toutes ses forces sur la vitre, la baissant de telle sorte qu'il pût y introduire le bras et caresser le tissu du siège du conducteur.

Quand Jonathan Gaynor ouvrit la porte, Mallory remarqua pour la première fois les taches de rousseur qui saupoudraient sa peau autour du nez. Il avait beau avoir quarante ans, il lui faisait penser à un petit garçon qui aurait mis une fausse barbe. Sortant prestement son portefeuille, elle lui présenta sa plaque. Il prit le temps de regarder, ce que la plupart des gens ne font pas.

– Sergent Mallory, vous êtes à l'heure, dit-il en la faisant entrer.

Il regarda sa Rolex.

– Et je veux dire à l'heure tapante, l'heure pile !

Mallory observa le regard de Gaynor qui s'attardait sur son blazer en cachemire et son jean de marque. Il évaluait sans doute la compatibilité de vêtements de bonne qualité avec un modeste salaire de flic.

Quant à elle, comme un agent d'assurance zélé, elle remarqua les traces de verre sur la marquetterie des meubles anciens et le journal ouvert sur la tapisserie de soie du canapé sans doute salie par l'encre d'imprimerie. Des figurines en cristal, des pièces de collection occupaient chaque centimètre d'espace libre – ou presque. L'œil exercé de Mallory remarqua quelques emplacements vides sur certaines tables. Elle s'installa dans le grand fauteuil qui dominait les autres sièges. Ce fut elle qui invita Gaynor à s'asseoir.

– Vous n'avez parlé à personne de notre rendez-vous ? demanda Mallory.

– Naturellement non, sergent.

Gaynor replia tant bien que mal son long corps anguleux dans le fauteuil, ses coudes frôlant dangereusement les objets de cristal à côté de lui.

– Je sais combien le travail de filature est délicat. Vous pouvez compter sur ma discrétion.

– Je vous remercie. L'une de vos voisines croit que je suis une détective privée. Je souhaiterais qu'elle continue à le croire.

– Bien sûr. En quoi puis-je vous être utile ?

– Vous connaissiez l'inspecteur Markowitz ?

– Nous nous sommes rencontrés une seule fois. Il est venu me voir après le meurtre de ma tante. Je l'ai trouvé sympathique. La nouvelle de sa mort m'a profondément attristé.

L'une des mains de Gaynor tomba négligemment sur l'accoudoir du fauteuil. L'autre main reposait sur sa cuisse. Mallory eut l'impression qu'il n'y avait pas la moindre coordination entre ses membres – comme s'ils ne s'étaient jamais rencontrés...

– Le sergent Riker me dit que Markowitz vous a consulté à titre d'expert ?

– Effectivement. Il s'intéressait au tissu social de Gramercy Park, tout spécialement concernant les résidents du troisième âge.

– Nous n'avons pas de notes sur cet entretien. Cela serait peut-être utile pour notre enquête si vous pouviez vous rappeler votre conservation avec Markowitz.

– Je vais essayer, mais deux mois se sont écoulés, vous savez. Je ne me souviens que des grandes lignes. Il était surtout curieux des liens qui pouvaient unir les résidentes âgées de Gramercy Park. Ce square est véritablement un îlot autonome, avec ses lois propres et ses traditions.

La main qui reposait sur l'accoudoir se redressa brusquement, heurtant la petite table voisine. Gaynor n'accusa même pas le coup, tant sa main semblait peu solidaire du reste de sa personne.

– Markowitz était-il intéressé par quelque chose de plus spécifique encore ? insista Mallory.

– Oui, sans doute. Mais je n'ai pu lui fournir qu'une vue d'ensemble. J'ai peur de ne pas avoir été d'une grande aide sur les points de détail. Je n'avais pas encore emménagé dans l'appartement de ma tante – je n'y suis entré que plusieurs semaines après sa mort. Durant cette période, je n'avais pas tellement de contacts avec les gens du square.

– Pourtant, le sergent Riker affirme que vous avez beaucoup aidé Markowitz. Votre entretien a duré, voyons... trois heures ? Habituellement, il ne consacrait que trois quarts d'heure à ce genre de conversation. Je trouve ça intéressant.

Gaynor leva les yeux au plafond comme pour y retrouver la mémoire.

– Il recherchait un dénominateur commun entre ces vieilles dames. Le seul facteur commun que j'aie pu trouver était sans doute leur isolement. A ce moment-là, il n'y avait eu que deux meurtres, vous savez. Je me souviens d'avoir demandé à l'inspecteur si la première victime, Mme Cathery, appartenait à un groupe social défini. Il m'a répondu non, d'après les recherches de la police. Eh bien, la tante Estelle non plus. Et aucune des deux n'avait de personnel à demeure.

La main gauche de Gaynor glissa de l'accoudoir et tomba lourdement sur celle posée sur sa cuisse.

– Mais Mme Cathery n'habitait pas seule. Son petit-fils, Henry Cathery, vivait dans l'appartement. Le connaissez-vous ?

– Nous sommes à New York, dit-il en souriant. Vous savez comment ça se passe entre voisins. On ne se parle même pas sur le même palier, alors quelqu'un qui habite un autre immeuble, au bout du pâté de maisons... Pourtant ma tante le connaissait. Elle disait que c'était un solitaire. Je sais que c'est un excentrique.

L'un des pieds de Gaynor s'aventura trop loin sous la table basse. Il se cogna durement la jambe contre l'arête acérée. Le système nerveux de Gaynor ne sembla pas enregistrer la douleur, car il ne broncha pas.

– D'après les journaux, reprit-il, Cathery n'a même pas prévenu la police que sa grand-mère n'était pas rentrée de la nuit. Ne trouvez-vous pas ça bizarre ? Je veux dire, du point de vue de la police.

– Bizarre ? Si l'on veut. Il a dit au policier chargé de l'enquête qu'il était si content d'avoir la paix qu'il n'a pas pensé à la faire rechercher.

Le premier interrogatoire d'Henry Cathery avait été mené trois mois auparavant par l'inspecteur de la brigade criminelle chargé de l'enquête. C'était avant le second meurtre. L'enquête fut alors confiée à la section spéciale dirigée par Markowitz. Les notes du premier inspecteur et son propre entretien avec Cathery, par la suite, avaient convaincu Markowitz que Cathery disait la vérité. Or Markowitz avait toujours eu un faible pour l'honnêteté, surtout quand elle était naïve.

– Monsieur Gaynor, vous n'avez jamais parlé à Henry Cathery ?

– Appelez-moi Jonathan, dit-il en se calant dans son fauteuil. Je le voyais de temps en temps dans le square. La première semaine après mon arrivée ici, je lui faisais un signe de tête amical en guise de bonjour. Il ne répondait jamais – il regardait au loin comme si j'étais transparent. Il fait partie des lieux comme un arbuste ou un banc. Je n'y prête plus attention. A présent, je n'ai même plus le temps de me promener dans le square.

Gaynor se leva et suivit ses jambes qui le conduisirent jusqu'à la large fenêtre au milieu du mur le plus éloigné.

– Le voilà, dit-il à Mallory en montrant du doigt la silhouette qui se détachait derrière les barreaux noirs, sur le banc en face de l'immeuble de Gaynor.

Mallory, s'approchant de la fenêtre, vit la tête de Cathery penchée sur son échiquier. Il choisit cet instant précis pour lever la tête. Mallory aurait juré qu'il la regarda droit dans les yeux.

Instinctivement, elle recula d'un pas, partagée entre la fascination et la répulsion pour ce personnage.

– C'est un peu tard pour lui, dit Gaynor. D'habitude, il est dans le square pendant la journée. Vous avez remarqué l'échiquier portable sur ses genoux ? Il a été champion, je crois, lorsqu'il était enfant. Son talent s'est éteint avec la puberté. Pardonnez-moi, je vous raconte des histoires que vous connaissez sûrement déjà.

Cette fois, ce fut lui qui la guida vers le canapé.

– Votre prénom est Kathleen, n'est-ce pas ?

Mallory fit un bref signe de tête.

– Connaissiez-vous Pearl Whitman ? demanda-t-elle.

– Je ne l'ai jamais rencontrée. Puis-je vous appeler Kathy ?

– Non.

Gaynor rougit. *Parfait.*

– Pearl Whitman, continua Mallory ignorant délibérément le trouble de Gaynor, avait l'habitude de fréquenter des spirites. Il se peut qu'elle ait été en rapport avec un médium qui vient ici chaque...

– Redwing ?

– Vous la connaissez ? demanda Mallory, surprise.

– Qui pourrait ne pas remarquer un pareil phénomène ? s'exclama Gaynor. Elle doit bien mesurer deux mètres ! Et son tour de taille !

Il fit un large mouvement circulaire de ses bras, ébranlant au passage un délicat personnage en porcelaine sur la table derrière le canapé.

– Je l'ai rencontrée un jour, dans le hall de cet immeuble. Le concierge m'a dit son nom. La fois suivante, quand je suis venu rendre visite à ma tante, je l'ai questionnée à son sujet. Ça fait déjà assez longtemps, mais je m'en souviens parfaitement parce que nous avons eu une discussion assez vive au sujet de cette Redwing.

– Est-ce que votre tante allait à ses séances ?

– Elle ne m'en a pas parlé, surtout après que je lui eus dit ce que je pensais des médiums en général.

– Le moindre incident qui se passe ici m'intéresse, dit Mallory. Mme Redwing vient ici chaque semaine depuis plus d'un an. Qu'aviez-vous à lui reprocher au cours de votre discussion avec votre tante ?

– C'est une arnaqueuse de première, non ? On n'a pas besoin d'un équipement sophistiqué pour embobiner un groupe de vieilles dames qui ne demandent qu'à croire à ce genre de sornettes. C'est une entreprise sordide que d'abuser de la crédulité des gens âgés. J'ai horreur de ce genre d'escroc.

– Voudriez-vous la voir en action ? demanda Mallory. Elle tient une séance demain après-midi. Il vous faudra montrer patte blanche avant de pouvoir y assister. Seriez-vous d'accord pour appeler Mme Penworth ? C'est chez elle qu'aura lieu la séance. J'ai été invitée par sa fille. Je pense qu'il serait préférable que vous téléphoniez à Mme Penworth directement. Vous pourriez peut-être lui dire que vous aimeriez entrer en contact avec l'esprit de votre tante ?

– Vous parlez sérieusement ?

Le coude de Gaynor fit un soubresaut tandis que sa jambe heurta encore une fois la table basse. Un petit vase en cristal oscilla dangereusement près du bord, au-dessus du sol en marbre.

– Je parle très sérieusement, dit Mallory. Si ça ne vous ennuie pas trop, ça m'aiderait beaucoup dans mon enquête.

– Mais en quoi ma présence peut-elle vous servir ? demanda Gaynor.

– Je voudrais voir si cette Redwing peut nous dire quelque chose sur votre tante que personne ne sache encore.

– Vous pensez donc que ce médium a un lien avec les victimes...

L'une des longues jambes de Gaynor esquissa le mouvement de se croiser sur l'autre. Malencontreusement, son genou rencontra le délicat vase de cristal, qui tomba de la table basse. Mallory le rattrapa en plein vol et le remit à sa place.

– Non, je ne le crois pas vraiment. S'il y avait eu une corrélation, nous l'aurions déjà découverte. J'engrange simplement le maximum d'informations. Il y aura à cette séance cinq ou six femmes à peu près du même âge que votre tante. Peut-être que l'une ou plusieurs d'entre elles la connaissaient. J'ai également besoin de trouver un lien avec Pearl Whitman.

– Toujours à la recherche du dénominateur commun, hein ? demanda Gaynor avec une lueur d'intérêt dans les yeux. Très bien, reprit-il. Vous vous faites donc passer pour une parente éplorée de miss Whitman ?

– Non, dit Mallory sèchement. C'est Louis Markowitz que j'ai l'intention de faire revenir d'entre les morts. C'était mon père.

Le vase se brisa sur le marbre en mille éclats aussi acérés que des couteaux.

Quand Mallory gara sa voiture devant le porche de la vieille maison, elle s'étonna de son bon état après six semaines d'abandon. Malgré les fenêtres obscures la maison et le jardin avaient un air habité. Rien ne suggérait qu'elle les avait brusquement désertés. Le gazon venait d'être tondu, le petit chemin pavé et le porche avaient été balayés. C'était pourtant la saison où les feuilles mortes commencent à tomber. La cour avait été soigneusement ratissée. Elle regarda vers la maison voisine. Tout cela devait être le travail de Robin Duffy.

Ce ne serait pas la première fois que le voisin aurait tondu la pelouse de Markowitz. Celui-ci était parfois si préoccupé par un cheveu trouvé sur la scène du crime qu'il ne remarquait pas l'herbe qui poussait dans son jardin. Mallory se demanda si Robin Duffy jouait lui aussi à faire semblant. Maudissait-il Markowitz en tondant son gazon ?

Riker avait dû entrer par l'arrière la dernière fois qu'il était venu car les scellés étaient toujours intacts sur la porte d'entrée. Mallory retira la cire et enfonça la vieille clé dans la serrure.

Si l'extérieur de la maison continuait à entretenir ses illusions, l'intérieur révélait la vérité sans ménagement. Dès qu'elle eut ouvert la porte, elle fut saisie par l'odeur de renfermé et de poussière et surtout par le silence oppressant d'une maison vide. Elle alluma le plafonnier, qui répandit une lumière douce.

Mallory se tenait debout près du canapé à deux places où Helen cousait le soir. La boîte à ouvrage se trouvait à sa place habituelle.

Il y avait longtemps déjà que Mallory avait refoulé les souvenirs lui rappelant la présence d'Helen. Mais elle ne put regarder le gros fauteuil capitonné où Markowitz lisait son journal tous les soirs après le dîner, sauf le mardi et le jeudi.

Elle se demanda comment il avait pu supporter la solitude dans cette maison après son départ. Mallory savait qu'elle ne pourrait plus jamais vivre là. Cela avait été déjà assez dur après la mort d'Helen.

Elle se dirigea lentement vers la cuisine, attirée par le souvenir de la seule femme au monde qui vérifiait chaque matin que ses cheveux étaient bien peignés, ses ongles nets, qu'elle avait de l'argent pour son lait à l'école et un déjeuner consistant à emporter. La cuisine lui avait semblé plus grande, en ce temps-là. Elle s'en souvenait sans doute avec les yeux de la petite délinquante que Markowitz avait ramenée de force à la maison.

« *Qu'est-ce que tu fous là, mon petit ?* » *lui avait demandé Markowitz, accroupi sur les talons, la dévisageant par la fenêtre basse de la Jaguar qui appartenait à un connard quelconque.*

– Dégage, vieux, ou j' te coupe, avait-elle répondu.

Il la ramena à la maison cette nuit-là. Les tonnes de paperasses à remplir pour le tribunal pour enfants ne cadraient pas avec la célébration d'un anniversaire. On verra demain, lui avait-il dit. Le gâteau d'Helen était posé sur la banquette arrière. Il sentait le citron et Markowitz, le tabac hollandais. Il fumait la pipe.

Helen était devenue folle à la vue des menottes aux mains de la petite. Le pauvre Markowitz n'arrivait pas à les enlever assez vite. Ensuite, la jeune Kathy avait été engloutie dans les bras plantureux d'une femme à la peau douce qui sentait le savon et l'eau de Javel. Derrière Helen, de la cuisine, lui parvenaient les fumets délicieux de légumes cuits à la vapeur et d'un ragoût de mouton. Cette nuit-là, pour la première fois, la petite fille sentit la fraîcheur des draps qu'on bordait autour de son corps et une odeur légère de talc quand Helen se pencha pour l'embrasser.

Helen.

La maison ne sentait plus l'odeur d'Helen. Il y avait de la poussière partout. Elle n'aurait pas aimé ça.

Mallory monta l'escalier jusqu'à la chambre du fond dont Markowitz avait fait son bureau. En chemin, elle s'arrêta un instant devant sa chambre, restée intacte avec son mobilier et ses affaires personnelles. Louis l'avait laissée ainsi pour le jour où elle voudrait revenir, supposa-t-elle. Le montant en bois de la porte portait les encoches indiquant les années qui l'avaient vue grandir sous ce toit. La première était près du plancher. Quelle petite peste elle était à dix ans! A son arrivée chez les Markowitz, elle s'était vieillie de deux ans, sans complexes.

Le bureau de Markowitz avait son allure habituelle d'une pièce mise sens dessus dessous par des cambrioleurs pressés. Elle vit que chaque chose était à sa place. Riker avait pris soin de tout laisser comme il l'avait trouvé. Les factures, par terre au pied du bureau, restaient rangées par ordre chronologique. Sa correspondance moins importante, comme celle qu'il entretenait avec une station locale, Old-time Radio Network, côtoyait sa déclaration de revenus. Mallory jeta un coup d'œil rapide dans la corbeille en métal où il classait ses reçus de cartes de crédit et ses vieux chéquiers. Riker avait dû passer par là à la recherche d'une piste donnant un sens aux initiales BDA.

Mallory fouilla tous les tiroirs du bureau. Au fond du dernier, elle découvrit tous ses carnets scolaires et les traditionnelles photos de classe. Examinant la première photo de groupe prise dans une école privée de Manhattan qui avait dû coûter les yeux de la tête, elle remarqua immédiatement sa différence. Elle était sortie de l'enfance. Le vieux avait raison : elle n'avait jamais été une petite fille.

Mallory redescendit au rez-de-chaussée, éteignit les lumières et fouillait dans ses poches à la recherche de ses clés de voiture, quand elle aperçut le tas d'enveloppes par terre, sous la fente de la boîte aux lettres. Elle ramassa distraitement le courrier, en majorité des factures ou de la publicité. Elle faillit laisser passer le prospectus de la Brooklyn Dance Academy.

BDA.

Riker lui avait pourtant dit qu'il avait vérifié dans l'annuaire les sigles de tous les commerces, entreprises et institutions des cinq districts de New York. Lui cachait-il quelque chose ?

Mallory se précipita vers l'annuaire sur la table du téléphone. Elle feuilleta fébrilement les pages, qu'elle arracha à moitié. Rien sur la BDA dans les pages blanches ni dans les pages jaunes. Tant mieux pour Riker, qui garderait toutes ses dents.

Mallory se laissa tomber dans le fauteuil de Markowitz. Ses mains parcoururent le cuir usé des accoudoirs. Elle s'enfonça dans le coussin derrière son dos. Elle avait découvert une nouvelle piste, pas encore explorée par la police. Une blague à tabac gisait, entrouverte, sur la petite table à sa droite. Sa main s'approcha des pipes accrochées au-dessus. Ses doigts en caressèrent le bois poli. Elle saisit la pipe à la figure sculptée. C'était la préférée de Markowitz car Kathy l'avait volée pour son anniversaire à l'époque où elle l'appelait encore : « Eh, flic ! »

Mallory serrait fort la pipe entre ses doigts en essayant de se représenter Markowitz jeune.

Le fou dansant.

La tige de la pipe se cassa entre ses doigts. Elle regardait, incrédule, les morceaux brisés et, en tremblant, elle essaya de les rassembler, comme si elle pouvait supprimer la cassure et reconstituer la pipe.

Quelques instants plus tard, les bouts de bois tombèrent de ses mains inertes. Entourant son corps de ses bras, elle se mit à se balancer de gauche à droite, dans un bercement inconscient qui remontait bien plus loin que ses premiers souvenirs, bien avant sa vie dans les rues, quand elle volait pour manger et courait pour échapper aux amateurs de chair fraîche.

Elle se balançait inlassablement, sourde à la sonnerie insistante, aux coups répétés contre la porte d'entrée, au bruit de la clé de Robin Duffy qui tournait dans la serrure.

Au bout d'un long moment, elle prit conscience de la présence de ce petit homme trapu au visage de bouledogue qui la secouait par les épaules, les yeux effarés, criant : « Kathy ! Kathy ! »

L'ombre de l'homme au couteau apparaissait dès que la brise faisait trembler le feuillage derrière le store. Margot Siddon se terrait alors sous les couvertures avec le réflexe enfantin de croire qu'elle serait protégée des monstres. Finalement, renonçant au sommeil, dans le noir, elle fit le numéro d'Henry Cathery ; elle le connaissait par cœur. Il ne fut pas content d'être réveillé en pleine nuit.

– Qu'est-ce qu'il y a ? s'écria-t-il.

– C'est moi, Henry. Peux-tu me prêter vingt dollars ?

– Tu es devenue folle, Margot ? Tu es riche. Un million de dollars minimum après déduction des impôts.

– Pas encore. La police a mis les scellés sur l'appartement. Je ne peux même pas mettre un vieux truc au clou.

– Va à sa banque demain matin à la première heure. Demande une avance. Moi, je n'ai même pas eu à demander. La banque m'a tout de suite envoyé un contrat d'ouverture de crédit.

Il raccrocha sans dire au revoir.

Margot raccrocha à son tour rageusement. Quel salaud il pouvait être quelquefois, songea-t-elle. Peut-être s'était-il aperçu qu'elle avait pris des bagues dans la boîte à bijoux de sa grand-mère. Il n'était pas tout le temps dans l'univers de Disneyland. Quand il le voulait, il était hyperclair, et, dans ces moments-là, il lui faisait peur. Comme si elle était confrontée à un somnambule au niveau de conscience supérieur à celui des humains ordinaires, en phase avec tout l'univers, sur une longueur d'onde inconnue. Durant ces moments-là, il se branchait sur le cerveau de Margot et lui vidait la tête de tout souvenir pendant plusieurs jours. Elle lui devait ainsi quelques nuits sans cauchemars. Il était la seule personne avec qui elle pouvait parler de l'homme au couteau.

Par contre, Margot ne se souvenait pas d'avoir eu une seule conversation à cœur ouvert avec sa vieille cousine Samantha, pendant toutes ces années où elle l'avait courtisée.

Sa mère l'emmenait régulièrement voir Samantha quand elle était petite. Plus tard, quand sa mère se remaria et disparut à tout jamais, elle prit l'habitude d'y aller toute seule. La vieille Samantha était bonne pour cracher un billet de cinquante dollars. Mais il fallait écouter pendant des heures son bavardage insipide.

La vieille dame était très belle dans sa jeunesse, lui avait dit sa mère. Margot avait du mal à imaginer que ce vieux débris voûté et tremblotant ait pu, un jour, être belle. Quand Margot était enfant, elle se souvint que pour Samantha tout était *délicieux*, que ce fût un objet animé ou non. Dans ce flot de babillage sentimental et affecté, Margot était délicieuse, au même titre que le ruban qui retenait ses cheveux. Au fil des ans, ce caquetage était devenu de plus en plus strident pour finir en un long cri de terreur.

Après l'agression de l'homme au couteau, la vieille cousine n'était venue qu'une seule fois voir Margot à l'hôpital. Samantha avait alors supplié Margot de cacher son visage. Elle ne supportait pas la vue de la cicatrice. Ensuite, la peur les hanta chacune de leur côté, chaque nuit. Depuis le viol, c'était la seule émotion qu'elles avaient en commun. L'une se réveillait la nuit avec l'angoisse de la solitude. L'autre, séparée de la première par une vingtaine de rues au sud de Manhattan, avait la vision du couteau dansant devant ses yeux puis sectionnant le nerf qui permettait à la moitié de son visage de sourire.

Margot fixa le mur des yeux jusqu'à ce que le jour se lève. Alors, se précipitant sur la pile de vêtements par terre au pied du lit, elle s'habilla si vite qu'elle boutonna son gilet de travers sans même s'en apercevoir. Il n'y avait rien à manger dans le frigidaire. Elle irait au supermarché où on lui faisait crédit. Elle achèterait tout ce qui lui ferait envie, en particulier de la viande rouge, bien saignante, et un beignet à la confiture.

6

Le banquier souhaita ardemment avoir dans son bureau une porte qu'il pourrait fermer. A l'intérieur de la banque, on aurait pu se croire dans deux salles de bal encombrées. L'élégante mezzanine où se trouvait son bureau était trop exposée aux regards, en ce moment tout particulièrement. Les gens regardaient avec curiosité la jeune femme bizarrement accoutrée assise en face de lui. Elle faisait une drôle de grimace, et une cicatrice pâlissante en forme de croissant de lune défigurait sa joue. Ses vêtements étaient crasseux. De temps en temps, elle s'assoupissait dans le fauteuil pour se réveiller aussitôt en sursaut.

– Miss Siddon, dit le sous-directeur de l'agence, je dois attendre les instructions du notaire avant de pouvoir vous remettre des fonds. Je n'y peux rien, c'est la loi. Quant à vous verser une avance, je regrette, vous êtes incapable de me donner la moindre information sur votre cousine... Vous ne pouvez même pas me dire son deuxième prénom !

– On ne se parlait pas beaucoup.

– Vous devriez peut-être contacter ses avocats.

– Ils ont dit qu'ils me rappelleraient mais ils ne téléphonent pas.

– Demandez à votre avocat de s'en occuper.

– Je n'en ai pas. Vous le savez bien. Ecoutez, j'ai besoin d'argent. Tout de suite. A quoi ça me sert d'hériter d'un million de dollars si en attendant je meurs de faim, hein ? Qu'en dites-vous ?

Cela ne pouvait être qu'une arnaque, pas très originale, avec ça, se disait le banquier. Ce n'était pas la première fois qu'il avait affaire à de pareilles demandes. Cette..., cette jeune personne devait lire attentivement la rubrique des décès. Mais si par hasard elle *était* l'héritière de Samantha Siddon, cela serait plutôt gênant. On ne prend jamais assez de précautions.

– Avez-vous une pièce d'identité sur vous ? Un permis de conduire ?

– Je ne conduis pas.

– Quel document utilisez-vous quand vous faites un chèque dans un magasin ?

– Je ne fais pas de chèque ! Je n'ai pas de compte en banque à la con !

Là, elle allait trop loin. Il savait pertinemment que tout le monde sur cette terre a un compte en banque.

– Il m'est impossible de remettre de l'argent à quelqu'un qui ne peut prouver son identité. Vous devez le comprendre.

Apparemment, elle comprenait, car elle était en train de se lever, péniblement il est vrai. Elle n'avait que la peau sur les os, sous sa robe longue. Son gilet en tapisserie n'arrivait pas à cacher la maigreur de ses bras et de son visage. Il se demanda s'il lui arrivait de manger.

Elle se dirigea lentement vers le grand escalier qui conduisait dans le hall central de la banque. L'idée de donner un peu d'argent de sa propre poche à cette pauvre créature lui passa par la tête. Mais il se ravisa à temps. Elle aurait pu faire un scandale.

Margot Siddon prenait tout son temps pour descendre les larges marches de l'escalier. Cela donna au banquier l'occasion de se souvenir qu'il avait été premier guitariste dans un groupe de rock des années soixante. Vingt-cinq ans après, il retrouvait encore chez sa femme des traces de la jeune hippie qui chantait avec le groupe et crevait de faim avec lui. Mais qu'avait-il en commun avec cet homme si peu musicien qui venait d'envoyer sur les roses une femme qui avait faim ?

L'homme tripotait un trombone entre ses doigts en suivant des yeux miss Siddon qui, arrivée en bas du grand escalier, avançait dignement vers la sortie. Quand elle glissa et s'effondra sur le marbre, il tordit le trombone entre ses doigts et courba la tête.

Riker se tenait à bonne distance de la cloison de verre du bureau. Il évaluait le chemin le plus rapide pour gagner la sortie au cas où le commissaire divisionnaire Beale le convoquerait pour subir le même sort que Coffey. Le petit homme gris agitait un journal sous le nez du lieutenant. Riker en connaissait le gros titre par cœur : « L'homme invisible échappe à la police de New York. »

L'enquête se poursuivait depuis deux mois, Markowitz était mort depuis quarante-huit heures, quand le chef de brigade Blakeley avait affirmé à Beale que l'affaire allait connaître son dénouement d'un moment à l'autre. Six semaines s'étaient écoulées depuis cette déclaration prématurée. Blakeley, une large fesse posée sur le bureau de son supérieur hiérarchique, fumait placidement un cigare en abandonnant Coffey à son sort.

Ce dernier, debout, observait Beale de toute sa hauteur. Riker aurait pu lui souffler que la position de Blakeley était la meilleure. Assis, il ne dominait pas Beale. Coffey était trop grand pour faire partie de la cour du petit commissaire. De plus, personne ne lui avait jamais appris le sourire servile, prélude avant de courber l'échine et d'encaisser les coups. Le lieutenant se tenait là, solide comme un roc. A ce moment, Riker éprouva pour lui un élan de sympathie.

Sous prétexte de se désaltérer à la bonbonne d'eau minérale, deux policiers en uniforme se joignirent à Riker pour assister au spectacle.

Le moment était peut-être venu de soutenir Coffey, de prendre son parti contre celui du commissaire Beale. Oui, c'était le moment...

Riker sortit son portefeuille et dit aux deux policiers :

– Cinq dollars que Coffey sera encore debout quand le commissaire s'en ira !

Margot Siddon ramassa dans une poubelle un gobelet en carton et le tendit vers un passant au tee-shirt troué, qui y déposa deux pièces de monnaie. Vingt minutes plus tard, elle acheta un jeton au guichet du métro. Ayant trouvé une place assise, elle s'endormit et rata sa station.

Après avoir marché pendant une demi-heure depuis la bouche du métro jusqu'à son appartement, elle s'arrêta devant sa porte en s'apercevant avec désespoir qu'elle avait perdu ses clés. Elles avaient dû tomber de sa poche quand elle s'était écroulée dans le hall de la banque. Fondant en larmes, elle tapa de toutes ses forces contre la porte du studio vide. Elle finit par se laisser tomber sur le carrelage du palier. Son acte de naissance était quelque part là-dedans sous une pile de papiers et elle ne pouvait y avoir accès. De rage, elle essaya d'enfoncer la porte à grands coups de pied.

Une idée ! La boîte aux lettres !

Une enveloppe avec son nom et son adresse devrait pouvoir servir à l'identifier. Mais la clé de sa boîte aux lettres faisait partie du même trousseau que les clés du studio. Tirant un couteau à cran d'arrêt de sa poche, elle dévala l'escalier en dansant jusqu'aux boîtes aux lettres alignées dans la petite entrée. Après avoir forcé la porte de sa boîte, elle n'en retira qu'un prospectus et une facture d'électricité.

Mallory cligna des yeux. La lumière blafarde du matin entrait par la rangée de hautes fenêtres, éclairant chaque brûlure de cigarettes sur le sofa en velours rouge. Assises à chaque extrémité du canapé, deux femmes d'un certain âge, qui ne se connaissaient pas, arboraient un maquillage outrancier. Devant le bureau de la réceptionniste, un vieil homme comptait les billets de un dollar qu'une pince en plastique marquée du sigle d'un teinturier tenait serrés. A chaque billet qui tombait sur son bureau, la dame hochait la tête, ébranlant ses quatre doubles mentons.

M. Estaban se baissa pour insérer une vidéocassette dans le magnétoscope. Mallory remarqua les trois centimètres gris de chaque côté de la raie qui partageait ses cheveux teints.

– Nous enregistrons nos élèves, expliquait-il avec

courtoisie, tous les quinze jours afin qu'ils puissent constater leurs progrès. D'habitude, nous effaçons ensuite la cassette. Mais celle-ci sort de l'ordinaire. C'était un merveilleux danseur. Un talent exceptionnel.

Penché sur l'appareil, M. Estaban regardait défiler les numéros sur la bande magnétique.

– Un instant, vous allez voir, dit-il.

Elle vit, en effet, le gros Markowitz aux cheveux grisonnants danser avec une jeune partenaire assez loin de la caméra. La jeune femme à la robe rouge lui sembla vaguement familière. Comme la caméra se rapprochait du couple mal assorti, Mallory retint son souffle.

C'était Helen Markowitz, mais sans ses formes arrondies et son allure de matrone.

C'était une Helen impossible, réincarnée en adolescente aux cheveux courts, avec un anneau dans le nez et trente ans de moins.

Après tout, pourquoi pas ? se dit Mallory en s'asseyant sur une chaise au velours fané. C'était décidément la semaine des revenants.

Le rabbin Kaplan avait dit vrai. Markowitz était un danseur extraordinaire. Aux accents de la musique de Chuck Berry, il lançait sa partenaire en l'air, et, la rattrapant au vol, la faisait tournoyer dans son dos. Pour la première fois, Mallory comprit le sens original des mots *rock and roll*. La grâce et la fluidité de leurs mouvements effaçaient les années, pour créer l'illusion d'un jeune Louis dansant avec une Helen adolescente.

– Comment s'appelle la fille ? demanda abruptement Mallory.

– Brenda Mancusi.

– Où est-elle ?

– Elle ne travaille plus ici. Elle n'est pas revenue après la nouvelle de la disparition de notre M. Markowitz.

– J'ai besoin de son numéro de téléphone, de son adresse et d'une copie de la cassette.

Il ne s'attendait pas à la revoir, et pourtant elle était là, devant lui, brandissant sous son nez deux enveloppes sales en hurlant :

– Regardez ! Regardez !

Il prit délicatement les enveloppes avec deux doigts en se demandant si les poux pouvaient se transmettre de cette manière. Il s'en voulut immédiatement de cette pensée. Il hocha la tête en lisant le nom sur la facture d'électricité.

– Cela indique seulement que vous portez le même nom de famille que Samantha Siddon...

– Je veux mon fric !

– J'ai essayé de joindre son notaire après votre dernière visite. Il est en vacances en Europe. Il est injoignable. Son associé m'a promis qu'il allait se renseigner et qu'il me rappellerait.

– Ouais. Ce salopard a dû foutre le camp avec mon fric !

– Je puis vous assurer que les fonds de Mme Siddon sont en sécurité, sur son compte. Mais ces fonds restent bloqués jusqu'à ce que la banque reçoive les instructions de l'exécuteur testamentaire. Ensuite, nous aurons besoin d'une photo d'identité, d'un passeport ou...

– J'ai besoin d'argent maintenant, espèce d'enfoiré ! Voilà tout ce que j'ai... Regardez !

Elle retourna les poches de son gilet sur le bureau. Quelques menues pièces de monnaie roulèrent sur la table, suivies d'un rouleau formé d'une vingtaine de Kleenex chiffonnés. De ce rouleau, un couteau s'échappa et tomba sur le buvard du banquier. C'était un couteau à cran d'arrêt.

Elle ne l'avait pas menacé. Il savait que le couteau avait glissé avec le contenu de ses poches. Mais c'était un couteau. Peut-être fut-il perturbé par la vue d'une arme blanche dans une banque. En tout cas, il appuya sur le bouton d'alarme. Il ne sut jamais trop bien pourquoi.

Tandis que deux agents de la sécurité, grisonnants et bedonnants, se précipitaient, le souffle court, pour grimper l'escalier, la jeune femme et le banquier avaient les yeux rivés sur le couteau, hypnotisés.

Puis ils se dévisagèrent, sans trop comprendre ce qui se passait.

Margot Siddon saisit le couteau et descendit l'escalier en courant, passant entre les deux vigiles qui agitaient vainement les bras en brassant l'air. Ils tentèrent de la poursuivre dans le hall. Mais elle fut trop rapide pour eux. Les yeux obscurcis par les larmes, elle eut le temps de gagner la sortie sans encombre après avoir bousculé un client qui entrait.

– Non, dit Mallory. Elle n'attend que moi. Cela risquerait de tout remettre en question si cette Redwing consultait sa banque de données pour vérifier vos activités financières. Je vous fais passer pour une amie de la famille.

– Je ne suis pas d'accord, dit Edith Candle. C'est la vérité qui fait qu'une arnaque fonctionne, une accumulation de petits bouts, de fragments de vérité. Un mensonge délibéré se retournerait contre vous. Si cette femme est aussi forte qu'on le dit, elle le saura.

– Tant pis, nous opérons comme je l'ai prévu.

Une femme en robe noire et tablier blanc ouvrit la porte. Mallory donna son nom, et elles furent conduites dans une antichambre. Parmi un océan de parfums divers, Mallory sentit l'odeur de renfermé d'une chambre d'invalide. De la grande pièce contiguë s'élevait une harmonie de sons feutrés, tasses choquant des soucoupes sur fond d'étude de Chopin. La femme de chambre s'éloigna rapidement vers le grand salon qui n'accueillait pas les visiteurs inopinés et d'où parvenait un brouhaha de voix pointues ponctuées de rires mélodieux. L'un des murs était percé de fenêtres ensoleillées.

La femme de chambre ouvrit une fenêtre. A la cacophonie qui monta de la rue, Mallory devina que cette façade ne donnait pas sur le parc. Un chauffard klaxonna longuement tandis qu'une sirène de police mugissait dans le lointain. La voiture devait être bloquée dans la circulation, car à présent, la sirène avait un ton geignard, comme si elle gémissait de ne pouvoir faire son travail.

Dans l'appartement, les vieilles dames se rassemblaient en petits groupes excités, comme des moineaux piaillant perchés sur des fils électriques. Tout le monde attendait avec impatience que la table soit installée et les chaises apportées. Des dames aux cheveux teints au henné bavardaient avec d'autres dames à la chevelure aux reflets bleus. Une atmosphère d'expectative planait sur les lieux.

Une dame d'âge mur, le cou enserré dans trois rangées de perles, s'avança en souriant vers l'antichambre. Sa petite tête semblait hors de proportion avec le reste de sa personne – une boule de billard surmontant un pot à tabac.

– Sergent Mallory ? Je suis Fabia Penworth, la mère de Marion. Je suis si heureuse que vous ayez pu venir... Oh, mais qui est-ce ? demanda-t-elle en dévisageant Edith Candle.

Elle s'adressa de nouveau à Mallory.

– Je suis navrée. Cela ne va pas. Vous étiez supposée venir seule, ma chère. Mme Redwing ne reçoit personne avant d'avoir été prévenue.

Se penchant vers Mallory, elle chuchota très fort, dans un aparté de théâtre :

– Je lui ai tout raconté sur votre père et sa mort tragique. Elle dit que l'esprit d'une personne décédée de mort violente est plus facile à contacter. Ils veulent communiquer avec nous. Ils veulent que la vérité soit connue.

Elle se souvint tout à coup d'Edith.

– Mais cela pose un problème...

– C'est une vieille amie..., commença Mallory.

– Comment allez-vous ? dit Edith en s'avançant. Je suis Edith Candle. Peut-être Mlle Whitman ou Mme Gaynor vous ont-elles parlé de moi ? Je crois que vous avez toutes fait appel au même courtier en Bourse à un moment ou à un autre...

– Ah, mais oui ! En effet. Ravie de vous voir ici...

La dame déploya un bridge coûteux dans un large sourire à l'intention d'Edith.

– Je suis vraiment ravie, continua-t-elle. Je ne m'attendais pas... Je ne pense pas qu'il y ait de problème, vraiment pas. Mme Redwing sera si heureuse de rencontrer quelqu'un de votre valeur spirituelle... Suivez-moi.

Elles furent conduites au grand salon et présentées au médium. Mallory ne put se rendre compte si Mme Redwing était ou non heureuse de rencontrer Edith.

Son énorme fauteuil rembourré avait l'aspect d'un trône. L'impératrice Redwing avait revêtu une tenue fluorescente. Un turban indien autour de la tête, elle avait sur le dos au moins cinq kilos de bijoux selon l'estimation rapide de Mallory. Une cascade de bracelets et de chaînes en or. De fines sandales lamées or chaussaient ses petits pieds. Les yeux fendus à la chinoise, elle souleva une main potelée à la hauteur des lèvres d'Edith Candle comme si elle attendait un baiser. Elle ne se leva pas pour saluer la visiteuse plus âgée.

Edith saisit la main offerte dans la sienne, déformée par l'arthrose. Mallory remarqua qu'elle tressaillit de douleur. C'était peut-être dû à l'inflammation de ses articulations. Peut-être pas. A présent, Mme Redwing avait ouvert tout grands ses yeux trop brillants, trop vifs.

Derrière le fauteuil se tenait le jeune garçon, sans doute, l'assistant. Mallory s'émerveilla de nouveau de ce mélange ethnique qui formait une combinaison unique. L'enfant avait des yeux dorés, une peau couleur de miel ambré et les cheveux frisés. Les traits du visage étaient ceux d'un Blanc. L'élément asiatique se retrouvait dans les yeux légèrement bridés. Il avait l'air absent. L'avait-on drogué ?

Les présentations achevées, Mme Redwing détourna la tête, indiquant que l'audience était terminée. Mallory attira Edith Candle dans un coin désert du salon.

– Vous ne m'avez pas dit que vous connaissiez Estelle Gaynor ?

– Vous ne me l'avez pas demandé. A mon âge, ce n'est pas étonnant de connaître plusieurs personnes qui ne sont plus en vie.

– Plusieurs personnes assassinées ?

Et Samantha Siddon, la quatrième victime, avait-elle aussi connu des morts avant de les rejoindre ?

Quelques notes du carillon signalèrent une autre visite.

Jonathan Gaynor fit une entrée remarquée. Après une brève salutation à l'impératrice, il fut présenté à Mallory comme s'il ne la connaissait pas. Il lui fit un bref clin d'œil en se laissant entraîner ailleurs par la maîtresse de maison. Une vieille dame aux cheveux blancs qui paraissait avoir l'habitude des objets dangereux en mouvement s'écarta à son passage, évitant de justesse un coude anguleux.

Tant que Gaynor restait assis sans trop remuer, Mallory songea qu'il s'accordait bien avec l'atmosphère ambiante. Les vieilles dames l'entouraient en lui offrant avec insistance petits fours et jus de fruits. A un moment donné, au cours de la conversation, il effleura la main ridée d'une octogénaire. La vieille femme sursauta de plaisir. Mallory révisa son opinion au sujet de la disparition de la libido chez la femme après cinquante ans.

Son attention se porta sur une grande femme mince qui vint s'asseoir à côté d'elle sur le canapé. Sa silhouette élégante semblait faite pour porter des créations de haute couture. En dépit de la toile d'araignée tissée par les rides autour des yeux et de la bouche, on ne pouvait qu'admirer l'ossature fine de son visage, rehaussée par une coupe de cheveux d'une simplicité sophistiquée. Elle s'adressa à Edith.

– Oh oui, nous connaissions très bien Samantha Siddon. Elle n'a jamais manqué une séance après le deuxième meurtre. Elle disait que sa vie était sur le fil du rasoir et que cela ne lui était pas arrivé depuis cinquante ans, et encore, pour un court instant seulement...

Mallory accepta une tasse de thé de Chine que la femme de chambre lui offrait et, se tournant vers la dame à l'allure de mannequin, lui demanda :

– Madame ?

– Oui, mademoiselle ?

– N'avez-vous pas peur ? Trois assassinats si près de chez vous... Ces femmes...

– Oh non, ma chère ! Absolument pas. Prenez Pearl Whitman, par exemple. Elle n'a pas été tuée à Gramercy Park et pourtant c'était le même psychopathe, n'est-ce pas ? Mais si, voyons. Or savez-vous ce qui effrayait le plus Pearl ? C'était la perspective de devenir invalide. D'être alitée pendant de longues années dans un hôpital en attendant des visites qui ne viendraient pas.

– Mlle Whitman assistait également aux séances ?

– Elle en était l'un des membres fondateurs. Elle trouvait que les meurtres rendaient la chose encore plus stimulante.

– Et Estelle Gaynor ?

– Elle a été la maîtresse de maison pour la première séance.

– Non, chère amie, dit une voix derrière la chaise de Mallory. C'était chez Anne.

Se retournant, Mallory rencontra le regard vif d'une femme au visage rond et à la chevelure bleutée.

– Anne ?

– Anne Cathery, celle qui est morte dans le square, dit la femme au visage lunaire.

– Vous êtes toutes les deux conscientes de la relation ? demanda Mallory.

– Entre les meurtres et les séances ? Evidemment. Nous avons toutes fait le rapport, dit-elle en incluant tout le monde d'un geste de la main. Enfin, celles parmi nous qui sont encore en vie... Comment pourrait-on ne pas remarquer cette coïncidence ? On dirait que vous, les jeunes, vous croyez que nous sommes nées avec des taches brunes sur les mains et la maladie d'Alzheimer !

La femme mannequin se pencha vers Mallory et dit avec plus de ménagement :

– Ce n'est pas grave, ma petite. C'est normal que vous nous preniez pour de vieilles radoteuses. Vous êtes jeune. Ça ne me vexe pas du tout. Au contraire, ça me donne un avantage dans mes rapports avec votre génération.

La femme au visage rond fit un clin d'œil au mannequin.

– Par exemple, ce jeune financier que tu as mené en bateau, l'année dernière ?

– Ça m'a rapporté un million, ma chère April. (Elle s'adressa à Mallory.) Le jeune homme supposa un peu vite que je n'occupais au conseil d'administration qu'un rôle honorifique en tant que veuve de l'actionnaire principal... Mais vous semblez plus intéressée par le crime que par l'argent. C'est tout à votre honneur.

– Donc, vous n'avez pas peur ?

– De la mort ? Il faut que j'y réfléchisse, ma chère. La plupart du temps, je dois avouer que oui. Mais il y a des jours, savez-vous... Non, bien sûr, vous ne savez pas. Vous êtes une enfant. Vous ne connaissez pas les joies de l'incontinence et de la flatulence. Je ne pense pas que Samantha Siddon avait envie de vivre encore une année. Elle avait vécu trop longtemps, pensait-elle, survivant à ses propres enfants. Ça, c'est le crime des crimes !

– N'avait-elle pas une cousine ?

– Margot ? Une enfant étrange. Je crois qu'elle ne s'entendait pas très bien avec elle. Elle se vantait des visites de la jeune fille chaque semaine, mais je n'ai pas l'impression que cela lui faisait tellement plaisir. Non, je crois que Samantha n'avait pas peur de mourir.

– Mais une mort pareille...

– Une mort rapide, c'est assez excitant, je crois, dit le mannequin. La mort n'est, après tout, qu'une chose momentanée, n'est-ce pas ?

Elle tapota légèrement la main de Mallory.

– Vous vous croyez immortelle, n'est-ce pas ? Mais si, mais si, c'est normal.

La dame au visage en forme de lune s'installa confortablement sur les coussins du canapé. Ses pieds dodus ne touchaient pas le sol.

– En tout cas, les séances ont été une distraction pour Samantha, les derniers mois de sa vie, dit-elle. C'était un peu comme le Loto, ou plutôt le bingo, si vous préférez une comparaison encore plus cliché. Ah ! les salles de bingo, l'antichambre du ciel pour les dames à cheveux bleus ! Encore un mois à attendre le prochain, soupira-t-elle.

– Vous voulez parler de la prochaine séance ? dit Mallory.

– Non, mon petit, dit le mannequin. Nous avons une séance par semaine. Elle parle du prochain meurtre. En général, ils ont lieu une fois par mois.

– Est-ce que l'une d'entre vous a mentionné à la police le lien entre les séances et les meurtres ?

– Oh, quelle mauvaise idée ! Mme Redwing n'aimerait pas ça du tout. Désastreux pour son karma. Les artistes et les voyants sont si fragiles ! Vous n'allez pas nous dénoncer, n'est-ce pas, ma petite ?

Markowitz lui avait appris à reconnaître le terrain. A présent, elle se trouvait plongée dans un monde de cannes, de cataractes, de chevelures aux reflets bleutés, où sévissaient complots et meurtres.

La femme de chambre fit tinter une sonnette.

L'impression d'une envolée de femmes oiseaux se renforça chez Mallory lorsqu'elles accoururent des différents points du salon pour se regrouper et finalement s'installer autour de la table recouverte d'une nappe blanche, dans un bruissement de chuchotements, de froissements de tissus, de craquements de chaises et de soupirs de contentement.

Mallory était assise entre Jonathan Gaynor et une femme qui hochait la tête tout le temps. Edith avait pris place entre cette femme et la maîtresse de maison. Mme Redwing saisit les mains à sa droite et à sa gauche. L'assistance l'imita promptement.

Au centre de la table, il y avait une statue de la Vierge à l'Enfant peinte en couleurs vives à côté d'une assiette surmontée d'une bougie noire non allumée. Un collection d'objects hétéroclites s'entassait devant Mme Redwing. Parmi eux, la montre en or de Markowitz, des bagues serties de pierres précieuses, une clé, une mèche de cheveux blonds attachés par un ruban, si fins qu'ils devaient avoir appartenu à un enfant.

La femme de chambre tira d'épais rideaux pour masquer les fenêtres inondées de soleil. A mesure que la pièce s'assombrissait, la bougie noire s'alluma spontanément et répandit autour de la table une lumière tremblotante. En même temps, une odeur d'encens envahit l'atmosphère au point de couvrir les parfums divers. La flamme vacillante de la bougie projetée sur la statuette de la Madone donnait l'illusion qu'elle dansait.

Mme Redwing, fermant les yeux, rejeta la tête en arrière et commença à prier :

– *Notre Père qui êtes aux Cieux...*

Tout le monde – sauf Mallory – ferma les yeux et répéta la prière.

Notre Père qui êtes aux Cieux,

Mallory remuait les lèvres avec l'expertise du non-croyant qui ne gagnera jamais son paradis.

Que ton Nom soit sanctifié.

Elle avait essayé, au fur et à mesure que le temps passait, de refouler l'idée que Markowitz était dans un trou dans la terre en train d'être dévoré par les vers.

Que Ton Règne arrive,

Que Ta Volonté soit faite

Les vers rampent au-dedans, les vers rampent au-dehors.

Sur la Terre comme au Ciel

Tu es poussière et tu retourneras à la poussière. Etre mort, c'est être mort. Un macchabée est un macchabée. Markowitz. Tout seul dans la terre froide.

Pardonnez-nous nos offenses comme nous pardonnons à ceux qui nous ont offensés.

Jamais.

Le garçon s'approcha sans bruit du fauteuil de Mme Redwing. Il paraissait moins éveillé que la statuette vacillante sous la flamme de la bougie. Mallory se dit qu'elle le ferait boucler par la brigade des mineurs dès qu'elle aurait la preuve qu'il était drogué. Elle était toujours excédée à la vue d'un enfant battu. Là, c'était encore pire. Quelque souvenir très ancien devait refluer en elle, qui glissait comme un mauvais rêve qu'elle n'essayait pas de retenir. Son instinct de conservation lui disait de laisser tomber.

Le phonographe se mit à jouer de la musique classique qui se fondit dans des airs des années vingt pour finir en rock'n'roll des années cinquante. Mallory releva la tête en reconnaissant un disque de la collection de Markowitz.

Mme Redwing plongea la main dans la pile d'objets devant elle et en retira la montre de Markowitz. Aussitôt, la musique s'arrêta.

La voyante tenait la montre par sa chaîne. Tandis qu'elle oscillait doucement, la spirite ferma les yeux. Bientôt, la montre, descendant de plus en plus bas, se posa sur la table. La chaîne en or tomba de ses doigts écartés. Les yeux de Mme Redwing se révulsèrent. Les mains appuyés sur la nappe, elle se balançait d'abord doucement, puis de plus en plus vite. Son corps fut secoué de spasmes violents et de soubresauts qui imprimaient à la table et au fauteuil un rythme infernal. Tout d'un coup, elle s'immobilisa, rigide, profondément calée dans son fauteuil. Elle laissa tomber la tête en avant, trois doubles mentons se formant sous sa bouche entrouverte.

Au bout d'un moment, Mme Redwing leva la tête et fixa son regard sur Mallory. Elle réassembla les plis de son visage de façon à le métamorphoser en la figure souriante de Markowitz. Les yeux avaient presque disparu dans les fentes joyeuses des rides d'expression.

Tout le monde souriait autour de la table. Le sourire de Markowitz produisait toujours cet effet-là. Seule Mallory ne souriait pas.

– Hé, petite, comment ça va ? dit Markowitz avec sa voix de basse et son accent de Brooklyn.

Mallory et Markowitz se dévisagèrent à travers la table.

– Ne m'appelle pas petite, dit-elle.

Markowitz éclata de rire sans pouvoir s'arrêter. Sous les mains tremblantes de Mallory, la table se mit à osciller légèrement. La tête lui tournait, comme si elle était saoule.

Le gamin s'avança à côté du fauteuil. Mallory vit le garçon entrer en transe. La table se balançait assez fort de droite à gauche. Pourtant le garçon ne la touchait pas et les mains de Redwing étaient à plat sur la table, immobiles. La musique se remit en marche. Buddy Holly chantait une histoire d'amour et de montagnes russes. Mais le son ne pouvait venir du phonographe, qui ne tournait pas. Pourtant, la musique provenait de cette direction.

Markowitz cessa enfin de rire. Il avait retrouvé son large sourire chaleureux et décontracté. Ses yeux rencontrèrent ceux de Mallory.

– Y a-t-il quelque chose que tu voulais me dire, Kathy ?... Non ?... Alors, tu veux peut-être me demander quelque chose ?

– *Qui connaît le mal tapi dans le cœur...*

La voix de Mallory était si faible qu'elle la reconnut à peine. Elle chuinta sans pouvoir continuer.

– *Le Shadow sait*, dit Markowitz.

A côté du fauteuil du médium, le garçon mimait les mots avec sa bouche. Son corps maigre se balançait d'avant en arrière. Markowitz se mit de nouveau à rire. Le gosse riait avec lui, en silence, les yeux fermés, se balançant au rythme de la musique, bombant le torse.

Toutes les personnes assises autour de la table avaient

posé leurs mains à plat sur la nappe. La table continuait à bouger de gauche à droite. Mallory sentait l'énergie qui montait à travers la paume de ses mains. Elle se raidit. Son cœur battait à se rompre. Le rire de Markowitz accompagnait les secousses de plus en plus violentes de la table qui semblait près de se briser. L'énergie ambiante s'accumulait comme un détonateur près d'exploser. Le sang se glaçait dans les veines de Mallory tandis qu'elle avait la sensation que son esprit allait disjoncter. Le rire s'intensifiait.

Le garçon ne mimait plus la bouche de Markowitz. Les yeux remplis de terreur, il se protégeait avec les bras comme pour éviter des coups invisibles, hurlant en silence tandis que le rire continuait. Soudain, il porta les mains à son ventre à l'endroit même où Markowitz avait reçu le coup de couteau. La statuette oscilla si dangereusement qu'elle tomba en avant. La petite tête se cassa et roula jusque dans la main de Mallory.

Elle n'eut pas conscience de s'être levée de table. Elle ne reprit ses esprits, comme après un cauchemar, qu'au moment où elle foulait l'épais tapis du vestibule et qu'elle se dirigeait vers la porte.

Derrière elle retentissaient encore les hurlements de douleur de Markowitz.

Mallory perçut au loin le chœur des glapissements et des chuchotements des femmes. Elle était presque arrivée à la porte d'entrée quand elle entendit un bruit de meubles déplacés et le grincement des chaises qu'on écartait précipitamment. Elle ouvrit la porte et traversa rapidement le palier en direction de l'ascenseur. Les hurlements de Markowitz s'étaient transformés en gémissements lointains. Mallory, après avoir appuyé sur le bouton, avait les yeux rivés sur la porte grillagée de l'ascenseur, n'ayant qu'une idée en tête, fuir le plus loin possible.

Les petits pas rapides qui la rattrapèrent à l'arrivée de l'ascenseur à l'étage étaient ceux d'Edith Candle. Elles firent ensemble la descente des trois étages, en silence dans la cage de fer forgé, surchargée de motifs dorés. Encore une zone d'ombre au rez-de-chaussée et enfin la lumière réconfortante du lustre dans le hall et la terre ferme.

Henry Cathery, debout à sa fenêtre, la regarda quitter l'immeuble en compagnie de la vieille dame. Elle était si jolie. Il l'avait attendue longtemps devant sa fenêtre, n'osant pas s'absenter un instant, de peur de la manquer, malgré l'envie pressante qu'il avait d'aller aux toilettes.

Aujourd'hui non plus, elle ne lui avait pas tenu compagnie dans sa voiture, dans le square. Il devait donc saisir l'opportunité de la voir quand elle se présentait. A présent, il était prêt. Il fit le point dans son téléobjectif et prit une série de photos. Il la cadra en gros plan, surprenant sur son beau visage une expression de douleur intense. Il prit encore un cliché pendant qu'elle traversait le square jusqu'à sa petite voiture beige qui sentait si bon à l'intérieur. Elle disparut bientôt avec la vieille femme, qui prit place à ses côtés. Henry resta longtemps à la fenêtre à contempler le square, l'échiquier suprême.

L'erreur de la police était comparable à la négligence de mauvais joueurs d'échecs. Ces imbéciles allaient continuer à fouiner selon leur routine habituelle, sans imagination, ne faisant confiance qu'à leur expérience, incapables d'un bond logique audacieux, le seul coup qui terminerait la partie.

Dans le salon de thé de Gramercy Park, Edith commanda une seconde tasse de thé pendant que Mallory surveillait la porte en buvant son café crème. Quarante minutes plus tard, Jonathan Gaynor les rejoignit à leur table. Il déposa la montre de Markowitz à côté de l'assiette de Mallory, qui contenait un croissant intact. Elle regardait fixement la montre en se demandant comment elle avait pu perdre la tête à ce point. Comment avait-elle pu l'oublier ?

– Est-ce que ça va ? demanda-t-il en se glissant sur la banquette à côté d'Edith.

Mallory oublia de l'envoyer promener, de l'humilier, de lui faire comprendre du regard seulement qu'il était bien bête s'il espérait partager un moment privilégié avec elle. Elle était suffisamment secouée pour laisser affleurer sa gentillesse. Elle se sentait humiliée de s'être laissé avoir par Mme Redwing. Gaynor devait le sentir car il profitait de sa chance, les yeux remplis de sympathie et de sollicitude, lui souriant avec le sourire timide d'un fermier du Kansas.

Elle se surprit à lui sourire en retour. Son sourire était spontané, presque naturel.

– Vous n'auriez pas dû la laisser trafiquer quelque chose qui vous tient à cœur.

– Elle ne pouvait faire autrement, dit Edith. Mme Redwing aurait découvert une supercherie. Elle a du talent, vous savez.

– Au diable son talent, dit Mallory. Elle cible ses pigeons grâce à son réseau informatique. Il fallait que l'histoire concorde avec les informations fournies par son système. Alors je lui ai donné Markowitz.

– C'était risqué, dit-il. Elle sait maintenant que vous travaillez dans la police.

Mallory fit signe que oui.

– C'était vraiment Markowitz que vous avez vu, n'est-ce pas ? demanda Edith.

– Une imitation remarquable. Je dois lui rendre cette justice, dit Mallory.

– Ce serait une grave erreur de sous-estimer ses dons, dit Edith.

– Apparemment, le spectacle vous a vraiment impressionnée, dit Gaynor en souriant à Edith.

– Oui, certainement. Elle a de la classe, du style, dit Edith. Rien de tape-à-l'œil ni de grossier.

Pour la troisième fois, elle souleva sa tasse vide en espérant attirer l'œil de la serveuse. Celle-ci passa rapidement sans la voir, les yeux rivés sur la pendule au mur. Edith reposa sa tasse, ayant perdu tout espoir.

Mallory croisa le regard de la serveuse. La violence dans ses yeux sidéra la jeune fille. L'instant d'après, elle se précipitait pour remplir la tasse d'Edith et, dans son trouble, abandonna la théière sur la table.

– Vous avez raté la meilleure partie, toutes les deux, dit Gaynor. La table à jeu s'est élevée d'au moins cinquante centimètres en l'air. Ça m'a fait peur, je dois l'avouer.

Dans son excitation, il renversa le sucrier qu'il remit aussitôt sur la table avec une telle force que du coup le poivrier sauta sur les genoux d'Edith.

– Excusez-moi, dit-il. J'aimerais bien savoir comment cette Redwing s'y prend. Le gosse était loin de la table et elle avait les mains simplement posées à plat dessus.

– Ce coup-là n'est pas sorcier, dit Mallory. Quand elle a posé les mains sur la table, j'ai remarqué ses grosses bagues. Ensuite, j'ai repéré les accrocs à peine visibles sur la nappe à l'endroit où les bagues avaient accroché les agrafes sous le damas. Il ne lui restait plus qu'à soulever.

– Ah bon ! dit-il, légèrement déçu, comme s'il venait de découvrir les fils d'un montreur de marionnettes.

– Mais il s'est passé encore autre chose, reprit-il. Dites-moi, est-ce que les victimes ont été poignardées à la poitrine ?

– Pourquoi demandez-vous cela ?

– Quand Redwing est entrée en contact avec l'esprit de ma tante, le garçon a mis la main à droite sur sa poitrine. Comme ceci. Nul doute qu'il y avait là un sein, tout sanglant, poignardé ou mutilé...

Mallory leva les épaules dans un geste qui voulait dire « qui sait ? » et regarda autour d'eux pour appeler la serveuse. Elle eut le temps d'apercevoir le pan d'un uniforme blanc disparaissant par la porte des toilettes qui claqua avec une détermination signifiant que la serveuse n'était pas prête à ressortir tant que Mallory serait dans les parages.

Sur le trottoir, devant le café, Edith et Mallory prirent congé de Gaynor. Mallory raccompagna ensuite Edith Candle jusqu'à la porte de l'appartement 3B.

Il lui restait encore deux heures avant son prochain rendez-vous. Elle arrêta l'ascenseur au deuxième étage. La porte de l'appartement n'était pas fermé à clé. Charles aurait-il contracté les mauvaises habitudes d'Edith ?

Avec la rapidité d'un flic new-yorkais, son revolver quitta son étui et se retrouva comme par enchantement dans sa main droite. Poussant le battant de la porte avec le canon, elle vit qu'une des pièces du fond de l'appartement était éclairée. Silencieusement, elle s'approcha du bureau du fond. Un chat aurait fait plus de bruit avec ses pas feutrés.

Charles lisait tranquillement sous le cercle de lumière chaude de la lampe de bureau à l'abat-jour en verre teinté. Complètement absorbé par sa lecture, il n'avait pas la moindre conscience d'être regardé, et encore moins que quelqu'un se trouvait dans son bureau. Mallory lui envia sa concentration. C'était un peu troublant, cependant, de le voir parcourir les lignes à la vitesse de la lumière.

Remettant son revolver dans son étui, elle retourna dans le salon, sur la pointe des pieds, ne voulant pas le déranger. C'était plutôt sécurisant de le savoir là. Markowitz lui avait dit d'aller vers Charles si elle avait besoin d'aide, mais pas pour se servir de lui ou de ses relations. Le vieux n'aurait jamais voulu qu'elle l'entraîne dans cette affaire.

Elle s'assit sur le canapé. Il était confortable comme celui de la maison de Brooklyn. Son corps svelte s'y enfonça avec délice. Elle aurait bien voulu s'y abandonner pendant une éternité. Mais son programme pour la soirée était loin d'être terminé. Pourtant ses paupières étaient lourdes, sur le point de se fermer.

Elle avait beau retourner les éléments du puzzle dans tous les sens, elle ne voyait toujours pas ce que Markowitz avait vu. La logique lui disait que Coffey avait raison. Markowitz avait été assassiné sans avoir eu la moindre idée de l'identité du tueur. Mais contre toute logique – la logique, ça ne marchait qu'une fois sur deux, de toute façon – Mallory continuait à croire en Markowitz comme il lui avait appris à croire au Shadow. Ses yeux se fermèrent.

Elle se réveilla en sursaut quand le canapé accusa le poids d'un autre occupant. Charles lui souriait, d'un sourire un peu fou, plein de charme. Mais un nuage soucieux obscurcit peu à peu son visage. Elle se demanda ce qu'il lisait sur son propre visage. Avait-il deviné que quelque chose ne tournait pas rond ? Avait-elle une raison valable de continuer à lui mentir ? Le pourrait-elle encore longtemps ? Sans doute pas.

– J'ai l'impression que la séance n'a pas été une partie de plaisir.

Edith lui avait donc dit qu'elles allaient à l'appartement de Mme Pentworth, à Gramercy Park. Que savait-il d'autre ? Il lui en fallait peu pour découvrir beaucoup.

– Non, pas vraiment. Mais j'ai bavardé un moment avec Markowitz.

Mallory remarqua que Charles n'appréciait pas du tout. Il y avait plus que de l'anxiété dans ses yeux. Elle ne comprenait pas pourquoi il était si furieux.

– Comment la voyante était-elle au courant de votre relation avec Markowitz ?

Il y avait de la douceur dans sa voix. Il n'était donc pas fâché contre elle. Contre qui, alors ? Edith ?

– Je le lui ai dit.

– C'était peut-être une grosse erreur. Avez-vous prévenu Edith que vous alliez vous servir de Louis ?

– Ouais. Je n'avais pas le choix. Gaynor pense aussi que c'était une bévue.

Si Charles était son baromètre, alors Markowitz, le fou dansant, devait valser dans sa tombe. Elle commençait à faire n'importe quoi, sans discrétion, en télégraphiant le moindre de ses mouvements.

– Racontez-moi ce qui s'est passé.

La main de Charles se posa sur la sienne avec la chaleur humaine dont Markowitz avait parlé dans sa dernière lettre. Ça faisait tellement longtemps qu'on ne l'avait pas touchée de cette manière qu'elle reconnaissait à peine la sensation.

« Va trouver Charles si tu as besoin d'aide », disait le Markowitz qui vivait avec Helen dans sa tête... dans la réplique exacte de la maison de Brooklyn astiquée à la cire qui sentait bon la pinède.

Mallory décrivit la séance en détail. Une déformation professionnelle. Elle omit seulement la partie où elle s'était laissé embobiner jusqu'à croire que Markowitz était revenu, simplement parce que Redwing avait si parfaitement imité son élocution et ses tics.

Pis encore : Mallory avait été à deux doigts de régler un compte personnel, de faire ses adieux à Markowitz, et elle avait raté l'occasion. Elle s'était égarée parmi les fils du jeu de marionnettes. Mais elle avait appris au moins comment ça fonctionnait.

– Charles, comment a-t-elle pu si bien le personnifier ? Elle savait même pour ses blessures. Il n'y avait pourtant pas de précisions là-dessus dans la presse.

– Vous êtes obnubilée par votre ordinateur. Avec un peu plus d'expérience sur le terrain, vous vous seriez rendu compte que l'information circule aussi à travers les réseaux humains, de bouche à oreille. Combien y avait-il de policiers sur les lieux des crimes ? Combien de badauds ? Combien parmi eux ont des femmes, des beaux-frères, des sœurs, des mères ? A qui tous ces gens parlent-ils ? Si tout repose sur les blessures de Markowitz, vous n'avez rien du tout. Quant à l'imitation du personnage, nous avons tous vu Markowitz à la télévision. Il est apparu plusieurs jours de suite pendant l'enquête de la Commission sénatoriale. Un jour, je l'ai vu signer deux autographes quand nous sommes allés dîner ensemble à Chinatown.

– Et le garçon qui reproduisait les seins mutilés ?

– Le garçon imitait une femme. (Il simula la forme d'un sein.) Gaynor n'a vraisemblablement pas pu voir la poitrine mutilée. Plus il y a de gens rassemblés dans une pièce, plus l'énergie circule, ce qui peut provoquer une psychose collective. On peut ainsi se convaincre d'avoir vu des choses qui ne sont jamais arrivées.

– Toutes ces vieilles dames connaissaient le lien entre les séances et les meurtres. Pourtant, personne n'a pensé à appeler les flics. Comment interprétez-vous ça ?

– Eh bien, comme vous l'a dit le mannequin, c'est beaucoup plus stimulant que d'attendre la mort dans son lit. Vous ne croyez jamais ce qu'on vous dit, n'est-ce pas ?

Non, en effet.

– Peut-être que quelque chose d'autre leur faisait encore plus peur que l'assassin.

– Peur de la police, par exemple ? Vous pensez que ces femmes forment une bande de criminelles du troisième âge ?

Eh bien, Charles avait une criminelle du troisième âge dans sa propre famille, non ? Edith avait bien dit qu'on pouvait tout faire quand on était vieux. Mais le sujet était tabou.

– Peut-être Mme Redwing a-t-elle un pouvoir secret sur ces femmes. Elle est forte, Charles. Vous auriez dû être là. Et la personnification de Markowitz était trop réaliste. Il a fallu une heure à Markowitz pour mourir... Peut-être Redwing l'a-t-elle connu à ce moment-là, dit Mallory.

– Même un portrait incomplet aurait suffi. Les souvenirs personnels que vous avez de Louis comblaient tout ce qui lui avait échappé. Vous avez effectué pour elle le plus gros du travail. C'est la technique classique des médiums. J'en ai vu moi-même à l'œuvre. Ils commencent une phrase et le client remplit les blancs. Ensuite, le spirite construit son histoire d'après les informations qu'il vient d'apprendre. C'est vraiment un art. Ils se basent aussi sur les moindres nuances des expressions du visage du client. Ne sous-estimer pas le pouvoir d'une voyante réceptive. Elle est capable de vous retourner la tête comme un gant.

– Je sais que cette Redwing est mêlée à l'affaire.

– Peut-être. Mais je ne trouve pas qu'elle fasse une suspecte satisfaisante. Trop évident. Chaque victime a participé aux séances, ce n'est pas très malin. Il me semble que Louis disait que le tueur était très intelligent.

– Elle est peut-être si maligne qu'elle a justement prévu ça...

– Non. C'est trop compliqué. Elle a certainement un don, mais ça n'a rien à voir avec le Q.I. Elle ne fonctionne qu'à l'intuition.

– A propos, comment ça fonctionne pour Edith ? Comment savait-elle que son mari allait mourir cette nuit-là ? Une coïncidence ?

Charles se redressa. Ses yeux firent un mouvement sur le côté comme s'il visionnait quelque chose d'enfoui dans un coin de sa mémoire. Il se tourna vers Mallory.

– C'est Edith qui vous a dit ça ? Qu'elle avait prédit le jour de sa mort ?

Il retira sa main, et avec elle sa chaleur, de celle de Mallory.

– Vous en savez sans doute plus que moi, dit-il.

– Elle n'a pas menti, Charles. J'ai fait le recoupement dans les magazines de l'époque. Elle connaissait la date de la mort de son mari. Elle l'avait prédit plusieurs jours avant. Des voisins l'ont confirmé.

– Le fait qu'elle ait deviné la date peut être une coïncidence, dit Charles. C'était un tour extrêmement dangereux. Max risquait la mort à chaque fois. Vous savez, ce n'était pas le truc classique de disparaître sur scène par une trappe. Il plongeait dans un grand réservoir rempli d'eau, une sorte d'aquarium, enchaîné et ficelé avec une corde. Le premier soir, tout a bien fonctionné. J'étais venu avec mes parents. Je le vis se débattre sous l'eau pour se libérer de ses fers et de la corde. Sur la scène, il y avait un énorme réveil qui devait se déclencher à la limite de l'endurance humaine. Max n'avait pas encore réussi à se dégager quand le réveil retentit avec un son strident qui fit sursauter toute l'assistance. Il n'arrivait pas à se défaire du dernier rouleau de corde. Pendant un moment interminable, il flotta entre deux eaux comme un noyé, accompagné du bruit assourdissant de la sonnerie du réveil et des cris d'effroi des spectateurs. Alors, tout d'un coup, il se dégagea des cordelettes et, d'un violent appel de pied du fond du réservoir, il remonta à la surface comme une fusée. C'était un exploit extraordinaire. Il lui a fallu une concentration très intense pour ralentir les battements de son cœur et le rythme de sa respiration pendant qu'il se libérait de ses entraves. Une faute d'attention et c'était la fin...

– Aviez-vous peur quand vous avez cru qu'il se noyait ?

– Oh non ! J'avais vu Max mourir des centaines de fois. La fascination que ces cascades dangereuses exercent sur les gens réside en grande partie sur l'impression que l'artiste peut mourir. Max leur en donnait pour leur argent. Il mourait à chaque fois. Mais je ne l'ai pas vu mourir la dernière fois. Mes parents sont allés au spectacle sans moi.

– Ce soir-là, le soir où il est réellement mort, c'était la dernière sortie d'Edith ? demanda Mallory d'une voix grave.

– Comment ?

– Elle était présente. Vous ne le saviez pas ?

– Non, je ne le savais pas. C'est elle qui vous l'a dit ?

– Elle ne m'en a jamais parlé. J'ai trouvé une photo d'elle dans les archives du journal local.

Mallory remarqua une brève lueur de préoccupation traverser le regard de Charles.

– Ne pensez-vous pas que le moment d'accepter mon aide est venu ? demanda-t-il avec un sourire. Je comprends pourquoi vous faites tout cela. Mais je n'aime pas ça. Je m'inquiète à votre sujet. A présent, vous n'êtes plus seule.

– Vous pensez que j'ai foutu le bordel, pas vrai ? Je ne suis peut-être pas aussi futée que Markowitz...

– Taisez-vous. C'est mon domaine. Votre intelligence n'est pas en question. Mais vous devriez sans doute réfléchir à la manière dont vous pourriez mieux vous en servir. Votre point fort est la collecte et l'analyse des informations. Vous êtes aussi une tireuse d'élite. Ça ne vous met pas dans la catégorie du flic qui tire en courant dans la rue sur une cible mouvante. Travaillez sur ce que vous savez le mieux faire. Travaillez sur la gestion des données. Laissez à la police la traque des suspects et l'enquête dans la rue.

– La police ? Coffey croit que Markowitz s'est planté. Il pense que le vieux s'est fait avoir. Moi, je ne peux pas m'empêcher de penser que Markowitz avait tout démonté. Il était sur la piste du tueur.

– Louis est mort. Si vous essayez de faire comme lui, vous allez mourir aussi. Vous suivez mon raisonnement ? Marchez sur ses traces et vous tomberez dans le même piège. Vous ne savez pas qui il traquait ce jour-là. Vous avez trouvé un lien entre les victimes. Peut-être qu'il en avait trouvé un autre. Qui sait ?

– *Le Shadow sait.*

– Pardon ? Vous ne faites pas allusion au *Shadow* ? La vieille émission de radio...

– C'était la série favorite de Markowitz.

– Mes parents aussi adoraient ce feuilleton.

– Bon, revenons à ma collecte de données, dit Mallory. Voulez-vous me rendre un service ?

– Vous n'avez même pas besoin de le demander...

– J'aimerais que vous fassiez connaissance avec Henry Cathery. Il joue aux échecs tous les jours dans le parc. Persuadez-le de faire une partie avec vous.

– Si vous voulez, mais pourquoi ?

– Parce que vous savez jouer aux échecs et pas moi.

– Je veux dire : pourquoi moi ? Je ne suis pas doué pour jouer les détectives !

– C'est bien la raison pour laquelle vous êtes l'homme qu'il me faut ! Qui vous soupçonnerait ? Cathery n'est pas bête. Il me démasquerait en une minute. Vous êtes plus malin.

– Comment est-il arrivé tout d'un coup en tête de liste de vos suspects ? demanda Charles. Je croyais qu'il avait été éliminé. Les journaux disaient qu'il avait un alibi.

– Ne croyez jamais ce que vous lisez dans les journaux ! Il n'est pas en tête, mais pas loin derrière. Il reste dans le square tous les jours des heures durant. Les gens sont si habitués à sa présence qu'ils finissent par ne plus le voir, il fait partie du décor. Il y était probablement pendant que sa grand-mère se faisait assassiner.

– D'accord. Mais j'ai peur que ma clé du square ne marche plus. Vous ne voulez tout de même pas que je secoue la grille en lui demandant de me laisser entrer ? Il va penser que je viens pour l'interroger.

– Attendez une minute ! Revenons un peu en arrière. Quelle clé ?

– J'ai encore en ma possession l'une des clés d'origine. C'est une vraie antiquité. Je vais vous la chercher.

Quittant le bureau, il sortit sur le palier et entra dans son appartement.

Il revint quelques minutes plus tard en portant une boîte à bijoux en velours. Il l'ouvrit, découvrant une petite clé en or posée sur un coussin de satin noir.

– Au siècle dernier, dit-il, les premières clés de Gramercy Park étaient toutes en or. Mon cousin Max m'a offert celle-ci pour mon anniversaire quand j'étais enfant.

– Et comment se fait-il que votre cousin Max avait la clé de Gramercy Park en sa possession ?

– Oh, depuis plus d'un siècle, il y a toujours eu des

Butler à Gramercy Park. Max Butler prit le nom de Candle quand il quitta la maison familiale. Ou plutôt quand sa famille le mit dehors... A sa réussite dans le monde presque respectable de la magie, son oncle le réintégra dans son testament et, à la mort de celui-ci, il hérita de sa maison.

– Il a donc habité Gramercy Park ?

– En effet. Edith et lui ont vécu là pendant au moins cinq ans. Ils ont très bien vendu leur maison, assez pour acheter cet immeuble-ci et faire quelques investissements fructueux. Ça fait plus de trente ans qu'Edith n'habite plus Gramercy Park, mais je m'étonne qu'elle ne vous en ait pas parlé.

– Elle me surprendra toujours, dit Mallory.

Cela expliquait enfin pourquoi Edith Candle connaissait Estelle Gaynor et Pearl Whitman, elles-mêmes résidentes de Gramercy Park.

– J'ai bien peur que les serrures n'aient été changées de nombreuses fois depuis tout ce temps. Désolé.

– Tenez, dit Mallory en tirant une clé de la poche de sa veste. Vous pouvez utiliser la mienne.

– Devrais-je savoir d'où vous tenez cette clé ?

– Charles, vous ressemblez à Markowitz un peu plus chaque jour... Elle traînait dans l'appartement de Gaynor. Il ne s'en apercevra pas. Il ne va jamais dans le square.

– Etes-vous sûre que Gaynor ne vous a pas vue la prendre ?

– Charles, quel est le voleur le plus habile que vous connaissiez ?

– Vous êtes la seule voleuse que je connaisse !

A la lumière faiblissante du crépuscule, Edith Candle, confortablement installée dans son fauteuil, contemplait de sa fenêtre l'Univers dont les étoiles s'échappaient en spirale jusqu'à l'autre bout de la galaxie pour revenir dans sa chambre en tournoyant. Subitement, elle comprit comment chaque événement donne l'impulsion à un autre événement. Les péripéties de l'existence qui, avant cette révélation, ne semblaient dépendre que du hasard s'écoulaient maintenant comme les notes familières d'une musique en harmonie avec le cosmos. Elle avait pris conscience de l'ordre parfait de l'Univers.

Edith Candle se mit à songer à Mme Redwing.

– Qu'en pensez-vous ? lui avait demandé Kathy.

Edith avait répondu par une kyrielle de qualificatifs usuels : arrogante, intrépide, charmeuse, menteuse, calme dans les situations difficiles – étrange.

Mais c'est Kathy qui devrait le mieux comprendre Redwing.

Tu lui ressembles beaucoup, Kathy.

La vieille dame ferma les yeux et se laissa aller au sommeil, cette petite mort si bienfaisante.

Quelques heures plus tard, elle se réveilla et marcha d'un pas incertain dans le couloir, en direction de son lit. Tout d'un coup, elle se sentit très fatiguée. Elle passa devant la porte ouverte de la cuisine sans prêter attention à l'inscription provocante, en lettres rouges, sur le mur au-dessus de la cuisinière. Avant même qu'elle ne remonte les draps de son lit, ses yeux se fermaient déjà.

Margot s'effondra au pied du lion en pierre qui montait la garde à l'entrée de la bibliothèque municipale. Ses jambes, courbatues après les kilomètres de bitume parcourus depuis qu'elle avait quitté la banque, ne pouvaient plus la porter. Elle ne se sentait vraiment pas bien. Ça faisait une éternité qu'elle n'avait pris un cours de danse. Comment avait-elle pu se laisser aller à ce point en quelques semaines ?

Ce petit salopard de banquier avait sans doute appelé les flics en l'accusant de l'avoir menacé d'un couteau. Ça pourrait avoir des conséquences fâcheuses. Et s'ils allaient chez elle et découvraient tous ces sacrés couteaux ?

Non, le banquier n'oserait pas téléphoner. Il avait été stupide d'appuyer sur l'alarme. Il encourait le risque qu'elle soit vraiment qui elle prétendait être.

Henry saurait comment arranger ça. Il pourrait au moins lui prêter de quoi attendre que cet autre connard rentre de vacances. Mais elle avait appelé une douzaine de fois à son appartement sans obtenir de réponse. Maudit Henry, qui décrochait parfois son téléphone pendant des jours. Quel misérable crétin il se montrait parfois, lui, son seul ami, son confesseur, et quelquefois son Dieu !

Margot rentrerait chez elle au petit matin. Il lui faudrait sans doute casser une fenêtre. A cette heure-là, elle risquerait moins d'être surprise par les flics, qui évitaient ce quartier aux heures dangereuses. Agitant son gobelet en plastique sous le nez des passants pressés de rentrer après le travail, elle obtint enfin de quoi se payer un jeton de métro.

Elle circula d'un bout à l'autre de la ligne pendant des heures, ayant perdu le sens du temps. Elle déchiffra l'heure sur la montre d'un passager. 21 h 40 ? Elle avait donc voyagé pendant si longtemps ? La faim la torturait. Elle fixait les passagers, de ses yeux vitreux jusqu'à ce qu'ils détournent leur regard de cette face ravagée par la faim et l'épuisement.

Deux jours plus tôt, elle pensait qu'elle n'aurait plus jamais à prendre le métro. Elle tomba dans le sommeil léger du voyageur aguerri.

Le train ralentit puis s'arrêta à une station. Un passager entra dans le wagon. Se réveillant en sursaut, elle releva la tête pour dévisager l'homme.

Soudain, elle fut horriblement et totalement éveillée. C'était lui. Bien sûr. C'était le même train, à la même heure.

Margot se souvenait d'un type plus grand, plus costaud. Il avait atteint des proportions mythiques durant ces deux dernières années, augmentant de volume après chaque cauchemar. Elle avait oublié combien il ressemblait à un homme ordinaire, avec son visage défiguré par l'acné et ses grands yeux bruns, presque larmoyants. Son couteau était-il aussi plus petit que dans sa mémoire ? Il était peut-être revenu pour lui couper l'autre joue, pour donner un semblant de symétrie à son sourire tordu !

Ramassant ses jambes contre sa poitrine, Margot se roula en boule et commença à gémir en se balançant lentement sur le siège. Un par un, les passagers assis à côté d'elle se levèrent pour se rasseoir à l'autre bout du wagon. La tête cachée dans les genoux, à travers ses doigts, elle regardait de droite à gauche comme un animal traqué, observant le cercle grandissant autour d'elle qui témoignait de son abandon. *Tu ne peux compter que sur tes propres forces*, lui signifiait ce nouvel agencement des voyageurs.

Le train ralentit. Elle réussirait peut-être à atteindre la porte avant d'être trop amochée. Et après, quoi ? Il la traînerait par les cheveux dans le couloir désert. Comme la dernière fois, il n'y aurait pas de flics sur le quai.

Le train stoppa. D'un bond, elle arriva à la porte. Elle frappa dessus à coups de poing. Margot sentit la respiration de l'homme dans son cou. Enfin la porte s'ouvrit ; Margot se précipita sur le quai, bousculant un passager qui tentait de monter. L'homme au couteau arriva à sa hauteur, la regarda sans la voir, et s'éloigna rapidement vers l'escalier.

Il ne l'avait pas reconnue.

Comment était-ce possible ? Un homme qui l'avait violée et blessée au visage, comment pouvait-il l'oublier ?

Il était presque arrivé en haut des marches. Elle le suivit hors du métro jusque dans la rue. Ne le perdant pas de vue, Margot le vit entrer dans un immeuble de bureaux sur la Septième Avenue, en présentant un passe à l'agent de sécurité. Il travaillait donc selon l'horaire 10 heures du soir-6 heures du matin.

Elle s'écarta de l'immeuble trop éclairé et, traversant l'avenue, se réfugia dans l'obscurité d'une porte cochère en compagnie des rats et de la vermine.

Des rectangles de lumière jaune illuminaient la façade de la maison. On entendait la télévision. Mallory reconnut l'arôme des roses remontantes près de la rampe du porche. C'était le souvenir vivant de la maison des Markowitz du temps où elle était habitée. Elle allait appuyer sur la sonnette quand la porte s'ouvrit, et elle se trouva en face des yeux souriants d'Helen.

Cette femme devait être la mère de Brenda, mais elle n'était pas le sosie d'Helen, contrairement à sa fille. Elle avait seulement les mêmes rondeurs aux mêmes endroits ; la marque des années.

– Sergent Mallory ?

– Oui, répondit Mallory, soulagée de ne pas entendre la voix d'Helen.

Elle fouilla dans sa poche arrière pour sortir sa plaque.

– Entrez, je vous prie, dit Mme Mancusi en ouvrant toute grande la porte.

– Je suis désolée de vous déranger si tard, dit Mallory.

Elle la suivit dans le living spacieux. Les meubles solides, les nombreux coussins entassés, tout contribuait au confort chaleureux de la pièce. A côté de la chaise longue, un journal replié. Les odeurs appétissantes du dîner ne s'étaient pas encore évaporées. Un potiron jaune à demi sculpté pour Halloween était resté sur la table avec un couteau et un petit tas de pépins.

– Vous ne me dérangez pas du tout, sergent. Brenda m'a téléphoné pour dire qu'elle serait un peu en retard, mais elle ne devrait pas tarder. Je regrette seulement que mon mari ne soit pas là. Mais c'est son soir de garde à la clinique.

Ramassant un ouvrage au crochet et une bobine de fil qui traînaient sur la chaise longue, elle dit à Mallory :

– Asseyez-vous là, sergent. C'est plus confortable. Vous devez être fatiguée à travailler si tard. Surélevez vos jambes.

Mme Mancusi s'installa sur le canapé en face de la chaise longue.

– Attendez, je sais ce qu'il vous faut. Une petite collation. Est-ce que je peux vous préparer quelque chose ? Du café ? J'ai la moitié d'une tarte aux pommes dans la cuisine...

– Merci beaucoup, ce n'est pas la peine.

Cette femme n'avait peut-être pas la voix d'Helen mais elle avait la même façon de parler, pleine de chaleur et de réconfort. Et la même foi dans les vertus reconstituantes de la tarte aux pommes.

– Nous aimerions vous aider de notre mieux, reprit Mme Mancusi. Louis Markowitz était un homme merveilleux. J'ai pleuré en apprenant sa mort.

– Vous le connaissiez bien ?

– Depuis quelques mois seulement. Il venait dîner à la maison tous les quinze jours environ. Brenda le connaissait depuis bien plus longtemps, évidemment. C'est lui qui l'a persuadée de revenir à la maison. Quand elle s'est sauvée, elle n'avait que seize ans.

– Quand il venait dîner, je ne pense pas qu'il parlait de son travail ? Mais vous auriez pu lui poser des questions à propos d'une affaire dont tous les médias ont parlé...

– Louis ne parlait jamais de son travail.

– De quoi parlait-il ?

– De sa famille. Sa femme était morte depuis quelques années et elle lui manquait beaucoup. Il parlait aussi de sa fille. Elle est très belle et très intelligente. Il en était si fier. Ça s'entendait dans sa voix. Quand j'ai lu la date de l'enterrement dans le journal, j'ai essayé de lui téléphoner, mais sans succès. Vous ne vous doutez pas du nombre de Markowitz qu'il y a dans l'annuaire. La pauvre enfant a dû être folle de chagrin.

La légère contraction dans la voix de Mme Mancusi indiqua à Mallory que le chagrin n'avait pas non plus épargné cette famille.

– Je me demande ce que fait Brenda... Elle est étudiante pendant la journée et le soir, devinez ce qu'elle fait ? Elle danse au Metropolitan Opera ! C'est Louis qui lui a trouvé la place. Il disait que ce n'était rien, qu'on lui avait renvoyé l'ascenseur. Ils donnent des opéras, avec de grandes scènes de bal où ma Brenda danse. Un peu comme les rôles de figuration au cinéma. La journée, elle danse au cours. Ce n'est pas la même chose. Elle étudie le ballet classique et la danse moderne.

Mallory entendit la porte d'entrée s'ouvrir et se refermer. Une brise légère entra avec la jeune Helen qui s'appelait Brenda. Mme Mancusi fit les présentations. Brenda s'assit avec grâce sur un pouf en face de Mallory. Elle eut un petit sourire timide. Ses mains vinrent se placer gracieusement sous son menton ; chacun de ses gestes était empreint d'une élégance naturelle.

– J'aimais beaucoup ce vieux monsieur, dit Brenda d'une voix douce de petite fille. Vous le connaissiez ? Vous avez travaillé avec lui ?

– Nous étions dans le même service. Je m'intéresse à la Brooklyn Dance Academy. Il n'en parlait jamais au travail.

– Il venait régulièrement tous les mardis soir, pendant plus d'un an. Il payait ses cours mais il était bien meilleur que tous les instructeurs. Il m'a appris le vieux rock des années cinquante. Ensuite, il me raccompagnait à mon appartement. Vous savez, je détestais ce boulot. Manœuvrer de vieux types chiants sur la piste de danse. Supporter leurs pattes qui traînaient... J'allais abandonner le soir même où Markowitz est arrivé. On aurait pu croire qu'un vieux de son âge – il avait au moins soixante ans – serait ridicule. Il était si gros, par-dessus le marché ! Eh bien, non. Il était fantastique. Eblouissant.

Markowitz, mon fou dansant.

Mallory ferma les yeux un instant. Quand elle les rouvrit, Mme Mancusi posait dans ses mains une assiette avec une tranche de tarte et plaçait une tasse de café sur la petite table près de la chaise longue. Avant que Mallory ait pu dire merci, elle avait filé à la cuisine. Mallory se retourna vers Brenda, qui enfonçait une fourchette dans sa portion.

– Les soirs où il vous raccompagnait chez vous, est-ce qu'il vous parlait de son travail ?

– La plupart du temps, nous parlions de moi. De rentrer chez mes parents, de retourner en classe, de trucs comme ça... Il m'a convaincue de m'inscrire dans une école de danse. Il m'a même prêté l'argent du premier semestre. J'ai commencé en septembre.

– C'est pour cela que vous avez quitté la Brooklyn Academy ?

– Eh bien, nous voulions qu'elle démissionne, dit Mme Mancusi, qui rapportait un sucrier et un pot de crème qu'elle posa à côté de la tasse de Mallory. Nous pouvions payer les frais de scolarité de l'école de danse.

Mais Brenda voulait acheter un cadeau pour Louis avec son propre argent.

– Papa et maman ont insisté pour le rembourser, dit Brenda en se levant. Je vais vous montrer ce que je lui ai acheté. Attendez une minute.

Mme Mancusi s'assit sur le canapé et, se penchant vers Mallory, elle murmura à voix basse :

– Elle espère que vous le remettrez à la fille de Louis. C'est très dur pour Brenda. Elle ne s'est pas encore remise de la mort de Markowitz. Moi non plus, d'ailleurs. Je ne sais pas très bien m'y prendre avec la mort.

Brenda revint en esquissant un pas de danse. Elle arriva auprès de Mallory avec toute l'énergie de ses dix-sept ans et lui mit une petite boîte dans les mains.

Mallory l'ouvrit et en retira une montre à gousset en or. Elle pressa le remontoir pour l'ouvrir. L'intérieur du couvercle était gravé d'un cœur tel que l'aurait dessiné une main d'enfant, portant en son centre les mots : *Je t'aime.* Les premières notes d'un vieil air de rock s'égrenèrent, comme lorsqu'on ouvre une boîte à musique. Cela avait dû coûter une petite fortune à la jeune fille.

– La sienne ne marchait plus, dit Brenda. Il portait une montre-bracelet et avait sa vieille montre cassée dans sa poche. Marrant, non ? Alors voilà, croyez-vous que sa fille l'accepterait ? Voulez-vous la remettre à Kathy ?

– Je suis Kathy.

Un petit gémissement de chaton blessé s'échappa des lèvres de Brenda Mancusi. Glissant à terre, elle s'assit en tailleur aux pieds de Mallory. En silence, la tête baissée, elle suivait du doigt les méandres du tapis comme pour trouver une réponse qu'elle ne trouva pas. Le regard meurtri, elle leva enfin la tête vers Mallory.

– Oh, je suis désolée, vraiment désolée, dit-elle avec des larmes dans la voix. Je ne vous aide pas, pas du tout, n'est-ce pas ?

– Si, vous m'aidez beaucoup... La montre est magnifique. Il l'aurait adorée. Je l'aime beaucoup aussi. Je vous remercie... C'est bizarre, quand même, cette habitude de porter deux montres en même temps... Brenda, vous souvenez-vous de quelque chose d'autre du même ordre, qui sorte de l'ordinaire ?

– Ce n'était pas un homme ordinaire. Mon Dieu, comme je l'aimais. Au moins, j'ai pu lui dire ça avant qu'il ne meure.

Mallory regarda sa main qui se refermait sur la montre.

– Je crois que j'ai trop parlé, continua Brenda. Je l'ai peut-être embarrassé. Il s'est levé brusquement et il est parti à toute vitesse. C'est la dernière fois que je l'ai vu.

A toute vitesse ? Markowitz ne se pressait jamais. Il avait plutôt tendance à traîner partout où il allait. C'était un homme lent et décontracté, qui se déplaçait avec une aisance remarquable pour quelqu'un d'aussi corpulent. Il ne faisait jamais rien en vitesse.

– Vous rappelez-vous votre conversation ? demanda Mallory. Je sais que c'est personnel, mais ça pourrait m'aider un peu. De quoi parliez-vous juste avant qu'il ne parte ?

– J'essayais de lui expliquer tout ce qu'il représentait pour moi. Le seul travail que j'avais pu trouver, c'était ce boulot idiot à la Brooklyn Dance Academy. Sinon, c'était la rue, comme ma copine de chambre. Elle faisait le trottoir. Mais la danse a changé ma vie. Au début, je faisais ça pour l'argent. Puis il m'a appris à l'aimer et je ne vivais plus que pour la danse. C'est ce que je lui ai dit. Je lui ai dit aussi que ce n'était pas un hasard si je l'avais rencontré. Comme si un événement en amenait un autre. Cette rencontre avec lui avait tout bouleversé dans ma vie. Et brusquement, il est parti. Si vite... Est-ce que ça vous aide ? Je veux tellement vous aider.

– Oui, ça m'aide.

Mais non. Cela ne faisait que confirmer ce qu'elle savait déjà. Les données sur lesquelles elle travaillait déjà.

Non, réfléchis.

Cela lui apprenait ce que Markowitz savait avant de mourir. Il était peut-être temps de se tenir un peu à distance au lieu de le suivre aveuglément jusqu'au trou à rat où il était mort.

– Mon Dieu, comme je l'aimais, ce vieux monsieur, disait Brenda, vidée, aussi exténuée que si elle avait dansé douze heures d'affilée. Elle se cacha le visage dans les mains et pleura.

Mallory ne pleurait pas.

C'était un festival audiovisuel. Dans un coin de la pièce, la cassette de Louis dansant avec la jeune Helen se déroulait sur le magnétoscope. Sur le mur, Mallory projetait les diapositives prises sur les lieux des crimes, des images de vieilles femmes coupées en morceaux. Ces clichés de mort, avec leurs flots de sang, s'imprimaient sur le visage impassible de Mallory en ricochant du mur. Clic sur la victime numéro un. Clac sur la victime numéro deux. Sur le rythme rock de la musique de Chuck Berry qui accompagnait les danseurs de la Brooklyn Dance Academy, Mallory battait la mesure avec son pied.

Elle colla la bande de la cassette en boucle, ce qui eut pour résultat de faire danser Louis et Brenda inlassablement. Mallory se concentra sur les diapositives, cherchant quelque chose d'anormal qui ne cadrerait pas tout à fait, qui ne serait pas à sa place. Elle savait que ça devait être là. Markowitz l'avait vu. Ça l'empêchait de dormir. Que ne voyait-elle donc pas ?

Non, elle faisait fausse route. Elle s'en rendait compte seulement maintenant. Elle s'était également engluée dans la boucle des deux danseurs. Si Markowitz était à ses côtés, il lui dirait de chercher ailleurs, au-delà des paramètres qu'elle connaissait déjà. Mallory avait une matière à exploiter bien plus importante que celle qu'il avait eue lui-même à sa disposition.

Le ciel, du moins le petit morceau que Margot pouvait en apercevoir, avait revêtu les couleurs violettes qui précèdent souvent le lever du soleil.

Elle observa l'homme qui saluait au passage l'agent de la sécurité. Poussant la porte à tambour, il sortit dans la rue.

Pas de doute. C'était bien lui.

Margot quitta en rampant le sommier délabré sur lequel elle avait dormi, sur le trottoir, où les rats faisaient encore la sarabande, enhardis par l'obscurité de la nuit près de s'achever. L'un d'eux, plus téméraire que les autres, courut sur le dos de sa main. Elle la ramena brusquement contre sa poitrine et l'examina avec dégoût.

L'homme marchait sans se presser vers la station de métro. Margot se leva péniblement. Alors seulement les rats remarquèrent sa présence et détalèrent avec une rapidité sournoise. Margot suivit l'homme, les pieds endoloris, enviant l'agilité des rats.

7

Les pigeons avançaient en désordre sur les pavés plats. Les uns gris clair, les autres gris sombre, d'autres encore parés des deux couleurs mêlées. L'un d'entre eux était fou.

Pattes rouges, cercles rouges autour de ses yeux vifs, ce pigeon-là était noir comme le jais. D'ailleurs, sous un rayon de soleil, son plumage iridescent revêtit les reflets vert foncé du geai. Au lieu d'être bien lisses, les plumes de sa tête se dressaient hirsutes comme des piques à la suite d'on ne sait quelle frayeur intense. Une saison entière s'était écoulée pendant laquelle il ne s'était ni baigné dans une flaque, ni lavé sous la pluie, de sorte qu'à présent son plumage agglutiné se dressait non plus sous l'effet de la terreur mais de la crasse. La troupe de pigeons s'écarta comme une vague devant un piéton qui traversait l'avenue. Tous, sauf le pigeon noir à qui la jeune fille donna un coup de pied par inadvertance. Boitillant légèrement, il suivit Margot Siddon qui, de sa démarche raide, traquait toujours sa proie sur la Septième Avenue. Au bout de quelques minutes, le pigeon renonça, ayant oublié son projet initial.

Margot avait perdu la notion du temps. Des nuages bleus et roses apparurent dans le ciel. Mais les lampadaires étaient encore allumés quand l'homme s'engouffra brusquement dans la bouche du métro. Margot passa le tourniquet à sa suite. Les lumières au néon éclairèrent son visage d'une lueur blafarde. Habituellement, à cette heure matinale, la station était déserte. Pour s'en assurer, Margot arpenta toute la longueur du quai en regardant derrière chaque pilier.

Au nom de toutes les lois qui gouvernent l'Univers et la ville de New York, ce serait le comble qu'un flic soit en faction au moment précis où elle ne souhaitait pas sa présence. Cependant, à cause de la recrudescence de la criminalité dans la ville de New York et du manque d'effectifs de la police, traqueur et traqué se trouvaient seuls sur le quai.

Elle s'approcha de l'homme, voulant seulement voir ses yeux, une dernière fois.

Il se retourna quand Margot le tira par la manche. Secouant d'un geste agacé la main crasseuse de son bras, il entendit le léger déclic. En New-Yorkais averti, il comprit tout de suite. Pendant un quart de seconde, elle jouit de la terreur de l'homme avant d'enfoncer une lame de quinze centimètres entre ses côtes. Pendant qu'il tombait, pendant qu'il mourait, son regard stupéfait n'eut même pas le temps de demander pourquoi.

Edith Candle se réveilla avant l'aube, dans la grisaille du petit matin. Ses pieds nus touchèrent le tapis pendant qu'elle enfilait sa robe de chambre. Entre son lit et la salle de bains, elle réfléchit au programme de la journée. Puis elle fit couler l'eau de son bain. Elle ne s'était pas encore rendue dans la cuisine. Sur le mur au-dessus de l'évier, d'une écriture enfantine, on avait gribouillé au rouge à lèvres : LE PALADIN VA MOURIR.

Charles s'approcha du square avec une légère anxiété. Il ne s'y était pas rendu depuis plus de trente ans. C'était encore pour lui un endroit plein de menaces. Les souvenirs d'un enfant de six ans ne sont pas à l'échelle de la réalité, mais Gramercy Park n'avait guère changé. Charles Butler eut le cœur serré au souvenir de son sixième anniversaire qui lui revint à l'esprit avec une précision douloureuse.

Edith avait invité à la fête tous les enfants du square

qu'il n'avait pas encore rencontrés au cours de ses visites précédentes chez les Candle. Il ne se fit pas de nouveaux amis cet après-midi-là. Au contraire, les enfants l'avaient plusieurs fois ridiculisé. Le nez du petit Charles avait toujours été un objet de dérision parmi les enfants de son âge. Leurs rires moqueurs lui donnèrent envie de disparaître sous terre.

Ensuite, pendant le spectacle de Max, les enfants furent fascinés par ses tours merveilleux, les objets qui disparaissaient en flammes, les oiseaux qui s'envolaient au ciel. Pendant ce temps, son petit cousin s'était fait le plus petit possible, tassé sur sa chaise, essayant de se rendre invisible. Max exauça son vœu pendant le grand final du spectacle magique. D'abord, il attira l'attention de toute l'assistance sur Charles puis, magnanime, il le fit disparaître, quelque chose qui avait toujours été impossible en présence d'autres enfants à cause de la dimension du nez de Charles.

Malheureusement, après le spectacle, Charles refit une apparition contre son gré. Les enfants, au nez plus petit et au cerveau moins développé, entourèrent Charles et lui demandèrent comment Max l'avait fait disparaître. Le petit Charles avait juré sur l'honneur de ne jamais trahir les secrets de Max. Il refusa donc de répondre. Pendant qu'Edith et Max emballaient leurs accessoires et transportaient leurs malles par la porte de la grille du square, les enfants, mus par une volonté commune, s'avancèrent, menaçants, sur Charles, seul au milieu d'un cercle de visages haineux, aux yeux brillant de colère.

Un premier coup de poing assené au ventre le mit en état de choc. Il fut abasourdi d'être frappé pour une raison qu'il ne comprenait pas. Il tenta de se protéger le visage de ses mains et, au même instant, reçut un coup de pied dans les jambes. L'un des gosses lui flanqua une gifle. Il tenta de l'esquiver. Un autre lui décocha un violent coup de poing au côté.

Et soudain, il comprit les enfants.

Laissant tomber les bras sur les côtés, il leur adressa son sourire le plus fêlé, un sourire de clown. Les enfants, déconcertés, reculèrent d'un pas. Qu'est-ce que ça veut dire, questionnaient les petits yeux méchants. Dans leur code de violence à l'encontre des plus faibles, ce sourire débile n'avait pas sa place. Un petit poing s'abattit sur la nuque de Charles, sans grande conviction. Peu à peu, l'énergie agressive des enfants diminuait, n'ayant plus de quoi s'alimenter. Les coups cessèrent jusqu'à l'arrivée d'Edith, qui rompit le cercle des enfants pour prendre Charles par la main et le ramener à la maison.

Durant les autres séjours qu'il fit chez Max et Edith, Charles ne s'était plus jamais aventuré derrière la grille du square.

Ouvrant la serrure avec la clé de Mallory, il entra dans le jardin et s'assit sur un banc baigné par le soleil d'octobre, à côté d'un autre où un jeune homme jouait aux échecs. Charles reconnut tout de suite Henry Cathery d'après la description de Kathleen. Le jeu d'échecs posé sur ses genoux aurait d'ailleurs suffi.

Kathleen n'aurait pas dû ajouter son commentaire sur l'aspect extraterrestre du jeune homme. Charles, qui venait lui-même d'un autre monde, était particulièrement sensible à ce que devait éprouver ce jeune surdoué parmi les terriens.

Pendant que Cathery se concentrait sur son jeu, Charles déballa son propre jeu d'échecs. C'était un échiquier ancien, au damier incrusté de cèdre et d'acajou. Les pièces étaient en ivoire et en jade. A la base de chaque figure sculptée avec une délicatesse minutieuse, une petite cheville permettait de l'encastrer dans les trous de l'échiquier.

Charles remarqua que Cathery manœuvrait ses pièces sur son échiquier à l'aide d'un système d'aimants. La concentration du jeune homme était telle qu'il n'avait même pas conscience d'être observé. Le garçon, seul dans son univers, n'avait pas remarqué la présence de Charles. Rien dans son enfance ne l'avait préparé à rencontrer un étranger. Il n'avait pas vécu la période de socialisation naturelle aux enfants élevés dans un milieu parental « normal » et était incapable d'engager spontanément une conversation. N'avaient-ils pas en commun l'étrangeté, ce frère d'un autre monde et lui ? se demanda Charles Butler.

Refermant son échiquier, il s'approcha lentement de ce territoire très personnel que représente un banc public dans un parc. Cachant le soleil de Cathery, Charles se risqua à entamer la conversation :

– Je vois que vous préférez les aimants aux chevilles, dit-il.

Cathery hocha la tête sans quitter des yeux son échiquier. Même si Charles lui avait adressé la parole d'un buisson ardent, cela n'aurait pas suffi à troubler sa concentration. Charles s'assit sur le banc et, ouvrant son propre échiquier, l'étala devant le garçon. Cathery y jeta un coup d'œil. Lentement, son visage s'éclaira du sourire d'un enfant devant une pâtisserie.

C'était un progrès.

– J'en ai déjà vu un comme ça, dit Cathery sans lever la tête. Ça doit être une pièce de collection, n'est-ce pas ?

– Oui.

– Où pourrais-je m'en procurer ?

– Nulle part. Il n'en existe que trois au monde. Les deux autres sont dans des musées.

– Voulez-vous me vendre le vôtre ? Le prix m'est égal.

– Non, je regrette. Voulez-vous faire une partie ?

Sans lui répondre, Cathery mit son échiquer de côté et, levant les yeux, considéra Charles avec l'appréhension de celui qui n'est pas familier des usages en société. Charles comprit intuitivement à cet instant que ce brillant joueur d'échecs avait la maturité d'un petit enfant.

En souriant, il plaça son échiquier entre eux. Il proposa un pion blanc à Cathery, qui acquiesça. Leur conversation avait commencé. Il s'écoulerait probablement vingt minutes avant que la prochaine parole ne soit échangée.

Un coup d'œil sur l'échiquier magnétique de Cathery permit à Charles de reconnaître l'ouverture classique tirée d'une rencontre célèbre de championnat.

En effet, trois coups plus tard, il était clair que Cathery appliquait cette tactique au jeu qu'ils jouaient ensemble. Charles fit surgir de sa mémoire visuelle la page du manuel d'échecs qui reproduisait ce jeu classique, si bien que chaque coup de Cathery devint prévisible. Mais, si Charles continuait à reproduire tous les coups, Cathery risquerait de s'en apercevoir. Le jeune homme ne possédait sans doute pas la mémoire eidétique de Charles, mais il devait se souvenir tout particulièrement de cette partie exemplaire.

Pendant que le regard de Cathery était rivé sur l'échiquier, Charles se remémora des parties moins connues afin de contrecarrer les manœuvres de son adversaire. Ce n'était sans doute pas très honnête – l'influence de Mallory finissait par déteindre sur lui – mais, s'il ne jouait pas aussi bien qu'un maître, il n'arriverait pas à maintenir l'attention de Cathery.

– C'est la première fois que je vous vois ici, dit le garçon. Vous venez d'emménager ?

En parlant, il sacrifia un fou dans une folle tentative de faire une nouvelle reine.

– Non, je n'habite pas ici, dit Charles en ignorant le fou, car il avait des vues sur la reine. Mon cousin habitait cette maison, là-bas, de l'autre côté du square. Elle doit être divisée en appartements, à présent. C'était une vieille demeure merveilleuse. Je venais jouer dans ce parc quand j'étais enfant. Ça n'a pas changé. C'est calme, n'est-ce pas ?

– Oui, répondit Cathery. Je ne partirai jamais d'ici.

Charles n'eut pas de mal à le croire. Maintenant que Cathery avait grandi et passé l'âge de se faire torturer par les autres enfants, il trouvait l'endroit idéal pour le jeu d'échecs solitaire. Pas de clochards ni de mendiants qui troublent sa concentration par des actes de démence ou des supplications.

– Henry !

A cet instant, la distraction vint d'une jeune femme maigre qui l'appelait de la grille. Ses cheveux étaient sales et emmêlés, sa longue robe rouge foncé était déchirée. Elle ne portait, pour se protéger de la fraîche brise d'octobre, qu'un gilet trop grand en brocart fané. Charles trouva intéressant qu'elle appelât Cathery par son prénom.

Il attendit que Cathery ait bougé sa pièce avant de désigner de la tête la fille à la grille.

Cathery la regarda et, sans changer d'expression, dit :

– Ne faites pas attention à elle. Elle finira par partir. C'est à vous.

– Ce n'est pas une de vos amies ?

– Non.

Une amitié entre eux paraissait peu vraisemblable. Henry Cathery avait grandi dans un milieu aisé et protégé. Cette fille à la grille avait plutôt l'allure d'une sans-abri.

– Je n'ai pas d'amis, dit Cathery.

Charles voulut bien croire cela aussi. Moins de distractions, ainsi.

– Pas de famille ?

– Plus maintenant.

Encore moins de distractions.

La jeune fille arpenta l'allée qui longeait le square. Soudain, elle s'arrêta devant la grille. Tremblant de tous ses membres, elle s'agrippa aux barreaux et pressa son visage contre le métal froid. Graduellement, tout son corps s'affaissa et ses mains lâchèrent prise. Les spasmes nerveux s'étaient calmés. Avec une grâce surprenante, elle s'éloigna lentement vers la rue qui longeait le square. Charles la regarda jusqu'à ce qu'elle eût disparu au coin de la rue. Il éprouva une tristesse inexplicable.

Cathery leva les yeux sur Charles avec un léger mouvement d'impatience. Charles prit sa reine. Le jeune homme en fut impressionné. Profitant du répit que le coup fameux d'un vieux maître venait de lui donner, Charles se retourna pour contempler le petit bâtiment à l'extrémité du square.

– Alors, c'est là que le premier meurtre a eu lieu... Il me semble que c'est encore plus intéressant qu'une partie d'échecs.

Cathery avança une main potelée pour roquer son roi. Mais sa main hésita, sa concentration brisée tandis que son regard se tourna malgré lui vers l'appentis.

– Je ne vois pas le problème, dit-il.

– Un meurtre en plein jour devant tous ces témoins ? Je trouve ça intéressant.

– Rien de plus simple, dit Cathery. Le meurtrier la jette à terre du premier coup. Il lui tranche la gorge pour l'empêcher de crier. Ensuite, il la découpe, à l'abri des buissons. Elle était vieille. Elle n'a pas dû beaucoup se débattre.

– Comment savez-vous que sa gorge a été tranchée ?

– Tout le monde l'a su. Dix personnes au moins sont venues regarder le corps avant l'arrivée de la police.

– Avez-vous vu le corps ?

– Bien sûr.

– Avez-vous remarqué autre chose à part la blessure à la gorge ?

– Non. Elle était recouverte en partie d'un sac poubelle. Personne ne l'a touchée avant l'arrivée de la police. Les gens voulaient seulement voir le corps.

Il parlait sans émotion de la mort brutale de sa grand-mère. Ce n'était pour lui qu'un sujet vide de sens, une distraction agaçante.

– Mais ce banc où nous sommes fait face à l'appentis. Il n'y a pas une grande distance entre ce banc et l'endroit où elle est morte. Comment est-ce possible que personne n'ait vu un étranger dans le parc ce jour-là ?

– Alors, ce n'était pas un étranger, dit Cathery en haussant les épaules. C'est évident.

– Non. Réfléchissez jusqu'au bout. Vous êtes trop habitué à ne voir que l'échiquier. Vous voyez cette figure à la fenêtre ?

Charles pointa du doigt en direction d'un appartement au deuxième étage d'un immeuble en brique rouge.

Cathery cligna des yeux vers la fenêtre en question. Une tête blanche disparut derrière la vitre.

– Maintenant, regardez par ici, dit Charles.

Un autre visage, beaucoup plus jeune, les observait de l'autre côté du square.

– Combien y a-t-il de fenêtres qui donnent sur ce square ? Quelqu'un a dû voir quelque chose mais personne n'est venu faire une déposition à la police. Peut-être que les témoins ne connaissent même pas l'importance de ce qu'ils ont vu. Le portier, par exemple, fait face à la scène du crime. Il se trouvait peut-être à l'intérieur de l'immeuble à ce moment-là. Mais quelles sont les chances que personne ne regarde dans cette direction ? Les arbustes dissimulent seulement un corps allongé. Comment perpétrer un meurtre aussi violent sans être vraiment caché ? Il faut être fou pour prendre un tel risque !

– Ça doit être la jouissance suprême, non ?
– Pardon ?
– Vous avez vu la fille, derrière la grille. Quand elle était au lycée, elle volait des trucs dans les boutiques. Des choses qui ne lui servaient à rien la plupart du temps. Elle disait que c'était pour le plaisir. L'excitation du risque.

Leur jeu se termina sur une partie nulle. Charles sortit du square et referma la grille derrière lui.

En se retournant, il vit Cathery qui regardait fixement la tête blanche de tout à l'heure. La vieille dame se recula rapidement de l'embrasure de la fenêtre.

Mallory avait l'intelligence de son vieux. Coffey dut le reconnaître. Depuis trois mois que la NYPD collectionnait des liasses de notes concernant l'enquête, personne n'avait découvert le lien avec les séances.

Il la regarda, tranquillement assise en face de lui, et souhaita l'avoir de nouveau dans son équipe. Jusqu'à ce matin-là, il ne s'était pas rendu compte combien elle lui avait manqué ces deux derniers mois. A un moment donné, il n'y avait pas si longtemps, il surveillait ses horaires et ressentait péniblement son absence quand il devait se traîner au bureau les jours où elle était en congé, le rendant fou, avec la trace de son parfum. Deux mois, pendant lesquels son parfum lui manquait, c'était long.

Coffey leva les yeux et vit la haute stature de Charles Butler s'encadrer dans la porte de son bureau. Butler traversa la pièce et s'assit sur une chaise à côté de Mallory. S'excusant de son retard, il s'aperçut tout d'un coup des changements survenus dans l'ancien bureau de Markowitz. Il contemplait des murs presque nus.

– Vous n'avez pas manqué grand-chose, dit Mallory à Charles.

Coffey se demanda ce qui lui échappait dans cette histoire. Butler se ramène avec une demi-heure de retard, et Mallory, cette maniaque de l'exactitude, ne lui faisait pas la moindre remarque ? Où étaient passés les sarcasmes habituels, le regard méprisant ? Il se tourna vers

Charles Butler, qui s'était à peine remis de sa surprise devant la nouvelle décoration.

– Alors, Charles, qu'en pensez-vous ? Ces vieilles femmes auraient pu se manifester à la police, non ?

– Ah, les dames qui assistent aux séances ? On peut supposer que chacune d'entre elles pensait que l'autre appellerait. Un comportement de groupe classique.

– Non, dit Mallory. Elles attendaient leur tour en jouant à la roulette russe.

Coffey hocha la tête, mais il n'y croyait pas. Cela ne correspondait pas à l'image qu'il se faisait des femmes âgées qu'il connaissait. Une vieille dame reste une vieille dame, quel que soit son milieu. Non, quelque chose les avait effrayées, les empêchant d'aller à la police, et il comptait bien en découvrir la cause.

– J'ai ordonné une protection policière pour chacune d'elles, dit Coffey.

Ainsi, on pourrait les interroger à loisir sans l'intervention des avocats.

– L'affaire est en train de ressembler à une course de chevaux, dit Charles. Ça vous arrive souvent d'avoir une telle pléthore de suspects ?

– Eh bien, dit Coffey en souriant, nous commençons en général par soupçonner toute la population de Manhattan, ensuite, on élimine. Pour le moment, le numéro un sur ma liste, c'est Redwing.

– Et Henry Cathery ? demanda Charles.

– Nous avons vérifié son emploi du temps. Il a un alibi.

– Ça m'intrigue, insista Charles. Puisqu'il correspond si bien au profil du FBI, pourquoi ne vous êtes-vous pas concentré sur lui ?

– J'aime bien les mobiles financiers, dit Mallory.

– Moi aussi, dit Coffey. Toutes ces vieilles dames croulaient sous des portefeuilles bien garnis. Mais on peut en dire autant d'Henry Cathery. Il roule sur l'or, et encore plus que sa grand-mère assassinée.

– Mais vous avez affaire à un tueur en série, dit Charles. Il faut donc tenir compte d'un déséquilibre psychique, d'une pathologie criminelle.

– Minute ! dit Coffey. Si le quartier général du FBI

était basé à New York, on nous proposerait un profil entièrement différent ! La ville de New York, c'est un autre monde.

– Coffey a raison, dit Mallory. Prenez les affaires de cannibales, par exemple. Notre dernier cannibale n'était pas vraiment un criminel.

– Ouais, dit Coffey. Il n'avait rien à voir avec le cannibale du Minnesota. C'était une mort accidentelle et il ne savait pas comment se débarrasser du cadavre, alors il l'a mangé.

– Comment se débarrasser de la tête pose toujours un problème, dit Mallory. Quand nous avons découvert la tête à demi mangée, le FBI nous a menés en bateau avec un profil de psychopathe.

– Ils n'ont jamais suggéré de rechercher un employé de banque qui avait été scout, renchérit Coffey. Et, d'après notre enquête, ses parents ne l'ont jamais battu et il n'y avait rien d'anormal dans ses chromosomes.

Avec l'entêtement de l'avocat du diable, Charles essaya encore une fois.

– Mais que faites-vous alors du mobile purement financier ? Un seul individu ne peut profiter des quatre meurtres. Pensez-vous qu'un tueur – qui n'est pas fou – tuerait quatre femmes uniquement parce qu'une seule doit mourir ? Quel jury croirait une chose pareille ?

– Un jury new-yorkais, dit Coffey. Sans problème.

Mallory approuva de la tête.

– Mais est-ce que le cycle de quatre semaines entre chaque meurtre ne renforce pas l'hypothèse du malade mental ? (Charles regarda Coffey puis Mallory.) Non ? Pourtant, en tenant compte uniquement du paramètre de la folie, les possibilités sont nombreuses. L'alibi de Margot Siddon pour le meurtre de sa cousine dépend des spectateurs d'une salle de théâtre qui arrivent à peine à se mettre d'accord sur l'année, encore moins sur l'heure de sa présence. Elle n'a pas d'alibi du tout pour les meurtres d'Estelle Gaynor et d'Anne Cathery. Henry Cathery lui a donné du bout des lèvres un alibi pour la mort de Pearl Whitman. Il a lui-même des problèmes depuis la mort de Miss Whitman. Nous ne savons rien de précis au sujet de la voyante, il est encore trop tôt. Quant à Gaynor...

– Gaynor ? interrompit Coffey. Charles, même si ce type n'avait pas l'alibi de Mallory, je suis certain qu'il pourrait nous en fournir un. Ses meilleurs alibis sont ses étudiants. Ils fonctionnent sur des horaires précis et passent leur temps à consulter leurs montres. Il nous reste encore à vérifier ses rendez-vous dans son bureau pendant la journée mais je ne pense pas que nous trouvions de trous importants dans son emploi du temps.

– Henry Cathery avait aussi un témoin qui répondait pour lui : Pearl Whitman. Jusqu'à quel point peut-on compter sur son témoignage ?

– Et alors ? Quel rapport ? Vous suggérez peut-être qu'on ne peut pas compter sur le témoignage de Mallory ?

Bien sûr, Coffey savait bien que Charles n'avait rien suggéré de pareil. Déjà, Mallory s'était raidie. Coffey le sentait sans même la regarder.

– Non, absolument pas ! s'écria Charles avec indignation. Je voulais seulement faire remarquer que c'est son emploi du temps serré qui sauve Gaynor. Par ailleurs, si ces femmes avaient été retrouvées ailleurs, personne n'aurait eu d'alibi pour aucun des crimes. Le coupable pourrait être n'importe lequel d'entre eux.

– Bien raisonné, dit Coffey avec sincérité. (Il aimait bien Charles.) Mais nous sommes absolument certains du lieu des crimes. Le médecin légiste peut estimer avec précision la quantité de sang perdue par la victime en fonction de son poids, de sa taille et du type de blessure. Si la mort est rapide, il y a moins de sang. Dans un deuxième temps, un technicien du laboratoire médico-légal analyse le sang sur le lieu du crime. Il étudie les surfaces où les taches de sang correspondent à la position du corps. Quand le premier coup de couteau atteint une grosse artère, le sang coule à flots. On n'a trouvé sur les corps des victimes aucune particule étrangère à la scène du crime. Pas la moindre trace sous le microscope qui puisse montrer qu'elles aient été tuées ailleurs. Donc, Gaynor est hors du coup.

– Je n'écarte pas Gaynor, dit Mallory. Ni lui ni les autres.

– Vous plaisantez ? dit Coffey. Que savez-vous de plus que moi ?

Au moment même où il posait la question, il savait qu'il se faisait avoir, qu'elle jouait avec lui.

– Et vous, Coffey, qu'est-ce que vous savez que je ne sache pas ? Vous ne voulez pas partager vos informations avec moi ?

Les yeux de Mallory étaient pointés sur Coffey comme deux canons de fusil. Ça le rendait nerveux. Il regardait ailleurs pour ne pas affronter ce regard. Finalement, il se fixa sur Charles Butler, qui lui souriait avec une trace de sympathie.

– D'accord, dit Coffey.

Pourtant il savait qu'il était difficile de s'accorder avec cette femme dont l'esprit vif et la beauté frappante lui avaient procuré des sensations merveilleuses dès leur première rencontre. Seule Mallory ne connaissait pas le pouvoir de sa beauté. C'était le problème des enfants abandonnés ; ils avaient grandi devant des miroirs déformants.

– Nous avons peut-être un angle nouveau, dit-il à Mallory. Vous apprécierez celui-là. Maintenant que nous connaissons le lien de Redwing avec les victimes, nous savons qu'il s'agit d'une arnaque. Depuis que nous avons mis les gens du square sous surveillance, nous avons retrouvé sa description sur le fichier central. Elle travaille sous les pseudonymes de Cassandre, Mai Fong et...

– ... Mary Grayling, dit Mallory en examinant ses ongles. Elle vient de changer sa base d'opération. Votre flic surveille un appartement vide depuis toute la matinée.

Affaissé dans son fauteuil, Coffey leva les yeux au plafond. S'il l'étranglait maintenant, tout le monde le saurait.

Il baissa enfin les yeux et regarda Mallory. Erreur fatale. Il se perdit une seconde dans ses yeux verts. Dans le passé, quand ils commencèrent à travailler ensemble, il avait des crampes d'estomac chaque fois qu'il la voyait. Il avait mis des années à comprendre que Mallory avait un cœur de pierre et le plus grand mépris pour les hommes qui se traînaient à ses pieds. Il s'en fichait, d'ailleurs. L'amour malheureux n'a pas d'orgueil.

– Quelles informations gardez-vous encore pour vous,

Mallory ? Avez-vous encore quelques bombes à faire exploser sous mon nez ?

– Pas si vous jouez le jeu gentiment, dit Mallory. Vous me donnez des informations, je vous en donne aussi.

– Vous allez me dire tout de suite tout ce que vous savez, s'écria Coffey. Sinon, je vous fais arrêter pour obstruction à la justice.

Cela la fit bâiller.

– Mallory, insista Coffey, vous êtes déjà dans le collimateur pour traitement non autorisé d'une affaire en cours, violation de votre congé, ingérence dans l'exercice des affaires de la police...

– C'est mon affaire, dit-elle d'une voix monocorde.

Elle ne manifestait aucune émotion quand elle était en colère. Simplement, ses yeux se fermaient légèrement en regardant fixement le pauvre type en face d'elle. Elle ajouta froidement :

– C'était mon vieux. Pas le vôtre.

– Cette affaire est la responsabilité du département de la police de New York. Je peux vous suspendre et confisquer votre plaque et votre revolver.

– Oh ! zut ! Je les ai laissés dans mon autre veste.

– Si vous ne jouez pas franc jeu avec moi, je vous jure que j'aurai votre peau, Mallory. Vous ne pouvez pas gagner. Quand le feu et la glace se rencontrent, l'issue est fatale pour la glace.

Il mentait et ils le savaient tous les deux.

– Vous croyez que Coffey a une hypothèse pour le premier meurtre ? demanda Mallory.

Elle regardait par la fenêtre qui donnait sur la rue sale et animée de Soho. Les ordures s'envolaient au vent qui balayait les trottoirs encombrés de gens en guenilles et d'autres qui s'habillaient ainsi parce que c'était la mode. Par la fenêtre entrouverte s'infiltrait l'odeur nauséabonde des poubelles débordantes par suite d'une grève des éboueurs.

– C'est possible, dit Charles en lui versant un verre de sherry.

Il remarqua, amusé, qu'elle vida le verre d'un trait.

Elle ne savait pas apprécier un vieux sherry que l'on sirote d'habitude avec respect.

– Selon les paramètres connus, dit-il en soupirant, Jack Coffey n'en sait pas plus que vous. Si les paramètres sont faux... Qui sait ?

– Vous voulez dire qu'il nous a peut-être menti ou caché quelque chose ? Vous avez été impressionné par la logique de l'emplacement immuable des crimes, n'est-ce pas ?

– Non, ce n'est pas ça. Il existe d'autres possibilités. Etes-vous au courant de ce qui se passait dans le parc à chaque moment de la journée ? Il aurait pu y avoir une diversion, par exemple ?

– Les inspecteurs de la brigade criminelle ont interrogé tous les résidents qui se trouvaient dans le parc ce jour-là. Rien de particulier n'a été rapporté.

– Mon cousin Max pouvait créer d'une seule main une diversion dans l'assistance. L'expression clé du magicien est *manipulation du regard*. Cela consiste à diriger le regard des spectateurs dans une fausse direction pendant qu'il effectue son tour. La diversion peut être à peine remarquable, quelque chose de banal comme un bruit quelconque ou une dispute.

– Je vais vérifier. Qu'avez-vous d'autre à proposer ?

– Est-ce que le meurtre dans le parc était prémédité ? demanda Charles. Ou n'était-ce pas plutôt une question d'opportunité ? Le moment opportun ? Quelque chose d'aussi simple que ça ?

– Non, dit Mallory. Il y a trop de méthode dans ce meurtre. L'arme du crime, un vulgaire couteau de cuisine, a été déposée dans le parc. A propos, qu'avez-vous pensé d'Henry Cathery ? Est-il capable de commettre un crime de ce type ?

Charles, oubliant ses bonnes manières, vida son verre de sherry.

– Je pense qu'il est brillant, si c'est ce que vous voulez savoir. Mais je ne crois pas qu'il se donnerait tout ce mal pour de l'argent.

– Moi non plus. Mais supposons qu'il ait une bonne raison de détester sa grand-mère.

– Laquelle ?

Mallory lui tendit les feuillets qui sortaient de l'imprimante. C'était la copie du rapport d'un psychiatre qui recommandait l'internement de l'enfant. Le garçon devait avoir douze ans à l'époque.

Charles lut le rapport à la vitesse d'un être humain ordinaire. Il aurait pu facilement dévorer les feuillets en un dixième du temps normal, mais il hésitait devant Mallory. Il essayait toujours de se conformer aux normes pour ne pas faire de vagues. Henry Cathery, par contre, n'avait pas été assez vigilant ou s'en fichait pas mal, et ça lui avait coûté cher.

Le nom du psychiatre était familier. Charles examina le mur blanc pour y projeter les pages d'une revue psy dont le thème abordait, à travers divers articles, les problèmes des enfants surdoués.

Cette lecture intérieure sur un mur nu avait un jour tellement effrayé sa femme de ménage qu'elle s'était précipitée sur Charles pour lui ouvrir la bouche et lui tirer la langue. Elle croyait qu'il était en proie à une crise d'épilepsie en le voyant debout, devant le mur blanc, bouger les yeux à toute vitesse de gauche à droite. Cette humiliation lui avait appris à faire plus attention en public. Mallory, cependant, connaissait depuis longtemps son talent particulier et n'essaierait pas de lui ouvrir la bouche de force.

D'après l'article que Charles put reproduire sur le mur, le docteur Glencome était un psychiatre renommé, spécialiste des enfants en difficulté. Il avait écrit plusieurs livres sur les différents stades de socialisation chez l'enfant, n'oubliant qu'une seule chose : chaque individu présente un cas particulier. Apparemment, il avait diagnostiqué chez le jeune Henry Cathery, enfant surdoué et solitaire, un profond déséquilibre affectif et social. En conséquence, il ordonna son internement dans une institution privée.

Chaque mois, l'administration de la clinique fournissait un rapport détaillé sur le comportement du jeune garçon. Henry devenait de plus en plus introverti, et sa dépression se répercutait sur sa santé physique. On en avait même été réduit à le nourrir de force, par perfusion. Le docteur Glencome s'était résigné à le relâcher afin de ne pas avoir sa mort sur la conscience et surtout pour ne pas nuire à sa réputation de spécialiste des pathologies des adolescents. Après ce séjour en hôpital psychiatrique, le joueur d'échecs précoce ne participa plus aux compétitions officielles.

Charles referma le dossier. Mallory se livrait de plus en plus impunément à ses piratages informatiques. Cette intrusion dans la vie privée d'un enfant allait trop loin. Mais il ne pouvait sous-estimer l'importance des renseignements obtenus.

La vieille dame avait donc hérité de la garde de l'enfant quand sa mère était morte. D'abord le petit Henry avait dû vivre avec son deuil. Ensuite, l'enfant surdoué eut à subir le jugement sévère d'une grand-mère à l'esprit borné, puis l'autoritarisme d'un psychiatre imbécile.

– Ce diagnostic n'est pas valide, dit Charles. Cela ne prouve pas qu'Henry Cathery soit mentalement déséquilibré, encore moins qu'il soit dangereux pour lui-même ou pour les autres.

– C'est aussi mon avis, dit Mallory. Mais la vieille et le psychiatre ont gâché sa vie, pas vrai ? Supposons qu'il leur en ait gardé rancune pendant toutes ces années ? Supposons qu'il ait disjoncté ? Alors, il tue sa grand-mère. Il y trouve du plaisir et ne peut plus s'arrêter.

Charles essaya d'imaginer ce qu'avait pu être la souffrance d'Henry Cathery, séparé de son échiquier, contraint à s'adapter au moule de l'institution, manipulé, torturé comme un bonzai.

– Je croyais que vous privilégiiez les mobiles financiers, dit Charles. Que vous détestiez les explications d'ordre psychologique.

– J'ai l'esprit ouvert. Tenez, jetez un coup d'œil là-dessus.

Elle lui tendit une liasse de papiers. C'étaient les enregistrements par la Compagnie de téléphone des appels entre Anne Cathery et la clinique privée d'où le garçon s'était échappé neuf ans auparavant.

Charles les parcourut en quelques secondes. Mallory continua :

– Elle allait peut-être le faire interner encore une fois,

avant qu'il n'ait vingt et un ans et que l'argent du trust, laissé par sa mère, ne lui revienne. Son anniversaire survient deux semaines après la mort de sa grand-mère. Intéressant, non ?

– J'espère que vous n'allez pas remettre ces rapports à Coffey, dit Charles. Tout cela est si brutal. Je ne le vois pas tenant tête à Coffey après tout ce qu'il a enduré. C'est son histoire à lui, qu'il a bien le droit de considérer comme strictement privée.

– Non, dit Mallory. Je ne vais pas remettre ce dossier à Coffey.

– Bien, dit Charles, soulagé.

Elle devenait peut-être humaine et civilisée, après tout, se dit-il, plein d'espoir. Mallory ajouta :

– Coffey n'a jamais rien fait pour moi.

Un coup de sonnette discret retentit. Charles alla ouvrir la porte au docteur Ramsharan, toujours aussi polie. L'affaire devait être urgente. Elle ne s'était pas encore changée. Elle se tenait sur le seuil, en tenue de bureau, un tailleur de lin bleu pâle et une chemise blanche amidonnée. Il s'effaça pour la laisser entrer. Mallory avait disparu.

– Herbert fait encore des siennes ? demanda-t-il.

Elle sourit et fit oui de la tête en entrant dans le bureau de Charles. Elle s'assit sur la chaise près de la porte.

– Je suis désolée de vous ennuyer avec ça. Je suppose que j'aurais pu aller voir Edith. Elle connaît Martin et Herbert depuis si longtemps. Mais elle ne rajeunit pas. Je suis certaine que, comme moi, vous ne voudriez pas la voir confrontée à ce genre de bêtises.

– Vous avez raison, dit Charles. Comment puis-je vous aider ?

– Herbert a un revolver. C'est certain. Ça fait une bosse sous sa veste. Vous ai-je dit qu'il porte maintenant une veste militaire ? Inquiétant, vous ne trouvez pas ?

– Et à propos de Martin ?

– Vous savez combien Martin est peu bavard.

– Hum, marmonna Charles. Peut-être que Martin porte le gilet pare-balles depuis qu'il a vu l'écriture sur le mur d'Edith. Et la vue du gilet de Martin a pu rendre Herbert fou. Il en faut si peu...

– Je n'ai pas pu savoir qui lui a parlé de mon revolver. De nombreux locataires sont absents. J'ai ce revolver depuis si longtemps que je pensais qu'Herbert était au courant. Il sait tout ce qui se passe dans l'immeuble. Un jour, je l'ai surpris en train de fouiller dans les poubelles.

– Ça paraît un peu parano, non ?

– Non. Il appartient seulement à cette catégorie de fouineurs à la petite semaine. C'est d'ailleurs fréquent. Dans chaque groupe il y a un Herbert. Nous avons tous notre point faible, notre fracture. La fracture d'Herbert tend à s'élargir. J'aimerais en connaître la cause.

Se laissant aller contre le dossier de son siège, elle leva les yeux au plafond. Ils semblaient traverser le plancher de l'appartement d'Edith. Ses prochaines paroles étaient prévisibles.

– J'aimerais bien savoir ce qui est écrit sur le mur de l'appartement d'Edith.

– Nous pourrions peut-être parler à Edith ?

– Je ne crois pas que ce soit une bonne idée. Elle a été en quelque sorte la mamma de cet immeuble pendant toutes ces années où elle en était la propriétaire. Elle a ses habitudes. Elle voudra sûrement régler ce problème personnellement. Je ne souhaite même pas qu'Herbert et elle se retrouvent dans la même pièce. Je vous l'ai dit. Il est près d'exploser. Vous pouvez me faire confiance. Je connais mes fusibles !

Charles, la tête penchée sur le côté, écoutait tout ce qu'Henrietta ne disait pas. Elle évitait de dire que cela pouvait être dangereux de mêler Edith au problème. Elle tournait autour du pot sans dire explicitement que la cause première du problème était Edith elle-même. Elle connaissait la relation familiale entre Charles et Edith. C'est pourquoi elle essayait, maladroitement, de noyer le poisson. C'était tout à l'honneur d'Henrietta, ce peu de disposition pour le mensonge, même par omission.

Charles était néanmoins surpris. Il croyait si bien connaître Edith.

– Entendu, dit-il. Je ne dirai rien à Edith.

La crispation autour de la bouche d'Henrietta disparut. Elle sourit avec soulagement. Elle n'avait plus besoin de tourner autour du pot.

Après avoir refermé la porte après le départ d'Henrietta, Charles se trouva nez à nez avec Mallory qui l'avait suivi sans qu'il l'entende. Il aurait bien voulu pouvoir lui mettre une clochette au cou.

Margot se protégea les yeux d'une main tandis que, de l'autre, elle cassait le carreau de la fenêtre de sa chambre. Le verre lui coupa la main sans qu'elle s'en aperçoive. Se laissant tomber sur le plancher, elle s'endormit profondément sans même sentir le courant d'air froid qui soufflait de la fenêtre brisée. Elle roula sur le côté en dormant. Le couteau avec le sang séché sur la lame tomba sur le parquet. Son sommeil sans rêves n'en fut pas interrompu.

Riker passa prendre la vieille dame à son appartement de Gramercy Park. D'autres inspecteurs avaient été dépêchés par le lieutenant Coffey pour ramener les trois autres dames de la séance, dans le but de les séparer. Du temps perdu, se dit-il. La femme au visage rond, couvert d'un masque de poudre blanche, n'ouvrit pas la bouche jusqu'au commissariat. Ses sourcils avaient été dessinés d'une main tremblante. Elle n'avait pas exigé la présence d'un avocat ni demandé la raison de son interpellation. C'était une raison suffisante pour noter sur son carnet, au prochain feu, le mot *trouille*.

Quand ils arrivèrent au commissariat, Riker ordonna au policier en uniforme de rassembler toutes les femmes qui se trouvaient enfermées séparément et de les mettre toutes ensemble dans la salle des interrogatoires.

– Coffey ne va pas aimer ça, dit le tout jeune policier.

– Si, il aimera, dit Riker. De toute façon, c'est moi qui paierai les pots cassés...

Derrière la glace sans tain, il observa les vieilles dames entrer l'une après l'autre et s'installer dans un silence confortable. Au bout d'une dizaine de minutes, la gêne parut fondre, et quelques-unes d'entre elles se mirent à bavarder gaiement. Les conversations ne furent même pas interrompues par l'arrivée d'un policier portant un plateau rempli de gobelets de café et de beignets, provenant du delicatessen en face. Riker sourit et déambula dans le couloir jusqu'au bureau de Markowitz où l'attendait Jack Coffey.

– Tu as toutes les vieilles dames qui assistent aux séances ?

– Ouais.

– Mets la Penworth dans la salle des interrogatoires. Je veux lui parler en premier.

– Elle y est déjà.

Riker suivit le lieutenant jusqu'à la grande pièce au bout du hall. Il compta jusqu'à trois pendant que Coffey regardait par la vitre sans tain.

A trois, Coffey dit d'un ton agacé :

– Toutes ensemble ! Je t'avais dit que je voulais les voir séparément.

Riker, qui s'était approché de Coffey, observait avec lui les quatre femmes qui s'étaient installées autour de la grande table rectangulaire en papotant joyeusement. Elles semblaient très excitées.

– Elles sont plus bavardes quand elles sont ensemble, dit Riker. Si vous faites comme si c'était une partie de potins mondains, vous en tirerez davantage.

– Riker, quand je te dis...

– Attendez, lieutenant. Vous allez dire que ça, c'est le style de Markowitz, pas vrai ? D'accord, il n'est plus là pour commander et vous n'êtes pas Markowitz. D'accord. Mais quand nous avons ramassé les vieilles dames, une par une, elles se sont fermées comme des huîtres pendant le trajet jusqu'au commissariat. Leur attitude a changé quand elles se sont retrouvées ici. Depuis vingt minutes, elles n'ont pas cessé de jacasser à propos des meurtres.

– Entendu, Riker. Nous procéderons à la manière de Markowitz, dit Coffey. D'abord, dis-moi qui est qui.

Riker s'était préparé à une épreuve de force avec le lieutenant. A présent, il se sentait un peu penaud. Coffey n'était pas un mauvais type, tout compte fait. Il déclina les noms qui correspondaient à la femme qui hochait la tête, à celle à la face de lune, à celle avec la petite tête et l'énorme poitrine et enfin à sa favorite, la grande femme mince aux pommettes saillantes qui avait une belle bouche.

Les deux policiers entrèrent dans la pièce. Le flot des commérages allait bon train et ne s'interrompit pas pour autant.

– La mort d'Anne a été la plus spectaculaire, disait la femme qui hochait la tête.

Le lieutenant prit place à un bout de la table et le sergent s'assit à côté de lui, son carnet à la main. Attendant poliment une pause dans la conversation, Coffey se présenta, ainsi que son sergent.

Le visage rond sourit à Coffey en plaçant sa main potelée sur son bras.

– Vous savez, lieutenant, pendant un certain temps nous pensions que c'était l'une de nous !

– Oui, en effet, dit la dame aux pommettes saillantes. Mais c'était au début, bien sûr. Pearl n'avait pas encore été tuée.

– Vous voulez dire que vous discutiez entre vous de cette éventualité ?

Plongé dans ses notes, Riker sourit. Coffey avait du mal à avaler ça.

– Nous ne discutions que de cela entre les séances. Vous pensiez que nous comparions nos points de tapisserie ? demanda la femme que Riker appelait dans ses notes « petite tête et gros nénés ».

– Après la mort de Pearl, nous avions d'autres hypothèses en tête, dit la dame tremblotante.

– Lesquelles ? demanda promptement Coffey.

– Le fils Cathery.

Riker feuilleta les pages de son carnet.

– Miss Whitman a servi d'alibi à Henry Cathery. Elle a dit qu'elle se trouvait dans le parc en compagnie du jeune homme entre 13 h 30 et 16 h 30, l'après-midi du 30 juin. Ils ont joué aux échecs pendant trois heures. Est-ce que cela semble vraisemblable ?

– Oui. Pearl jouait très bien dans sa jeunesse. Elle abandonna à l'âge de soixante ans. Elle a participé à plus de tournois qu'Henry.

– Pour autant que je m'en souvienne, dit la dame à la face de lune, Henry dut rappeler les heures précises à

Pearl, qui était légèrement confuse. Elle a finalement admis qu'il avait raison.

– Cathery a dû lui rafraîchir la mémoire ?

– Leurs périodes de jeux étaient irrégulières. Henry apportait tous les jours son échiquier au parc, mais parfois c'était le matin, parfois l'après-midi. Quand Pearl était présente au même moment, elle lui proposait de faire une partie.

– Elle nous a assuré qu'elle était sûre de l'exactitude des heures, dit Coffey.

– J'en doute, dit la femme élancée. Vous savez comment c'est. Non, bien sûr, vous n'en savez rien. Quand on commence à accumuler les années... On oublie ses clés. C'est le début de la sénilité. C'est pourquoi il était facile de convaincre Pearl qu'elle était avec Henry pendant ce laps de temps.

– Depuis la mort de Pearl, dit la femme tremblotante, je remarque qu'Henry est dans le parc matin et après-midi. Il y allait peut-être habituellement deux fois par jour, mais je ne pourrais pas le jurer. On est tellement habitué à le voir là.

– Exact, dit Face de lune. Sa partie avec Pearl aurait aussi bien pu se dérouler le matin.

– Nous n'étions pas toutes d'accord sur Henry, évidemment, dit la femme à la petite tête. Ma théorie était que tous les héritiers avaient loué les services d'un tueur à gages. Il leur a peut-être fait un prix de gros.

– Bien sûr qu'ils ont obtenu un prix, dit la femme tremblante avec enthousiasme. Nous sommes à New York. Qui paierait des prix de détail ?

– Madame, dit Riker en s'adressant à la dame aux pommettes saillantes qui lui faisaient penser qu'elle avait dû être une affaire quand elle était jeune, souscrivez-vous aussi à la théorie de la conspiration ? Croyez-vous que tous les héritiers soient dans le coup ?

– Non, mon cher, répondit-elle. Je parierais plutôt sur Margot Siddon.

– Margot était bizarre ces derniers temps, dit la lune, pensive. En tout cas, c'est ce que disait Samantha.

– Oh, je vous en prie, dit la femme à la petite tête, comparée à qui ? Vous ne pensez tout de même pas qu'Henry représente le modèle de la jeunesse américaine !

La femme à la tête branlante eut du mal à secouer la tête négativement.

Mme la Lune se tourna en souriant vers Coffey.

– Henry n'a pas été un enfant difficile pour Anne. Vous savez qu'elle l'a recueilli à la mort de ses parents.

– Elle a recueilli Henry et avec lui, en tant que tutrice et exécuteur testamentaire, une pension confortable, dit la favorite de Riker. A propos, Henry vaut dix fois la fortune que possédait Anne.

– Alors, lieutenant, insista la lune, est-ce que la petite Siddon a un alibi ?

– Je ne pense pas qu'une femme ait pu commettre tous ces crimes, madame.

Elle parut choquée par cette déclaration. Elle lança un regard de connivence à ses amies, qui sourirent avec un air de tolérance.

La femme mince haussa les épaules et dit seulement :

– Ah, les hommes !

– Le témoignage du concierge de Mme Whitman lui donne un alibi, dit Coffey.

– Oh ! j'espère que vous ne vous fiez pas trop aux témoignages des portiers, mon ami, dit la diva à la grosse poitrine. Pearl et moi avions le même portier. Ivre mort quatre jours sur cinq.

– Moi, j'ai le même portier qu'Anne et Samantha, dit la lune. Il nettoie la piscine de l'immeuble le mercredi. C'est bien le jour de la mort d'Anne, n'est-ce pas ?

– Mon portier est le même que celui d'Estelle Gaynor, dit la femme qui hochait la tête. Il est nouveau et très jeune. Vous savez bien que pour ces jeunes nous nous ressemblons toutes...

Coffey jeta un coup d'œil vers Riker, qui répondit par l'affirmative.

– Mis à part les séances, est-ce que les quatre victimes avaient quelque chose en commun ? demanda-t-il.

– Samantha et Anne ont fait leurs études ensemble. A Vassar, je crois.

– Estelle et Pearl étaient très liées. Elles jouaient toutes les deux en Bourse, dit la femme aux belles pommettes.

– Comment ?

– Elles achetaient et vendaient les mêmes titres chez le même courtier. Elles m'ont donné un bon tuyau, une fois.

Riker remarqua que Coffey avait un petit sourire condescendant. Il croyait sans doute que ces femmes parlaient de leurs économies au lieu des centaines de millions de dollars qu'elles brassaient sur le marché de Wall Street. Mais Coffey n'avait pas encore lu le rapport de Mallory sur leurs portefeuilles boursiers, ni sur leurs dernières transactions, ni sur leurs participations dans certaines sociétés, ni sur les groupes dont elles contrôlaient le capital.

Face de lune se joignit à la conversation.

– Estelle et Pearl se sont associées pour le rachat d'une société, je crois ?

– Il y a vingt ans de cela, ma chère. D'ailleurs, elles l'ont revendue, avec profit bien entendu, l'année suivante... Des choses en commun, dit la dame aux tremblements, l'air songeur. Estelle et Samantha faisaient partie des quatre cents familles de New York. Le Gotha américain, vous savez. Anne Cathery et Samantha appartenaient au cercle restreint des FRA, les Filles de la révolution américaine.

Riker se pencha en avant, tapotant son carnet avec son crayon.

– Y avait-il une seule chose qu'elles aient toutes eue en commun ?

– Oui, la vieillesse.

– Je vous remercie, dit Riker.

– Mesdames, dit Coffey de la voix qu'il prenait pour s'adresser à des élèves de sixième, savez-vous que chacune d'entre vous risque d'être la prochaine victime ?

– Eh bien, au début, cela relevait du coups de dés, dit la dame qui hochait la tête. Mais, à présent, nous sommes presque certaines que Fabia sera la prochaine. Montre-lui la lettre, Fabia.

Mme Penworth, baissant sa petite tête, eut du mal à regarder dans son sac par-dessus son ample poitrine. Elle sortit enfin d'un geste théâtral une lettre pliée en deux qu'elle tendit à Coffey. Elle avait un air ravi pendant que les deux policiers lisaient la missive qui lui réclamait de l'argent en la menaçant de mort.

Parmi les microfiches de la bibliothèque, Charles consulta les pages de journaux datant d'il y a trente ans. Kathleen avait eu raison. Sur la première page d'un grand quotidien s'étalait la photo de la veuve éplorée enlaçant le corps de son mari.

Le journaliste du *Times* allait même jusqu'à spéculer que Max aurait survécu si son jeune assistant n'avait pas brisé la paroi de verre de l'aquarium géant. Quand il avait vu que Max était en difficulté, une jambe entravée au fond, il s'était précipité pour briser le réservoir à coups de hache. Les morceaux de verre cassé avaient déchiqueté le magicien, coupant les artères majeures. Les spectateurs impuissants l'avaient regardé se vider de son sang.

Charles remarqua sur la photo un détail inattendu. Le visage de son propre père apparaissait parmi la foule, incrédule et horrifié. Charles comprenait le regard d'incrédulité de son père. Enfant, il avait cru lui aussi, dur comme fer, à l'invulnérabilité de Max.

A neuf ans, le petit Charles, tenant ses parents par la main, avait assisté à la dernière sortie de scène de Max, dans la cathédrale de Manhattan, illuminée par des milliers de cierges. Une foule immense était venue faire ses adieux au grand maître de l'illusion. Le cousin Max reposait en paix, lui avait-on dit, dans un cercueil blanc. Le petit Charles espérait, envers et contre tout, que cela aussi était une illusion et qu'il réapparaîtrait.

La voûte de la cathédrale montait jusqu'au ciel. Les vitraux éclairés à la lumière des cierges créaient un espace d'une beauté irréelle. Bien que les fenêtres fussent toujours brillamment éclairées, la lumière intérieure avait baissé jusqu'à créer l'ambiance d'un crépuscule fantomatique tandis qu'un magicien apparut en habit blanc, chapeau haut de forme, faisant tournoyer une grande cape blanche. Il en tira une boule de feu qui flotta au-dessus du cercueil où Max reposait. Charles se souvenait d'avoir vu Max faire ce tour.

Une parade d'hommes et de femmes vêtus de satin blanc entourèrent alors le cercueil, qui disparut comme par enchantement. Le cercueil réapparut au cimetière. Le bâton de magicien de Max, brisé en deux, était posé dans la tombe ouverte.

Charles n'oublierait jamais le frémissement des battements d'ailes de ces milliers de colombes qui s'élevèrent dans le bleu du ciel comme si elles emportaient Max. Quand il regarda la tombe, le cercueil avait disparu. La terre était recouverte de pétales de roses blanches, obscurcissant le soleil. Il entendit le souffle puissant de ces milliers d'ailes qui balayèrent son visage et ses cheveux. Les colombes s'élevèrent très haut dans le bleu du ciel, battant rageusement des ailes comme si elles emportaient un lourd fardeau avec elles. Le petit garçon suivit leur envol de ses yeux stupéfaits.

L'avantage d'un grand nez, c'est qu'il sent mieux les odeurs. Les bonnes comme les mauvaises. Le parfum de Kathleen s'éleva dans l'ascenseur en même temps que lui. Les bras encombrés de deux grands sacs en papier remplis de provisions et du journal, Charles suivit le parfum à la trace jusque sur le palier. Tournant le dos à son appartement, il ouvrit la porte du bureau.

Mallory était assise derrière le bureau dans la pièce principale, face à un homme barbu qui gesticulait trop près d'un abat-jour fragile en losanges de verre. Ce ne pouvait être que le sociologue de Gramercy Park, héritier d'une grosse fortune et meurtrier présumé. Il correspondait à la description de Mallory le comparant à un épouvantail à moineaux, à cause de son problème de coordination et des mouvements désordonnés de ses bras et de ses jambes d'une longueur démesurée. Par contre, son visage aux traits réguliers ne manquait pas d'attrait. Il avait des yeux intelligents, un regard amical. Sa barbe lui allait bien et corrigeait son nez trop court d'adolescent attardé.

– Charles Butler, Jonathan Gaynor, dit Mallory.

– Enchanté, monsieur Butler.

– Appelez-moi Charles, s'il vous plaît.

– J'adore vos fenêtres, dit Gaynor. En connaissez-vous l'époque ?

– Merci. L'architecture de cette maison doit remonter aux alentours de 1935.

Les fenêtres de cette pièce étaient encadrées par un triptyque dont les boiseries restaurées formaient trois arches sous le haut plafond. Derrière le bureau, la silhouette de Mallory, éclairée en contre-jour par la lumière voilée du crépuscule, se détachait contre le panneau du milieu.

Charles déposa ses courses sur le bureau.

– Cette pièce est unique en son genre, dit-il. Les autres fenêtres de l'immeuble ont une forme rectangulaire.

– C'est merveilleusement calme, ici, dit Gaynor. Double vitrage aux fenêtres, j'imagine ?

Charles acquiesça. Parfois, le silence était tel que Mallory jurait qu'elle pouvait entendre des épingles tomber à terre et les jurons des anges déchus.

– Vous ne devinerez jamais à quoi ces fenêtres me font penser, dit Gaynor en envoyant balader un pot à crayons par terre.

Il le ramassa, sans être gêné le moins du monde. Le fruit d'une longue habitude, sans doute.

– Cette pièce aurait pu servir de décor au *Faucon maltais*. C'est l'environnement naturel du détective Sam Spade.

Charles, assis sur le bord du bureau, regarda autour de lui avec des yeux étonnés. Lorsqu'il avait pris cet appartement pour en faire son bureau, il travaillait sur la théorie qu'une pièce était la métaphore tridimensionnelle d'une vie humaine, et un élément fondamental d'harmonie... Une fois installé dans cette pièce harmonieuse, il avait eu l'impression que sa vie allait changer, pour le meilleur, cette fois. Aujourd'hui, la remarque de Gaynor le confrontait à la dure réalité : son bureau idéal n'était que le décor stéréotypé d'un détective de fiction. Et c'était vrai.

– J'ai persuadé Mallory de dîner avec moi, dit Gaynor. Voulez-vous vous joindre à nous ?

Ramassant ses sacs de provisions, Charles se dirigea vers la porte d'entrée en lançant par-dessus son épaule :

– Venez plutôt dîner tous les deux chez moi.

Tous trois traversèrent le palier et entrèrent dans l'appartement de Charles.

La cuisine était sa pièce favorite. Depuis qu'il avait emménagé à Soho, il s'était habitué à ce que les amis passent à toute heure du jour et de la nuit. Charles s'était mis à apprécier la compagnie des gens après ces années de réclusion passées dans la cellule de réflexion de son groupe de recherche.

L'Académie de St Martin-in-the-Fields jouait un *Concerto pour mandoline* de Vivaldi qui procurait un agréable fond musical destiné à faciliter la conversation.

Jonathan Gaynor se rendit utile en remuant la sauce des boulettes de viande à la suédoise. Mallory, perchée sur un tabouret, sirotait au bar un verre de vin blanc. Charles, un couteau à la main devant son billot de bois, se sentait rempli d'un bonheur irraisonné.

– C'est délicieux, dit Gaynor en goûtant la sauce. C'est votre mère qui vous a appris à faire la cuisine ?

– Oh non ! dit Charles, pleurant à chaudes larmes en coupant les oignons. Elle n'a réussi qu'une fois dans sa vie à ne pas brûler un toast !

– Ah ! je vois, dit Mallory.

– Vraiment, j'étais présent ce jour-là. Je me souviens du moment où le toast a été posé sur le haut de la pile, à la table du petit déjeuner. Il était d'un brun doré ; c'était la première fois que j'en voyais un qui n'était pas noir. J'étendis la main pour m'en saisir mais mon père me devança. Il tendit le toast à ma mère en disant « celui-ci n'est pas encore brûlé ». Avec calme, elle le remit dans le toaster et le laissa consciencieusement noircir.

– Moi j'ai dû, pendant toute ma jeunesse, me contenter du menu spartiate du collège, dit Gaynor en tendant son verre vide à Mallory, qui le remplit. Le toast brûlé m'aurait paru délicieux.

Les deux hommes regardèrent Mallory, qui n'avait jamais manqué de rien dès lors qu'elle avait habité avec Helen et Louis. Pendant un court instant, Charles se demanda si, par provocation, elle n'allait pas évoquer le temps de son enfance passé à se nourrir dans les poubelles.

Mallory enfonça le bouchon dans la bouteille de vin blanc.

– Alors, Jonathan, dit Charles. Avez-vous une théorie sur l'homme invisible de Gramercy Park ?

– Il doit être cinglé.

– Pourquoi ?

Charles, ayant fini de hacher les oignons, écrasait des miettes de pain pour faire de la chapelure.

– Depuis que j'habite là, je regarde ce square tous les jours, dit Gaynor. Je vous assure qu'il est impossible qu'il ait tué Anne Cathery sans être vu. Donc, il s'agit d'un malade mental qui n'a même pas envisagé l'éventualité d'être découvert.

– Bien raisonné, Gaynor, mais comment expliquer le fait qu'il n'y ait pas eu de témoins ?

– Un coup de bol. Cela conforte mon hypothèse. Il a bénéficié d'un moment pendant lequel personne ne regardait en direction du square.

– Et personne n'aurait remarqué un type éclaboussé de sang qui sortait tranquillement du square ? dit sèchement Mallory.

– Il aurait pu recouvrir ses vêtements avec quelque chose, dit Gaynor.

– Mais alors, cela signifie qu'il avait la présence d'esprit de se protéger, dit Charles.

Gaynor but une gorgée de vin et réfléchit en regardant de côté, un tic que Charles connaissait bien puisque c'était sa position favorite pour cogiter.

– Dans ce cas, dit Gaynor, je dois prolonger ce moment de chance extraordinaire jusqu'à ce que le tueur ait quitté le square. Il pourrait s'agir d'un clochard qui aurait suivi Anne Cathery après qu'elle eut ouvert la grille. Et, quand il en serait sorti, qui ferait attention à un vagabond ? Qui le regarderait d'assez près pour observer des taches de sang sur ses guenilles ?

De cet angle particulier, Charles se mit à reconstituer l'image de la longue robe rouge de la jeune femme qui avait interpellé Henry dans le parc. Gaynor avait peut-être un argument valable. Le sang séché ou encore humide passerait pratiquement inaperçu sur un tel vêtement. Le tueur portait des habits sombres ou rouges. Etait-ce aussi simple que cela ?

Mallory n'avait pas l'esprit aussi ouvert.

– Ce n'est pas crédible, dit-elle.

– Bien sûr, dit Gaynor en remuant consciencieusement la sauce. Une personne saine d'esprit a du mal à concevoir que quelqu'un soit assez malade pour assassiner une vieille femme sans défense...

Nullement conscient de sa mauvaise interprétation des sentiments de Mallory, qui n'éprouvait aucune compassion à l'égard des vieilles femmes sans défense, Gaynor continua.

– Savez-vous qu'il doit y avoir pas mal de gens qui souhaiteraient que l'homme invisible fasse un tour chez eux ?

– Là, vous êtes dur, dit Charles en malaxant du steak haché dans un bol.

– Peut-être, dit Gaynor. Mais c'est la vérité. Songez aux vieux parents qui ne peuvent se payer une maison de retraite. Les gens âgés vivent de plus en plus vieux. Quelques-uns atteignent les quatre-vingt-dix ans, épuisant les ressources de leurs enfants. Je ne pense pas que cette série de crimes ait choqué l'opinion. Je crois plutôt que le tueur a nourri les fantasmes des gens. Ce n'est pas par hasard si l'homme invisible prend les dimensions d'un super-héros dans les médias.

– A vous entendre, on croirait que ce malade travaille pour le bien public ! dit Mallory.

Charles sentit que la conversation prenait un tour déplaisant pour Mallory. Elle aurait donné n'importe quoi pour avoir eu le bonheur de voir vieillir Louis et Helen. Elle remplit son verre de vin blanc et ne jeta même plus un regard en direction des deux hommes.

– Je sais que vous êtes sociologue, dit Charles à Gaynor. Mais avez-vous quelque lumière dans le domaine des sociopathes ?

– Seulement en ce qui concerne leur impact sur la société. Nous avons besoin d'eux en temps de guerre. Lorsqu'il nous en manque, nous les fabriquons en les entraînant dans nos armées. Tant qu'ils sont tenus par les contraintes d'une discipline militaire ou d'un sport de combat, nous pouvons les contrôler. Si on les lâche parmi la population civile, ils écraseront les faibles, les exclus, les...

Les vieux, aurait-il ajouté si Mallory ne l'avait coupé.

– Quel est l'effet du délit d'initié sur la société ? demanda-t-elle brusquement.

Charles dévisagea son beau visage, ses yeux irlandais teintés d'impassibilité orientale.

– Les conséquences en sont désastreuses, dit Gaynor. Au pire des scénarios, Wall Street perd la confiance des investisseurs. Qui a intérêt à risquer son argent dans un jeu truqué ? Pensez à tous les petits actionnaires, qui ont le plus à perdre. Si la fraude se fait à grande échelle, tout le monde vend, et c'est le krach. Dans les années quatre-vingt, cette bande d'escrocs qu'étaient les golden boys a sérieusement ébranlé le marché. Nous n'étions pas loin de la soupe populaire.

– Je crois que beaucoup de gens ne se rendent pas compte de la gravité de la chose, dit Mallory d'un air innocent. Que c'est carrément illégal.

– Moi, je pense au contraire que les gens qui ont de quoi investir savent très bien que le délit d'initié est illégal, affirma Gaynor.

– Même les vieilles dames ? demanda Mallory en regardant Charles avec un petit sourire.

– En particulier les vieilles dames ! dit Gaynor. Ce sont elles, les veuves, principales actionnaires des grandes corporations, qui contrôlent la plus grosse part du marché.

Charles savait que Mallory avait fait dériver la conversation à son intention. Edith Candle avait enfreint la loi, et Mallory représentait la loi. Il aurait dû comprendre plus tôt que son code d'éthique était plus compliqué qu'il n'y paraissait. Elle pouvait voler la terre entière avec son ordinateur, mais ces piratages avaient seulement servi à aider Markowitz à maintenir la loi. Elle perpétuait la tradition.

Charles adressa un coup d'œil à Mallory, signifiant qu'il promettait d'avertir Edith de cesser ses activités frauduleuses.

Gaynor se retira bientôt, après avoir remercié chaleureusement pour le dîner. Mallory desservit la table et s'allongea confortablement sur le divan après s'être déchaussée.

Charles apporta sur la table basse un plateau avec du café et des liqueurs. C'est alors qu'il remarqua la boîte enveloppée d'un beau papier rouge. Il avait oublié qu'il venait d'avoir quarante ans ce jour-là.

S'asseyant auprès de Mallory, il enleva le papier et découvrit l'emballage d'une machine à espresso. Mais, quand il l'ouvrit, surpris par le contenu, il ne sut que dire :

– Une boule de cristal ?

– C'est mon hommage à votre clairvoyance. Vous êtes le seul type qui m'ait jamais impressionnée. Les autres sont tellement prévisibles qu'ils m'ennuient.

Charles éleva la boule à la lumière puis la reposa sur la table.

Elle ne saurait jamais combien elle lui faisait plaisir. Chaque signe d'amitié qu'elle lui prodiguait le rassurait, lui disait qu'il n'était pas si étrange, qu'il était un homme presque comme les autres. Si seulement elle pouvait être un peu moins belle, et son nez à lui, un peu moins long.

– Ça vous plaît ?

– Beaucoup. Je suppose que ce n'est pas un presse-papier ?

– Non. C'est pour de vrai. Ça vient des pièces à conviction. Saisie au cours d'une perquisition. Peut-être que les truands s'en servaient comme presse-papier. Toute la bande pratiquait l'arnaque par ordinateur.

Elle lui servit du café et une liqueur.

– Du sucre ? Non ? Alors, qu'avez-vous pensé de Gaynor ?

– Je le trouve plutôt sympathique, dit-il en pensant que Mallory plaisait beaucoup à Gaynor. Que savez-vous vraiment de lui ?

C'était le genre de question que Louis aurait pu poser. Son père avait dit un jour qu'il lui faudrait débrancher l'ordinateur de Mallory pendant quelques minutes afin qu'elle puisse rencontrer et épouser un jeune homme et lui donner des petits enfants. Louis était certain que cela ne prendrait que quelques minutes. Il avait vu l'effet qu'elle produisait sur ses officiers en moins de temps que cela.

– J'ai un fichier grand comme ça, dit-elle. Ses parents

sont morts. Il a une résidence d'été à Fire Island. Il joue en Bourse et vient d'hériter de quelques centaines de millions de dollars. Mais il ne mourait pas de faim avant la mort de sa tante. Il possédait déjà une centaine de milliers de dollars investis dans des placements sûrs. Casier judiciaire vierge, rien d'autre à signaler.

Donc, son intérêt pour Gaynor était purement professionnel.

Et Gaynor s'intéressait à la finance.

– Il n'aurait pas profité de la fusion de Whitman Chemicals ?

– Non, j'y ai pensé aussi. Il a gagné un peu en Bourse cette année-là, mais rien à voir avec la fusion. Heureusement pour lui, ajouta Mallory. Estelle Gaynor s'en est tirée sans problème. Elle n'était qu'un petit rouage dans l'enquête. Sinon, la SEC aurait inculpé son neveu à cause de la relation familiale et le gouvernement aurait saisi tous ses profits, lui aurait collé une amende et l'aurait mis en prison. Mais les transactions de Gaynor n'ont rien eu d'illégal. Ce n'est pas comme s'il avait eu des besoins d'argent.

– Certaines personnes n'ont jamais assez d'argent. Et les autres victimes ?

– A part avec Estelle Gaynor, je n'ai trouvé aucune connexion avec Whitman Chemicals. Samantha Siddon et Anne Cathery jouaient en Bourse mais je n'ai pu retrouver aucune trace de délit d'initié en ce qui les concerne.

– Vous savez, Mallory, il faut essayer de trouver le dénominateur commun entre tous ces gens.

– Oui, je sais. Les séances de la Redwing ne suffisent pas. Je crois que quelque chose les a rassemblées avant même que les séances ne commencent.

– Peut-être. Que font des vieilles dames quand elles se rencontrent ? Elles parlent de leurs enfants. Peut-être partagent-elles un secret ?

– Comme un cas de folie dans une famille ?

– J'espère que vous ne faites pas encore allusion à Henry Cathery. Socialement, il est maladroit – comme beaucoup de gens doués –, mais son comportement bizarre n'en fait pas un malade mental. Je ne l'imagine pas en train de dépecer une vieille dame. Et vous ?

– Si, parfaitement. Surtout si sa grand-mère essayait de le faire interner pour s'approprier son fric. Elle n'aurait eu que ce qu'elle méritait. N'empêche que je mettrais ce garçon sous les verrous s'il était coupable.

– Tout ce qu'Henry Cathery désire, c'est un peu de solitude. Vous ne prévoyez pas de le torturer, j'espère ?

Charles fixait le tapis.

Mallory lui toucha le bras en lui disant :

– Vous aimez bien Henry Cathery, n'est-ce pas ?

– Je le comprends, c'est tout.

– Est-ce que les dames ont été coopératives ? demanda Mallory. Elles t'ont donné la nouvelle adresse de Redwing ?

– Non, dit Riker. Les vieilles dames ne la contactent pas. C'est Redwing qui les appelle. Nous sommes obligés d'attendre la prochaine séance. Nous la filerons après. Ne te prends pas la tête, mon petit. Coffey a déjà organisé la filature.

Pendant une heure, avec l'aide de la bière de Mallory, Riker la mit au courant du progrès de l'enquête de Coffey.

– Le Dr Slope, continua Riker, pense que nous pourrions avoir un point de vue légèrement différent au sujet des meurtres. S'il s'agit de deux personnes, les deux sont droitières et ont fait preuve d'une incroyable violence en assenant les coups de couteau. Mais les blessures ne sont pas identiques. Celles de la quatrième victime sont un peu différentes et Slope ne peut affirmer que c'est l'œuvre du même homme. Le type était peut-être fichtrement pressé cette fois-là.

– Et qu'est devenue la théorie d'un homme et d'une femme travaillant ensemble ? demanda Mallory.

– Non... Je suis de l'avis de Coffey là-dessus. Je ne peux pas imaginer une femme opérant avec cette violence sur une autre femme. Comprends-moi bien, Mallory. Les femmes peuvent tirer et poignarder avec autant d'adresse que les mecs. Elles seraient peut-être même plus perfectionnistes. Si je vois un macchabée troué de balles, je peux très bien concevoir qu'une femme ait vidé son chargeur sur lui. Mais je ne peux croire qu'une femme ferait de pareilles mutilations à une autre femme. Dans ces cas-là, il s'agit toujours d'un type qui a des problèmes avec les femmes.

Quand Riker fut parti, Mallory remit en marche son show nocturne de diapos et d'images du fou dansant.

Eh, flic, pourquoi n'as-tu rien laissé derrière toi, ne serait-ce que quelques miettes ?

Quand elle s'endormit enfin, Markowitz essayait de lui apprendre à danser.

Quand Margot ouvrit les yeux, elle ne savait plus quel jour il était, ni si la grisaille dehors appartenait au petit matin ou au crépuscule. Le couteau taché de sang séché se trouvait sur le sol à quelques centimètres de son visage. La faim la tenaillait au point qu'elle hallucinait des pains dans une boulangerie. Elle se leva, donna un coup de pied dans le couteau et se dirigea comme une automate jusqu'à la porte.

Sur l'avenue, elle ramassa son gobelet habituel, y ajouta trois pennies qu'elle agita pour les touristes.

Une vieille femme s'arrêta et plongea sa main noueuse dans un grand sac. Pendant des minutes qui semblaient une éternité à Margot qui grelottait de froid, elle fouilla dans son cabas pour en sortir son porte-monnaie. Elle en tira finalement, de ses doigts arthritiques, une pièce de dix cents qu'elle jeta dans le gobelet.

Margot examina la pièce qui tinta dans le fond du gobelet en compagnie des trois pennies.

Un hurlement de fureur outragée sortit de sa gorge avec une telle force que la vieille femme effrayée recula de deux pas jusqu'au mur de brique couvert de graffitis et d'affiches à demi arrachées.

Margot continua à hurler, abreuvant la femme des pires obscénités, répétant dans une mélopée rageuse :

– Salope, salope, salope !

La vieille s'éloignait aussi rapidement que ses jambes variqueuses et raides pouvaient la porter. Margot la poursuivit en bondissant autour d'elle dans une danse sauvage et l'injuria en poussant des cris horribles.

Chaque obscénité la frappait comme un coup de poing et la terrorisait. La femme serra son manteau léger contre sa poitrine comme si cela pouvait la protéger contre la folie de cette créature.

Terrifiée, la vieille femme essaya de courir. Mais ses vieux os refusèrent de la porter et elle se fractura une jambe sur le ciment. Elle ne sentit pas contre son tibia le verre ébréché de la bouteille de bière. Elle vit seulement le sang couler sur le trottoir. Elle émit un petit gémissement paniqué à la vue de son sang. Elle rampait maintenant tandis que la folle dansait toujours autour d'elle en poussant ses hurlements obscènes, effrayant les passant qui s'éloignaient, s'efforçant de ne rien voir, de ne rien entendre, de ne rien sentir.

La vieille femme arrêta sa fuite vaine. Elle cessa de bouger et calma l'agitation de son corps et de son esprit. Les larmes coulaient de ses yeux tandis que sa vie s'écoulait doucement par le trou rouge de sa jambe.

8

Après avoir mangé et dormi quelques heures, Margot avait récupéré. Elle revit la scène sur le quai du métro. Elle avait observé avec détachement l'homme glisser à terre et suffoquer comme un poisson hors de l'eau, le sang bouillonnant de sa bouche entrouverte. Elle le regarda longuement dans les yeux, jusqu'à la fin. C'était bien lui. C'étaient bien ses yeux.

Il fallait maintenant se débarrasser de ce couteau, de tous ses couteaux. Elle n'en avait plus besoin. Ils ne lui manqueraient même pas. Les rassemblant tous, elle les déposa délicatement dans une serviette et les enveloppa avec tendresse comme si c'étaient des bébés. Ils avaient été ses bébés, d'accord, mais ils avaient fait leur temps.

Le sergent Riker, confortablement installé dans le bureau privé de Mallory, au pied du panneau en liège, vida encore une canette de bière. Les restes du petit déjeuner de Mallory se trouvaient sur une table à côté de l'ordinateur. Ça ne l'aurait pas étonné qu'elle dorme là aussi.

– Charles a vu tes panneaux ?

Elle secoua la tête en accrochant en diagonale avec une seule punaise le dernier feuillet sorti de l'imprimante. Riker se demanda ce que penserait Charles à la voir épingler les documents avec une désinvolture et un désordre qui ne lui ressemblaient pas.

Mallory se dirigea vers le petit frigidaire, une acquisition récente, et en sortit une bière.

– Alors, quoi de neuf à propos de Redwing ?

La décapsulant, elle la tendit à Riker en récupérant sa bouteille vide sans même qu'il s'en aperçoive.

– O.K., dit-il en ouvrant son carnet. Inculpée trois fois pour extorsion de fonds et abus de confiance. La plainte a été retirée à chaque fois.

– Ouais, je sais ça aussi. Il me faut les notes personnelles du flic qui l'a arrêtée. Le fichier central n'indique pas pourquoi les plaintes ont été retirées.

– Elles ont été abandonnées à cause du manque de coopération des plaignants. Tu sais combien c'est difficile de prouver la culpabilité dans ce genre d'escroquerie, même quand les victimes coopèrent.

– Pas de casier judiciaire sous un autre nom ? Pas de violences ? D'agressions ?

– Non, mais il est vrai que c'est une dame d'une corpulence impressionnante. Je parie qu'elle te mettrait au tapis...

Riker avala une longue lampée de bière.

– Vous n'avez pas encore sa nouvelle adresse ?

– On travaille toujours dessus. Les taxis qu'elle prend ne sont pas des réguliers. Ils ne tiennent pas de carnet de bord.

Riker contempla sa bouteille de bière magique, sans fond.

– Maintenant que Coffey est au courant des séances, il doit remettre sur le tapis sa théorie du complot ?

– Ouais, plus que jamais. Il s'intéresse beaucoup à Redwing. Il y a une connexion entre les crimes et l'une de ses arnaques, non ?

– Est-ce que Coffey est capable de comprendre qu'aucune de ces dames ne se laissera duper par une arnaqueuse à la petite semaine comme Redwing ?

– Je n'en sais rien. Il voit dans chacune de ces femmes l'image de sa grand-mère.

– Qu'avez-vous appris d'autre ?

– Tiens. Ça va t'intéresser.

Riker tendit à Mallory une note tapée à la machine.

– L'une des dames, Fabia Penworth, nous l'a remise

pendant que nous les interrogions au commissariat. Bien sûr, elle l'avait déjà montrée à toutes ses copines.

– Elle était fière d'avoir reçu cette lettre, n'est-ce pas ?

– Ouais. Alors maintenant Coffey croit que toutes les victimes ont reçu la même lettre et qu'elles sont mortes parce qu'elles n'ont pas payé la rançon ou qu'elles ont été butées en la remettant.

– Les vieilles dames confirment ?

– Non. C'est la première lettre de menaces qu'elles disent avoir reçue.

– Alors ça ne s'est pas passé comme l'imagine Coffey. S'il y avait eu d'autres lettres, elles seraient toutes au courant. Coffey les a interrogées, ces femmes, comment peut-il être aussi stupide ?

– Doucement, Kathy ! Coffey n'a pas été formé par le vieux... Il fait de son mieux. Il n'en dort pas la nuit. Je t'assure qu'il veut la peau de ce tueur.

– S'il savait que tu me fournis des...

– Ça, c'est le bouquet ! Comment peux-tu être aussi naïve ? Bien sûr qu'il le sait. Il l'a toujours su. Il a peut-être pensé qu'il ne pourrait pas se débarrasser de toi ou qu'il ne le devait pas. Tu vois le dilemme... Par contre, moi, je vais te faire un peu de critique constructive – que ça te plaise ou non. Ton stage avec les ordinateurs, ça compte pour du beurre quand il s'agit du travail sur le terrain. Là, t'es nulle. Crois-tu que tout le monde n'a pas remarqué ta filature à Gramercy Park ? Excuse-moi, ma petite. L'équipe t'a filmée sous tous les angles. Et si eux t'ont repérée, tu peux croire que le tueur t'a repérée aussi. Tu sous-estimes tout le monde, Kathy. Ça te tuera. Coffey, lui, montre plus de respect pour le vieux que toi. Si le tueur a été assez malin pour assassiner Markowitz, il faut mettre tout le monde sous surveillance malgré le manque d'effectifs. Il a placé deux types qui se relaient jour et nuit dans cet immeuble de Gramercy Park. Et il trouve encore le temps de veiller sur toi...

– Et tu es mon baby-sitter ?

Oh, et puis merde. Il n'avait fait que confirmer ce qu'elle savait déjà. Elle l'avait bien eu. Ça se voyait comme le nez au milieu de la figure. Mais il lui savait gré de ne pas pavoiser. En haussant les épaules, il renversa sa bière.

Mallory avait appris tout ce qu'elle voulait savoir.

Riker contempla la bouteille vide. Combien de bières lui avait-elle données ?

– Vous surestimez peut-être Redwing, dit Mallory.

– Non, absolument pas. Tu as raison quand tu dis qu'elle n'est qu'un petit poisson et qu'elle fout tout en l'air quand il s'agit d'un gros magot. C'est dans son dossier. Mais elle est suffisamment mauvaise pour te faire du mal. Mieux vaut te tenir à distance.

– Donc, elle a une condamnation pour attaque à main armée sur son casier judiciaire !

Bravo, Riker ! se dit-elle. Tu ne voulais pas lui livrer cette information.

– Tiens-toi à l'écart de Redwing, grommela-t-il.

– Je sais que tu connais sa nouvelle adresse. Donne-la-moi.

– Pas question.

Il y avait des limites. Kathy lui avait fait son numéro. Mais il n'allait pas lui donner tout ce qu'elle voulait. Combien de bières avait-il bues ? Est-ce qu'il ne venait pas d'admettre qu'il connaissait l'adresse de Redwing ?

– Kathy, tu n'écoutes jamais rien. Coffey te couvre. Si tu fais une connerie, il coule avec toi. Personne ne s'approche de Redwing sans une couverture. Les flics qui l'ont arrêtée m'ont laissé lire leurs notes. Dans l'une des affaires, aucune charge n'a été retenue contre elle parce que le plaignant a disparu. Dans l'autre, la personne a succombé à une crise cardiaque. Le policier pense que le type est mort de peur.

Riker admira le profil de Mallory qui se détachait contre le panneau de liège. Il avait tort. Elle savait écouter et à quel moment lancer l'appât. La fille de Markowitz deviendrait un grand flic.

– J'essayais seulement de t'aider, Riker. Votre équipe peut attendre longtemps que Redwing revienne dans son trou sur Hudson Street. Elle n'utilise cet appartement que parce qu'il communique par le sous-sol avec un immeuble d'une rue parallèle. Voilà comment elle échappe à vos filatures.

Riker leva sa bouteille à la lumière et la contempla quelques secondes. Il eut l'impulsion de mettre le goulot à son oreille, comme si c'était une conque, pour entendre le rire moqueur de Markowitz.

Edith préparait dans la cuisine le déjeuner de Charles, qui tournait en rond dans le salon. Il avait beau fouiller dans les archives de sa mémoire photographique, il sentait que quelque chose n'était pas à sa place sans pouvoir l'identifier.

Quand Edith et Max avaient emménagé à Soho, ils avaient conservé le mobilier ancien et l'atmosphère 1900 de leur maison de Gramercy Park. Les fenêtres avaient été refaites, les murs tapissés de papiers peints et ornés de boiseries. Ils avaient fait venir Charles, qui avait neuf ans à l'époque, pour les aider à reconstituer, grâce à sa mémoire, chaque détail de leur ancienne maison. Ils lui avaient donné cette tâche comme un jeu durant la semaine que Charles avait habité chez eux pendant que ses parents assistaient à une conférence à l'autre bout du monde.

Dix ans plus tard, en rendant visite à Edith, il remarqua tout de suite un changement. Edith avait retiré le portrait de Max dans le salon pour le remplacer par une jolie gravure de chasse. A part ce détail, chaque meuble, chaque objet était à sa place. Chaque pièce de musée, figurines, plateaux en argent et cendriers, était disposée sur les tables. De même, les photos et les bougies recouvraient le manteau de la cheminée. Des napperons et des antimacassars protégeaient les tables et la soie qui recouvrait les fauteuils. Le téléphone datait de 1910. Le XXe siècle finissant se cachait dans une pièce du fond où Edith avait son ordinateur.

Charles traversa le vestibule et pénétra dans la pièce qui reproduisait en plus petit la bibliothèque de la maison de Gramercy Park. Il n'était pas entré là depuis sa petite enfance. Devenu adulte, ses visites à Edith étaient confinées à la pièce du devant, accompagnées de thé et de sandwichs. Cette bibliothèque était sa pièce préférée. Les rayonnages étaient remplis de livres de magie et d'alchimie, pour la plupart, des ouvrages de bibliophile ; certains tomes étaient vieux de plusieurs siècles. La magnifique cheminée XVIIIe évoquait le souvenir des histoires fantastiques que Max racontait alors que sur les braises rôtissaient de délicieuses pâtes de guimauve piquées au bout de longues tiges. Heureusement, les histoires terrifiantes de Max se terminaient toujours bien.

Charles regarda attentivement la cheminée. Ces trois photos dans leurs cadres d'argent sculpté n'étaient pas présentes dans sa mémoire d'enfant. Il s'aperçut d'une autre étrangeté. Dans l'appartement, la seule photo de Max, c'était celle imprimée pour sa nécrologie dans la presse. En y regardant de plus près, il vit que ce n'était pas la nécrologie, mais un article sur Edith Candle, la célèbre voyante qui avait prédit la mort de son mari.

Ce devait être l'article dont Mallory lui avait parlé. Les voisins avaient confirmé la prédiction d'après les inscriptions sur les murs de l'appartement de Soho.

Le cadre voisin contenait une photo, tirée elle aussi d'un journal, d'un gosse de quinze ans aux yeux désespérés. L'article relatait le suicide du garçon. La sombre prédiction d'Edith était mentionnée dans le texte. Dans le troisième cadre, identique aux deux autres, la photo de fiançailles d'une belle jeune fille au sourire radieux, morte de mort violente la veille de ses noces d'après la coupure de presse.

– Charles ?

Edith se tenait sur le pas de la porte avec un plateau contenant des sandwiches, des tasses, des assiettes et une théière en argent.

Il lui prit le lourd plateau des mains.

– Déjeunons ici, veux-tu ? Tu sais, je ne suis pas venu dans cette pièce depuis que j'étais petit. Est-ce que Kathleen la connaît ?

Il déposa le plateau sur une table octogonale entourée de chaises en cuir.

– Oui. Je lui ai fait les honneurs de tout l'appartement.

Charles remarqua l'expression soucieuse de ses yeux et la nervosité dans ses gestes pendant qu'elle versait le thé.

– Qu'y a-t-il, Edith ?

– C'est au sujet de Kathy. Je me fais beaucoup de soucis à propos de cette enfant.

– Ce n'est plus une enfant. Elle est parfaitement capable de se défendre.

– Je ne crois pas qu'elle soit consciente du danger qui la menace. Je sens le mal rôder autour d'elle, Charles. Je le sens jusqu'au bout des doigts.

– Ce n'est pas la première fois que tu as ce genre de pressentiment, dit Charles en regardant les photos sur la cheminée.

– En effet. Le plus triste est que je ne suis jamais capable d'éloigner la tragédie. Notre destin est écrit et ne peut être effacé.

Charles s'approcha de la cheminée et prit la photo du jeune suicidé.

– L'illustration d'une de tes prémonitions ?

Edith se concentra sur la photo puis détourna la tête en se versant une tasse de thé.

– Pendant des années, j'ai eu la mort de ce garçon sur la conscience. C'était une terrible tragédie. Max et moi faisions une tournée dans le Midwest dont nous étions l'attraction principale. Ah quelle époque ! Une ville différente chaque soir, à planter la tente dans des prairies à foin et des terrains vagues. C'est grâce à lui que mon don s'est manifesté. J'ai pressenti sa mort pendant une séance de télépathie que nous faisions au cours d'une tournée. Il s'est sauvé. Le lendemain, une adolescente de quinze ans a été retrouvée dans une tombe creusée derrière sa maison. Ensuite, il s'est pendu dans sa cellule.

Elle tendit la main vers la photo au cadre d'argent. Charles la mit dans sa main.

– Cette nuit-là, j'ai ôté mon bandeau et j'ai regardé fixement le garçon. Il était débraillé, la tête basse comme s'il cachait quelque chose. « Tu dois dire à la police ce que tu as fait », lui dis-je. Je pensais que s'il se confessait il serait épargné.

– Y a-t-il eu des avertissements de la mort du garçon ? Ecriture automatique, quelque chose de ce genre ?

– Non. Ces phénomènes se sont manifestés beaucoup plus tard.

– Et c'est arrivé de nouveau ? Récemment ? Qu'est-ce que Martin a vu écrit sur le mur ?

Elle évitait son regard.

– Je ne voulais pas qu'il le voie. Tu sais combien il est fragile. Il est entré dans la cuisine pendant que j'étais en train d'effacer l'inscription. Je ne l'ai même pas entendu ouvrir la porte d'entrée.

– Que disait l'inscription ?

– Elle disait : *Du sang sur les murs, du sang dans les couloirs, des rivières et des océans de sang.*

L'employé du magasin d'articles d'occasion était seul au comptoir. Ses deux collègues étaient partis faire l'amour pendant l'heure du déjeuner. Dommage, John et Peter n'en croiraient pas leurs yeux. Une voleuse à l'étalage, connue dans le quartier, venait de déposer furtivement une grosse quantité de couteaux enveloppés dans une serviette, dans la boîte réservée à cet effet.

Elle se dirigea vers la sortie, quand tout à coup elle parut avoir oublié quelque chose. Retournant à la boîte, elle saisit un couteau et se mit à le polir avec sa serviette. Puis, prenant la boîte, elle la posa par terre, la vida sur le tapis usé et se mit à frotter chaque couteau avec acharnement.

Une dame aux cheveux gris, qui avait l'air d'une assistante sociale, se pencha vers la fille en lui parlant à voix basse. Celle-ci avec sa robe rouge, sale et déchirée, regardait fixement le couteau devant elle, aveugle et sourde à tout ce qui se passait autour d'elle. Elle était concentrée sur son travail, polissant chaque pièce d'argenterie. Non, se dit l'employé à la caisse, elle s'intéressait surtout aux couteaux. Elle se mit à fredonner en les nettoyant avec son torchon sale.

La dame s'approcha du caissier et, ensemble, ils observèrent en silence la fille qui frottait inlassablement chaque lame.

– Ne croyez-vous pas qu'il faut appeler quelqu'un ? demanda la dame à l'employé.

– Pour quoi faire ? Elle n'est pas violente.

– Sérieusement, vous ne trouvez pas son comportement bizarre ?

– Nous sommes à New York, madame. Un comportement bizarre ne suffit pas. Pour l'enfermer à l'hôpital Bellevue, il faudrait qu'elle ait tué quelqu'un.

Charles reposa la photo sur la cheminée. En se rasseyant auprès d'Edith, il venait d'élaborer des hypothèses inquiétantes concernant ces photos.

D'après Edith, Mme Redwing tenait ses pouvoirs de la Santeria, un mélange de rites catholiques et vaudous qui utilisait la magie noire et les sacrifices sanglants. Il s'inquiéta d'autant plus pour Mallory.

– En réalité, disait Edith en buvant son thé, Martin a vu la deuxième inscription. Herbert a vu la première prédiction. Je ne me souviens même plus de l'avoir faite. Les mots écrits sur le mur étaient : *La Mort approche dans l'Espace et le Temps.*

– Avez-vous parlé à Herbert, ces derniers temps ?

– Non, pas depuis quelques jours. Il était inquiet au sujet du pauvre Martin.

– Du pauvre Martin ?

– Eh bien, Martin est un peu dingo, tu sais.

Edith se toucha la tête avec le doigt en un geste d'une signification universelle.

Charles fut surpris, car Martin était loin d'être fou. Henrietta, qui était une psychiatre expérimentée, n'avait jamais utilisé ce mot. Elle le disait fragile, avec la sensibilité d'un artiste, mais pas fou. Martin s'était inventé une vie qui complétait son art. Il l'avait organisée dans les limites de paramètres extraordinaires. Comme Henry Cathery, il avait choisi la simplicité, éliminant de son environnement le bruit même de la couleur, s'entourant du silence du blanc, comme pour mieux entendre. Martin était sensible à chaque nuance qui troublerait le fond blanc de sa vie.

Charles soupçonnait Henrietta de veiller sur Martin pour une autre raison que celle d'une dépression imminente. Elle surveillait peut-être Martin de la même manière qu'un mineur surveille la cage du canari suspendue à une poutre dans les profondeurs de la terre... Quand l'oiseau fragile se met à étouffer, à voleter en se cognant aux barreaux de sa cage, le mineur sait que l'air devient irrespirable et, de même, Henrietta saurait qu'Edith était de nouveau en activité.

Les talents de divination d'Edith n'arrivaient cependant pas à suivre la vitesse des déductions de son petit cousin dont l'intelligence fonctionnait à la microseconde. Pendant qu'il se livrait à un interrogatoire détaillé, elle croyait qu'il était seulement en train de lui faire la conversation. Sans avoir touché à son sandwich, il la remercia pour le thé et prit rapidement congé.

Mallory ferma le contact et éteignit ses phares en se garant silencieusement le long du trottoir.

– Voici le quartier général de Redwing cette semaine, dit Mallory en désignant l'appartement du premier étage. Ne quitte pas des yeux le téléviseur dans la pièce de devant.

Riker se pencha par la fenêtre pour mieux voir le rectangle lumineux formé par la fenêtre de ce logement vétuste et mal entretenu. Il pouvait apercevoir un vieux téléviseur noir et blanc, posé sur une table à jeu. Un fauteuil défoncé, devant le poste, laissait apparaître le haut d'un crâne dégarni parsemé de quelques touffes blanches.

Mallory sortit son ordinateur portable de sa mallette.

– Dis-moi quand l'image de la télé se brouille.

Mallory avait équipé sa voiture de quelques nouveaux gadgets. Entre autres, un téléphone cellulaire de contrôle utilisé par les employés de la Compagnie de téléphone.

– Ah ça, non, ma fille. Tu ne vas pas mettre quelqu'un sur écoutes sans autorisation officielle ! s'écria Riker.

– Mais non, ce n'est pas mon intention. Je vais simplement créer un brouillage électronique et le recomposer sur mon ordinateur. Cite-moi la loi fédérale qui interdit ça ?

Riker se tourna vers la fenêtre de l'appartement pour ne pas être témoin de ces entorses au règlement.

– Qu'est-ce qui se passe quand l'image de la télé se brouille ? demanda-t-il.

– Le vieux bonhomme se lève et cogne sur le téléviseur.

Riker donna un coup de coude à Mallory. Des lignes horizontales zigzaguaient sur l'écran. Le vieil homme se leva et donna un coup de poing sur le téléviseur.

L'écran du portable de Mallory s'alluma.

– Ça y est ! s'écria-t-elle. Le système électrique de cet immeuble est vraiment foireux. Redwing ne sait pas que son ordinateur interfère avec la télé du vieux, et le vieux ne sait pas en quoi consiste un ordinateur. Regarde l'écran de la télé.

La télévision du vieux monsieur était redevenue normale. Il retourna s'asseoir dans son fauteuil.

– Voilà, dit Mallory. A présent, tu peux seulement me coincer pour réparation de télé au noir.

Combien de fois avait-elle pratiqué cet exercice ?

– Je veux que tu me promettes que tu ne reviendras plus ici, dit Riker. Tu ne peux pas faire un travail de filature sans avoir été formée.

Comment pouvait-il expliquer à Mallory qu'elle ne pourrait jamais effectuer une surveillance discrète à cause de sa merveilleuse chevelure blonde et son visage inoubliable – pendant des années ou une vie entière.

– Tu n'a jamais passé du temps à cultiver tes sources – maquereaux et drogués – tous les yeux et toutes les oreilles dont on a besoin dans la rue rien que pour une journée de boulot. Un agent de la circulation à plus à se mettre sous la dent que toi.

– Ouais, d'accord. Mais que dis-tu des documents de la SDC épinglés sur le tableau de liège du côté de Markowitz ? Et toutes les vérifications sur la situation financière des suspects ? C'est moi qui lui ai fourni tout ça et non tes gens de la rue ! Et qui t'a mis sur la piste des séances ? Je n'ai pas eu besoin de faire pression sur un proxénète ni sur un accro malade de la drogue pour obtenir ces informations.

Vrai, Mallory était la meilleure source que Markowitz ait jamais eue.

– Coffey ne peut pas utiliser les informations boursières, dit Riker. S'il met au courant la SEC trop tôt, nous serons submergés par les fédéraux. Il ne veut pas remettre le meurtre de Lou entre leurs mains. Il veut le garder dans la famille, tu comprends ?

– Je sais.

– Mais nous devons nous entendre toi et moi au sujet de Redwing. Tu peux te faire tuer en combinant un truc pareil...

– Je ne suis pas un bleu...

– Tu l'es quand il s'agit du travail sur le terrain. Markowitz s'est planté, c'est un fait. Et tu suis ses traces en faisant une filature sans soutien.

Il parlait en l'air.

Mallory regardait attentivement son écran.

– Alors, quelle est la combine de Redwing ? demanda Riker. Elle vole de l'argent en piratant les ordinateurs ?

– Elle n'en est pas capable. Elle sait se servir d'un logiciel mais elle est incapable d'en programmer un à son usage personnel. Je l'ai observée ces derniers jours, scrutant les services de messages. Elle attend un signal. Je suppose que la personne qui dirige l'arnaque se sert d'un service différent chaque fois qu'elle doit communiquer avec Redwing. Ça nous indique qu'il existe au moins une personne au-dessus de Redwing qui commande les opérations.

Riker regarda l'écran du portable sur les genoux de Mallory.

– O.K. Qu'est-ce que nous voyons, là ?

– La même chose que Redwing. C'est un système de messagerie électronique. N'importe qui possédant un téléphone peut se connecter et laisser un message. Celui qu'elle est en train de relever est codé. Un jeu d'enfant. J'en ai pour une minute à le déchiffrer.

Riker regarda de nouveau le vieil homme devant sa télé. Redwing n'avait pas l'air de rouler sur l'or. Le quartier était infesté de rats, comme dans tout New York. Mais les préservatifs qui jonchaient le trottoir indiquaient que le pâté de maisons était investi par les prostituées. La rue suivante, par contre, n'était habitée que par d'honnêtes gens, du genre métro-boulot-dodo. Typiquement New York. A chaque coin de rue, l'atmosphère changeait. Dans la rue suivante, il y avait des jouets dans une vitrine ; dans celle-ci, c'était des livres porno et des peep-shows.

– J'aime ça, dit Mallory. J'aime beaucoup. Mme Redwing ne se renseigne pas sur ses futures victimes. Elle recherche des tuyaux financiers, des informations sur les fusions et les OPA des sociétés cotées en Bourse. Lorsque les informations ne sont pas encore du domaine public et qu'elles ne sont pas enregistrées auprès de la SEC, il s'agit bel et bien de délits d'initié.

– Mallory, peux-tu traduire tout ça en anglais ordinaire ? Je ne suis pas du genre à risquer ma paie à la Bourse, tu sais.

– Ta nièce travaille dans un cabinet d'avocats, non ?

– Gloria, oui. Elle est l'assistante d'un conseil juridique.

– Bon. Supposons que Gloria ait à préparer un contrat pour la fusion entre deux groupes. Il s'écoule un court délai avant que le dossier ne soit enregistré auprès de la SEC. Imaginons que Gloria avertisse un ami de cette fusion avant que la nouvelle ne soit connue sur les marchés. L'ami achète un gros paquet d'actions à bas prix qu'il revendra avec un bénéfice important quand la nouvelle sera rendue publique. Il refilera une commission à Gloria. Quant aux actionnaires qui auront vendu leurs titres avant l'annonce de la fusion, ils auront été floués. Les agents fédéraux du Trésor détestent les délits d'initié.

– Au fond, c'est un peu comme une course truquée ? dit Riker.

– Tu as tout compris, dit Mallory. Tu vois cette colonne de chiffres et de lettres ? Je devine que ce sont les abréviations des actions cotées sur le marché du jour. Je vérifierai sur le journal quand nous rentrerons. Les chiffres qui suivent les noms des titres sont les cours des ordres d'achat et de vente. Redwing est embringuée dans une affaire trop complexe pour une seule personne. Une banque de taille moyenne serait incapable de gérer toutes ces transactions.

– Et si nous demandions un mandat de perquisition pour saisir son ordinateur ? suggéra Riker.

– Ça ne servirait à rien tant que nous ne connaissons pas la connexion qui la relie au type qui lui fournit les informations. Grâce à cette messagerie électronique, Redwing a une couverture légale. C'est aussi régulier que la publication des cours de la Bourse dans les journaux. C'est une idée géniale, qui ne vient sûrement pas de Redwing. Il nous faut rechercher quelqu'un de très malin, qui a l'expérience des transactions financières et un don d'organisation exceptionnel.

– Eh bien, c'est Coffey qui va être content !

– Ouais, dis-lui que c'est un cadeau de la part d'un bleu,

son sergent Mallory... Maintenant, qu'est-ce que tu as pour moi ?

– Mon petit, je t'ai tout donné, dit Riker avec sincérité.

Mallory lui tourna le dos. Elle n'avait plus confiance.

Margot, le couteau à cran d'arrêt dans la main, écoutait le téléphone sonner vingt fois, trente fois. Elle savait attendre. Il finirait bien par répondre. La lame qui avait été frottée dix fois réfléchissait la lumière sur le mur. Elle avait bien attendu pendant des années l'homme au couteau dansant.

Finalement, Margot avait décidé de garder le couteau à cran d'arrêt. Elle l'avait longtemps fait bouillir dans une casserole. Plus de traces de sang. Elle pouvait le garder. Il lui porterait peut-être chance. Il ne lui avait pas porté bonheur quand le couteau était tombé sur le bureau de la banque, mais c'était avant qu'elle ait tué le croquemitaine.

Que fallait-il faire, pour la banque ? Henry saurait. Elle refit son numéro de téléphone.

Henry la laisserait peut-être utiliser son avocat pour obtenir une avance. Elle décida de rentrer chez elle avec son couteau dans la poche. Elle sentait que c'était son jour de chance. Un touriste avait déposé un billet d'un dollar dans son gobelet. Assez pour une pizza et un jeton de métro. C'était incroyable comme on pouvait faire de l'argent facilement quand on avait son apparence et son odeur.

Une demi-heure plus tard, elle déboucha au coin de l'avenue C, dans ce coin de l'East Village nommé Alphabet City. On l'appelait aussi la Zone. Ici, la loi n'était pas présente. Aussi, elle sursauta à la vue d'un flic sur le trottoir qui parlait à un autre flic assis dans une voiture garée en face de son immeuble.

Le banquier l'avait donc dénoncée. Le salaud. Elle aurait la peau de ce petit morveux.

Faisant demi-tour, elle retourna vers la station de métro en ramassant un gobelet dans une poubelle. Surtout ne pas courir, se disait-elle en marchant dignement. Elle mendia impunément dans la rue en sachant d'expérience que personne, flic ou civil, ne regardait la misère en face quand on pouvait l'éviter.

Le magnétoscope, dans sa boucle sans fin, fit danser Markowitz toute la nuit. Mallory s'endormit, bercée par la ballade des années cinquante. Elle rêva que le détective dansait le rock en la tenant dans ses bras. Elle dormait profondément et il essayait désespérément de la réveiller. A la fin, il la déposa doucement au pied du panneau de liège. Il lui criait quelque chose. Que disait-il ? Pourquoi ne pouvait-elle pas le comprendre ?

Elle se réveilla enfin, la tête appuyée sur le bureau. Ses yeux s'ajustèrent peu à peu aux images vidéo. Markowitz s'éloignait en faisant tournoyer la jeune Helen, laissant Mallory seule, dans le noir. Ses poings se refermèrent et s'abattirent rageusement sur la table.

Pourquoi l'avait-il abandonnée ?

9

Faisait-il nuit ou jour ? Margot, à moitié endormie, déchiffra l'heure sur la montre de son voisin sans savoir s'il était 11 heures du matin ou 11 heures du soir. Depuis combien de temps roulait-elle sur la ligne A, du terminus Downtown au terminus Uptown ? A une station, la porte s'ouvrit pour laisser entrer un seul passager.

Les yeux de Margot s'agrandirent en dévisageant l'homme qui s'assit en face d'elle. Sa bouche. Une bouche mince qui tombait à chaque coin dans un rictus cruel. Elle ne l'oublierait jamais. Elle rêvait encore de cette bouche tordue et du couteau dansant. L'homme descendit à la station suivante. Elle le suivit de près. C'était lui. Aucun doute. Margot sur les talons, il s'engagea dans le tunnel qui conduisait au quai supérieur. En un éclair, elle sortit de sa poche le couteau à cran d'arrêt. La lame brilla un court instant sous la lumière blanche du néon.

Charles était connu à la bibliothèque. Les habitués repéraient son nez à dix rayons de distance et lui souriaient, anticipant en retour son sourire innocent et comique.

Cette fois, il n'était pas à la recherche d'un livre mais de Fanny Evenroe. Il aurait pu se rendre directement au rayon du *Bottin mondain* et des *Who's Who*, mais Fanny connaissait personnellement l'homme qu'il recherchait. Il la trouva debout auprès d'une étagère, feuilletant un gros volume. Charles s'approcha lentement pour la laisser tranquillement terminer sa recherche. Elle portait toujours avec élégance ses soixante-dix ans, avec son dos droit et son ossature parfaite. Charles l'associait dans sa mémoire au premier souvenir qu'il avait partagé avec elle à Washington DC quand, débutante, à dix-sept ans, elle valsait dans sa robe de bal et ses longs gants blancs sous la lumière douce des lampadaires au gaz. Comme tous les romantiques de sa génération, il avait manqué sa place dans le temps, arrivant trop tard pour la galanterie, trop tard pour une valse.

Le visage de Fanny s'épanouit en un large sourire lorsqu'elle l'aperçut. Elle rangea le livre qu'elle tenait sur le rayon de la bibliothèque. Elle avait le don de faire croire à son interlocuteur qu'il était à l'instant présent le centre de son univers. Les mains tendues vers lui, elle l'embrassa sur les deux joues.

– Ça fait une éternité, Charles !... Qui est-ce ?

– Pardon ?

– Quelqu'un de nouveau est entré dans ta vie. Ça se voit.

– Eh bien, c'est certainement un nouveau problème !

– Et comment l'appelles-tu, ce problème ?

– Autrefois, je l'appelais Kathleen. A présent, je dois l'appeler Mallory.

Charles emmena Fanny prendre un croissant et un café sous le parasol d'une cafétéria au pied des escaliers menant aux portes massives de la bibliothèque. Le café donnait sur les lions de pierre et la circulation intense de la Cinquième Avenue. Il lui raconta en détail l'histoire de son association avec Mallory, qui l'avait entraîné presque malgré lui à s'occuper de l'affaire du tueur de vieilles dames. Il avait besoin du concours de Fanny pour retrouver le défenseur du jeune garçon qui s'était suicidé, sur la photo d'Edith.

– Oui, je l'ai bien connu, dit-elle. Je dansais avec lui dans les bals à Washington quand il n'était encore qu'assistant d'un sénateur. C'était l'un des rares cavaliers à me dépasser d'une tête... J'ai été navrée quand il est retourné dans son Etat du Middle West pour exercer le métier d'avocat.

– L'avez-vous revu depuis ?

– Oh oui, souvent. Au bout de quelques années, il a été élu sénateur. Ensuite, on l'a nommé juge à la Cour suprême. C'est un homme remarquable. J'ai toujours suivi sa carrière avec le plus grand intérêt.

– Vous a-t-il jamais parlé du cas de ce jeune garçon ?

– Oui, en effet. Il n'a jamais oublié la tragédie de ce gosse. Il m'en parlait quelquefois.

– Je n'ai trouvé mentionné son cas nulle part dans les annales judiciaires de l'époque. Je me suis demandé pourquoi.

– Aimerais-tu lui en parler ?

– C'est possible ?

– Tu n'aurais pas l'audace de suggérer qu'il m'aurait oubliée, n'est-ce pas, Charles ?

– Certainement pas, dit-il en souriant.

Elle était de ces femmes qui ne pouvaient disparaître avec le temps ou une mémoire défaillante. Quand le secrétaire mentionnerait son nom au juge de la Cour suprême, cet après-midi même, son visage serait immédiatement évoqué.

Quand ils se séparèrent, Charles la mit dans un taxi et retourna à la bibliothèque pour rechercher la troisième photo qu'il avait vue sur la cheminée d'Edith.

La date correspondait approximativement à son année sabbatique en Europe. Faisant défiler les microfiches à une allure vertigineuse pour le commun des mortels, il tomba enfin sur la jeune fille souriante qui ne pouvait deviner que son fiancé allait la tuer la veille de leur mariage.

Comment diable se procurer les détails du drame ? Mallory, bien sûr. Mais, après réflexion, il jugea qu'il valait mieux se passer d'elle.

Il demanderait au brave sergent Riker de l'aider. Lui, au moins, n'irait pas vendre la mèche à Mallory.

A la vue de Redwing dans la rue, sous sa fenêtre, Henry Cathery fut saisi d'une lucidité exceptionnelle.

N'était-ce pas trop tôt pour une nouvelle séance ? Debout près de la fenêtre, il échappa quelques instants à sa concentration habituelle.

Le téléphone se remit à sonner dans la chambre, derrière lui. La sonnerie n'avait pas cessé de la journée. Les gens normaux n'insistent pas tant, même les vendeurs d'encyclopédies ou les policiers. Cela ne pouvait être que Margot, pour lui soutirer de l'argent. S'il la laissait faire, elle le presserait comme un citron.

Il regarda encore le personnage aux proportions gigantesques marcher sur le trottoir à la limite de Gramercy Park. Il eut une vision d'une aveuglante clarté – une perception immédiate du passé, du présent et du futur. Très vite, cela disparut. Il resta planté là, à se demander s'il allait interrompre ou non la sonnerie du téléphone. Finalement, il débrancha l'appareil.

Henry Cathery avait faim. Il se dirigea vers la cuisine, mais il n'avait pas la moindre idée de la façon dont on ouvrait une boîte de conserve malgré son quotient intellectuel de cent quatre-vingt-sept.

– Je vous remercie, monsieur, de m'avoir rappelé, dit Charles.

– Je dois vous avouer que votre message m'a intrigué. Je ne pensais pas que quelqu'un se souviendrait encore de ce garçon. Ç'a été très dur de perdre ce procès. Peu importe que le garçon ait été pendu par la corde du bourreau ou par ses propres mains.

Sa voix avait l'accent nasillard du cœur des Etats-Unis. Il y avait aussi d'autres causes intimes à l'humeur du juge. Il ne s'agissait pas d'un lointain souvenir mais d'une réminiscence souvent évoquée.

– Mais le jeune homme était coupable, n'est-ce pas ?

– Je vais vous dire de quoi ce gosse était coupable. Il était coupable d'avoir agi honorablement envers Tammy Sue Pertwee. Il l'a épousée de l'autre côté de la frontière de l'Etat. Ensuite, ce garçon de quinze ans travailla pendant six mois, nuit et jour, à de petits boulots, pour nourrir sa femme et le bébé qu'elle attendait.

– Un bébé ?

– Tammy Sue mourut en donnant le jour à l'enfant, qui ne survécut pas. Cela fut connu plus tard, après le suicide du garçon. Le coroner du comté, un vrai salaud, a vraiment traîné les pieds dans cette affaire. Ils ont trouvé le bébé dans la tombe avec Tammy Sue. Il les avait placés dans un cercueil grossièrement fabriqué. J'ai vu les photos avant qu'elles ne soient détruites. C'était à fendre le cœur. Une enfant morte serrant dans ses bras son enfant mort.

– Il n'y avait pas de mention de l'enfant mort dans les journaux.

– La famille de Tammy Sue a étouffé l'affaire. Les photos ont prétendument été perdues. Le garçon m'avait dit qu'ils comptaient retourner chez ses parents quand le bébé aurait grandi. Le père de Tammy Sue la battait, et le garçon disait qu'elle n'aurait pu supporter un coup de plus. La famille du garçon n'est même pas venue réclamer son corps. Ils n'ont plus voulu en entendre parler ni le reconnaître. Il régnait une atmosphère de lynchage et de fête foraine autour de la prison. Des manifestations, la nuit, avec des torches éclairant des banderoles clamant : « Tuez le monstre » ou « Justice pour Tammy Sue ». Les commerçants du coin vendaient de la bière et des hot-dogs à la porte de la prison. De la fenêtre de sa cellule, le garçon assistait à ce cirque de haine.

« Il pleurait chaque soir en s'endormant, continua le juge. Souvenez-vous qu'il n'avait pas seize ans. Douze nuits se sont écoulées ainsi. Le matin du treizième jour, le shérif l'a trouvé pendu dans sa cellule avec ses couvertures.

– Est-ce qu'Edith Candle connaissait les faits ?

– J'ai tout raconté à son mari, Max Candle, l'illusionniste. Je pense qu'il lui en a parlé. Je l'en avais prié parce que je pensais que, si elle faisait une déclaration à la presse, cela pouvait aider le cas de mon garçon. Mais c'était trop tard. Le gosse s'est tué le lendemain. Max Candle m'a envoyé de l'argent, beaucoup d'argent pour son enterrement. J'ai fait construire pour ce gosse le plus beau monument funéraire de Claire County, parmi les tombes des notables du coin qui n'ont pas apprécié, vous pouvez me croire.

Avant de quitter l'appartement, Mallory glissa une pièce de vingt-cinq cents dans la petite poche de son jean. Helen lui avait inculqué l'habitude d'avoir toujours sur elle une pièce de monnaie en réserve pour téléphoner d'une cabine. Une seule chose avait changé dans ce rituel : ce n'était plus Helen qui lui donnait la pièce de vingt-cinq cents.

« Chérie, ne la perds pas. Avec ça, tu peux appeler à la maison si tu as un problème », disait Helen chaque matin en accompagnant la petite Kathy à l'école et même plus tard en envoyant Kathy à l'université puis à l'académie de police.

Mallory n'était pas gênée d'être la seule parmi les étudiantes sophistiquées de Barnard à avoir une cantine décorée sur un côté d'une souris de bande dessinée. Elle n'avait pas d'amis dans ce milieu et n'en recherchait pas.

Dès l'âge de douze ans, ses compagnons de jeux étaient les ordinateurs de la NYPD où elle passait son temps après l'école, trois fois par semaine, quand Helen avait des réunions de comités caritatifs et ne pouvait passer la prendre à l'école de Manhattan. Même pendant ses années à l'université, Mallory passait son temps libre parmi les ordinateurs, devenant ainsi rapidement une aide pour Markowitz. Mais elle était encore une enfant lorsqu'elle se fraya un chemin dans le Département des Réquisitions. Peu de temps après, les ordinateurs se modernisèrent. Des paquets arrivaient contenant des composants informatiques que la petite Kathy et, plus tard, la grande Kathy avaient assemblés en des systèmes dernier cri. Marlowitz avait appris à détourner les yeux chaque fois qu'il passait devant l'écran de son ordinateur.

Elle caressa la pièce de monnaie dans sa poche. Elle songea qu'elle avait été une enfant tellement choyée et protégée qu'elle n'avait jamais eu besoin d'utiliser cette pièce. Ses parents ne pouvaient plus venir la chercher aujourd'hui. Mais elle conservait la pièce, plus pour entretenir le souvenir que pour utiliser le téléphone public.

En se dirigeant vers la porte, elle remarqua la lumière clignotante de son répondeur. Elle appuya sur le bouton. L'unique message venait de Riker. Redwing avait encore déménagé pendant la nuit. Il n'avait pas cru bon de lui dire où.

10

A travers ses épaisses lunettes, Edith Candle fixa Mallory de ses yeux d'enfant, énormes derrière les verres.

– Il vaudrait mieux que vous évitiez cette femme, Kathy.

– Comment avez-vous trouvé l'adresse de Mme Redwing ?

Edith retira ses lunettes et se livra à l'occupation minutieuse d'en nettoyer les verres. Ses yeux reprirent des proportions normales.

– Elle me l'a donnée, dit Edith en remettant ses lunettes sur son nez. Elle m'a appelée ce matin. Nous avons eu une longue conversation.

– Elle vous a demandé de venir la voir ?

– Oui.

– Vous a-t-elle dit de n'en parler à personne ?

– Elle m'a en effet demandé de garder la chose pour moi. Je ne me souviens plus des termes exacts.

– Donnez-moi l'adresse.

– Vous voulez venir avec moi, mon petit ? Je crois qu'elle ne serait pas d'accord. Elle a insisté pour que je vienne seule.

– Je ne veux pas que vous sortiez de cette maison. Donnez-moi l'adresse.

– Non, ma chère. Je n'en ai pas l'intention.

Mallory se cala dans son fauteuil et fixa un point au-delà de la tête blanche d'Edith en se demandant jusqu'où il lui faudrait aller pour lui extorquer l'adresse.

Edith était menue. Cela ne demanderait pas beaucoup d'effort. Si elle faisait un peu peur à Edith – juste un peu –, Charles serait-il furieux contre elle ?

– Edith, que savez-vous sur cette femme que je ne connaisse pas ?

– Je connais sa violence. C'est trop risqué, Kathy.

Mallory remarqua le fichier Rollodex près du téléphone. Il contrastait avec les portraits d'ancêtres aux murs et les appuis-tête en dentelle. Elle remarqua également le crayon et le bloc-notes posés à côté du fichier. C'était tentant.

– Edith, est-ce que ce serait trop vous demander de me donner une tasse de café ?

– Mais non, mon enfant, voyons !

Dès qu'Edith eut franchi le seuil de la porte, Mallory s'attaqua au Rollodex et trouva sous les R la carte qu'elle cherchait.

Après avoir bu son café, Mallory se leva et dit à Edith :

– Promettez-moi que vous n'irez pas à ce rendez-vous.

– Si cela vous inquiète à ce point, je vous promets de ne pas y aller. Mais, avant que vous ne partiez, je voudrais vous montrer quelque chose.

Mallory la suivit dans la grande cuisine. On pouvait encore déchiffrer les lettres à demi effacées sur le mur au-dessus de la cuisinière.

Malgré ses dons de voyance, Edith ne sut pas interpréter l'expression de Mallory quand elle se retourna pour lui dire :

– C'est du Max tout craché, vous savez.

– Ah bon, dit seulement Mallory.

Les yeux de Mme Redwing chavirèrent quand le jeune doberman entra dans la cuisine en rampant. Ce jeu était encore nouveau pour lui, mais il apprenait vite au contact de la douleur. La faim et la soif le rendaient aussi à moitié fou.

Une assiette de viande crue était posée par terre entre les pieds de la femme. Centimètre par centimètre, il s'en approcha, conscient de la présence de sa maîtresse, qui représentait pour lui à la fois le châtiment et le plaisir, avec ses brûlures de cigarette et ses caresses sensuelles. Il renifla la viande rouge avec méfiance. Son odeur bizarre lui était pourtant devenue familière. Mais la faim fut plus forte que son instinct. Il avala goulûment le contenu de l'écuelle. Maintenant, le chien avait encore plus soif, tandis que la pièce tournait tout autour de lui, ou, plutôt, c'était le doberman qui tournait sur lui-même, en cercles lents, torturé par une soif terrible. Il baissa sa gueule sombre vers le sol et se mit à lécher le carrelage sale. Ses yeux mi-clos ne laissaient voir qu'une raie blanche. Il commença à émettre un grognement sourd qui se transforma en un long hurlement.

La journée avait été belle. Le soleil était encore chaud. Les chiens du West Village étaient rassemblés dans l'espace triangulaire qui leur était réservé dans le jardin de Washington Square. C'était l'occasion de s'ébattre sans laisse, de se renifler, de faire des rencontres, de se retrouver entre amis. Les moins raffinés, les bouledogues en particulier, se roulaient dans la poussière avec délice et grimaçaient de bonheur en bavant.

Subitement, tous les chiens cessèrent de jouer. Aux aguets, oreilles dressées, ils humaient le vent pour identifier le danger. Leurs maîtres humains furent beaucoup plus lents à sentir la menace. Les chiens, regroupés dans un coin du triangle, s'écartaient le plus possible d'un labrador noir dont les yeux étranges ne laissaient voir qu'une fente blanche. La tête basse et la langue pendante, il poussait un grognement sourd et continu.

Quelque chose avait attiré l'attention du chien. Il tourna la tête vers une jeune femme blonde qui traversait Washington Square en direction de l'East Side. Le soleil accentuait les reflets d'or de sa chevelure. Le chien la suivait de ses yeux fous. Il s'élança d'un galop inégal vers l'une des extrémités du triangle. Sa maîtresse s'avança prudemment en tenant à la main son collier et sa laisse.

– Viens ici, mon chien. Au pied !

Il l'ignora, appuyant son museau contre la clôture basse. La jeune femme approcha tout près. Le chien fit volte-face et lui mordit la main, la première fois en sept ans d'amour fidèle. Elle regarda, incrédule, les petites marques sanglantes de ses dents sur son doigt. Elle fut trop choquée pour crier.

Le labrador recula pour prendre son élan et sauta par-dessus le grillage. Il s'élança à la poursuite de la femme à la chevelure d'or. Alors, sa maîtresse se mit à l'appeler. La femme aux cheveux dorés se retourna à temps pour voir arriver ce monstre noir qui fonçait sur elle, la gueule entrouverte, en grondant sourdement. Au même moment, un enfant au tee-shirt rouge passa entre eux en courant. Surpris, le chien se précipita sur l'enfant et referma sa gueule sur le petit bras nu. L'enfant, terrifié, hurla. Le chien entendit l'os craquer et se mit à secouer le petit humain comme il l'aurait fait avec un lapin.

La fille aux cheveux d'or accourut vers lui, sifflant d'un son aigu. Mais le chien était trop occupé par sa nouvelle proie. Mallory lui assena deux violents coups de pied à la tête et au thorax. Cela suffit à détourner son attention. Lâchant le petit, il montra ses dents à la femme qui le provoquait et bondit sur elle, les yeux rivés sur la blancheur de son cou. Le coup de feu claqua quand il était encore en l'air. La poitrine de l'animal explosa.

Le canon de métal fumait encore dans sa main quand la jeune femme se pencha sur lui. L'image de son visage dénué d'expression remplit les dernières secondes de vie du chien fou. Très vite, elle s'éloigna, et le chien agonisant fixa le soleil qui ne fut bientôt qu'une tache noire.

Une femme en larmes berçait le petit garçon blessé. Mallory prit délicatement l'enfant et l'étendit sur l'herbe, maintenant en l'air le bras brisé qui saignait abondamment. Elle appuya de toutes ses forces sur l'artère sectionnée tandis que ses yeux cherchaient dans la foule un visage familier. Riker se fraya un passage et s'agenouilla à côté d'elle. Elle savait qu'il n'était pas loin.

– Donne-moi ta ceinture, dit-elle.

Pendant qu'il l'enlevait, Mallory dit à un homme debout à côté d'eux :

– Appelez une ambulance de la cabine de l'université de New York au coin de la place. Et vous, allez chercher un docteur au cabinet médical dans cette maison en grès brun, là-bas. Dites-lui que c'est un ordre de la police, s'il ne se remue pas assez vite. Riker, remplace-moi jusqu'à l'arrivée de l'ambulance.

Les mains libres, Mallory improvisa une attelle avec un skate-board. Elle y attacha le bras de l'enfant à l'aide de la ceinture de Riker. Elle demanda aux hommes de donner leurs vestes pour recouvrir l'enfant encore sous le choc. La douleur viendrait plus tard. Maintenant, il pleurait en réclamant sa mère.

Mallory se releva et fit un petit signe d'adieu à Riker qu'elle laissait immobilisé par la blessure de l'enfant et le travail fastidieux des papiers à remplir à l'arrivée de l'ambulance. Elle sourit en s'éloignant à grands pas. Riker était connu dans tout le département de police pour n'avoir jamais laissé filer un sujet. Pour la première fois dans sa carrière, il avait été semé. Le sergent Riker mettrait du temps à s'en remettre.

– Salut, Charles, c'est Riker. Est-ce que Mallory est dans les parages ?... Vous n'avez pas une idée où elle pourrait se trouver ?... Comment le saviez-vous ?... Ouais, je l'ai suivie pendant toute la journée mais la garce m'a semé tout à l'heure... Il faut la retrouver le plus rapidement possible. Elle doit être sur une piste brûlante pour s'être débarrassée de moi comme elle l'a fait... Ouais, je suis inquiet aussi.

Riker raccrocha le téléphone de la cabine devant le supermarché et tourna à droite sur Bleecker Street. Il ne faisait pas encore nuit, mais déjà les costumes de Halloween peuplaient les rues de taches multicolores et de masques monstrueux. Il croisa un tube de dentifrice géant qui déambulait à côté d'un arbre feuillu. Les regards vigilants de deux mères de famille suivaient une petite bande de loups-garous et de vampires qui n'atteignaient pas la hauteur de sa ceinture. Dans cette ville de tous les dangers, les enfants étaient accompagnés, le soir de Halloween. Ces petits monstres portaient des masques sortis tout droit des derniers films d'horreur et de science-fiction.

– Bouh ! hurla un gosse dans le dos de Riker.

Celui-ci lui fit plaisir en levant les mains au-dessus de la tête et en suppliant :

– Ne me fais pas de mal !

Les enfants éclatèrent de rire pendant que leurs gardes du corps les poussaient en avant. Riker continua son chemin en direction du commissariat.

Mon petit, la vraie peur, tu ne sais pas ce que c'est ! se dit-il à mi-voix.

– *Le paladin doit mourir !...* Il s'agit de Mallory, n'est-ce pas, Edith ?

L'inscription à peine lisible était à moitié recouverte de poudre à récurer. Charles l'avait déchiffrée en retenant son souffle. Déchirant son Kleenex en petits morceaux, Edith Candle quitta la cuisine sans dire un mot.

Il la suivit dans le vestibule, jusqu'à la bibliothèque. Son sens du détail lui fit remarquer sur la table octogonale le coin d'un cadre en argent sculpté qui dépassait sous un journal. Les trois autres cadres étaient toujours sur la cheminée. Celui-ci irait sans doute les rejoindre.

Edith lui posa la main sur le bras.

– Je suis fatiguée aujourd'hui, Charles. Je suis incapable de faire la conversation en ce moment.

Sans lui prêter attention, Charles s'approcha de la table. A côté du cadre, il remarqua une grande enveloppe à l'en-tête d'un service new-yorkais d'argus de la presse posée sur des papiers rangés à la hâte. Prenant le cadre, il vit qu'il contenait un gros plan de Mallory pris durant l'enterrement de Louis Markowitz.

Traversant la pièce en deux enjambées, Charles saisit Edith par les épaules.

– Qui va tuer Mallory ? Qui ?

– Je ne peux pas le savoir. Mon pouvoir n'est pas assez fort.

– J'emmerde votre pouvoir ! C'est vous qui l'avez piégée. Qui doit la tuer ?

– Tu ne sais pas ce que tu dis, Charles !

Charles prit sur la cheminée le portrait de la jeune fiancée.

– Son fiancé habitait cet immeuble, dit-il. Il s'appelait

George Farmer. Il a tué sa fiancée la veille de leur mariage et a retourné ensuite le revolver contre sa tempe. Depuis, il végète comme un légume en contemplant le plafond d'une chambre d'hôpital. On m'a dit qu'il bavait de temps en temps. Mais il n'est pas mort, alors, il n'a pas eu droit au cadre en argent massif. C'est ainsi que ça fonctionne, n'est-ce pas ?

– Mon don de voyance traîne un lourd fardeau avec lui, Charles. J'ai essayé d'éviter cette tragédie. Mais j'ai échoué.

– J'appellerais plutôt ça un succès éclatant, d'après vos critères obscènes. Et le cousin Max ? Vous avez brisé sa concentration, n'est-ce pas ? Vous étiez la dernière personne qu'il voulait voir ce soir-là. C'est pourquoi mes parents ne voulaient plus m'amener chez vous. Ils ont deviné que vous aviez manipulé la mort de Max. Et, maintenant, vous voulez faire assassiner Mallory. Vous avez tout organisé, n'est-ce pas ? Qui va la tuer, Edith ?

– Charles ! Tu ne peux pas dire des horreurs pareilles !

– Au départ, vous aviez prévu un accident en utilisant Herbert et son revolver. Martin devait être la victime, cette fois. De quoi vous refaire la main... Herbert est tellement débile, tellement parano que ce n'était pas bien compliqué à mettre en scène, n'est-ce pas ?

– Charles, tu n'es pas dans ton état normal. Tu ne sais pas ce que tu dis...

– Ensuite intervient Mallory avec sa violence, son désir de venger son père, sa jeune énergie prête à tout bousculer. Du coup, vous avez dû changer vos plans. J'ai raison, hein ? Où est-elle allée ?

– Je ne sais pas. Je sais seulement qu'elle est en danger.

– Là, je suis d'accord avec vous.

Charles caressa le cadre.

– Kathleen Mallory ne sera pas votre prochain trophée ! s'écria-t-il.

Il abattit son poing sur le verre qui se brisa en trois morceaux. Il avait libéré l'image de Mallory. Le sang coula de sa main blessée. Il arracha la photo du cadre et laissa en partant une empreinte sanglante sur la porte de l'appartement.

Mallory remarqua le contraste entre le téléviseur neuf, le magnétoscope, la stéréo sophistiquée et le tapis usé, les murs aux papiers décollés. Ça sentait les spaghettis à l'aïl. L'odeur plus désagréable des ordures montait par le soupirail de la courette qui restait sans doute ouvert pour combattre la chaleur étouffante qui sortait du radiateur bruyant.

Un jeune doberman entra en clopinant dans la pièce, clignant des yeux comme s'il était aveuglé par la lumière. Le jeune garçon était assis par terre devant la télévision. Levant sur Mallory ses yeux jaunes, il la regarda comme à travers une grande distance.

Mme Redwing lui fit signe de la suivre dans la cuisine, qui servait aussi de salle de bains. Un rideau de douche violet cachait la baignoire dont on ne voyait que les pieds en forme de pattes de lion. Les W.–C. étaient dissimulés derrière une vieille tenture dorée imprimée d'orchidées noires.

– Asseyez-vous, asseyez-vous ! dit Mme Redwing à Mallory en souriant de toutes ses dents.

Mallory s'assit devant une table recouverte d'une toile cirée où traînaient les restes du repas du soir.

– Nous allons prendre le thé maintenant, dit Mme Redwing.

Elle ouvrit un placard et en sortit deux tasses dépareillées. Ensuite elle se dirigea vers une étagère où s'entassaient des bocaux en verre remplis de feuilles séchées et de poudres diverses.

– Pas pour moi, merci, dit Mallory en observant la progression d'un cafard qui grimpait sur le grille-pain couvert des empreintes qu'on y avait laissées depuis le jour de son achat.

Chaque chose se trouvait à sa place mais enduite de tout ce qui avait été renversé dessus – hier ou le mois dernier. Elle se baissa pour chasser d'une pichenette un cafard de sa chaussure avec l'aisance d'une longue habitude.

– Vous devez boire du thé, insista Mme Redwing.
– Pourquoi ?
– Ça fait partie des rituels de mon art. Vous, les flics, vous avez vos méthodes, moi, j'ai les miennes. Vous voulez des informations, alors vous me laissez faire, d'accord ?

Mallory acquiesça de la tête. Tout d'un coup, le garçon apparut silencieusement sur le seuil de la porte, les pieds dans d'épaisses chaussettes. Il ne quittait pas Mallory des yeux. Redwing lui dit quelques mots en français. Grimpant sur une chaise, il attrapa une boîte en fer en haut de l'armoire. Ensuite, il posa un pot de miel sur la table. Mû par les paroles de Mme Redwing, il se déplaçait comme un somnambule.

S'approchant lentement de la chaise de Mallory, il se tint debout à côté d'elle. Mme Redwing tourna le dos un instant pendant qu'elle allumait le gaz pour faire chauffer la bouilloire. Mallory en profita pour caresser légèrement le visage du garçon. La douceur de sa caresse les surprit tous les deux. Le voile opaque qui ternissait les yeux du petit se leva, découvrant un regard vif et lumineux. Mallory sourit au garçon qui lui sourit timidement en retour.

– Je reviendrai te chercher, disait le regard de Mallory.

Elle retira sa main du petit visage lisse. Les yeux du garçon s'agrandirent, et, l'instant d'après, le voile terne les recouvrit à nouveau, ne laissant qu'un trou noir entouré de deux cercles jaunes.

Le tic-tac de la pendule au mur résonnait avec insistance dans la tête de Mallory. La bouilloire se mit à siffler avec un son strident et le radiateur émit les cliquetis métalliques d'une machine qui va rendre l'âme.

Malgré la chaleur étouffante, Redwing ferma la fenêtre. Le garçon recula jusqu'à la porte de la cuisine, et s'immobilisa en s'appuyant contre le chambranle sans quitter Mallory des yeux.

Redwing versa le thé dans les deux tasses.
– Buvez, dit-elle à Mallory.

Une grosse mouche noire voletait autour de la tasse de Mallory. Elle la chassa.

A la vue d'une trace de rouge à lèvres, elle eut une vision fugitive d'Helen, qui ne boirait pas dans cette tasse.

Mallory but le thé à petites gorgées. Il était bon et assez sucré sans qu'on eût besoin d'y rajouter du miel comme le faisait Redwing.

– Vous vous intéressez donc à Pearl Whitman ? demanda Mme Redwing. C'est bien la femme qui est morte en même temps que votre père ?

Mallory fit oui de la tête en sirotant son thé.

– J'ai offert mes services à la police, dit Redwing. Le saviez-vous ? Non ? Eh bien, ils m'ont envoyée promener. Pourtant, hier soir, le lieutenant Coffey est venu me demander des informations. Je ne lui ai rien dit. J'emmerde la police. Vous n'en faites plus partie. Pour vous, c'est une affaire personnelle. Je veux bien vous aider.

Le garçon apparut soudain derrière la chaise de Mme Redwing. Les yeux révulsés, ses poings se contractaient avec agressivité.

– Buvez tout, dit Redwing. Ensuite, nous regarderons votre avenir dans le tracé des feuilles au fond de votre tasse.

– Promettez-moi que vous ne direz à personne que je vous ai recousu, dit Henrietta avec un sourire en coupant les fils des points de suture.

– Je ne dirai pas un mot, dit Charles.

– Heureusement, reprit Henrietta, que la plupart des gens oublient qu'un psychiatre est aussi docteur en médecine. Si vous en parliez aux locataires, je passerais tout mon temps libre à écouter le récit de leurs maux et de leurs bobos.

Soit Henrietta avait la main légère, soit le choc psychologique subi chez Edith l'avait insensibilisé à la douleur, se disait Charles, tandis qu'elle appliquait un pansement sur sa main.

– Ça fait longtemps que je n'ai pas soigné quelqu'un, dit Henrietta.

– Alors, que pensez-vous de notre voyante ? demanda Charles.

– Tout se recoupe, dit-elle. Depuis des années, plusieurs incidents inexpliqués se sont passés ici.

– Vous faites allusion au meurtre d'Allison Warwick par son fiancé ?

– Je ne connaissais pas très bien George Farmer, dit Henrietta en hochant la tête. Je venais d'emménager dans l'immeuble. Nous nous disions bonjour quand nous nous croisions dans les couloirs ou dans le hall. Mais j'avais remarqué, presque malgré moi, le progrès de sa paranoïa en moins de six semaines. A ce moment-là, je voyais souvent Edith. Elle m'avait parlé de ses expériences d'écriture automatique.

– Ne m'en dites pas plus, interrompit Charles. George est entré chez elle un jour et a lu l'inscription sur le mur...

– Exact. Les locataires avaient l'habitude d'entrer chez Edith sans même frapper. L'inscription concernait Allison. Edith m'a dit qu'elle ne se souvenait pas de l'avoir écrite. J'imagine qu'il y a eu beaucoup de choses écrites sur ses murs pendant six semaines. En tout cas, elles ont détruit George Farmer.

– Des mensonges ignobles, sûrement.

– Pas nécessairement, dit Henrietta. Pour moi, les gens en proie à une passion amoureuse ne sont pas loin de la psychose. Edith avait eu le temps requis pour ébranler sa confiance en la jeune fille. Cela n'avait pas besoin d'être clair.

– A-t-elle provoqué d'autres catastrophes depuis ce drame ?

– J'ai observé d'autres conflits dans l'immeuble. Par exemple, le divorce d'Herbert. Je ne vous ai rien dit sur le moment parce que Edith est votre parente. Je le regrette, à présent. Une erreur de jugement de ma part... Pouvez-vous m'en dire davantage sur les suspects de ces meurtres à Gramercy Park ? L'un d'entre eux mettrait en danger la vie de Mallory ?

– Malheureusement, je ne sais rien de précis, dit Charles. En éliminant les femmes, le nombre des suspects se réduit. On me répète que ce tueur en série ne peut être une femme.

– Moi, je ne les éliminerais pas. Est-ce qu'Edith est en bon termes avec les uns ou les autres ?

– Je sais qu'elle a rencontré Gaynor une fois ainsi que Mme Redwing, le médium. Pour les autres, je ne suis pas au courant.

– Je parierais sur le médium. Edith travaillerait en pays de connaissance... Gaynor a sans doute une personnalité trop structurée. Avez-vous l'adresse de Mme Redwing ?

– Je n'ai rien trouvé dans l'annuaire. Je crois que le sergent Riker pourrait nous aider.

– Bien. Mais cessez de vous comporter en preux chevalier. Appelez simplement la police. Pensez à Mallory. Elle a besoin que quelqu'un vienne à son secours une arme à la main.

– Vous avez raison, dit Charles. Au pire, si elle n'est pas en danger, elle me punira par le mépris.

Il appela le commissariat. A la quatorzième sonnerie, on décrocha.

– Le sergent Riker, s'il vous plaît.

Le répondeur lui demanda de patienter car tous les postes étaient occupés.

La journée avait été longue. Non, il n'avait plus de patience.

Sa tasse à moitié vide, Mme Redwing, les yeux mi-clos, se balançait sur sa chaise. Mallory se balança au même rythme, renversant un peu de thé sur son jean. Cela lui semblait naturel que les murs tanguent au rythme de la pendule sur le mur, au rythme des battements de son cœur.

Redwing fredonnait des paroles incohérentes sur un air connu. Mallory oscillait en mesure dans l'atmosphère oppressante.

Le garçon était toujours là. Les yeux rivés sur Mallory, il mima pour elle une scène insolite : mettant de l'eau dans deux tasses, il déboucha une petite fiole et en versa le contenu dans l'une des tasses.

Mallory cessa son balancement. Examinant le liquide foncé au fond de sa tasse, elle remarqua un résidu jaunâtre qui flottait au-dessus du thé sucré.

Droguée.

Mallory jeta sa tasse par terre. Le lino ondulait en vagues lentes. Elle tomba deux fois avant de pouvoir se diriger d'un pas mal assuré vers la pièce de devant où la télévision déversait ses clichés habituels. Le son résonna comme un gong dans son crâne douloureux. Elle s'effondra encore sur le parquet. Incapable de se relever, elle se traîna à quatre pattes vers la porte d'entrée.

Mme Redwing marchait calmement à côté de Mallory qui rampait maintenant sur le tapis sale dont les poils collés et les miettes de pain s'incrustaient sous ses ongles cassés. Avec un large sourire, la géante ouvrit toute grande sa porte d'entrée.

Mallory se releva avec peine et avança en titubant vers l'escalier. Brusquement elle perdit pied, culbutant sur les marches en pierre. D'abord une épaule, puis une jambe heurtèrent les arêtes dures. Elle sentit sur ses mains une odeur de sang. Elle eut la sensation que son sang s'écoulait par tous les pores de son corps, inondant l'entrée et se déversant dans la rue. Elle se débattait dans les flots de sang.

Dans la rue, elle vit des étoiles filantes autour d'elles, des étoiles qui criaient et hurlaient. Elle écouta les pulsations bruyantes du sang dans ses veines, au rythme des couleurs qui s'amplifiaient. Ce feu d'artifice allait faire exploser son cerveau.

Au milieu de ce brouhaha, elle entendit Markowitz l'appeler. Que disait-il donc ? En même temps, elle sentit une odeur fraîche de levain et d'eau de lavande mêlés.

– Au secours ! Je meurs ! hurla-t-elle dans le petit coin de sa tête où se nichait la vieille maison de Brooklyn.

Markowitz souriait.

– Ne dis pas de bêtises, Kathy.

– Ecoute ce que dit ton père, dit Helen en lui tendant son panier repas.

– As-tu ta pièce de vingt-cinq cents, Kathy ? demanda encore Helen.

Mallory, essuyant ses larmes de sang, réussit à introduire la pièce dans la fente du téléphone qu'elle avait réussi à atteindre.

– Je suis en train de crever ! Redwing m'a tuée ! Elle m'a empoisonnée avec le thé ! hurla-t-elle dans le téléphone, affolant l'homme doux et tranquille qui attendait de ses nouvelles à l'autre bout de la ville. Charles se précipita hors de son appartement sans même raccrocher son téléphone ni fermer sa porte à clé.

L'éclairage au néon de l'hôpital donnait à tout le monde un teint blême, mais Charles trouva que Jack Coffey avait bien plus mauvaise mine que Mallory. Ses yeux rougis, sa barbe naissante, ses vêtements froissés témoignaient qu'il n'avait pas dormi depuis vingt-quatre heures. Le sergent Riker n'était guère plus en forme.

Endormie, Mallory avait un air d'innocence qu'elle perdait dès qu'elle ouvrait ses yeux verts. Un gros bandage enveloppait sa tête. Si l'on faisait abstraction des bleus sur ses bras, elle ressemblait à une étude de blanc sur blanc. Un tube de perfusion fixé par un sparadrap au creux du coude la reliait à la bouteille qui l'alimentait. Près de son lit, des petits signaux sonores et lumineux enregistraient les signes vitaux.

Le sergent Riker, assis sur l'unique chaise de la chambre, semblait hypnotisé par la machine électronique.

Jack Coffey, le dos appuyé contre le mur à la tête du lit, disait à Charles :

– Redwing est astucieuse mais pas très intelligente. Nous l'avons d'abord coincée pour recel de drogues. Il y en avait assez dans cet appartement pour fournir tout le quartier. Ça traînait à la vue de tous comme si elle n'avait jamais pensé que la police viendrait chez elle.

Coffey contempla Mallory endormie avec une expression de tendresse mêlée d'exaspération. Cela n'échappa pas à Charles.

– Nous allons également l'inculper pour trafic de stupéfiants, ajouta-t-il.

– Et qu'avez-vous fait du petit garçon? demanda Charles.

Pendant que Mallory délirait sous l'influence de la drogue, le cerveau disjoncté, cherchant ses mots, elle avait trouvé la force de lui parler de l'enfant en danger.

Mallory, la délinquante endurcie. Personne ne l'avait

vraiment comprise, à part Helen qui avait deviné ce qu'il y avait de meilleur en elle.

Paladin inattendu, plein de grâce insolente
Mallory est ton nom.

– Le gosse est en sécurité, dit Coffey. Nous avons assez de preuves contre Redwing pour lui retirer la garde de l'enfant. Elle écopera d'au moins dix ans de taule, avec les trois chefs d'inculpation que je lui ai collés, sans parler de l'arnaque boursière. Le procureur général se fera une joie de l'épingler pour ça quand elle sera bien au chaud dans sa cellule.

– Pas d'inculpation pour meurtre ? demanda Charles. Vous ne pensez pas qu'elle soit coupable du meurtre de Markowitz ?

– Non. Ça aurait bien arrangé les affaires du procureur. Mais je l'en ai dissuadé. Elle n'est pas assez forte pour coincer Markowitz. Par contre, elle est peut-être en cheville avec le salopard qui a tout manigancé.

– Redwing vous a révélé son identité ?

– Elle prétend ne pas le connaître. Elle l'appelle le Directeur. Avant qu'elle n'ait semé nos hommes qui la filaient, nous avions découvert qu'elle faisait une séance par jour, à chaque fois dans un quartier différent. Son réseau doit compter au moins une quarantaine de personnes. Nous allons les interroger tout à l'heure, c'est-à-dire ce matin.

Riker consulta son carnet.

– Mallory m'a dit qu'une banque de taille moyenne n'aurait pu gérer leurs activités financières. La totalité du capital de tous les membres de ce réseau suffirait à financer un petit Etat.

– Je m'attends à ce qu'ils se dénoncent mutuellement afin d'obtenir l'immunité ou tout au moins une réduction de peine, dit Coffey. C'est l'une des arnaques les plus sophistiquées que j'aie jamais connues...

– Laissez-moi deviner, interrompit Charles. C'est plus amusant. Le Directeur se servait de Redwing pour recueillir des tuyaux financiers parmi ce cartel d'actionnaires majoritaires. Ensuite, il faisait circuler les ordres d'achat et de vente parmi ce vaste réseau de clients – aucune transaction n'étant à elle seule suffisamment importante pour attirer l'attention de la SEC. Et si jamais celle-ci posait des questions embarrassantes, Redwing aurait la couverture du médium et des séances. Redwing et le Directeur se partageaient les bénéfices.

– Bien raisonné, dit Coffey. Mais il n'y avait pas de partage. Le Directeur ne versait qu'une petite commission à Redwing. Nous avons demandé à un agent de la SEC d'expliquer à Mme Redwing le montant des profits du Directeur et de ses clientes... Elle était folle de rage. Elle n'avait pas la moindre idée des sommes dont il s'agissait. Elle est donc prête à coopérer avec nous mais elle n'a pas grand-chose à nous apprendre que nous ne sachions déjà.

– Mais si elle ne connaissait pas le Directeur, comment pouvait-elle entrer en contact avec lui ?

– C'est Pearl Whitman qui avait tout arrangé. Elle a rencontré pas mal de médiums avant d'en trouver une qui soit relativement honnête tout en étant bidon, nous a expliqué Redwing.

– Comment le Directeur se faisait-il payer ?

– Je n'en ai pas la moindre idée. Nous supposons que miss Whitman s'en chargeait.

– Mais les séances ont continué après la mort de Pearl Whitman. Il est peu vraisemblable que le Directeur ait continué à distribuer des tuyaux boursiers sans y trouver son profit.

– Le type de la SEC pense qu'il a un compte secret à l'étranger. Nous en saurons plus quand nous aurons démantelé tout le cartel.

– Pourquoi Redwing a-t-elle attaqué Mallory ? Ce n'était pas très malin de se faire remarquer en essayant de tuer un policier.

– Elle croyait que Mallory allait révéler toute l'opération au grand jour.

– A-t-elle dit comment cette idée lui est venue ? Quelqu'un a-t-il pu la lui suggérer ?

– Redwing a beau ne pas être une lumière, elle a quand même pu apprécier l'intelligence de Mallory. Elle avait lu sa biographie sur une coupure de presse le jour de l'enterrement de Markowitz. Elle a dû avoir une peur bleue quand Mallory s'est invitée à l'une de ses séances.

Mallory remua sous les draps blancs. Les regards des trois hommes convergèrent sur elle. La lumière pâle de l'aube adoucissait la froideur du néon.

– A propos, Riker, dit Coffey en donnant un coup de pied à sa chaise. Qu'a dit le toubib ?

– C'est une nouvelle drogue synthétique. Une vraie saloperie. Le médecin qui lui a fait le lavage d'estomac dit que trois personnes sont mortes cette année après avoir ingurgité ce truc-là. Ça rend fou, paraît-il, et l'on meurt des blessures que l'on s'inflige soi-même. Les victimes vont jusqu'à s'arracher les yeux, se couper les veines. Mallory, elle, ne souffre que de quelques contusions et de blessures superficielles. Elle s'en sortira, mais ses réflexes fonctionneront au ralenti pendant plusieurs jours.

– Elle croyait qu'elle se vidait de son sang quand nous l'avons trouvée, dit Charles. Mais elle saignait seulement d'une blessure à la tête et à la jambe.

– Les effets de cette drogue ressemblent beaucoup à ceux du LSD, dit Riker. Elle a cru véritablement voir son sang couler par toutes ses fibres. Même Mallory est obligée de croire à ce qu'elle voit.

Charles se demanda si Mallory avait cru à l'inscription sur le mur d'Edith. Non, elle était trop intelligente pour ça. Elle savait probablement déjà à quoi s'en tenir sur Edith.

Donc, elle avait eu un avertissement à ce moment-là. Et pourtant elle s'était laissé prendre au piège.

Coffey posa la main sur l'épaule de Riker.

– Tu continues à faire le baby-sitter aujourd'hui. Pas question que Mallory quitte cette chambre, compris ?

– Ouais, lieutenant. Je vous le promets.

– Si tu as besoin de dormir un peu, demande au médecin de lui donner un calmant. D'accord ?

– Ouais.

– Pourrais-je avoir les clés de son appartement ? demanda Charles. Elle aura besoin de quelques affaires si elle reste ici plusieurs jours. L'infirmière m'a fait une liste.

– Sans problème, dit Coffey. Et merci pour votre aide, Charles.

Coffey, souriant, serra la main de Charles une fraction de seconde en trop.

– A propos, dit-il sans sourire cette fois, ce vieux rapport sur le meurtre qui a eu lieu dans votre immeuble de Soho vous a-t-il été utile ?

Ainsi, Riker en avait parlé au lieutenant. Et Coffey attendait une explication de la part de Charles. Il n'était peut-être pas aussi rapide que Mallory, mais il savait user de son intelligence.

– Oui, très utile, je vous remercie.

En supposant qu'il mette Coffey au courant de ses suspicions, que pouvait-il faire ? Absolument rien. On ne pouvait rien prouver contre Edith. Mais bientôt il devrait parler à Coffey. Il fallait en finir.

11

Charles laissa tomber le sac de voyage de Mallory, renversant sur le tapis ses affaires de toilette et sa robe de chambre. Il avait l'expression d'un homme qui a vu un fantôme. Et il venait d'en voir un.

Celui de Louis Markowitz.

Charles entrait pour la première fois dans le bureau de Mallory. Il y retrouva son vieil ami. Louis habitait cette pièce. Il avait envahi tout le mur du fond avec son fouillis habituel.

La mémoire de Charles évoqua le panneau tel qu'il était le jour de la mort de Markowitz. La partie droite, du plus pur style Markowitz, contenait des documents et des photos qui dataient de plusieurs jours après sa mort.

Charles se mit à retirer les couches supérieures du panneau de droite. Plus il enlevait d'éléments, plus les documents étaient alignés avec précision. Il enleva les photos de Redwing, qui ne servaient qu'à brouiller les pistes. Finalement, la première couche révéla un ordre et un alignement parfaits. Du pur style Mallory. C'était comme si elle avait peu à peu adopté la méthode de son père – une certaine organisation du chaos. Sur le côté de Mallory, une couche plus ancienne de papiers et de documents concernait sa vérification sur la personnalité et la situation de Margot Siddon. La couche supérieure montrait qu'elle avait rejeté Margot en faveur de la medium. Henry Cathery et Jonathan Gaynor étaient relégués sur un côté en deux catégories distinctes.

– Louis, parle-moi ! murmura Charles en s'adressant au mur.

Le panneau de liège commença à parler. Une note écrite à la main lui sauta à la figure. De même, des relevés bancaires, des rapports de crédit, des relevés de transactions boursières datant des années quatre-vingt. C'était sur la base de ces données que Louis avait traqué le meurtrier dans l'East Village, sur le lieu de l'assassinat de Pearl Whitman.

Mais était-ce réellement le meurtrier qu'il traquait ? Pourquoi avaient-ils tous, Charles inclus, supposé cela ?

Le panneau de Mallory comportait davantage de données financières, entre autres, l'enquête du procureur général – à la suite de la plainte de la SEC – sur les activités financières d'Edith Candle et les résultats des intrusions de Mallory sur l'ordinateur d'Edith. Le mobile de l'argent surgissait à la lecture attentive des rapports financiers. Le père et la fille se rejoignit dans la même analyse du tueur en série : il ne s'agissait pas d'un pervers mais d'un homme qui aime l'argent et le risque et, surtout, d'un dangereux psychopathe. Charles lut à une vitesse déconcertante les notes de surveillance de Mallory, tapées avec soin et contenant une somme incroyable de détails. Il ne s'attarda pas sur les rapports du médecin légiste qu'il arracha aux deux extrémités. Il fit tomber par accident l'épingle qui retenait un sac en plastique dans la section de Markowitz. Il rejoignit sur le sol les autres déchets. Les perles d'Anne Cathery tombèrent aussi par terre.

A présent, après avoir éliminé tout le superflu, Charles connaissait le pourquoi et le comment du crime mais pas l'identité du criminel. Il était intrigué par le rôle de Pearl Whitman, comme avait dû l'être Markowitz avant lui. Mais ce fut Samantha Siddon qui lui livra enfin le nom du tueur.

Le sergent Riker fut la première personne que vit Mallory en ouvrant les yeux.

Ce n'était pas une vision agréable. Les yeux du sergent étaient encore plus rouges que d'habitude. Mais sa figure grise et hirsute s'élargit en un sourire de soulagement.

– Salut, mon petit. Comment ça va ?

– C'est Mallory, pour toi. J'ai une gueule de bois terrible.

– Tu sais, ça me fait penser à l'époque où tu avais eu une crise d'appendicite. Tu n'étais qu'une petite môme...

– Riker, qu'est-ce qui se passe ?

– J'étais allé à l'hôpital pour tenir compagnie à Lou et à Helen. Lou m'a dit que j'avais raté le plus beau : quand l'infirmière des urgences t'a palpé le ventre, tu lui as décoché un sacré coup de pied. J'ai ri à en pleurer.

– Riker, qu'est-ce que je fous ici ?

– Tu ne te souviens pas de la nuit dernière ?

– Redwing ! s'écria-t-elle en s'asseyant trop brusquement. Oh, ma tête ! Vous l'avez écrouée ?

– Nous l'avons inculpée pour coups et blessures volontaires, trafic de drogues et autres peccadilles. Coffey ajoute quelque chose à chaque fois que ça lui passe par la tête. La dernière inculpation était : possession de chien sans identification.

– Où est le garçon ? demanda Mallory en arrachant l'aiguille de sa perfusion.

– Il est à l'Assistance publique, pour le moment. Ne joue pas avec ça ou j'appelle l'infirmière. Elle est plus costaud que toi et encore plus mauvaise.

– Je dois partir, dit-elle en se frottant le creux du bras. Où sont mes affaires ?

– Pas si vite, Kathy. Ne me cause pas d'ennuis. Tu ne vas nulle part, compris ?

– Mallory.

– C'est personnel. C'est en dehors du boulot. Mais si tu insistes, je t'arrête officiellement.

– Pour quel motif ?

– Vol de photocopieuse.

– D'accord. Tu as gagné.

– Non, mon petit. Tu as cédé trop facilement. Pour qui me prends-tu ?

– Je veux seulement rentrer chez moi.

– Tu dois rester ici le temps de récupérer.

– Je peux récupérer à la maison. Ici, je deviendrai folle. Chez moi, j'ai au moins mon ordinateur.

– Et le panneau d'affichage de Lou.

– Oui. Ça aussi.
– Tu es trop faible pour te lever.
Rejetant les couvertures, Mallory lança ses pieds nus par-dessus le bord du lit. Elle se retrouva assise par terre, le derrière endolori.
– Je t'avais prévenue, dit Riker.

Trois femmes avaient déclenché pour lui la sonnette d'alarme. Mais elles avaient surestimé la réceptivité de Charles. Comme toujours, l'idiot du village était le dernier à voir sa maison brûler.
Sa mère avait été la première à le prévenir, peu de temps avant sa mort.
– Tu ne dois jamais interrompre la retraite d'Edith, Charles. Souviens-toi de ce que je te dis.
Plus tard, à l'enterrement de sa mère, il reçut un télégramme de condoléances d'Edith et une invitation à prendre le thé. Sa mère n'avait pas mentionné une invitation pour le thé.
Ensuite, Mallory avait essayé de l'avertir et il lui en avait tenu rigueur. Henrietta, en tournant autour du pot, avait aussi tenté de le prévenir, mais il n'en avait pas tenu compte.
Un jour, s'il voulait survivre, il lui faudrait envisager de prendre femme, peut-être un chien d'aveugle et une canne blanche, de surcroît.
De grosses gouttes de pluie s'écrasaient contre les vitres du taxi. Des éclairs illuminaient brièvement les rues, accompagnés d'éclats de tonnerre. Le chauffeur conduisait prudemment sous l'orage sans savoir que la maison brûlait.
– Ecoutez, dit Charles. Je vous donne dix dollars pour chaque feu rouge que vous brûlerez.
– Vous êtes fous, les Américains ! s'écria le chauffeur, dont le nom ne comportait que des consonnes.
Charles glissa un billet de vingt dollars sous le guichet de verre qui le séparait du conducteur.
– J'adore ce pays ! dit le chauffeur de taxi.

Mallory, la tête encore lourde, s'assit à la table de la cuisine en face de Riker. Le percolateur gargouillait joyeusement entre eux deux.

– Pourquoi est-ce que Charles ne m'a pas apporté mes affaires et mes clés à l'hôpital ?

– Il l'a peut-être fait. Tu n'es pas restée longtemps à l'attendre.

Mallory secoua la tête. Le concierge avait dit que Charles était passé et qu'il était reparti en courant. Elle se leva de table.

– Où vas-tu petite ?

– Certainement pas dehors.

Même le Shadow ne pouvait passer à travers une porte en chêne massif.

Ils avaient conclu une sorte de trêve non dénuée de méfiance après que le concierge leur eut ouvert la porte de l'appartement avec son passe. Riker ferma la porte d'entrée à double tour et garda le double qui était accroché sur le porte-clés de la cuisine. Ensuite, il verrouilla le cadenas de la fenêtre qui conduisait à l'escalier de secours.

Mallory avait bu tant de café qu'elle en avait la nausée. Quant à Riker, il en avait fait autant et ne semblait pas souffrir de sa nuit blanche. L'esprit plus en éveil que celui de la jeune femme, il était prêt à anticiper ses moindres mouvements.

A voir.

Pendant qu'il était plongé dans la page sportive du journal du matin, Mallory entra dans son bureau en refermant la porte. S'asseyant au milieu de la pièce, elle examina attentivement le panneau de liège. Elle mit un certain temps avant de remarquer qu'un intrus avait changé l'ordre des choses.

Charles.

Il avait retiré plusieurs couches de papiers et arrangé différemment des photos. Maintenant, Samantha Siddon occupait une position solitaire au centre du tableau. Anne Cathery, Estelle Gaynor et Pearl Whitman se trouvaient groupées ensemble sur le côté, dans l'ordre de leur mort. Ensuite, Charles avait placé en évidence tous les rapports financiers.

Mallory, songeuse, contemplait les petites perles blanches qui jonchaient les papiers sur le sol. Elles avaient été arrachées du cou d'Anne Cathery le jour de sa mort à Gramercy Park. La terre, imbibée de son sang, avait été recouverte de ces perles. Cette image se confondit avec celle de la scène du meurtre de Markowitz. Mallory se revit en train de faire coïncider le visage de Markowitz avec les flaques de sang, comme le lui avait demandé le docteur Slope.

Elle se leva et s'agenouilla au pied du panneau cherchant un élément manquant parmi ce que Charles avait rejeté. Qu'avait-il donc emporté avec lui ? Son cerveau, encore embrumé par la drogue, n'arrivait pas à fonctionner normalement. Elle s'adressa à son ordinateur pour retrouver les séquences manquantes. Aussitôt, elle vit ce que Charles avait vu :

L'écriture sur le mur.

Charles tambourina à la porte.

Pas de réponse.

Il tourna la poignée. La porte n'était pas fermée à clé. Il pénétra lentement dans l'obscurité du salon. Au bout du vestibule, un carré de lumière se réfléchissait sur le mur, en face de la porte de la bibliothèque. Quand il se trouva sur le seuil, il fut confronté à une masse sombre installée dans un fauteuil au milieu de la pièce. A gauche en entrant, une lampe éclairait brillamment le visiteur éventuel tandis que la silhouette dans le fauteuil restait dans la pénombre.

– Ah ! c'est toi, Charles ! dit la voix d'Edith.

Peu à peu, les yeux de Charles s'habituèrent suffisamment à l'obscurité pour distinguer le canon du revolver au reflet bleuté posé sur ses genoux.

– Tu dois me prendre pour une vieille dame stupide et ridicule d'avoir si peur, dit Edith en souriant.

– Oh non, dit Charles. Je ne vous crois pas du tout stupide. Vous n'avez pas fermé votre porte à clé – vous n'aviez donc pas si peur. C'est le revolver d'Herbert, j'imagine ? Comment avez-vous pu le convaincre de s'en séparer ? Il est vrai que vous l'aviez persuadé de s'en procurer un. De même que vous avez envoyé la lettre de menace à l'une des dames des séances. C'était à l'intention de Mallory, n'est-ce pas ? Pour qu'elle se lance sur la piste de Redwing... A qui d'autre avez-vous écrit ?

– Qu'est-ce que tu veux dire ?

– Ceci n'est pas de la voyance, dit Charles en englobant d'un geste de la main le revolver et la lampe. C'est plutôt un guet-apens. Qui attendez-vous ?

– Tu ne crois tout de même pas que je vais m'exposer comme un appât ?

– Vous êtes armée. Oh, à propos, Mallory est toujours en vie. Vous devez être déçue.

– Charles, comment peux-tu...

– Vous connaissez le meurtrier. Mais vous ne voulez pas que Mallory démasque ce monstre. Vous vous réservez cette tâche. Ainsi, vous faites d'une pierre deux coup : vous échappez à une inculpation pour délit d'initié et vous illustrez votre carrière d'oracle par un coup d'éclat.

– Si ta mère entendait les horreurs que tu racontes...

– Ma mère vous avait percée à jour, dit Charles. Bien sûr, vous vous êtes reconvertie depuis. J'aurais dû démasquer la fraude plus tôt mais je n'imaginais pas que vous puissiez partager les profits avec des pigeons. Ce n'est pas dans votre caractère. Maintenant je découvre qu'il y en a une quarantaine. Ça devient un peu difficile à gérer, non ? Ou peut-être que vous aimez le risque ? Un joueur d'échecs essayait l'autre jour de me décrire ce plaisir si particulier. Vous semblez avoir peur, Edith. Je pense que le tueur a les mêmes craintes.

– Je ne comprends pas ce que tu veux dire...

– Je vais vous rafraîchir la mémoire, si cela ne vous ennuie pas. La fusion du groupe Whitman n'était ni votre premier ni votre dernier coup. Cela ne suffit pas à justifier l'augmentation exorbitante de votre portefeuille boursier. Vous voyez ceci ? dit Charles en tirant une liasse de feuillets de sa poche. Mallory était au courant, mais je n'ai pas voulu l'écouter. Elle a comparé la croissance de votre fortune avec un rapport détaillé sur vos délits d'initié. Vos quarante associées vous renseignaient sur les nouveaux produits de leurs sociétés, sur les augmentations de capital qui en résultaient, sur les fusions en cours, les ventes, les OPA, etc. Elles vous laissaient même choisir les dates des transactions, comme l'avait fait Pearl Whitman. Et puis, quelqu'un a commencé à tuer vos partenaires. La police s'est mise à enquêter sur le dénominateur commun entre les victimes. Le scandale vous guettait.

– Arrête, Charles, avant d'aller trop loin...

– Vous avez tant de choses en commun avec le meurtrier. D'abord, le crime pour l'amour de l'argent. Ensuite, vous y prenez goût. Vous êtes comme des jumeaux indissolublement liés par la même passion.

– C'est ridicule. Tu ne peux pas me rendre responsable des...

– Je vois votre œuvre partout, Edith. Vous avez même tendu un piège à Mallory, selon votre méthode habituelle. D'abord vous prédisez sa mort, ensuite vous la provoquez. Mais c'est terminé. Vous n'allez plus tirer les ficelles. Quand le tueur entrera dans cette pièce, tout à l'heure, c'est moi qui l'attendrai. Pas vous. Maintenant, sortez d'ici. Allez chez Henrietta.

– Je t'assure que je suis parfaitement capable...

– Sortez ! hurla Charles.

Mallory referma le dernier fichier financier sur son ordinateur et recula sa chaise à roulettes. Eh bien, Edith l'avait prévenue. On peut se permettre beaucoup de choses quand on est vieux.

Elle passa sans bruit devant la porte de la cuisine. Riker était toujours plongé dans la rubrique des sports. Traversant sa chambre à coucher, Mallory entra dans la salle de bains et ouvrit grand le robinet de la douche. Elle sortit du tiroir de sa commode le vieux 38. Long Colt qui avait appartenu à Markowitz et à son père avant lui. Riker avait eu la prévoyance de lui confisquer son Smith & Wesson, il lui fallait donc se débrouiller avec ça. Si les trous faits par les balles étaient moins gros, celles-ci n'en étaient pas moins rapides. Le miroir de la salle de bains se couvrait de buée pendant qu'elle attachait l'étui de son revolver.

Edith n'était pas protégée par la police comme les autres membres du réseau. Mallory pensa une seconde à prévenir Coffey puis se ravisa. Les preuves contre le tueur étaient si fragiles qu'il fallait essayer de le prendre sur le fait. Coffey ne lui permettrait jamais de se servir d'Edith Candle comme appât.

En n'agissant pas immédiatement, elle perdrait une opportunité qui ne se représenterait plus. Déjà, les enquêteurs de la SEC devaient être en train de vérifier les activités financières des membres du réseau. Si Charles avaient apporté à Coffey les relevés de comptes sortis de son imprimante, la SEC serait chez Edith dans l'heure. Et si Charles avait d'abord été voir Edith ? Qu'allait-elle faire de lui ? Lui dire peut-être « Excuse-moi, veux-tu bien te retourner pendant que j'expose la vieille Edith à tous les vents ? »

Mallory se dirigea vers la penderie pour prendre son blazer. A l'instant où elle posa sa main sur la poignée, elle pensa à Helen.

Helen n'aimerait pas que sa Kathy se serve d'une petite vieille comme d'un morceau de gruyère dans une souricière. Ça l'aurait fait pleurer.

Beaucoup de choses la faisaient pleurer. La première nuit qu'Helen l'avait mise au lit, Mallory avait senti pour la première fois de sa vie l'odeur des draps propres. Et le lendemain matin, elle avait eu des vêtements propres à mettre ; des vêtements qui sentaient la lavande des assouplissants, comme Helen les jours de lessive. A d'autres moments, Helen sentait le désinfectant au pin, la poudre à récurer et la cire.

Résolument, Mallory ouvrit la porte de la penderie. L'odeur d'Helen se répandit à travers les sachets de lavande et les boules de naphtaline. Mallory claqua la porte sur Helen.

Riker frappa légèrement à la porte de la chambre à coucher. En vain.

– Eh, Kathy !

Elle était sans doute en train de faire la sieste. Elle se déplaçait au ralenti, tout à l'heure, malgré tout le café qu'elle avait absorbé. Mais il ne pouvait se départir de l'impression d'être seul dans l'appartement. En entrant dans le bureau, il remarqua qu'elle avait laissé l'ordinateur allumé.

Pendant qu'elle faisait la sieste ?

Le cœur dans les talons, Riker se précipita sur la porte de la chambre à coucher et l'enfonça d'un coup d'épaule. Il manqua tomber dans la chambre vide lorsqu'il entendit le bruit de la douche. Frappant à la porte de la salle de bains, il cria :

– Kathy, tu es là ?

La porte était fermée de l'intérieur. Il l'enfonça d'un coup de pied. Au fond de la douche vide, elle aussi, une fenêtre était ouverte. Riker plongea sous la pluie chaude et regarda par la fenêtre. Environ quatre mètres plus bas, il y avait une saillie qui conduisait à l'escalier de secours de l'étage en dessous. Elle n'avait qu'à marcher le long de cette saillie pour accéder à l'escalier de secours.

Charles avait dirigé l'angle de la lampe de façon à éclairer la porte de la bibliothèque.

Markowitz avait eu raison. Il n'y avait pas de preuves directes qui permettraient de confondre le tueur. Le flagrant délit était le seul moyen d'en finir.

Charles n'entendit pas les pas qui s'approchaient de la bibliothèque.

Tout d'un coup, une masse vibrante d'énergie se précipita dans la pièce, renversant la lampe sur le sol. L'agresseur n'avait pas de visage, pas de forme identifiable dans ce tourbillon de vêtements et de mouvements désordonnés.

L'instant d'après, tout s'immobilisa dans le silence et la pénombre. L'attention de Charles se concentra sur la pointe du couteau à quelques centimètres de son œil gauche. Quand il fut capable de regarder au-delà du couteau, son regard plongea dans les yeux d'un tueur en série.

La lumière de la lampe à terre déformait le corps de l'homme en une ombre gigantesque qui montait jusqu'au plafond. Charles se concentra de nouveau sur la pointe du couteau. Le moindre mouvement lui coûterait son œil. Par un énorme effort de volonté, il refusa de voir le couteau et fixa son agresseur dans les yeux.

– Quel rôle jouez-vous en ce moment, Gaynor ? Celui de Jack l'Eventreur ? dit Charles en souriant.

Le couteau recula de quelques millimètres. Le regard de Jonathan Gaynor disait, avec un étonnement non feint. *Qu'est-ce qui lui prend* ? La lame se rapprocha, touchant presque l'œil de Charles.

– Où est Edith Candle ? murmura-t-il.

– Vous ne pensez pas que j'aurais mis en danger la vie d'une vieille femme ? répondit Charles, dont le sourire s'élargit en grimace de fou.

– Comment avez-vous découvert la vérité ? demanda Gaynor d'une voix indifférente.

– Vous êtes en train de vous demander si la police a reconstitué le scénario aussi facilement que moi. C'est fait. Ce n'était pas si difficile.

– Je crois que vous bluffez, dit Gaynor en déplaçant lentement le couteau de droite à gauche, hochant la tête en même temps. Vous n'avez pas appelé la police. Vous êtes seul, n'est-ce pas ? C'est vous qui m'avez envoyé la lettre en imitant la signature de la vieille dame ?

– Croyez ce que vous voulez.

– Racontez-moi comment vous m'avez découvert ?

– Non. Si vous me tuez, j'aurai au moins la satisfaction de vous frustrer en emportant dans la tombe la liste de vos erreurs.

– Ça ne fait rien, dit Gaynor en reculant le couteau de trois centimètres. Ils n'ont pas plus de preuves contre moi que contre Margot ou Henry.

– Désolé. Je viens de bavarder avec le lieutenant Coffey, qui m'a appris que Margot Siddon est en prison. Henry est parti là-bas pour essayer de la faire sortir en payant la caution. C'est un de ses mauvais jours. Il paraît qu'elle a attaqué un policier en civil avec un couteau.

– Tu mens, Charles.

– Une douzaine de policiers leur serviront d'alibi. Alors, que faisons-nous ?

– Nous pouvons passer le temps en attendant

qu'Henry rentre chez lui. Ou encore tu pourrais trouver une mort banale aux mains d'un cambrioleur paniqué. Il y a tant de façons de mourir, à New York !

Sans quitter Charles des yeux, Gaynor saisit le téléphone et le tendit à Charles.

– Fais les numéros que je vais te donner.

Ensuite, il reprit le récepteur et écouta la sonnerie. Au bout de la sixième, il raccrocha.

– Pas de réponse chez Henry. Mais, d'après ce que je comprends, tu n'as pas envie d'attendre le retour d'Henry.

– J'ai changé d'avis, dit Charles tandis que la lame se rapprochait. Je vais vous raconter comment j'ai résolu l'énigme et vous pourriez peut-être m'éclairer sur certains points encore obscurs. Marché conclu ?

Comme dirait Mallory.

– D'accord.

– Votre choix des victimes n'était pas très intelligent. Vous auriez pu apposer votre signature sur le cadavre de Samantha Siddon.

– Elle n'était même pas...

– Pour Louis Markowitz, votre tante était la clé. Il privilégiait les mobiles financiers. Vous savez, bien sûr, que le nom de votre tante figurait dans le rapport d'une enquête de la SEC sur la fusion de la Whitman Chemicals.

– Quel est le lien entre un meurtre récent et une obscure transaction financière des années quatre-vingt ?

– Tous les gros bénéficiaires de la transaction ont été contrôlés. Ces femmes ont toutes participé aux séances. Mais le procureur général a laissé tomber l'enquête car le scandale des golden boys venait d'éclater. C'était plus important qu'un réseau de vieilles dames férues de spiritisme qui s'amusaient à boursicoter.

– Quel rapport avec moi ?

– Votre tante vous a parlé de la fusion, non ? D'après Mallory, vos gains boursiers ont été modestes, cette année-là. Trop modestes. Ça m'a intrigué. Mais vous saviez que vous alliez hériter d'une grosse fortune, n'est-ce pas ?

– Je n'ai jamais acheté de titres de la Whitman Chemicals.

– Je devine que vous avez échangé le tuyau contre un bon pourcentage sur les bénéfices. Vous avez appris cette pratique de votre tante Estelle. Jusqu'alors, votre tante ne faisait qu'envoyer les pigeons vers Edith en tirant un petit profit sur les transactions futures.

– Même si vous arrivez à le prouver, je ne peux être inculpé. Il y a prescription après sept ans.

– Mais pas pour votre tante. Mallory m'a dit que vous vous étiez disputé avec votre tante au sujet des séances. Je veux bien le croire... La fortune de votre tante a doublé après la fusion arrangée par Edith. Mais les magouilles suivantes avec le cartel ont pris des proportions trop voyantes. Mallory m'a dit que vous avez dû être horrifié en découvrant l'étendue de ses activités financières jusqu'à une période récente – sa mort, en fait – et par le nombre croissant des membres du réseau. Les séances devenaient ingérables. Le pot aux roses risquait d'être découvert d'un moment à l'autre. L'Administration confisquerait les bénéfices et infligerait des amendes s'élevant à des millions de dollars. Mais même la SEC ne peut saisir l'argent d'une succession dès qu'elle est homologuée. D'où la nécessité d'abréger les jours de votre tante. Mallory avait vu juste. Le souverain mobile de l'argent...

– Revenons à Samantha Siddon, si tu veux bien. Je ne vois pas le rapport avec moi.

– Le meurtre de Samantha Siddon a suivi celui de Pearl Whitman, n'est-ce pas ? Si l'on considère l'appât du gain comme mobile principal, on arrive tout naturellement à la conclusion qu'un seul meurtre parmi les quatre présentait un intérêt financier pour le meurtrier... Le seul mobile pour la mort de Pearl serait de faire porter l'accusation sur Henry Cathery.

– On pourrait émettre l'hypothèse que Pearl a changé d'avis quant à donner un solide alibi à Henry au moment de la mort de sa grand-mère.

– Je ne suis pas de cet avis. Quatre meurtres seraient trop complexes pour un jeune homme qui vit simplement et sans distractions. Il ne se donnerait pas tout ce mal – certainement pas pour de l'argent. Je vois que vous ne saviez pas qu'il hériterait d'une fortune personnelle. Vous semblez surpris. C'est un problème, n'est-ce pas ?

– Tu ne réponds pas à ma question, interrompit Gaynor. Pourquoi le meurtre de Samantha Siddon m'a-t-il rendu suspect ?

– Sa mort formait une rupture intéressante avec le schéma des autres meurtres. La police recherchait les caractéristiques et les mobiles communs à chaque meurtre. L'endroit où Markowitz est mort en suivant Pearl Whitman, c'était aussi une rupture par rapport aux deux autres crimes. Mais, ensuite, j'ai compris qu'il ne s'agissait pas d'une rupture. C'était simplement une interruption dans le déroulement d'un meurtre...

– Tu t'éloignes de nouveau du sujet, Charles.

– Pardon. J'en reviens à l'importance de l'ordre des crimes. Vous avez d'abord tué Anne Cathery pour faire croire à la culpabilité d'Henry Cathery. Comme il n'y avait ni témoin ni preuves directes contre lui, vous saviez qu'il serait libéré sous caution grâce à la fortune de sa famille. Donc, cela vous permettait de tuer impunément votre tante en imputant un nouveau meurtre à Cathery dès sa libération. Cela correspondait au personnage trouble de ce jeune homme ombrageux et reclus. Vous n'aviez pas prévu qu'il convaincrait Pearl Whitman de revenir sur sa première déclaration à la police, lui fournissant ainsi un alibi. Elle devenait nécessairement la troisième victime. Markowitz a dû découvrir la logique des trois crimes dès qu'il comprit qu'Henry Cathery était victime d'un coup monté.

Gaynor donna un coup de pied rageur dans la lampe. L'angle de la lumière changea, ramenant sa silhouette à des proportions plus humaines.

– Ce n'était pas aussi évident !

– Vous avez dû paniquer quand Markowitz a suivi Pearl Whitman dans l'immeuble abandonné. Vous avez pensé que c'était la fin. Du coup, vous en avez oublié le sac-poubelle photographié sur les lieux du crime. Une erreur grossière.

– Siddon, murmura Gaynor en approchant la pointe du couteau. Samantha Siddon.

– D'accord. La quatrième victime. La suite logique de votre échec après avoir tenté de faire porter le chapeau à Cathery. Vous aviez remarqué l'étrange relation qui s'était développée entre Margot Siddon et Henry Cathery. En tuant Samantha Siddon, vous impliquiez Margot Siddon, le seul être humain avec qui le jeune homme a un lien. Cela embarquait la police sur une nouvelle piste, celle de la conspiration entre deux marginaux.

– J'ai un alibi en béton pour le meurtre de Samantha Siddon.

– Pas vraiment, si vous comptez sur Mallory. Son point faible, c'est sa beauté trop voyante ou plutôt le fait qu'elle n'en est pas consciente. Elle croit vraiment qu'elle peut se fondre dans son environnement. Je suis sûr que vous saviez qu'elle vous suivait consciencieusement de Gramercy Park à l'université. Vous en avez fait délibérément votre alibi.

– Je n'ai jamais été hors de sa vue pendant plus de vingt minutes.

– Dix-neuf minutes, d'après ses notes. Elle est obsessionnelle dans ses notes. Savez-vous qu'elle a même noté le changement dans vos caractéristiques physiques durant la pièce ? Votre langage du corps est remarquablement gauche mais vous pouvez perdre cette maladresse quand vous voulez. Sur scène vous étiez presque gracieux.

– En dix-neuf minutes, je n'avais pas le temps matériel de tuer la vieille à Gramercy Park et de revenir ensuite sur la scène du théâtre de l'université pour répéter mon rôle devant toute la troupe.

– Oh, mais vous ne l'avez pas tuée à Gramercy Park ! Il y a un quartier malfamé et désert qui jouxte l'université où vous pouviez facilement commettre le meurtre sans être vu.

– Que faites-vous des indices qui prouvent qu'elle a été tuée dans le square ?

– Vous faites allusion aux perles disséminées sur la terre et aux taches de sang dans la poussière ? Très astucieux, je le reconnais. Vous attendez que les cadavres se raidissent. Ensuite, vous transportez les victimes dans le parc et vous les replacez dans la position où elles sont tombées quand vous les avez tuées. Auparavant, vous avez recueilli le sang des victimes dans les sacs-poubelle afin qu'il ne sèche pas. Après avoir déposé le corps, vous répandez le sang sur la terre, aux bons endroits. Il apparaît frais. Les empreintes sanglantes des mains sont autant de détails raffinés.

– Merci. Mais ce ne sont que des hypothèses. Vous n'avez pas de preuves.

– Quoi ? Mais vous avez commis tant d'erreurs. Par exemple, savez-vous ce qui a éveillé les soupçons d'Edith Candle ? Quand vous avez évoqué, pendant la séance, la mutilation des seins. Edith avait deviné que vous parliez d'un souvenir réel pendant cette mascarade chez Redwing.

Le couteau s'éloigna encore un peu de l'œil de Charles.

– Il y a plus que la motivation de l'argent, n'est-ce pas ? demanda Charles. Vous avez pris un risque énorme en déposant le premier corps dans le square. C'était pour le plaisir, la stimulation du danger ? Comment est-ce que cela a commencé ?

La lampe sur le sol créait une illusion de projecteurs et un contraste dramatique. Le sourire grimaçant de Gaynor avait une expression macabre.

– Avec la fugue du chien d'Anne Cathery. Il s'était échappé du square. J'ai voulu l'aider à le rattraper derrière l'immeuble où il s'était sauvé, quand j'ai reçu tout d'un coup un signe du ciel.

– Vous avez improvisé ?

– Oui, en quelque sorte. Te souviens-tu – à l'école – du paradigme du singe, de la chaise, du bâton et de la banane ?

– Oui, je crois. La banane est accrochée au plafond par un fil ?

– C'est ça, dit Gaynor. Elle est hors d'atteinte. On a donné à ce singe – qui a très faim – une chaise et un bâton. Mais le singe ne sait pas comment s'en servir. Alors il marche de long en large dans sa cage. Finalement, découragé, il va s'asseoir dans un coin. Soudain, de l'endroit où il est assis, tout se met en place. Il voit que le bâton posé contre la chaise est pointé en direction de la banane. Saisissant le bâton, il bondit sur la chaise et, d'un coup sec, fait tomber la banane.

– Donc, l'idée du meurtre vous est venue spontanément ?

– Bien sûr ! Nous cherchions à rattraper le chien derrière une rangée de poubelles, quand j'ai aperçu une caisse à moitié remplie de gros sacs-poubelle en plastique gris. A côté ces sacs, sur le sol, il y avait un grand couteau de cuisine au manche abîmé dont la pointe était dirigée vers Anne Cathery, devant moi. A cinquante mètres de cette femme stupide, son petit-fils Henry jouait tout seul aux échecs dans le square. Donc, j'ai ramassé le couteau et un sac en plastique dont je me suis couvert pour me protéger du sang. Ensuite, je lui ai tranché la gorge et je l'ai fourrée dans un autre sac. Ce n'était pas difficile car elle était petite, comme la plupart de ces femmes. A l'abri du sac, j'ai mutilé le corps afin que le crime ressemble à celui d'un maniaque sexuel...

– Comme si ce n'était pas le cas !

– Une fortune de plusieurs centaines de millions de dollars n'entre pas dans le fantasme d'un maniaque ordinaire !

– Mais vous en avez tiré du plaisir, non ?

Sans répondre à la question de Charles, Gaynor poursuivit son récit.

– Plus tard dans la nuit, je suis revenu la chercher. Le corps était déjà raide. J'ai transporté le cadavre dans le square et je l'ai disposé comme si le meurtre avait eu lieu sur place. Cassant le collier, j'en ai éparpillé les perles sur la terre tout autour du corps.

Gaynor arborait un sourire inquiétant, content d'avoir une oreille attentive qui savait apprécier le crime parfait.

– C'était tout de même risqué, même en pleine nuit, dit Charles en espérant que son appréciation perçait dans sa voix.

– Je reconnais que, sur le moment, l'aventure était excitante. J'avais enfilé un vieux jean et je portais une casquette de base-ball pour ressembler à l'agent de maintenance de notre immeuble, au cas improbable où quelqu'un regarderait par la fenêtre à quatre heures du matin. De toute façon, même si un témoin racontait qu'il avait vu un homme apporter un sac-poubelle dans le square, cela ne pouvait me concerner. Il s'agissait de la grand-mère d'Henry, pas de la mienne.

– Vous n'avez jamais pensé que Henry aurait pu déclarer que sa grand-mère avait disparu pendant la nuit ?

– La police ne s'occupe d'un rapport de disparition qu'au bout de quarante-huit heures. Je n'étais pas préoccupé à l'idée qu'Henry allait rassembler une troupe pour retrouver sa grand-mère sous les buissons. Vous l'avez rencontrée. La chose la pire qui aurait pu arriver est qu'elle soit trouvée ailleurs.

– Où avez-vous tué votre tante Estelle ?

– Je l'ai invitée à déjeuner en lui fixant rendez-vous au coin d'une petite rue près du campus. Elle n'en avait parlé à personne. J'ai dû dire à la police, pour mon alibi, qu'elle m'avait posé un lapin.

– Bien sûr, puisque la pauvre femme était en train de se faire trucider ! Et comment avez-vous attiré Pearl Whitman dans ce quartier mal fréquenté d'East Village ?

– Je lui ai téléphoné en lui disant que j'étais un courtier en Bourse et que j'avais des informations à communiquer au procureur général concernant le réseau dont elle faisait partie. Elle me proposa tout de suite un pot-de-vin. Je lui ai dit qu'il fallait que nous nous rencontrions pour mettre au point les détails. Je l'ai baladée d'une cabine téléphonique à l'autre jusqu'à l'immeuble abandonné où on l'a trouvée.

– Ainsi, pour elle, la peur du scandale et de la prison était plus forte que l'angoisse de marcher dans ces rues sordides ?

– Exactement. Avec Samantha Siddon, c'était un peu différent. J'ai eu l'impression qu'elle avait envie de me rencontrer. J'ai utilisé le même procédé pour l'attirer près du théâtre de l'université en lui faisant prendre trois taxis différents. Je l'ai tuée en quelques minutes derrière une grosse boîte à ordures. J'ai mis plus de temps à me changer pour la répétition en costumes.

– Comment avez-vous transporté le corps à Gramercy Park ?

– D'habitude, je me rends à l'université en taxi. Ce matin-là, j'avais loué une voiture pour l'occasion. Je suis arrivé tôt au campus, avant l'heure habituelle de Mallory, pour qu'elle ne remarque pas la voiture.

Le couteau recula encore un peu. Gaynor posa son bras sur l'accoudoir du fauteuil.

– Mais tout cela n'est qu'une histoire amusante, Charles. Rien qui puisse m'incriminer, à moins que tu ne gardes quelque chose d'autre en réserve.

– Seulement ceci !

Charles, repoussant le couteau d'une main, aveugla Gaynor en lui jetant à la figure le châle déployé d'Edith. Saisissant le revolver caché sous le coussin du fauteuil, il le pointa sur Gaynor, qui s'était déjà débarrassé du châle.

– Jetez le couteau, dit Charles. La police va arriver d'une minute à l'autre.

Gaynor lui adressa un large sourire.

Ce fut au tour de Charles de se demander ce qui n'allait pas. Une rengaine enfantine lui traversa l'esprit.

Le papier couvre la pierre, les ciseaux coupent le papier, la pierre brise les ciseaux qui coupent le papier qui couvre la pierre...

Un revolver est plus efficace qu'un couteau. Alors, pourquoi Gaynor souriait-il ?

– La police ? Non, Charles je n'y crois pas. Tu ne pouvais pas savoir que je viendrais... C'est du bluff.

– Je ne sais pas bluffer, dit Charles. Je n'ai pas la tête pour ça !

– Je te crois, annonça Gaynor en laissant tomber son couteau sur le tapis.

Soulagé, Charles se dit que la logique avait triomphé.

Mais, au mépris de toute logique, Gaynor se précipita sur le revolver.

Ils tournaient dans tous les sens maintenant, le revolver pointé vers le plafond, leurs mains transpirantes glissant sur le corps de l'autre ; ils s'assenaient des coups de pied dans les jambes, ils tournaient, tournaient dans le couloir sombre, se cognaient à nouveau sur les minces cloisons et tombèrent dans la pièce qui donnait sur la rue. Ils roulèrent l'un sur l'autre jusqu'au tapis. La pièce était trop sombre pour y voir clairement le revolver. Il y avait simplement une forme vague et du métal froid, et le canon changeait de position, pointé plus bas. Il était encore dans les mains de Charles quand le coup partit.

L'explosion se répercuta dans toute la maison. Charles porta les mains à son côté droit, en proie à une douleur fulgurante. Gaynor se releva, le revolver à la main. Il sortit un mouchoir de sa poche. Un sac en plastique tomba à terre.

– Je savais que tu ne pouvais pas tirer sur moi, Charles, dit-il en essuyant soigneusement le revolver. Tu es trop civilisé, tu as hésité avant de tirer. Cette demi-seconde te coûte la vie.

Gaynor se baissa pour ramasser le sac en plastique et l'enveloppa autour de la crosse du revolver.

– Pour répondre à ta question de tout à l'heure, oui, j'en ai tiré du plaisir. En ce moment même, je suis excité comme un fou.

Charles regarda Gaynor s'accroupir sur ses talons, le dos à la lumière qui venait de la porte ouverte. Pour jouir de la peur de Charles. Le plaisir du meurtrier ne serait pas complet sans cela. Le canon du revolver visait son cœur. Charles sentit le sang couler sur ses mains. Pas de doute, il allait mourir. L'approche de la mort, l'énormité de la chose, évacua sa peur. Il se revit au chevet de sa mère mourante. Elle n'avait pas eu peur. Elle avait succombé, le visage paisible devant sa mort proche.

Il sourit à Gaynor. Le visage du tueur s'assombrit de colère. Il pressa le revolver contre la poitrine de Charles.

Bientôt.

Charles entendit le bruit de l'ascenseur. Coffey était donc arrivé, mais trop tard. Il n'eut même pas le temps de pousser un cri. Il entendit la détonation sèche et sentit sa poitrine imploser. Ses muscles se contractèrent puis se relâchèrent. Il ne bougea plus et perdit doucement connaissance. Mais, dans le coin le plus reculé de sa conscience, les sens fonctionnaient encore puisqu'il entendit faiblement la voix d'Henrietta Ramsharan et qu'il s'évanouit en respirant le parfum de Mallory.

Mallory s'élança hors de l'appartement d'Edith, son revolver à la main, le meurtre dans les yeux.

Par où était-il passé ? En haut ou en bas ?

Un léger bruit, de verre brisé monta de la cave.

Mallory, en tennis, descendit silencieusement les trois

étages de l'escalier en colimaçon. A chaque étage, elle dévissa l'ampoule au plafond. Arrivée en bas, elle vit que la porte de la cave était entrouverte.

Elle se mit à la place de Markowitz. Personne ne la couvrait. Elle n'avait pas le temps d'appeler du renfort. Il fallait y aller seule, dans le noir.

Mallory chercha à tâtons la lampe électrique qui se trouvait habituellement au-dessus de la boîte à fusibles. Elle n'y était plus.

L'orage avait éclaté, et les grondements du tonnerre résonnaient jusqu'au sous-sol. De temps en temps, un éclair illuminait la fenêtre dans le mur du fond. La vitre était cassée, mais l'ouverture n'était pas assez grande pour laisser sortir un homme.

Il était encore là, tapi dans l'obscurité, parmi le bric-à-brac de la cave d'Edith. Se fiant à sa mémoire et à son toucher, Mallory se faufila parmi les malles et les caisses d'accessoires de Max, vers la faible lueur de la fenêtre. De temps en temps, précédé d'un coup de tonnerre fracassant, un éclair illuminait la guillotine. Il pleuvait dans la cave à travers la vitre cassée. Au-dehors, le battement sourd des gouttes de pluie qui s'écrasaient contre les poubelles était presque rassurant. Une goutte de pluie tomba sur le tweed de sa veste et disparut. Mallory se concentra sur les nuances subtiles des ombres du noir sur noir. Mallory s'avança doucement, les muscles tendus, les yeux scrutant l'obscurité menaçante, attentive au moindre bruit de pas.

Le rabbin Kaplan lui avait dit, un jour qu'elle était perplexe en revenant du catéchisme (Helen avait voulu qu'elle soit également éduquée dans la foi chrétienne) :

« L'enfer des chrétiens n'est pas le feu éternel. L'enfer est l'absence de l'être aimé. »

Il lui avait dit qu'il tenait ces mots d'un jésuite. Ça devait être vrai. Les gens qu'elle aimait avaient été tués. Elle ne pouvait que tuer en retour.

Au moment où Mallory contournait un container, une ampoule s'alluma. Elle s'immobilisa. Une ombre apparut derrière le paravent chinois et s'éloigna rapidement vers la droite. Levant le bras, Mallory ajusta son tir, visant la tête. Elle attendait que l'ombre réapparaisse. La pluie et le vent redoublaient d'intensité, éclaboussant de grosses gouttes le sol de la cave par la vitre cassée.

Un bruit de pas écrasant un morceau de verre. Une deuxième ombre se glissa furtivement entre Mallory et l'ampoule faiblement lumineuse. Un éclair illumina la silhouette familière d'Edith.

Déçue, Mallory abaissa son arme.

Soudain, elle entendit marcher derrière elle. Se retournant une fraction de seconde trop tard, elle eut seulement le temps de voir l'homme pointer son revolver à la hauteur de son cœur. A moins d'un mètre, Gaynor ne pouvait la rater. Edith Candle observait la scène d'un air impassible.

Gaynor appuya sur la détente. Le canon bleu métallisé brilla dans l'explosion. La balle déchira le chemisier de Mallory. Ses cheveux blonds balayés par le vent froid d'octobre qui s'engouffrait par la fenêtre et la pluie, elle se sentit tomber, tomber au fond d'un gouffre. Dans la lumière blanche, Gaynor était une chimère aux yeux de Mallory qui s'adaptaient graduellement.

Etendue à terre, les yeux fermés, elle entendit des pas qui s'éloignaient rapidement, suivis par d'autres pas plus lourds.

Mallory mit du temps à reprendre ses esprits. Se protégeant les yeux de la lumière du projecteur en haut de la guillotine, elle s'assit en se disant que la réputation des gilets pare-balles était surfaite. Elle souhaita être morte. L'impact de la balle lui avait brisé une côte, au moins. La veste pare-balles l'avait sauvée de la pénétration mais pas de la force du projectile tiré à Dieu sait combien de kilomètres à la seconde. Elle avait du mal à respirer. Est-ce que la côte avait transpercé son poumon ?

A côté d'une malle renversée, elle distingua la tête de cire représentant le visage de Max. Ce sosie de Charles, couché sur le côté, la regardait de ses yeux fixes.

Le revolver. Gaynor avait pris son revolver.

La fenêtre était dangereusement hérissée d'échardes de verre. Il n'était donc pas passé par là. Et Edith, où était-elle ? Elle devait connaître au moins une centaine de cachettes dans cette cave.

Se relevant avec peine, elle alla éteindre l'ampoule.

Trébuchant sur la lampe électrique, elle la ramassa au pied de la guillotine et reprit sa traque dans le noir, la tête en cire sous le bras.

Un éclair illumina de nouveau la fenêtre. La lueur fulgurante découvrit Gaynor qui tenait à la main un pistolet à canon court, enveloppé d'une mince feuille de plastique. Ce n'était pas le colt de Mallory. Combien de balles restaient dans le chargeur ?

Dans l'appartement d'Edith, Mallory avait compté deux balles dans le corps de Charles. Elle posa la tête en cire de Max sur une malle en l'éclairant avec sa torche et jeta quelques pièces de monnaie sur la malle. Gaynor tira. La lampe de poche s'éteignit. Les réflexes de Gaynor étaient lents. Mauvais tireur à n'importe quelle distance. La balle passa loin de la tête...

Mallory laissa tomber une pièce par terre en éclairant une fraction de seconde son propre visage. Une deuxième balle siffla près de son oreille.

En faisant un pas de côté, elle toucha quelque chose de dur avec son pied. Cherchant par terre, à tâtons, elle ramassa un lourd tuyau de plomb. En le soupesant, elle songea qu'il lui faudrait s'approcher assez près du tueur avant qu'il puisse se servir de son revolver à elle, le Colt Long. Une excitation intense l'envahit à cet instant. C'était comme si elle venait à la rencontre d'un amant, avant de le tuer, et non d'un homme qu'elle allait réduire en bouillie, dans le sang et la douleur. Elle continua d'avancer sous les fines gouttelettes de pluie.

Encore une fois, Mallory alluma la lampe électrique sous son visage.

Gaynor appuya sur la détente. Seul un déclic se fit entendre. Le chargeur était vide. Un second coup partit dans une explosion qui se répercuta dans toute la cave.

Mallory crut un instant à un pouvoir magique. C'était comme si la balle s'était retournée contre Gaynor. Lâchant le revolver, il tournoya sur lui-même et tomba à la renverse, l'épaule traversée d'une balle. La surprise sur son visage lui donnait l'air ahuri d'un épouvantail se balançant dans un champ de blé.

Mallory vit Edith s'approcher prudemment du corps de Gaynor. La vieille dame tenait encore dans sa main le colt de Mallory. Elle se retourna et scruta l'obscurité de la cave.

Mallory s'approcha sans bruit derrière elle, la ceintura et, la saisissant par les poignets, lui fit lâcher le colt.

Edith, le souffle coupé par la surprise, le visage faiblement éclairé par la lumière de la fenêtre, sourit d'un sourire forcé.

– Oh, Kathy, grâce à Dieu vous êtes en vie ! J'ai cru qu'il vous avait tuée.

– Ouais, en effet.

Mallory alluma sa lampe de poche, qu'elle dirigea sur Gaynor. Il avait perdu connaissance, mais, à son grand regret, il était vivant.

– Achevez-le, disait Edith en se penchant sur Gaynor, les yeux brillants. Personne n'en saura rien.

– Ça vous arrangerait, n'est-ce pas, Edith ?

Markowitz n'aurait pas du tout apprécié.

Mallory avait les yeux rivés sur Gaynor. Le meurtrier de Markowitz était à sa merci. Le visage mouillé par la pluie qui redoublait, elle se tourna vers Edith.

– Je ne crois pas pouvoir vous faire confiance pour appeler une ambulance... Non, bien sûr.

Ramassant le revolver à canon court, elle en retira le plastique qui le couvrait encore. Gaynor n'avait pas tiré assez rapidement. Il restait encore une balle dans le chargeur. Mallory tendit le revolver à Edith. La vieille femme, les yeux brillants, contemplait l'arme dans sa main.

Mallory prit le pouls de l'homme blessé et lui souleva la paupière. Il était toujours inconscient.

– Je vais chercher l'ambulance. Je ne pense pas que vous ayez besoin de vous servir du revolver.

– Je comprends, dit lentement Edith. Je comprends parfaitement.

Elle souriait tandis que Mallory s'éloignait rapidement vers la porte du sous-sol.

En arrivant au pied de l'escalier, elle revissa l'ampoule. Elle hésita une seconde avant de monter, se demandant s'il ne fallait pas désamorcer ce qu'elle avait mis en route, dans la cave. Levant la tête, elle changea d'idée en rencontrant le regard stupéfait du lieutenant

Coffey, en haut de l'escalier. Derrière lui, un policier en uniforme repoussait Henrietta Ramsharan dans l'appartement.

– Mallory ?

Coffey la dévisageait, incrédule, à la vue du colt dans sa main et du trou noirci dans sa chemise. Puis il la regarda dans les yeux. Mallory l'immobilisa sur le palier avec son regard magique. Une seconde de plus...

Un coup de feu claqua dans le sous-sol.

Jack Coffey et le policier la bousculèrent en dévalant l'escalier quatre à quatre.

Mallory s'affaissa contre le mur pour ne pas tomber. Plus tard, elle aurait du mal à se souvenir de sa part de responsabilité dans ce qui venait d'arriver.

Elle se mit à grimper lentement les marches, ses genoux flageolants se dérobant sous elle. Son cœur battait à se rompre, sa tête lui faisait mal et elle avait une côte cassée.

Épilogue

Mme Ortega examina la chambre d'hôpital avec l'œil exercé d'une femme de ménage professionnelle. Elle arrangea un bouquet de géraniums roses dans un verre sur la table de nuit puis elle s'assit sur une chaise de l'autre côté du lit de Charles, le plus loin possible de Mallory.

– C'est très gentil à vous, dit Charles. Elles sont très jolies.

– Elles sont en plastique, dit Mme Ortega. Elles durent plus longtemps.

Charles lui adressa son sourire le plus idiot et le plus bouffon. Mme Ortega s'agita nerveusement sur sa chaise.

Il se tourna alors vers Mallory, qui ne paraissait pas troublée par sa bouffonnerie.

– Donc, admettons l'hypothèse que j'aie été victime d'un accident de voiture, dit Charles. Comment justifier la présence d'un bout de métal si près du cœur ? C'est bien là le problème, n'est-ce pas ?

Mme Ortega leva les yeux au ciel.

– En effet, dit Mallory.

– Vous n'allez même pas me mettre sur la voie ?

– Le docteur Ramsharan a dit qu'il fallait laisser la mémoire revenir naturellement. Elle dit aussi que vous ne la retrouverez peut-être jamais entièrement. La plupart des traumatisés ne se souviennent pas des quinze dernières minutes précédant leur perte de conscience.

– Et combien de victimes d'accident de la circulation ont des policiers en faction devant leur chambre d'hôpital ?

– Vous êtes un témoin important dans une affaire de délit d'initié.

– Un témoin ? Toutes les informations que j'ai proviennent de votre ordinateur.

– La mémoire peut revenir trop vite, Charles. Décontractez-vous. L'enquêteur de la SEC passera cet après-midi pour prendre votre déposition. Je vous avoue que si vous ne vous souveniez plus comment vous avez eu accès aux dossiers, ça m'arrangerait.

– Entendu, dit Charles. Mais pouvez-vous au moins me tenir au courant des événements qui se sont passés dans le monde pendant les deux semaines qui viennent de s'écouler ? On ne me laisse pas regarder la télévision ni lire un journal.

– Nous avons bouclé l'affaire de l'arnaque aux délits d'initié. La plupart des dames du réseau se sont mises à table pour demander l'indulgence du tribunal. Les témoignages devant le Grand Jury réservent peut-être encore quelques surprises.

– Et Edith ? Est-ce qu'elle...

– Elle a été libérée sous caution, dit Mme Ortega.

– Quoi ?

Elle s'interrompit sous le regard glacé de Mallory.

– Les gens se sont précipités pour dénoncer leurs amis et leurs parents, dit Mallory. Edith est arrivée trop tard pour négocier son immunité.

Mme Ortega observa le journal, avec l'inculpation d'Edith pour meurtre en première page, glisser sous le tapis aux pieds de Mallory.

– Qu'est-ce qui va lui arriver ? demanda Charles.

– On m'a dit qu'elle avait pris le meilleur avocat de New York, dit Mallory. Charles, tu es fatigué. Nous allons te laisser, maintenant. Je reviendrai ce soir t'apporter tes journaux.

Mallory se leva en jetant un coup d'œil impérieux à Mme Ortega, qui se leva d'un bond et la suivit hors de la chambre.

Elle dut courir dans le couloir sur ses petites jambes

courtes pour rattraper Mallory, car il y avait quelque chose qu'elle devait absolument savoir.

– Pourquoi est-ce qu'il ne se souvient pas qu'on lui a tiré dessus ? Ce n'est pas quelque chose qu'on oublie ! En tout cas, moi, je m'en souviendrais.

– Charles a des points faibles que vous n'avez pas, madame Ortega, dit Mallory. Vous êtes plus forte que lui.

Mme Ortega marcha en redressant sa tête brune tout en essayant de rattraper les longues enjambées de Mallory.

– D'ailleurs, c'est mieux comme ça, reprit Mallory. Les faibles préfèrent toujours la version de l'accident. Ils n'aimeraient pas l'idée d'être troués de deux balles tirées à cent kilomètres à la seconde.

– Mais s'il ouvre un journal et qu'il apprend qui lui a tiré dessus ?

– Je l'emmène pour une longue croisière, de plusieurs mois peut-être. Pendant ce temps, l'affaire passera en jugement. L'avocat demandera une remise de peine en raison de l'âge de l'accusée, et tout sera terminé quand nous serons revenus. A ce moment-là, je dirai peut-être la vérité à Charles.

Mme Ortega se laissa distancer par la jeune femme et la regarda marcher à grands pas dans le couloir. Curieusement, à mesure qu'elle s'éloignait, elle semblait grandir plutôt que rapetisser.

– Encore une extraterrestre, dit Mme Ortega en secouant la tête.

– Kathy, vous ne pouvez pas partir ! dit Edith Candle.

– Mallory. Appelez-moi Mallory.

Edith regardait Mallory recouvrir les meubles de l'appartement de Charles avec de grandes housses blanches. Un appartement fantôme.

– Le Grand Jury se réunit demain, insista Edith. Il faut que vous témoigniez en ma faveur !

– Je n'ai pas été convoquée, dit Mallory en entrant dans la cuisine.

Edith, qui la suivait, avait le visage contracté par

l'anxiété. Mallory ouvrit le réfrigérateur. Mme Ortega l'avait vidé. Bien. Rien qui puisse s'abîmer pendant leur absence.

– Voyez-vous, Edith, je n'ai pas pu faire une déposition cohérente devant la police ou le procureur. A chaque fois qu'on m'interrogeait, je fondais en larmes sans pouvoir m'arrêter. Au bout d'un certain temps, ils ont décidé que je n'étais pas un témoin valable. Votre avocat est arrivé à la même conclusion.

– Mais je l'ai tué pour vous sauver ! Vous aviez vu l'écriture sur le mur. Il faut leur dire !

– Je ne pense pas que le Grand Jury ait le droit d'accepter des témoignages de l'autre monde. Il ne travaille que sur le réel. La balle dans l'épaule de Gaynor venait du même revolver qu'ils m'ont retiré des mains pendant que j'étais encore sous le choc. La balle qui l'a tué venait du revolver en votre possession – sans permis. Elle était identique aux balles qu'on a retirées du corps de Charles et de mon gilet pare-balles.

– C'était le revolver d'Herbert. Mais il ne...

– Avec vos dons, vous n'aviez pas prévu qu'Herbert n'avouerait jamais s'être procuré une arme illégalement ? Et Henrietta n'a jamais vu le revolver, n'est-ce pas ? Il y a encore Martin. Mais je suppose que le procureur en a eu assez d'essayer de tirer trois mots de la bouche de Martin.

– Le procureur m'accuse d'homicide volontaire et de deux tentatives d'assassinat... Vous saviez que Gaynor était le tueur. Vous savez aussi que je n'aurais jamais pu tirer sur vous ni sur Charles. Gaynor avait le revolver à la main. Vous l'avez vu comme moi.

– J'ai été aveuglée par un éclair. Je ne me souviens plus. Gaynor n'avait pas d'arme quand Coffey l'a trouvé. On n'a pas trouvé de traces de poudre sur sa main. Sur la vôtre, si.

Personne n'avait remarqué le détail du sac en plastique qui avait été sorti de la cave avant le dernier coup de feu, portant des empreintes et des traces de poudre. Il était peut-être tombé dans la rue pendant qu'on la plaçait dans l'ambulance avec Charles.

– Mais vous saviez que Gaynor était le tueur en

série ! Vous devez leur dire que j'ai tiré pour me défendre.

– C'est délicat, Edith. D'après le rapport balistique, vous avez tiré la balle dans sa tête, à bout portant, alors qu'il était couché à terre.

– C'était un assassin !

La voix d'Edith, déformée par la peur, devenait stridente.

– La loi ne le reconnaît pas comme tel, dit Mallory en notant dans son agenda qu'il lui faudrait résilier l'abonnement de Charles à ses journaux quotidiens. Il n'y avait pas de preuves tangibles contre Gaynor, continua-t-elle. Mais la police a trouvé dans les poches de Charles des relevés de Bourse qui vous lient à la tante de Gaynor... Ça s'annonce mal pour vous, Edith.

– Aidez-moi ! Voulez-vous que je passe le restant de mes jours en prison ?

Mallory sourit et Edith la medium ne comprit pas le sens de ce sourire. Elle commença à prendre espoir en ce signe d'humanité chez Mallory.

– Edith, il y a quelque chose que j'ai toujours voulu savoir, dit Mallory. Quand Max, votre mari, se trouvait dans l'aquarium, qui a donné l'ordre à l'assistant de briser la paroi en verre – ce verre qui a entaillé ses artères et l'a vidé de son sang ? J'ai mis beaucoup de temps à retrouver ce garçon dans une maison de retraite au nord de l'Etat de New York. Il se souvient parfaitement de cette nuit-là. C'est l'événement le plus important de son existence. Il dit qu'il n'a pas vu le visage de la personne qui lui a donné l'ordre. Mais c'était une voix de femme, et c'est une femme qui lui a placé la hache dans la main.

Edith continuait à se taire. L'aveu... La pièce manquante du puzzle.

– Il n'y a pas de justice, Edith, en ce bas monde, reprit Mallory. Mais la loi de l'Univers sait rétablir l'équilibre.

– Il faut que vous m'aidiez, supplia Edith. Vous êtes une femme civilisée !

– Moi ? Vous voulez rire.

Un carton rempli des journaux que Charles n'avait pas lus se trouvait sur le trottoir, aux pieds de Mallory, qui attendait un taxi. Soudain son regard fut attiré par une photo de Max Candle en première page, sur le journal du jour, vendu dans un distributeur. Elle inséra une pièce de monnaie dans l'appareil et s'en empara.

L'article relatait l'anniversaire de la mort du grand maître de l'illusion. Des magiciens célèbres étaient accourus du monde entier pour lui rendre hommage ; les bénéfices de la soirée seraient versés à une œuvre de charité.

A l'intérieur du journal, Mallory vit une photo de l'enterrement, prise trente ans auparavant. Au premier plan, elle reconnut la figure d'un petit garçon avec le nez au milieu de la figure. Une version miniature du grand Charles.

A la mort de Markowitz, le récit de son enterrement moins spectaculaire, moins magique avait été enterré à la page 15 en petits caractères. L'article, sur une colonne, était accompagné d'une photo de Mallory, le visage sec, sans trace des signes ordinaires de douleur.

Toutes les larmes qu'elle avait versées dernièrement devant Coffey qui la connaissait assez pour ne pas y croire, et toutes les larmes versées pour le procureur plus crédule – il ne la connaissait pas – toutes ces larmes étaient bidon. Inversement et perversement, par principe, elle n'avait pas versé une seule fausse larme le jour où l'on avait déposé le cercueil de Markowitz dans la terre. Aucune des paroles du rabbin, qui invoquait le Dieu tout-puissant, caché là-haut dans les nuages, comme tout bon New-Yorkais qui ne veut pas s'impliquer, ne l'avait touchée.

Il lui avait fallu garder intactes la résolution et la distance nécessaires pour résoudre l'affaire.

Pour Mallory, un macchabée n'était qu'un macchabée. La mort est définitive. Elle ne croyait pas à l'envol des âmes.

Adieu, Markowitz.

Refermant le journal, elle s'avança sur la chaussée pour arrêter un taxi.

Une alarme de voiture déclencha une série de hurlements stridents. Au même instant, un vol de pigeons s'éleva de l'arbre voisin dans un grand bruissement d'ailes au-dessus de la jeune femme qui les suivit du regard, songeuse. Ils se perdirent bientôt par-dessus les toits, dans l'obscurité du ciel.

Mon voisin l'assassin

(Pocket n° 10257)

Amanda Bosch est retrouvée morte dans Central Park et identifiée à tort comme Kathy Mallory, la jeune officier de la police new-yorkaise. Bien vivante, celle-ci demande à être chargée de l'enquête. Elle identifie trois suspects qui habitent tous trois dans le même immeuble, à Central Park West. Kathy Mallory décide de s'y installer afin de s'immiscer dans le quotidien de la résidence, et dans celui du tueur...

Il y a toujours un Pocket à découvrir

Impression réalisée sur Presse Offset par

BRODARD & TAUPIN

GROUPE CPI

25409 – La Flèche (Sarthe), le 25-10-2004
Dépôt légal : novembre 2000
Suite du premier tirage : octobre 2004

POCKET – 12, avenue d'Italie - 75627 Paris cedex 13
Tél. : 01.44.16.05.00

Imprimé en France